GEFESSELTE HOFFNUNG

DIE SIEBEN INSELN
BUCH SIEBEN

A.R. KNIGHT

1

DER GEFANGENE

Der Regen löschte die letzten Feuer Mottilans und verwandelte die Massengräber in teerartige Sümpfe. Das war keine Erleichterung für die Vis, die die Leichen in die Flammen gezogen hatten, denn nun mussten sie diese Seelen ein zweites Mal begraben.

Quik überwachte alles von der Klippen-Straße aus, wie Pavarde es befohlen hatte. Er trug, auf denselben Befehl hin, eine leichte Najahn-Robe und seine Handschuhe, deren Metallspitzen zu glänzenden Punkten geschärft waren. Unter diesen Roben heilten weiterhin seine Verletzungen, verkrusteten und vernarbten gleichermaßen nach dem Kampf um die Rettung Mottilans. Nach mehreren Monaten, in denen er die Vis-Skars benutzt hatte, um Schäden abzuwehren, ließ die natürliche Heilung viel zu wünschen übrig: Das juckende Pochen war nicht angenehm, auch wenn Quik seinen Kopf ohne das unverständliche Gemurmel eines Gottes bevorzugte.

Obwohl er seine Wunden mit den Gefangenen teilte, zeigte der Jäger keine Regung, wenn die Vis-Gefangenen, jene Dorfbewohner Mottilans, die weder geflohen noch im

Kampf gestorben waren, zu ihm herübersahen. Anfangs stellten sie Fragen, und als Quik mit wiederholten Aufzählungen ihrer Aufgaben und der Strafen für deren Nichterfüllung antwortete – in diesen Gruben war immer noch Platz –, verwandelten sich die Fragen in Beleidigungen und die Blicke in Starren.

»Aber sie erledigen die Arbeit«, sagte Pavarde, die Najahn-Kapitänin und Aufseherin von Mottilans fortschreitender Umwandlung in den Tagen seit seiner Zerstörung. Sie und Quik standen auf Mottilans Hauptpier, jetzt umgeben von Najahn-Klippern und Fregatten, die Vorräte aufnahmen, um den Kampf gegen Kance fortzusetzen. »Sie heilen ihre Heimat, Quik. Sie schließen sich der neuen Welt an.«

»Du sagst das, als wäre Fassle ein Gott.«

Pavarde nickte. »So ist es leichter zu akzeptieren.« Ein weiterer Frühlingssonnenuntergang ergoss sich über sie beide. »Er und Yarvick sind dem Göttlichen so nah, wie wir es jetzt haben. Mit den Skars kann sich nichts gegen sie stellen.«

»Kance kämpft noch immer.«

»Wie lange noch? Ihre Häfen sind blockiert. Die anderen Inseln protestieren nicht. Ihre Königin, so höre ich, ist jung und unerfahren.«

»Sie hat jede Menge Feuer.«

»Du kennst sie?«

Quik lächelte, froh über eine Erinnerung, die ihn von diesem Ort wegbrachte. »Sie ist die mutigste Frau, der ich je begegnet bin, abgesehen von meiner eigenen Schwester.«

»Dann hoffen wir, dass sie mutig genug ist, um zu kapitulieren.«

Die Worte trieben mit der abendlichen Meeresbrise

davon, die sich nun erwärmte, während der Frühling weiter in die Verteidigungslinien des Winters einbrach. Menschen gingen an ihnen vorbei, sowohl Vis als auch Najahn setzten die Arbeit fort. Es würde die ganze Nacht weitergehen, diese Schiffe würden ablegen und andere sie ersetzen. Die Entfernung zum Krieg war hier so viel kürzer als in Kitaye, als in Noctia. Tag für Tag verwandelte sich seine Insel.

Was eine andere Frage aufwarf.

»Als ich den Großen Sana erklomm«, fragte Quik, »war er verbrannt. Dort, wo die Skars wachsen. Warum?«

»Glaubst du, dass die Najahn all die Jahre, in denen sie die Skar-Stätten heilig gehalten haben, nichts gelernt haben? Die Skars jeder Insel gedeihen unter richtiger Pflege, und der Große Sana lässt seine Steine am besten aus der eigenen Asche wachsen.«

»Woher wisst ihr das?«

Pavarde deutete auf die Schiffe. »Jahrhunderte des Wissens, aufgeschrieben und weitergegeben seit Demion selbst. Unsere Herrschaft ist nicht zufällig, Quik. Die Najahn sind seit der ersten Aegis die Verwalter der Götter. Wir sichern diese Herrschaft jetzt nur und sorgen dafür, dass die Skars weiter fließen, damit wir den Feinden widerstehen können. Ganz einfach eigentlich.«

»Nicht für die Menschen in Ketten.«

Pavarde hätte darauf vielleicht geantwortet, und Quik hätte ihre Antwort ignoriert, wenn nicht ein Najahn-Gehilfe auf den Pier gestürmt wäre. Die schwatzenden Schreiber waren die Plage der Najahn-Welt, eher geneigt, hellpurpurne Roben zu tragen als Rüstungen, keine Gleven oder Chakrams in Sicht. Der Mann schwang stattdessen einen Holzkohlestift und eine Wachstafel, die Begeisterung in seinem Gesicht ließ Quik zusammenzucken.

In letzter Zeit bedeutete Najahn-Glück Vis-Elend.

»Wir haben einen, Kommandantin«, sagte der Schreiber. »Sie sind bereit für Sie.«

»Perfekt«, erwiderte Pavarde. »Führe uns.« Sie blickte zu Quik. »Vis, hier ist deine Chance.«

Diese Chance saß trotzig im schlammigen Sand am Rand des Strandes, die Wellen leckten an den Beinen des Mannes, als die Flut begann, landeinwärts zu kriechen. Er trug ein zerlumptes Gewebe, einen struppigen Bart, Muskeln unter faltiger, sonnennarbiger Haut. Seile fesselten die Hände des Mannes. Der richtende Blick des Mottilan-Ältesten traf zuerst Quik und blieb dort, selbst als Pavarde den Mann fragte, warum er sich geweigert hatte, Befehle zu befolgen.

»Weil ich müde bin und die Arbeit niemals endet«, antwortete der Vis.

»Aber deine Gefährten machen weiter wie verlangt«, sagte Pavarde und deutete über den Strand zum Pier, der im Fackelschein von Verkehr durchflossen wurde, als die Sonne den Horizont berührte. »Warum solltest du Ruhe erhalten, wenn sie es nicht tun?«

Die Stirn des alten Mannes runzelte sich. »Es überrascht mich nicht, dass die Najahn böse sind, aber es überrascht mich, dass sie dumm sind.«

Pavarde nickte. »Dein Körper sieht stark genug aus, aber ich bin nicht unsensibel gegenüber deinen Jahren. Es gibt verschiedene Arbeiten, weniger anstrengende. Du könntest Seile reparieren, Mahlzeiten kochen, putzen. Ich verstehe, dass dir diese Arbeiten angeboten wurden und du sie abgelehnt hast. Warum?«

»Haben sie es dir nicht gesagt?«

»Ich möchte Klarheit.«

»Weil ich müde bin.«

Quik zuckte zusammen. Pavarde wandte sich von dem

Mann ab und starrte Quik an, als wären die Worte des Ältesten irgendwie Quiks Schuld.

»Deswegen haben wir eure Insel eingenommen«, sagte Pavarde. »Deswegen werden wir sie alle einnehmen. Faulheit. Es wird eine Zeit zum Ausruhen geben. Wenn ich es sage. Wenn Noctia es so bestimmt. Bis dahin werdet ihr mit euren Mitbürgern Schritt halten. Mottilan wird wiederaufgebaut, und Vis wird dank eurer Bemühungen einen neuen, helleren Tag erleben.«

»Sprecht Ihr mit ihm oder mit mir?«, fragte Quik.

»Mit beiden, aber ich weiß schon, was dieser Mann sagen wird. Ich will es nicht hören. Stattdessen möchte ich, dass du seine Meinung änderst. Und wenn er sie nicht ändert, dann sorge dafür, dass jeder andere an diesem Strand, in dieser Stadt, die Konsequenzen versteht.«

»Ich verstehe nicht-«

Pavarde zeigte mit dem Finger auf Quiks Brust. Um sie herum spannten sich die Najahn-Wachen an, ihre Hände glitten zu den Klingen an ihren Gürteln. Besser für den schnellen Nahkampf als die größeren Voulgen, und Quik wusste, dass diese Spitzen ihn durchbohren würden, lange bevor er einen Fluchtversuch unternehmen könnte.

»Bring diesen Mann dazu, seine Worte zu bereuen und zu seinen Pflichten zurückzukehren, oder töte ihn«, sagte Pavarde laut genug, damit der Älteste es hören konnte. »Dein Leben gehört jetzt den Najahn, Quik. Du wirst es immer wieder beweisen müssen, und solltest du versagen, wirst du sterben wie all die Banditen, die ich abgeschlachtet habe, um deinen Bruder zu retten. Und dann werde ich Fassle von deinem Verrat erzählen, und er wird dafür sorgen, dass das Ende deines Bruders noch schlimmer sein wird als dein eigenes.«

Quik erwiderte Pavardes Blick. Er wusste nicht, wo Wax

war, trotz Pavardes Behauptung, sein Bruder sei auf Noctia, in Fassles Reichweite. Ob Fassle Wax töten würde - ob Fassle überhaupt wusste, wer Wax war - nur wegen Quik, schien ebenso weit hergeholt, aber welche Möglichkeiten hatte der Jäger?

Er hatte oben auf den Klippen dem Tod ins Auge geblickt und festgestellt, dass er noch nicht bereit war, sich seiner dunklen Vergessenheit zu stellen. Das bedeutete, alles zu tun, um zu überleben, egal wie sehr er sich dafür hasste. Quik war kein Märtyrer.

Seine Hände glitten in die Handschuhe. Pavarde trat beiseite und machte den Weg zum Ältesten frei.

»Ich erkenne dich«, sagte der alte Mann. »Du hast für uns gekämpft, aber jetzt stehst du auf ihrer Seite?«

»Ich tue, was nötig ist, um zu überleben«, sagte Quik und trat näher. Der kühle Sand zwischen seinen Zehen, ein Gefühl, das der Jäger in sich aufnahm, wie auch die salzige Brise, die Arbeitsgeräusche und Vogelrufe. Alles, um ihn von diesem Ort, diesem Moment wegzubringen. »Das solltest du auch tun.«

Der Älteste lachte. »Ich habe gelernt, Jäger, dass es Besseres gibt als zu überleben.«

Für Pavarde musste ein Beispiel gesehen und vorzugsweise gehört werden. So überlebte der alte Mann noch lange, nachdem sein Lachen in Schreie übergegangen war, sein tapferer Körper gebrochen.

2

UNTER BELAGERUNG

Das letzte Mal, als Eujo die *Storm's Edge* wegsegeln sah, war an der Südküste von Whent gewesen, vertrieben von einem rachsüchtigen Mob, während die Königin und ihre Gefährten sich in einen Schneesturm schlichen. Die darauffolgenden Wochen waren zermürbend gewesen, aber – Wax, lange vermisst, blitzte in ihrer Erinnerung auf – auf eine andere Art und Weise auch wunderbar. Eujo war zum ersten Mal in ihrem Leben jemandem nahegekommen, sogar mehreren Menschen, die nicht ihre Wachen waren.

Sie ging zurück zum Dock, ein schimmernder Frühlingsmorgen brach an, ohne Nebel über dem Ozean. Klarer Himmel bis zum Horizont bedeutete, dass Eujo verblasste Formen beobachten konnte, die hin und her huschten, ein ständiger Krieg nun in Sichtweite von Kance selbst. Ihre Marine verlor den langsamen, unausweichlichen Konflikt: bessere Schiffe und Kapitäne, die von der schieren Überzahl übertrumpft wurden, während Schiffe aus Rana, Foti und Whent durch zunehmend eisfreie Meere segelten.

Der Zeit für die Insel der Winde lief davon.

»Ich kann immer noch nicht glauben, dass Svarde auf einer diplomatischen Mission ist«, sagte Ami, die feurige Foti-Wächterin und Anführerin von Noctias Dämoneneinfallstruppe, die immer noch am Stadtrand wartete. Sie ging mit Eujo zurück zum Dock, eskortiert von mehreren schimmernden Kance-Soldaten. »Eine inspirierende Wahl, Eujo. Nicht eine, die ich getroffen hätte, aber hey, deshalb bist du die Königin.«

»Ich musste ihn wählen. Du wolltest ja nicht gehen.«

»Ich glaube, wenn ich Fassle wiedersehen würde, würde ich ihn wahrscheinlich ausweiden«, erwiderte Ami. Die Whent-Eisenklinge, die sie an ihrer Hüfte trug, sah durchaus in der Lage aus, genau das zu tun. Die goldene Gesichtsmaske der Wächterin, die den Großteil ihrer linken Wange bis zu den Augen bedeckte, glitzerte im Sonnenlicht, ihre beiden Smaragde – Vis-Narben – fügten Farbe hinzu, während sie Amis verbrannten Körper am Leben erhielten. »Er hat es verdient.«

»Deshalb habe ich Svarde geschickt. Wenn Fassle den Deal nicht annimmt, wird Svarde ihn vernichten.«

»Du hast diese kleine Nebenmission nicht erwähnt.«

»Ich sage es erst jetzt, wo sie weg sind.«

Das Paar erreichte die Dockseite, wo weißer polierter Stein und Fels Lagerhäusern wichen, die einst mit Getreide und Waren für den Export gefüllt waren, jetzt entweder leer oder voll mit Ballistageschossen, Armbrustbolzen, Rapieren und Rüstungen. »Ich glaube nicht, dass du Fassle schnell genug Bescheid geben kannst, als dass es noch eine Rolle spielen würde.«

Ami stellte sich der Königin gegenüber, und Eujo maß ihren Abstand. Eine volle Schrittlänge, mit Soldaten rundherum. Selbst wenn die Wächterin beschließen würde, dass ihre Loyalität zu den Feuerwanderern, zu ihrem seltsamen

Deal mit Noctia, es wert wäre, Eujo hier und jetzt anzugreifen, würde Ami ihr Schwert nicht gezogen haben, bevor mehrere Rapiere sie aufspießten.

Mehr noch, Eujo wusste, dass Livier mindestens einen Vientas-Attentäter in Reichweite hielt. Es würde die Königin nicht überraschen zu erfahren, dass in diesem Moment eine Armbrust, ein Blasrohr oder Schlimmeres auf Ami gerichtet war.

»Ich bin diesem Bastard nicht treu«, sagte Ami. »Ich versuche, den Feuerwanderern und all ihren Familien ein Zuhause auf den Inseln zu verschaffen. Das ist alles. Das ist mein Ziel. Fassle hat uns das versprochen, deshalb bin ich hier.«

»Fassle bricht seine Versprechen, Ami.«

»Und trotzdem bist du dabei, einen Deal mit ihm zu machen, Eujo.«

»Weil ich keine Wahl habe. Wenn Fassle dieses Versprechen bricht, wird Svarde tun, was richtig ist.« Eujo ließ das Gespräch abdriften. Sie musste keine vagen Drohungen mit Ami austauschen, nicht wenn sie eine wichtigere Entscheidung zu treffen hatten, eine, die ihre endlose Beraterriege in den letzten zwei Tagen vorangetrieben hatte. »Ich bin froh, dass du heute Morgen gekommen bist, denn wir haben etwas zu besprechen.«

»Einverstanden, aber lass uns das beim Frühstück machen. Deine verdammte Stadt ist groß, und ich musste meins ausfallen lassen.«

Amis Kopf schüttelte sich, bevor Eujo fertig war, und die Königin erriet, dass es nicht um kargen Fisch und Brot ging. Kance war auf rationierte Lebensmittel geschrumpft, und die Königin würde für sich selbst keine Ausnahme machen – aber es war schmackhaft genug. Verwässerter Kaffee spielte den Partner, verschlungen in einem Café am Meer, besetzt von Seeleuten und Soldaten, die von blutigeren Orten zurückkamen oder im Begriff waren, dorthin aufzubrechen.

»Kann sie nicht in die Höhlen zurückziehen, selbst wenn sie gehen wollen«, sagte Ami. »Nicht bevor Fassle zustimmt. Frieden mit Kance, ein Zuhause für die Feuerwanderer.«

»Wenn er nur eine Seite des Deals annimmt?«

»Wenn er meine Freunde hintergeht, wird Noctia eine sehr wütende, sehr heiße Armee durch ihre Höhlen marschieren sehen.«

»Also wirst du dann gehen.«

Ami neigte den Kopf. »Willst du mich so dringend loswerden, hm?«

»Ich will, dass unsere Bauern in ihre Häuser zurückkehren können. Ich will, dass sich meine Soldaten auf die Najahn konzentrieren, nicht auf die Dämonen, die direkt vor unserer Stadt warten.«

Die Wächterin grinste nicht, schoss nicht ihren üblichen kecken Kommentar zurück, sondern blickte nur aufs Wasser hinaus. »Die Feuerwanderer sollten nicht deine Feinde sein. Ich werde sie fernhalten. Versprochen.«

»Das ist alles, worum ich bitte.«

Das Frühstück hätte in Frieden weitergehen sollen, aber Eujo bekam das nicht mehr. Stattdessen strömten nacheinander Menschen herein, lieferten Schlachtberichte – größtenteils schrecklich – und besorgniserregende Nachrichten. Die Vis-Stadt Mottilan war vor einigen Tagen evakuiert worden, und ihre Flüchtlinge landeten überall in Kance, wurden hier und da an Land gespült in Schiffen, die oft durch Najahn-Angriffe fast zerstört waren. Diese Menschen würden Kleidung, Nahrung und einen Platz zum Bleiben brauchen.

Dafür zumindest hatte Eujo eine Antwort.

»Schickt sie zum Najahn-Außenposten«, sagte Eujo. »Er ist verlassen und wird Platz haben. Es wird jetzt warm genug für die Vis sein.«

»Eine Gruppe von Dschungelbewohnern auf die Spitze eines kalten Turms schicken?« Ami lachte, während sie von der anderen Seite des Tisches zuhörte. »Grausam, Eujo.«

»Besser als auf dem Meeresgrund.«

Ami bestritt diesen Punkt nicht, aber die Wächterin blinzelte, als die nächste Person, verschwitzt und erschöpft, das Café betrat. In Whent-Leder gekleidet und mit dem ernstesten Gesichtsausdruck, den Eujo den ganzen Tag gesehen hatte, nahm der Kundschafter ein angebotenes Glas Bergquellwasser und leerte es in einem Zug, bevor er ein Wort sagte.

»Olgata?«, fragte Ami. »Ich dachte, ich hätte dir gesagt, du sollst bei den Feuerwandlern bleiben?«

»Ich habe dort einige Kundschafter zurückgelassen. Deine Unholde werden sich nicht bewegen, ohne dass wir es wissen«, sagte Olgata und atmete die Worte aus. »Deshalb bin ich hier. Die Tore sind geschlossen.«

»Tore?«, fragte Eujo und bemerkte, dass Amis Mund offen stand.

Wenn eine Wächterin, die so viel gesehen hatte wie Ami, schockiert aussah, war das ein schlechtes Zeichen.

Olgata legte die erfreuliche Wahrheit dar, doch inmitten all dessen, was sie sagte, blieb Eujo vor allem an einem Detail hängen: Wax lebte. Irgendwie war die Vis-Erneuerung, nachdem sie während eines Noctia-Angriffs von der *Storm's Edge* verschwunden war, nach Noctia gelangt, hatte die Wunde hinabgestiegen und einen Weg gefunden, die Skars zu vereinen, um die Unhold-Portale zu schließen. Genau das, was die Aegis hätten tun sollen, was Demion vor Jahrhunderten hätte tun sollen.

Und nach all dem stand die Vis unverletzt da.

Es hätte eine Zeit zum Feiern sein sollen, und doch sah Ami entsetzt aus und murmelte sogar ein oder zwei Flüche, als Olgata ihre Geschichte beendete. Die Kundschafterin schien die Sorge der Wächterin zu teilen, obwohl das Olgata nicht davon abhielt, mehrere weitere Gläser Wasser zu leeren. Sie war in einem Todsprint gekommen, nachdem die Nachricht an diesem Morgen eingetroffen war, und eilte über Whents übliche Botenkette entlang der Höhlenrouten von Jochis unterirdischer Enklave herbei.

»Kann mir eine von euch sagen, warum das eine schlechte Sache zu sein scheint?«, fragte Eujo.

»Weil nicht alle Unholde böse sind«, antwortete Ami, und Olgata nickte. »Diese Welten, die Wax abgeriegelt hat, sterben. Alles, was darin gefangen ist, wird ebenfalls sterben. Es waren noch Tausende von Feuerwandlern in Fotis Reich, Eujo. Die kommen jetzt nicht mehr heraus.«

Die Wächterin musste den nächsten Teil nicht erklären, was mit der brennenden Armee geschehen könnte, die in kleinen Höhlen außerhalb von Kances Hauptstadt lagerte, wenn sie herausfänden, dass ihre Freunde und Familien weg waren, nur weil ein Mensch beschlossen hatte, die Tür zuzuschlagen.

»Du willst nicht, dass sie ihren Zorn an dir auslassen«, sagte Ami. »Nichts, was du hier hast, wird sie vertreiben.«

»Dann machen wir zwei Dinge«, erwiderte Eujo und setzte spontan etwas zusammen, wie ein Dieb, der mitten im Diebstahl erwischt worden war. »Wir verhindern, dass irgendjemand den Feuerwandlern davon erzählt. Ich weiß nicht, wie sie es überhaupt erfahren sollten, aber niemand erwähnt das in ihrer Gegenwart. Keine Feiern, kein Spott, gar nichts.« Eujo sicherte sich zustimmende Nicken von Olgata und Ami. »Dann bereiten wir uns vor. Gleiter mit Wasser, bereit zum Abflug. Wir lassen es fallen und durchnässen die Feuerwandler, wenn sie auch nur einen Schritt in Richtung Stadt machen.«

Ami faltete ihre Hände und stützte die Ellbogen auf den Tisch. »Du wirst meine Freunde nicht ermorden.«

»Wenn du sie von meiner Stadt und meinen Leuten fernhältst, werde ich es nicht müssen.«

»Weichst du dem Problem aus, Eujo?«

Eujo behielt ihren eisigen Blick bei, eine Geste, die sie längst perfektioniert hatte.

»Kance sollte nicht leiden, weil Fassle einen schlechten Deal gemacht hat. Schaff diese Feuerwandler von meiner Insel, oder ich werde sie vernichten, Ami. Mit den Skars, die uns noch geblieben sind, wenn nötig.«

Ami lachte düster. »Nein, Eujo. Wenn diese Feuerwandler beschließen, dass wir der Feind sind, gibt es keinen Ort auf diesen Inseln, der nicht brennen wird. Aber ich höre deine Drohung. Halte deine Leute fern, und ich werde sie in Bewegung setzen. Sie werden ohnehin diesen Regen hinter sich lassen wollen.« Die Wächterin richtete ihren Blick auf Olgata. »Du wirst Jochi warnen müssen, dass ein Haufen brennender Monster auf dem Weg zu ihm ist, und sie werden nicht glücklich sein, wenn sie nach Hause kommen. Sieh zu, ob dir auf dem langen Weg dorthin ein paar Ideen einfallen.«

»Nun«, wagte Olgata, »wenn diese Tore wie jede andere Tür sind, die ich je gekannt habe, kann vielleicht das, was geschlossen wurde, auch wieder geöffnet werden.«

3
KRIEGSRAT

Sich auf einen Kampf mit der stärksten Macht der Inseln vorzubereiten, hatte etwas fatalistisch Reizvolles an sich, was Wax umarmte, als er seine neuen Whent-Lederklamotten anzog und die mit frischem Wasser und Proviant vollgestopften Taschen schulterte. Es würde ein langer Marsch nach Süden, nach Kance, werden, und keine Lasttiere konnten durch die verschlungenen Höhlen der Dunklen Tiefe kommen.

Der Vis-Erneuerung, Schließer der Tore und, wenn man Jochi glauben konnte, bald Held der Sieben Inseln, begann seinen Morgen in einem schäbigen Zimmer im zweiten Stock eines Steingebäudes, beleuchtet von fahlen Laternen. Tief unter der Erde dehnte und verkürzte sich die Zeit willkürlich, und Wax schätzte die Uhrzeit oft weniger anhand seiner Umgebung als vielmehr anhand seines körperlichen Schlafbedürfnisses.

Obwohl auch das unberechenbar geworden war.

Die Skars tranken, wenn Wax nicht aufpasste, nachdem sie ihre eigenen langsam füllenden Reserven erschöpft hatten. Stimmen flüsterten in seinem Kopf, wie Gespräche am Rande seiner Wahrnehmung, alles Unsinn bis auf ihre Tonlagen und Rhythmen. Früher konnte Wax Vis, Tamas und Foti an der Tonhöhe unterscheiden, aber jetzt verriet ihre Kadenz ihre Herkunft deutlich genug. Fotis allmähliches Grummeln dominierte jetzt und übertönte Tamas' singende Gegenharmonie, während die beiden sich darüber stritten, ob die Laterne einen feurigen Schub gebrauchen könnte oder ob der Laternenanzünder, der unten seine Runden drehte, ein bisschen angestupst werden sollte, um hochzukommen und Wax ein besseres Licht zu bringen.

Die Erneuerung ignorierte sie beide. Er sah an sich herunter. Abgesehen von seiner Vis-Bräune und der Tinte, die sich über seine Arme, seinen Hals und seine Schultern ausbreitete, hätte Wax als etwas schmächtiger Whent durchgehen können. Ein Gear-Upgrade, wie Jochi sagen würde, von den Webstoffen und Speeren aus Wax' Heimat, obwohl das ganze Gewicht es Wax schwer machen würde, sich an seinen geliebten Lianen entlangzuschwingen.

Nicht dass Wax diese Dschungel in nächster Zeit wiedersehen würde. Vorausgesetzt, Fassle und die Najahn würden in ihre Schranken gewiesen und auf ihre felsige Zentralinsel zurückgedrängt werden. Das war es, was er tun würde, sobald er Kance erreichte: diese Skars benutzen, um die Najahn zum Frieden zu zwingen, ihre Eroberung aufzugeben und ihn endlich nach Hause gehen zu lassen.

»Bist du fast fertig?«

Die Stimme trug einen Hauch besserer Zeiten mit sich, Dschungelnächte und Tage inmitten von Sana-Blumen und heimlichen Fluchten. Sawi war zurückgekehrt und brachte Wax ins Taumeln. Er hatte die letzte Saison damit verbracht, Eujo, die Königin von Kance, kennenzulernen, und diese Verbindung ...

»Ich komme«, antwortete Wax. Alberne Gedanken

waren das, und solche, zu denen er zurückkehren konnte, wenn sich Leben und Tod geklärt hätten. »Ich bin doch nicht der Letzte, oder?«

»Wax, natürlich bist du das.«

Sawi wartete unten im Eingang des Gebäudes auf ihn und sah deutlich besser aus als vor ein paar Tagen. Die Vis und die Whent-Wissenschaftlerin Annalyse waren aus den Höhlen in die Stadt, Jochis Traumfeste, gestolpert, dem Tod nahe. Erfrischt und in der gleichen Whent-Ausrüstung wie Wax gekleidet, war Sawi trotzdem nicht ganz sie selbst. Wie Wax hatte sie Dinge gesehen, die sie nicht vergessen konnte, und diese Gewalt zeigte sich in einigen Narben und in den Schatten hinter ihren Augen.

Und in der Art, wie sie immer eine Hand an dem Vis-Speer an ihrer Seite hatte.

»Wie?«, fragte Wax. »Es ist doch nicht so spät?«

»Ich konnte nicht schlafen, und Annalyse scheint nie zu schlafen.« Sawi zuckte mit den Schultern und lächelte. »Der Kundschafter ist laut Jochi schon seit gestern bereit.«

»Okay, nun, ihr werdet noch ein bisschen länger warten müssen.«

»Warum das?«

Wax grinste. »Da ist etwas, das ich ausprobieren möchte.«

Im Zentrum der Traumfeste stand eine Kathedrale, obwohl Wax nichts von einer religiösen Verbindung zu dem Bauwerk gehört hatte. Seine kuppelförmige Gestalt gab ihm den Namen, und sein höchster Punkt berührte den Boden der Wunde. Der lange Absturz von der Oberfläche bis hierher wimmelte nicht mehr von Ungeheuern. Jetzt klapperte und summte er von Hämmern und Arbeit. Handel und Reisen von Noctia und Whent huschten auf und ab und wurden mit jedem Tag schneller, während Reparaturen die

Schäden beseitigten, die Maenas erderschütterndes Wagnis hinterlassen hatte.

Im Zentrum der Kathedrale befand sich Wax' Ziel. Der Tote König ragte auf, über seine auf die Knie gestützten Ellbogen gebeugt, gekleidet in zerschlagene schwarze Rüstung. Irgendwo in diesem gewaltigen Ding warteten Geschichte, ein uralter Held und Wax' nächste Prüfung.

»Was, erweist du ihm die Ehre?«, fragte Sawi, die hinter ihm stand, als sie die Stufen erklommen und hineingingen.

»So in der Art.«

Niemand sonst war in dem Steingebäude, das bis auf den Toten König und seinen Felsenthron leer war. Jochi hatte erwähnt, dass hier einst Kriegsräte abgehalten wurden, aber der Whent-Kriegsherr hatte all seine Operationen in eine nahegelegene Höhle verlegt.

Keine Unterbrechungen, wie Wax gehofft hatte.

Die Erneuerung weckte die Skars. Zwei im Besonderen, Vis und Noctia. Erstere sang ein schwungvolles Lied, begierig darauf, jede Wunde oder jedes Leiden aufzuspüren und anzugreifen. Wax hatte davon nicht mehr viel übrig, obwohl der Vis-Skar einen kleinen blauen Fleck von einem angestoßenen Knie fand - all die Steinarbeiten hier bestraften Fehltrittte - und aufgeregt wurde. Noctia trat mit dissonanten Schlägen ein, harten Noten, denen es an Fokus mangelte. Wax, der auf die schlaffe Gestalt des Toten Königs starrte, gab ihnen etwas davon.

Skars zu kombinieren geschah nicht zufällig - sich selbst überlassen, würden die Steine ihre Kräfte überall hin schleudern, Chaos verursachen und Wax' Energie aussaugen, bis er zusammenbrach. Torny, der Noctia-Bandit, hatte einmal einen Berg über ihnen zum Einsturz gebracht, indem er eine Menge Whent-Skars wild werden ließ. Da er unter mehr als genug Felsen stand, um ihn und alle anderen zu begraben, wollte Wax das nicht unbedingt.

Stattdessen lenkte er das Vis von der Prellung weg und in Richtung des Toten Königs. Er ließ das Skar sein Gleichgewicht finden, summend in seiner seltsamen, beständigen Melodie. Wäre der Tote König eine Blume oder ein verwundeter Soldat gewesen, hätte er sich vielleicht bei der Aufmerksamkeit aufgerichtet. Der Tote König, so weit jenseits jeglichen Lebens, tat nichts. Zumindest bis Wax dem Noctia-Skar das Startsignal gab.

Der Stein der Todesgöttin spielte einmal seinen schmetternden Ton, und noch einmal, als Wax ihn anstieß. Die beiden Schläge, die zur richtigen Zeit erklangen, fügten sich mit dem Vis-Skar zusammen. Ihre Lieder vermischten sich, nicht zu einem wertlosen Durcheinander, sondern zu einem beständigen Akkord. Als sich die Synchronisation bildete, spürte Wax ein neues Bewusstsein, kleine Fragmente um ihn herum in fast alle Richtungen. Punkte, fast wie Ideen, die darauf warteten, dass er sie berührte. Der größte saß vor ihm und glühte förmlich durch die vereinten Bemühungen der Skars.

Wax griff mit den Skars aus, und der Tote König erwachte mit einem rasselnden Ruck. Alte Flocken fielen von dem Koloss ab, als der Tote König sich aufrichtete. Noctia und Vis spielten ihre Stärken aus, indem sie gleichzeitig Leben wiederherstellten und dessen Notwendigkeiten zurückhielten: Lange verwelkte Lungen, Muskeln und das Herz des Mannes fügten sich aus uraltem Staub wieder zusammen, arbeiteten erneut, um zu atmen, zu schlagen, obwohl kein Blut durch die Adern des Toten Königs floss.

»Na, das habe ich nicht erwartet«, murmelte Sawi

hinter Wax, und er hörte, wie sie ihren Speer mit beiden Händen umfasste. »Was machen wir hier, Wax?«

»Hallo sagen«, antwortete Wax.

»Hallo«, krächzte der Tote König, sein unsichtbares Gesicht knarrte, als er hinter seinem Visier zu Wax blickte. »Wer seid Ihr?«

»Ich bin der Mann, der die Tore geschlossen hat«, sagte Wax, »und ich hoffe, Ihr könnt mir helfen, ein paar wirklich üble Leute zu vernichten.«

»Die Tore geschlossen?«

Wax erzählte die Geschichte in aller Kürze. Sawi stand hinter ihm, den Speer bereit. Der Tote König zeigte keine Reaktion, bis Wax fertig war, woraufhin der alte Krieger einen vertrockneten Seufzer ausstieß.

»Dann habt Ihr getan, was Demion nicht tun wollte«, sagte der Tote König. »Worum ich sie gebeten hatte.«

Wax blinzelte. »Was, nicht wollte?«

»Sie wollte all diese Kreaturen nicht zum Tode verurteilen. Sie gab ihnen eine Chance und befahl uns, gegen die Schlimmsten von ihnen zu kämpfen. Ein Fehler. Als sie ging, versuchte ich, diese Tore zu schließen und scheiterte. Wenn Ihr erfolgreich wart, dann danke ich Euch, Held, und ich werde mich Eurem Kampf gegen Eure Feinde anschließen, obwohl ich mein Schwert zu haben scheine.«

Wax hörte das Letzte jedoch kaum. Demion hatte sich geweigert, die Unholde wegzusperren? Hatte die Idee verurteilt?

»Gegen wen ziehen wir in den Krieg, Held?«, dröhnte der Tote König, aber Wax ließ die Skars los, und der uralte Krieger fiel auf seinen Thron zurück, wieder nichts weiter als eine Reliquie.

Die Worte des Mannes verklangen nicht so schnell.

Held? Wax fühlte sich nicht wie einer.

4

DIE BLUTIGEN MEERE

Die Banditin begann, den Ozean zu hassen. Jedes Mal, wenn Torny in See stach, schien etwas Schreckliches zu passieren. Momentan war dieses Schreckliche, dass sie das Schiff mit Svarde teilen musste, dem unsterblichen, grauenerregenden Barbaren. Er stand am Bug der *Storm's Edge*, seine gezackte schwarze Klinge auf einer Schulter und sein Ferrit, Kivi, zu seinen Füßen zusammengerollt. Svardes graue, narbige Haut, sein knuspriger, struppiger Bart und das Fehlen all der Dinge, die einen Menschen menschlich machten, nagten an Torny auf eine Weise, die sie bis zu diesem Moment nicht verstanden hatte.

»Du siehst krank aus«, gebärdete Bliss, die ihr im Speisesaal gegenübersaß.

Der luxuriöse Raum beherbergte einen langen Tisch und Fenster mit Blick aufs Vorderdeck. Anstelle von Mahlzeiten standen in der Mitte des Tisches mehrere Schließfächer. Darin befanden sich etwa die Hälfte der Skars, die Gladdring, der tote Najahn-Verräter, aus Noctia gestohlen hatte. Diese Steine bildeten das Friedensangebot an Fassle und Yarvick, mit dem Kances Unabhängigkeit erkauft werden sollte.

Torny würde nicht darauf wetten, dass das Najahn-Machtduo das annehmen würde. Fassle war nicht der Typ, der eine Gewinnerposition mit weniger als maximalem Nutzen sterben ließ, und es war für jeden, der einen Blick über den Ozean warf, offensichtlich, dass die lila-schwarze Flotte Kance in die Enge getrieben hatte.

»Ich bin kein Fan von Untoten«, sagte Torny, immer noch Svarde beobachtend. »Ich kenne noch einen Mann wie Svarde, und der ist ein echtes Arschloch.«

Sie hatte Yarvicks besonderes Spiel erst durchschaut, als Svarde in Tornys Leben getreten war, aber der gleiche graue Schimmer, der Mangel an Schlaf und die Verachtung für Essen und Trinken passten viel zu gut zusammen. Yarvick führte die Flinken Finger scheinbar schon ewig.

»Svarde ist auf unserer Seite, Torny. Das ist mir viel lieber als das Gegenteil.«

Dem konnte die Banditin zustimmen. Normalerweise war es ein Plus, den Typen mit dem großen Schwert im eigenen Team zu haben. Ihre Hand wanderte in ihren seetauglichen Kance-Umhang zu dem kleinen Buch, das immer sicher an ihrer Brust oder ihrem Oberschenkel lag. Sie zog es jetzt heraus und wedelte damit vor Bliss.

»Das ist unsere wahre Waffe«, sagte Torny. »Erinnerst du dich, wo ich das her habe?«

»Wie könnte ich unseren eiskalten Lauf durch diese Stadt vergessen, mit allen, die uns jagten?«

»Genau, aber es war es wert.«

»Das Tagebuch?«

»Dies ist Yarvicks Sohn«, sagte Torny. »Das einzige Kind, das Yarvick je hatte, soweit ich weiß, und der Mann will dieses Tagebuch schon lange.«

»Warum?«

»Woher soll ich das wissen? Vielleicht ist es das Letzte, was Yarvick an die Menschlichkeit bindet, vielleicht will er einfach wissen, was sein Kind von ihm hält.« Torny ließ das Buch wieder verschwinden. »Der Punkt ist, Yarvick hat mir gesagt, ich soll es holen, und ich hab's getan, was bedeutet, wir haben einen Hebel.«

»Wenn er so schlimm ist, wie du sagst, warum sollte er dich nicht einfach töten und es sich nehmen?«

Torny schnalzte mit der Zunge. »Weil Yarvick einen Ruf zu verlieren hat. Wenn du anfängst, Leute zu töten, die Dinge für dich erledigen, bleiben plötzlich deine Aufträge unvollendet. Er wird eine andere Ausrede finden müssen, und ich wette, das wird er nicht.«

»Also wird er Fassle zu einem Frieden mit Kance drängen, nur weil du dieses Tagebuch hast?«

Bliss' skeptischer Blick passte zu dem, was Torny über diesen genauen Ausgang dachte, aber das war in Ordnung, denn sie hatte ihre Wette auf einen anderen Ausgang gesetzt.

»Ich denke, Yarvick will die Macht nicht teilen. Gerüchten zufolge hat er versucht, Fassle umbringen zu lassen und ist gescheitert, hat sich damit abgefunden.« Torny trommelte mit den Fingern auf den Tisch. »Ich wette, Yarvick wird uns einen anderen Deal anbieten. Fassle ausschalten, ihm das Tagebuch geben, und Kance bekommt seine Gnadenfrist.«

»Das scheint nicht fair.«

»Fair und Yarvick passen nicht zusammen. Je eher du das akzeptierst, desto besser für dich.«

»Desto besser für mich?«

»Weil du dann bereit bist, wenn sie versuchen, sich gegenseitig umzubringen.«

Torny meinte die Zeile als Scherz, aber keine von beiden lachte.

Deux, der Kapitän der *Storm's Edge*, hatte sie auf direktem, kurzem Kurs nach Noctia und zur Ringstadt gesetzt. Um dorthin zu gelangen, mussten sie entlang der Südküste Noctias segeln und dann nach Norden in den riesigen Hafen einbiegen, und um zur Südküste Noctias zu gelangen, mussten sie die Najahn-Blockade durchbrechen. Torny hatte Deux' Rede an seine Crew an diesem Morgen mitgehört. Er hoffte, dass das Hissen der Noctia-Flagge neben der von Kance übereifrige Najahn-Kapitäne abschrecken würde, aber wenn Torny in ihren Diebsjahren etwas gelernt hatte, dann, dass jeder ein gutes Ziel liebte, und die *Storm's Edge* sah wie ein großartiges aus. Auffällig, mit Kance-Glas bestickt und ihren seidigen, schimmernden Fäden, die ein glitzerndes Prisma auf dem Meer nachahmten, ließ die *Storm's Edge* kein Geheimnis darüber, wer an Bord segelte, auch wenn Eujo dieses Mal nicht auf dem Schiff war.

Jeder Najahn-Kapitän würde annehmen, dass sie es wäre.

Diese ärgerliche Realität bewahrheitete sich, sobald die *Storm's Edge* ihre eskortierenden Kance-Kutter hinter sich ließ. Diese Schiffe hätten in der Nähe bleiben können, wenn Deux ihnen nicht befohlen hätte umzukehren, um ihr Leben für die Verteidigung der Insel einzusetzen, anstatt eine friedliche Mission zu bedrohen. Eine weitere kurzsichtige Entscheidung, aber Torny hielt erneut den Mund.

Deux hatte deutlich gemacht, dass er kein Fan von Banditen war, selbst von pensionierten nicht.

Also behielten Torny und Bliss ihre Waffen bei sich. Eine Dolchhalterung lag auf dem Tisch nahe den Schließfächern, und Bliss' metallbeschlagener Stab ruhte auf dem Boden nahe ihren Füßen. Leicht zu greifen also, als der Ruf des Kance-Kundschafters aus dem obersten Nest verkündete, dass zwei Najahn-Karavellen auf Abfangkurs waren.

Milde Winde machten die Fahrt langsam und die See sanft. Torny hielt mühelos das Gleichgewicht auf dem Deck, als sie und Bliss sich ein paar anderen kampfbereiten Matrosen am Bug anschlossen. Svarde stand auch dort, so regungslos wie immer, und sein Ferrit schlummerte weiter.

Vor ihnen näherten sich die Karavellen über das graue Wasser ohne viel Aufhebens, schaukelten in ihren Weg. Wenn es so weiterginge, würde die *Storm's Edge* eingekeilt werden, und Torny hatte immer noch Alpträume von dem letzten Mal, als sie von beiden Seiten geentert worden waren.

In jener Nacht hatten sie Wax verloren.

»Festhalten!«, rollte Deux' Ruf über das Schiff und Torny packte die Reling, als die *Storm's Edge* ihre wunderschönen Dreiecksegel gut einsetzte und das Schiff nach Backbord ausweichen ließ.

Die Karavellen versuchten sich anzupassen, ihre flachen, quadratischen Segel kämpften in der leichten Brise, um die Wende zu bewältigen. Die linke begann eine langsame Schleife, die sie nicht rechtzeitig vollenden würde, um die *Sturmkante* einzuholen. Was die andere betraf ...

»Zumindest hat er es auf eine reduziert«, sagte Torny, löste sich vom Geländer und bewegte sich zusammen mit den anderen zur Steuerbordseite. »Bereit dafür, Bliss?«

›Ich glaube, wir haben keine Wahl, Torny.‹

»Verdammt richtig, haben wir nicht«, sagte Torny, zog einen Dolch und wedelte damit in Richtung der herannahenden Karavelle. »Wir werden zu schnell sein für mehr als ein oder zwei Enterhaken.«

»Das überlasst ihr mir«, sagte Svarde und stampfte

nach achtern. »Ihr alle habt noch etwas zu verlieren. Mein Leben ist bereits vorbei.«

Torny beobachtete, wie der Barbar vorbeizog, ihr wedelnder Dolch wurde etwas schlaff. Bliss nickte vor sich hin, ihre rechte Hand zuckte in Tornys Richtung.

›Wenn das seine Einstellung ist, ist Svarde vielleicht doch ganz gut zu gebrauchen.‹

Die Banditin musste zustimmen.

5
VERBORGENE SPEERE

Ein schmutziges Vertrauen. Quik hatte genug verdient, um einige Najahn-Soldaten zu begleiten, die an diesem Nachmittag ein paar Mottilan-Gefangene in den Dschungel brachten, um nach frühen Pilzen, Kräutern und anderen Nahrungsmitteln zu suchen. Pavarde, die Quik nach dem Mittagessen den Auftrag überbrachte, deutete an, dass diese Aufgabe ebenso dazu diente, sein finsteres Gesicht von ihr fernzuhalten, wie einer tatsächlichen Notwendigkeit seiner Mithilfe entsprang, und Quik widersprach nicht.

Der Najahn-Marine und ihrer wachsenden Dominanz über seine Insel aus dem Weg zu gehen, könnte Quik guttun.

Fünfzehn Vis, einige der älteren oder widerspenstigen Mottilaner, die nicht zu fliehen versucht hatten, und andere, die aus den kleinen, von den Najahn eingenommenen Dörfern entführt worden waren, wurden von zehn gepanzerten Soldaten in Lila und Schwarz eskortiert. Dieses Zahlenverhältnis sah gar nicht so schlecht aus, wenn man bedachte, dass die Vis dünn, müde und niedergeschlagen waren.

Quik schluckte die Galle hinunter, die beim Anblick in ihm aufstieg, und konzentrierte sich stattdessen auf den erwachenden Dschungel um ihn herum. Vis erwachte zum Frühling, und der kühle Morgentau war einer angenehmen Sonne gewichen. Tiere heulten und schrien, Bäume schüttelten ihre Blätter im Wind, und Ranken streckten ihre Triebe aus. In ein paar Wochen würden sie perfekt zum Schwingen sein.

Wax wäre der Erste gewesen, der sich jubelnd und lachend durch das Blätterdach geschwungen hätte.

Ein Knurren lenkte Quiks Aufmerksamkeit auf einen stämmigen Najahn an der Spitze der Reihe, der einen Vis mit dem Schaft seiner Glefe schlug.

»Halt deinen Sack von meinen Beinen fern«, sagte der Najahn laut genug, damit die ganze Reihe es hören konnte. »Du hast zwei Schultern, behalt ihn darauf. Wenn er mich noch einmal trifft, wirst du mehr als ein paar blaue Flecken davontragen.«

»Ach, lass sie in Ruhe, Beltran«, lachte ein anderer. »Sie können ja kaum gerade stehen.«

»Ist es etwa meine Schuld, dass sie sich entschieden haben, gegen uns zu kämpfen?«

»Wenn ihr sie tötet«, sagte Quik, »wird Pavarde nicht glücklich sein. Ihr seid immer noch im Krieg, erinnert ihr euch?«

Die ganze Gruppe drehte sich zu ihm um, die Vis warfen Quik einen Blick zu, der Abscheu mit Verwirrung mischte, während die Najahn ihn mit Ekel ansahen. Was Quik als Verräter an seiner eigenen Insel wahrscheinlich verdiente.

»Weitergehen«, sagte Beltran schließlich und trat weiter von dem Vis und dessen schwingendem Sack weg.

»Ich erwarte, dass das Ding voll ist, wenn wir zurückgehen.«

Keine Seele schenkte Quik einen weiteren Blick oder wechselte ein weiteres Wort, und dem Jäger war das nur recht.

Nach einer Stunde Marsch nach Süden, bei dem sie sich durch die flachen Ausläufer der Hügel kämpften, fand die Gruppe einen Hain voller Pilze, die sich gut für Eintöpfe eignen würden. Die Najahn errichteten einen Perimeter, während die Vis ihre Säcke füllten. Quik ließ sich auf einem Baumstumpf nieder, bereit, mehr Zeit mit düsteren Gedanken zu verbringen, als er inmitten der lebendigen Kakophonie des Dschungels einen bestimmten Ruf bemerkte.

Ein Trillern, das sich alle paar Takte wiederholte. Nah genug, um wie ein beharrlicher Singvogel zu klingen, aber eine menschliche Stimme hatte eine Modulation, die schwer zu verbergen war. Zumindest für jemanden wie Quik, der oft genug auf Jagden gewesen war, bei denen genau dieses Signal verwendet wurde. Quik blickte auf die Vis, die weiterhin Pilze aus der Erde zogen, und sah, dass nicht einer von ihnen sich über den Klang wunderte.

Andererseits waren dies ältere, ausgehungerte und verwirrte Gefangene. Keine Jäger, keine Krieger, die bereit waren zu fliehen.

Das Trillern ertönte erneut. Diesmal schärfer, mit einer zusätzlichen Note am Ende. Quik streifte seine Handschuhe über. Die Najahn ahnten nichts, die meisten hatten die Hände an ihren Glefen, ihre Münder bewegten sich in leiser Unterhaltung. Zwei lachten über den Witz eines Dritten. Ein anderer kaute an einem Stück Brot.

Ein Pfeil leitete den Hinterhalt ein, flog aus dem Norden heran und traf den armen Beltran am Hals. Der grimmige

Wächter schlug nach dem Pfeil, als wäre er irgendein Ungeziefer, und schien erstaunt, statt eines Insekts einen gefiederten Stab zu finden. Doch als Beltran den Mund öffnete, um etwas zu sagen, irgendetwas, schäumte er. Der wirkliche Alarm kam, als der Wächter, schwer in seiner Najahn-Rüstung, auf den moosigen Boden krachte.

Auf einmal hörte das Pilzesammeln auf. Auf einmal riefen die Najahn Alarm.

Nicht dass es den Soldaten in Lila und Schwarz etwas nützte.

Als sich die Najahn Beltrans zuckendem Körper zuwandten, flogen Pfeile von den anderen Seiten heran. Nicht alle trafen ihr Ziel, prallten von Helmen oder Schulterplatten ab, aber zwei weitere fanden ihr Ziel. Sieben Najahn waren übrig, und die Noctia-Kämpfer gingen klug vor.

»Schießt noch einmal, und sie sterben«, rief derselbe, der Beltran zur Ruhe ermahnt hatte. Er wich zu den Gefangenen in der Mitte zurück und hob seine Glefe. Die anderen Najahn folgten, während Quik von seinem Baumstumpf aus zusah. »Ihr könnt uns nicht alle töten, bevor wir sie erledigen.«

»Das werden sie nicht müssen«, sagte Quik und erhob sich.

So ausgehungert und geschlagen die Vis auch sein mochten, der Geist ihrer Insel lebte in ihnen. Fast wie ein Mann sprangen die Gefangenen ihre Wächter an. Säcke, schwer von Pilzen, schlangen sich um Najahn-Hälse und zogen sich zu. Raue Jubelrufe ertönten, und bei ihrem Geschrei erwachte der Dschungel zum Leben, ein Angriff von …

Quik zögerte, selbst bei seinem ersten Schritt mit erhobenen Handschuhen. Vier. Nur vier Vis stürmten mit erhobenen Speeren heran, griffen die Najahn an, als diese Soldaten beschlossen, dass ihre Gefangenen einen schmerzhaften Tod verdienten.

Die Najahn waren keine Dummköpfe, sondern ausgebildete Kämpfer, und sie reagierten auf die würgenden Hinterhalte, indem sie ihre Glefen fallen ließen und Klingen aus ihren Gürteln zogen. Diese glänzenden, in Foti geschmiedeten Schwerter mit Saphiren schnitten tief in die ungeschützten Vis. Die Gefangenen hatten die Überzahl und rangen mit den Najahn, aber der Pilzhain begann sich mit dem Blut der falschen Seite zu füllen.

Die vier angreifenden Vis tauschten Geschwindigkeit gegen geschickte Stiche ein und stießen ihre gefiederten Speere in die Lücken der Najahn-Rüstungen. Sie erzielten tiefe Treffer, aber Quik sah keine tödliche Verwundung. Die lila-schwarze Rüstung war zu stark und lenkte diese Stöße zur Seite ab, tiefe Furchen hinterließen sie in den dicken Platten. Diese Rüstung wäre im Sommer viel zu warm gewesen, wenn dünne Najahn-Gewänder die schwereren Schutzvorrichtungen ersetzen würden.

Diese Vis hatten einen zu frühen Zeitpunkt gewählt, und nun musste Quik sie retten.

Mit einem lauten Jubelschrei stürmte Quik auf den nächsten Najahn zu, der gerade einen Gefangenen ausgeweidet und dessen Tasche weggeworfen hatte. Als der Najahn sich seinem Nachbarn zuwandte und seine Klinge hob, schlug Quik mit einem aufwärtsgerichteten Hieb zu. Sein linker Panzerhandschuh grub sich in die Achsellücke zwischen Brustplatte und Armschutz und fand darunter Muskeln, die er zerriss. Der Najahn heulte auf. Quik pflanzte seine Füße fest in den Boden und zog mit seinem linken Arm, wobei er den Najahn über die fest stehenden Füße des Jägers zurückzog und den Soldaten zu Fall brachte. Sobald er am Boden lag, würde der Najahn es schwer haben, mit all dem Gewicht der Rüstung wieder aufzustehen.

Dazu kamen noch die Gefangenen, die sich auf den Soldaten stürzten, mit Steinen auf sein Gesicht einschlugen und nach seinem Schwert griffen. Der Mann würde so schnell nicht wieder auf die Beine kommen.

Der Najahn, dem Quiks Opfer hatte helfen wollen, schlug einen Vis-Speer beiseite und traf dann dessen Träger mit einem Rückhandschlag, der den Vis zu Boden warf. Anstatt den Todesstoß zu versetzen, schwang der Najahn die Klinge zurück in Richtung Quik, ein schneller Hieb, der Quik glatt den Kopf abgetrennt hätte, wenn der Jäger nicht seinen rechten Panzerhandschuh schützend vor sein Gesicht gehoben hätte. Das Schwert prallte von der Rückseite des Handschuhs ab, hinterließ eine Linie im polierten Holz und einen sauberen Schnitt entlang Quiks Unterarm dahinter.

Der brennende Schmerz half Quik nur, sich zu konzentrieren, und er drängte vorwärts in den Schwung, stieß den Schwertarm des Najahn nach oben und zurück gegen dessen Brust. Quik hielt ihn dort mit seinen Handflächen fest, wobei die Klauen des Handschuhs das Kinn des Najahn unter seinem Helm zerschnitten. Der Jäger sah, wie der Najahn seine linke Hand bewegte und nach dem Messer griff, das all diese Soldaten gegenüber ihrer Klinge trugen.

Er griff nach einem Messer, das nicht mehr da war.

»Für Vis«, zischte eine Gefangene, eine ältere Dame mit genug Kraft, um die Klinge in den schutzlosen Hals des Najahn zu rammen.

Der Soldat brach mit einem Gurgeln zusammen, und Quik stürmte zum nächsten, vereinte zwei Speere mit seinen Klauen, um einen dritten Najahn niederzustrecken.

Als diese Frau fiel, hoben die beiden verbliebenen Noctia-Kämpfer, blutend und ihrer Waffen beraubt, ihre Hände und flehten um ihr Leben.

»Wir haben euch verschont«, schluchzte einer zu den Gefangenen, dem Vis-Quartett, das den Hinterhalt begonnen hatte. »Wir haben euch nicht getötet.«

Quik deutete auf die Leichen rund um den Hain, wo mindestens fünf Gefangene lagen und nie wieder aufstehen würden. »Das nennt ihr Verschonung?«

»Ihr habt zuerst angegriffen! Was hätten wir tun sollen?«

»Sie dürfen nicht wissen, dass wir existieren«, flüsterte einer der Vis-Speerträger Quik zu. »Die Lira stehen noch, aber wir werden nicht lange durchhalten, wenn die Najahn nach uns suchen. Sie müssen sterben.«

»Hört ihr das?«, sagte Quik zu dem Najahn-Paar. »Ihr seid wegen dem, was ihr dieser Insel angetan habt, bereits tot.«

»Wartet«, sagte der Schluchzende, sein Gesicht rotzverklebt. »Pavarde wird das nicht hinnehmen. Sie wird den Dschungel nach euch und all diesen Gefangenen durchkämmen. Ihr braucht uns. Wir können eine andere Geschichte erzählen.«

»Dämonen!«, rief der andere Najahn, als hätte er gerade ein Wunder entdeckt. »Dämonen haben das getan, richtig? Ihr kommt mit uns zurück, bestätigt die Geschichte. Ihr seid der Vis-Jäger, ihr habt uns lebend herausgebracht.«

Eine Geschichte, die nicht funktionieren würde, wenn Quik allein zurückkäme. Zu verdächtig. Aber warum sollte Quik überhaupt zurückkommen? Der Jäger spürte die Blicke auf sich. Die Najahn töten, im Dschungel verschwinden, und ... Nein. Das würde Wax nicht helfen. Ein paar

Najahn aus dem Schatten heraus zu töten, bis einer Quik mit einer Glefe erwischte, auch nicht.

Annalyse behielt immer das große Ganze im Blick. Vielleicht war es Zeit für Quik, es ihr gleichzutun.

»Könnt ihr mich zu Kance bringen?«, fragte Quik das Najahn-Paar.

Sie starrten ihn mit offenen Mündern an.

»Könnt ihr?«, wiederholte Quik.

»Ich, vielleicht?«, sagte der erste. »Pavarde müsste es befehlen, und ich bin mir nicht sicher, was wir sagen sollten.«

Quik hob einen einzelnen Panzerhandschuh. Insekten summten. Ein Gefangener stöhnte, während ein anderer den Riemen seiner Tasche abriss, um eine Wunde zu verbinden.

»Ich kenne die Kapitänin des Kutters, der gerade aufgetankt wird«, sagte der zweite. »Habe sie gestern Abend in der Messe getroffen. Sie will mehr Kämpfer. Du meldest dich freiwillig, wir schmuggeln dich an Bord. Sie wird nah heransegeln.«

So gut wie jeder andere Plan, mit einem fatalen Fehler. Quik bewegte sich vor das Najahn-Paar, streckte die Hand aus und zog ihnen die Helme ab. Legte ihre Köpfe frei.

»Jetzt kennt hier jeder eure Gesichter«, sagte Quik. »Wenn ihr erzählt, was hier passiert ist, wenn ihr mich verratet, wird es eine Zeit geben, die ihr nicht kennt, in der euer Leben enden wird. Schmerzhaft und langsam. Versteht ihr das?«

Die Najahn erkauften ihr Leben mit ihrem Nicken.

6

DER ZORN DER KÖNIGIN

Ursprünglich hatte Eujo alle Vorbereitungen für einen Gleitflug in freudiger Erwartung eines wunderbaren Ausflugs durch sonnendurchflutete Himmel getroffen. Eine Landung in Formation nahe den Docks, um irgendeinen Würdenträger zu beeindrucken, oder auf einem Gipfel-Chalet, um fernab der ständigen Aufmerksamkeit eines Königlichen Himmelswein und Früchte zu genießen.

Jetzt flog sie in den Krieg.

Fassles Friedensangebot würde Tage brauchen, selbst wenn der Mann es annähme. In der Zwischenzeit waren die Najahn nur allzu glücklich, ihren Angriff fortzusetzen. Kances Marine war zahlenmäßig unterlegen - wenn Eujo am Nachmittag hoch oben nach Westen blickte, sah sie Schiff-gegen-Schiff-Kämpfe, die sich viel zu nahe am Hafen der Stadt abspielten. Pfeile, brennendes Pech und Enterversuche forderten ein Kance-Leben nach dem anderen.

Das galt auch für den Ort, dem sie in diesem Moment entgegenflog. Kance hatte in diesen Tagen rund um die Uhr Gleiter in der Luft, die die Inseln umkreisten und mit

Signaltorches bereitstanden, denn die Najahn hatten das Netz durchbrochen. Sie landeten jetzt mit Plünderungsabsichten.

»Siehst du es dort?«, rief Livier, ihr ehemaliger Attentäter und jetziger Leibwächter. Er flog zu ihrer Linken und bildete den Anker einer zehnköpfigen Formation, die dem nachmittäglichen Angriff entgegenschwebte. »Das sind die Kornspeicher.«

Große Lagerhäuser, die das in Kance angebaute und von Tamas gekaufte Getreide für den Winter aufbewahrten, zusammen mit anderen Gemüsesorten, gepökeltem Fleisch und den Vorräten, auf die ihr Volk jetzt angewiesen war, um den Krieg zu überleben. Mehr als ein Dutzend dieser riesigen, gedrungenen Gebäude lagen verstreut auf einem weiten Feld, mit Wegen, die zu jedem einzelnen führten. Sie waren weit voneinander entfernt aufgestellt worden, um eine versehentliche Ausbreitung von Feuer zu verhindern.

Diese Entfernung half wenig, wenn die Brandstiftung vorsätzlich war.

Eine steile Klippe führte von den Lagerhäusern hinunter zum Meer, und Eujo sah die drei Klipper, die am Fuß der Klippe verankert waren. Lila-schwarze Najahn-Flaggen flatterten, und dünne Linien, die von diesen Schiffen aufstiegen, zeugten von ausgeworfenen und erklommenen Enterhaken.

Wie lange hatten diese Schiffe wohl unbemerkt dort gelegen, um das geschehen zu lassen?

Eujo machte sich in ihrem gestressten Geist eine Notiz, Livier zu fragen, die Gleiterpatrouillen zu verdoppeln.

Wie es war, lieferten sich einige Kance-Wachen und Bauern unten einen Kampf mit den Najahn-Plünderern. In der Unterzahl und in die Nähe eines der Lagerhäuser zurückgedrängt, konnten die Kance-Kämpfer nicht viel ausrichten, als ein drittes Lagerhaus in Brand gesetzt wurde. Die Najahn sahen aus wie kleine Ratten, die mit ihren Fackeln und in ihren leichten Lederrüstungen durch die kurzen Frühlingsgräser huschten.

»Direkt in ihre Mitte«, rief Eujo Livier zu, der ihre Worte an die Formation weitergab. »Überraschen und zerstreuen, dann vernichten.«

»Und Sie, meine Königin?«

»Ich kümmere mich um die Schiffe.«

Eujo richtete ihren Sinkflug auf die Klippe aus und zog an den Seilen des Gleiters, um dessen Kanten zu verjüngen und ihn in einen schnellen Sturzflug zu bringen. Ein harter Absturz, der für jeden gewöhnlichen Piloten tödlich gewesen wäre. Nicht aber für jemanden mit einem Kance-Skar am rechten Handgelenk. Der Boden raste auf sie zu, und Eujo berührte das Skar. Kances Stein gehorchte, pfiff in Eujos Geist und schickte eine Böe direkt gegen die Nase ihres Gleiters. Das Fluggerät kippte senkrecht und brachte Eujos Beine in eine Position, die ihre Knie hätte brechen müssen.

Das Kance-Skar schickte erneut einen geysirhaften Schub unter Eujo, der ihren Fall abfing und die Königin ohne den geringsten Stoß auf den Boden setzte. Während sie fiel, drückte Eujo mit den Daumen auf die Notfallentriegelung des Gleiters und löste den Gurt, der sie festhielt. Der Gleiter fiel von ihrem Rücken, als Eujo das Gleichgewicht fand, und sie hob die verbleibende Stange über ihren Kopf.

Es würde ein langer Rückweg werden, aber sie würde einen Sieg haben, den sie auf dem Weg genießen konnte.

Das Schlachtfeld kam auf sie zu. Livier und seine Verbündeten waren mit einem Armbrustangriff gelandet, hatten im Vorbeiflug Bolzen abgefeuert, bevor sie sanft auf den Feldern zwischen den Lagerhäusern landeten. Obwohl die Najahn immer noch in der Überzahl waren - eine Tatsache, die Eujo nicht gerne anerkannte, aber Kance war so dünn besetzt - nahmen die Plünderer ihre Ankunft als Zeichen zur Flucht. Einige warfen ihre verbliebenen Fackeln auf unbeleuchtete Lagerhäuser, zu flüchtige Würfe, um Glück zu haben, und die gesamte Gruppe von zwanzig oder dreißig Najahn stürmte auf sie zu.

Eujo nutzte diese Sekunden, um zur steilen Klippe und den wartenden Leitern zu blicken. Sie lief zum Rand. Sechs Enterhaken und ihre zugehörigen Leitern gruben sich in die Erde, mit weiteren Spikes, die in Abständen auf dem Weg nach oben eingeschlagen waren. Eine schwierige Aufgabe für jeden normalen Soldaten, sie zu entfernen.

Nicht aber für ein Whent-Skar.

Der goldene Stein nahm Eujos Ruf auf und sandte mehrere scharfe Erschütterungen die Klippe hinunter. Spikes sprangen heraus, regneten auf die Schiffe unter ihnen herab, begleitet von lockerem Geröll, Erde und ein paar unglücklichen Sträuchern. Eujo stockte der Atem, nicht wegen des schönen Anblicks, sondern weil sie das Skar ein wenig zu weit ausgedehnt hatte, sodass es nach Eujo griff, um die Lücke zu füllen.

Sie drängte das Skar zurück, fing sich wieder und drehte sich um, um sich den herannahenden Najahn zu stellen. Sie verlangsamten ihren Ansturm, verwirrt und misstrauisch angesichts der einzelnen Frau, die in ihrem Fluchtweg stand. In ihren zerschlissenen Lederrüstungen, mit Klingen und Werkzeugen statt Glefen und Chakrams bewaffnet, hielten die Plünderer es leicht, ihnen fehlte der übliche Schliff der Najahn. Einer befahl ihr, das Schwert wegzuwerfen, sich auf den Boden zu legen, und sie würden sie am Leben lassen.

Typische Najahn-Prahlerei.

»Eure Leitern sind weg«, verkündete Eujo. »Ihr seid gefangen. Ergebt euch jetzt, und ich verspreche, ihr behaltet eure Köpfe.«

»Oder wir nehmen deinen«, höhnte derselbe Mann, der ein goldenes Kapitänssiegel auf der Brust trug. »Stoßt sie runter und klettert los, Jungs!«

Die Gruppe stieß einen höllischen Noctia-Schrei aus und setzte ihren Ansturm fort, die Klingen hoch erhoben. Eujo fluchte, aber wenn der Abschaum kämpfen wollte, nun, das konnte Eujo auch ganz gut. Hinter den Najahn lieferten die brennenden Lagerhäuser eine Idee, auf die der Foti-Skar antwortete. Der Stein entfachte ihre verzweifelte Wut und suchte nach Befreiung.

Die Königin gab der Macht einen Weg.

Eujo zog ihr Rapier und schlug es quer vor ihrem Körper, als die Najahn sich näherten. Der Foti-Skar ließ seine Kraft durch ihr Schwert und darüber hinaus strömen. Die Spitze des Rapiers spuckte einen feurigen Strom aus, der wie Wasser in die anstürmende Najahn-Linie bog. Das Leder und die dünnen Hemden darunter, so wendig und dünn, fingen Feuer und hielten es fest, brieten ihre Träger. Haare und Haut knisterten gleichermaßen, und das goldene Siegel schmolz zu einem Brandmal auf einem geschmolzenen Körper. Der erste Najahn stolperte, fiel in Flammen, und die übrigen stolperten direkt in ihre brennenden Kameraden.

Eine riesige, schwelende Mauer erhob sich vor der Königin, als sie ihr Schwert in eine bereite Verteidigungsposition zurückzog, obwohl nichts und niemand seinen Weg hindurch fand. In ihren Ohren hallte der Triumph des Foti-Skars wider, und die erste schreckliche Asche wehte in den Himmel darüber. Eujo holte Atem, spürte, wie ihre Knochen zitterten, und beobachtete, wie die Flammen erloschen.

Die dritte Reihe der Najahn stoppte vor den Feuern, nur um von Livier und seinen Freunden von hinten erwischt zu werden. Die Rapiere schnitten einfach durch, und in Sekunden lag die Najahn-Raubgruppe gefangen oder getötet da.

Eujo beobachtete das Ende auf einem Knie, ihren Schwertarm auf dem Gras ruhend. Ihr Atem ging so flach, dass Livier an ihre Seite eilte und fragte, ob alles in Ordnung sei.

»Ich werde überleben«, sagte Eujo. »Die Lagerhäuser?«

»Zwei verloren, ein drittes beschädigt. Was sollen wir mit ihnen machen?«

Eujo blickte die Klippe hinter ihr hinunter. Die Klipper begannen, Anker zu lichten.

»Die Najahn werden ihre Soldaten zurückhaben wollen, Livier. Ich sage, wir schicken sie nach Hause.«

Die Geräusche, die harten Schläge, als die Najahn-Körper auf die Schiffe trafen, die sie hergebracht hatten, verfolgten Eujo, während sie zurück zum Himmelspalast ritten. Karren transportierten die Kance, und mehr würden ihre Gleiter einsammeln. Eine rachsüchtige Verteidigung, aber ein erfolgreicher Überfall für die Najahn. Fassles Armee hatte Mannstärke. Sie hatte die Lagerhäuser gewählt, weil sie am wichtigsten waren, aber die Rapier-schmieden an der Ostseite von Kance waren früher am Tag angegriffen worden, und zweifellos waren seitdem mehr Orte getroffen worden.

Der Ansturm war unaufhörlich und kostspielig, und Kance konnte nicht mehr lange durchhalten.

»Haben Sie über eine Kapitulation nachgedacht?«, fragte Livier, der Eujo gegenüber im Karren zusammenge-sunken saß. Er sprach leise genug, dass die Worte nicht über das Klappern der Räder und die Gespräche der anderen Soldaten hinausgingen. »Oder ist dies ein Kampf bis zum Ende?«

»Eine Kapitulation würde unser Ende bedeuten, Livier«, erwiderte Eujo. »Die Najahn würden alles nehmen.«

»Vielleicht nicht unser Leben. Unser Volk.«

»Aber unseren Geist.«

Livier warf ihr ein leichtes Grinsen zu. »Eujo, ich glaube nicht, dass irgendjemand Ihren Geist nehmen könnte. Ich weiß das, weil ich versucht habe, das und mehr zu nehmen.« Der Attentäter drehte sich, um zur Stadt zu blicken, der sie sich näherten. »Aber es geht nicht mehr um Sie oder mich. Es gibt Familien, die hungern, Soldaten, die ihr Leben in einem Krieg verlieren, den wir nicht gewinnen können. Das ist jetzt klar.«

»Wir bitten Fassle um Frieden, Livier. Ich versuche es.«

»Und wenn er ablehnt, Eujo? Wozu sind Sie bereit?«

»Wenn Fassle Kance will, wird er es mit seinen blutigen Händen nehmen müssen.« Eujo rieb das Armband an ihrem rechten Handgelenk, die glatten Skars, die daran befestigt waren. »Dies ist unsere Heimat. Ich werde sie niemals aufgeben.«

7
TUNNELFALLE

Alle Dämonen in ihre einstürzenden Welten zu verdammen, war doch keine schreckliche Tat, oder? Sie waren Monster, grausame Wesen, die ganze Städte zerreißen konnten. Schlimmer noch, wenn Maenas Geschichte stimmte, würden einige deine Seele zerreißen oder deine Erinnerungen verschlingen. Die Inseln brauchten das nicht, oder?

»Fragst du mich?«, sagte Sawi, während sie sich durch eine raue, enge Passage kämpften.

Die Vis-Sammlerin ging als Zweite, nach dem Whent-Kundschafter, mit Wax an dritter Stelle und Annalyse, der Wissenschaftlerin, die den Schluss bildete. Keiner der anderen Vis, die die Flucht geschafft hatten, verspürte den Drang, nach Kance zurückzukehren und gegen die Najahn zu kämpfen, und Jochi wollte keine Whent-Soldaten für dieses Unterfangen einsetzen. Der Kriegsherr brauchte Noctias Handel und war nominell Fassles Verbündeter.

Was ihr Trio übrig ließ.

»Tut mir leid, ich dachte nur laut nach«, sagte Wax.

»Ich denke, du hast das Richtige getan«, antwortete

Sawi, ihre Gestalt vom Laternenlicht verzerrt, das auf gesprungene Geoden und altes Salz fiel. »Die Dämonen sind es nicht wert, gerettet zu werden, Wax. Sie sind Monster.«

Der alte Wax hätte zugestimmt. Der neue versuchte, sich auf andere Dinge zu konzentrieren. Zum Glück bot das Dunkle Unten genug Ablenkung.

Weit entfernt davon, nur ödes Gestein zu sein, war Wax erstaunt über das Leben hier unten. In Tümpeln wimmelte es von kleinen Fischen und farbenfrohen Insekten. Je weiter sie sich von Dreamhold entfernten, desto mehr Moose in Lila- und Blautönen säumten ihren Weg, obwohl der Whent-Kundschafter Wax verbot, etwas davon abzukratzen und mitzunehmen, da das Moos zu wertvoll sei, um es zu stören. Nachdem ein früher Ansturm auf das Zeug die nahe gelegenen Höhlen in Dunkelheit gestürzt hatte, hatte Jochi angeordnet, es zu schützen und zu kultivieren.

Die lehmigen Pilze, die sie hier und da fanden, waren jedoch perfekt für Snacks und Suppen.

Das Dunkle Unten hallte wider von Tropfen und Platschen. Auch kratzende Klauen und Pfoten waren zu hören, und ihr Kundschafter rief hier und da zu Stopps auf, um sicherzustellen, dass das Tier – oder der Dämon –, das das Geräusch verursachte, sich entfernte. Vermeidung schien die oberste Direktive zu sein, sobald sie mehr als eine Stunde außerhalb von Dreamhold waren, eine Politik, mit der Jochi seine Leute am Leben erhalten wollte, obwohl viele Whent sie bei ihrer Suche nach wertvollen Erzen ignorierten. Expeditionen, um andere, vermisste Expeditionen zu finden, waren hier unten an der Tagesordnung.

Was jedoch während ihres Marsches am meisten auffiel, waren die aschschwarzen Schleifspuren entlang der Wände und des Bodens. Als ob etwas oder jemand ein Feuer in den Tunneln gelegt und es brennen gelassen hätte. Abschnitte waren auch abgestützt und ausgehöhlt, erweitert für weit größere Körper, als Wax und jeder Whent-Soldat benötigten. Als Sawi den Kundschafter fragte, sagte der Whent nur, es sei nichts, worüber man sich Sorgen machen müsse.

»Das ist eine vereinfachte Sichtweise«, sagte Annalyse. »Dämonen sind wie wir. Anders und vielleicht roh, aber ihr Wert ist sowohl unbekannt als auch erforschenswert.«

»Wert?«, fragte Wax, während Sawi schnaubte.

»Ja. Jedes Lebewesen hat unterschiedliche Eigenschaften. Wir machen Mäntel aus Pelzen, bekommen Milch von Kühen. Einige Dämonen könnten etwas ebenso Wertvolles oder Besseres bieten. Heilmittel für Krankheiten, neues Material für Kleidung, Segel oder zahlreiche andere Dinge. Und selbst wenn ihre Welten im Sterben lagen, hätte es vielleicht noch Zeit gegeben, Entdecker zu schicken, um Proben zu sammeln. Wer weiß, was die Götter in ihren ursprünglichen Heimaten zurückgelassen haben?«

»Annalyse, du machst mich krank.«

»Ich biete nur eine andere Sichtweise an. Überwiegen diese Möglichkeiten die Leben, die du wahrscheinlich gerettet hast, indem du die Tore geschlossen hast? Das können wir nicht wissen.« Annalyse holte tiefer Luft. »Aber, Wax, es ist getan. Wir müssen uns darauf konzentrieren, was wir jetzt tun können. Wie die Najahn zu zerstören und deinen Bruder zu finden.«

»Annalyse«, sagte Sawi, als sie einen größeren Raum betraten, in dessen Mitte eine hervorstehende Steinsäule stand. »Nicht.«

Quiks unbekanntes und wahrscheinlich schreckliches Schicksal beschäftigte Wax in seinen einsamen Momenten. Der Jäger war nicht in die Höhlen gekommen, war nicht dem Angriff auf Mottilan entkommen, was bedeutete, dass er wahrscheinlich im Kampf gestorben war. Sein Bruder war nicht der Typ, der friedlich ging, aber gleichzeitig würden sie wahrscheinlich keine echte Antwort bekommen, bis sie den ganzen Weg nach Vis gingen, um nach Quiks Leiche zu suchen oder jemanden, der sie gesehen hatte.

Eine Reise, die Wax noch lange nicht unternehmen würde, wenn er es verhindern könnte. Ein Mann konnte nur ein bestimmtes Maß an Trauma in seinem Leben ertragen.

»Ich sage, dass wir die Dämonen als ein Dilemma für ruhigere Zeiten betrachten können«, erwiderte Annalyse. »Wenn keine dringendere Gewalt bevorsteht.«

»Dringende Gewalt ist eine großartige Beschreibung für das, was wir tun«, murmelte Wax.

»Offener Krieg? Blutiger Konflikt? Die vollständige Zerstörung guter Inseln wegen der Machtgier eines Mannes? Bevorzugst du eine davon?«

»Alle davon«, antwortete Sawi. »Und Fassle wird bekommen, was ihm zusteht, Annalyse. Ich schwöre es.«

Noch vor kurzem hätte der Gedanke, dass Sawi Rache an etwas Schlimmerem als Unkraut schwor, Wax zum Lachen gebracht. Jetzt, inmitten von Staub, Stein und flackernden Schatten, teilte die Erneuerung ihr Feuer.

In der ersten Nacht außerhalb von Dreamholds lärmenden Ablenkungen fand sich Wax trotz seiner Erschöpfung in der kleinen Seitenkammer sitzend wieder, die sie als Lagerplatz gewählt hatten. Der Kundschafter hatte Stolperdrähte gelegt, um sich nähernde Dämonen zu signalisieren, und war danach prompt eingeschlafen. Annalyse war seinem Beispiel gefolgt, nachdem sie im Laternenlicht an mehreren kleinen Geräten gebastelt und dann entschieden hatte, dass das schwache Licht für Feinarbeit kaum ausreichte.

Was Sawi und Wax übrig ließ, die zum ersten Mal seit Monaten in relativer Einsamkeit einen Raum teilten.

»Vor nicht allzu langer Zeit hätten wir uns davongeschlichen«, sagte Sawi mit einem Funkeln in den Augen.

»Andere Zeiten«, erwiderte Wax. Das Tamas-Skar blubberte auf, wie es oft tat, wenn etwas Emotionales, Nostalgisches oder einfach Interessantes auftauchte. Er schob es zurück: Dieses Gespräch war zwischen ihm und Sawi, nicht irgendeinem längst verstorbenen Gott. »Ich vermisse sie.«

»Ich auch.« Sawi knüllte ihre Schlafrolle zusammen und umklammerte sie fest, während sie in deren Falten saß. »Mit Gladdring zu gehen hat alles verändert.«

»Pan mich mitziehen zu lassen, hat das auch getan.« Wax lachte kurz auf. »Wir wurden benutzt, Sawi. Unser perfektes Leben wurde von unseren Freunden auseinandergerissen.«

»Gladdring war kein Freund.«

»Aber du bist trotzdem mit ihm gegangen?«

Sawi nickte. »Was hätte ich denn tun sollen, Wax? Ihr hattet mich alle verlassen. Ich war unruhig, allein.«

»Du hast dich entschieden zu bleiben.«

»Weil ich es nicht besser wusste.« Nun war es an Sawi zu lachen. »Oder vielleicht wusste ich es doch.« Sie sah Wax an, ihre Augen groß im Laternenlicht. »Glaubst du, wir könnten jemals wieder dahin zurück, nach all dem?«

»Vielleicht.«

Aber Wax glaubte selbst nicht an das Wort, als er es aussprach, und er wusste, dass Sawi das merkte.

»Wir haben uns geliebt, oder?«, sagte sie stattdessen, mit einer angenehmen Art von Traurigkeit in ihrer Stimme.

»Ich schon. Wir schon. Ich werde es auch nie vergessen.«

»Oh, danke Wax. Schön zu wissen, dass ich immer deine glückliche Erinnerung sein werde.«

»Das ist nicht-«

Sawi lachte, diesmal ein echtes Lachen, mit ein oder zwei Tränen, die an ihren Augen hingen. »Schon gut. Wie wir sagten, das waren unsere alten Ichs. Diese Menschen gibt es nicht mehr. Wer wir jetzt sind, nun, das müssen wir erst herausfinden.«

»Du wirst es«, sagte Wax. »Jemanden finden, meine ich.«

Sawi neigte den Kopf. »Willst du damit sagen, du hast schon jemanden, Wax?« Als der Vis zögerte, weiteten sich Sawis Augen. »Warte, ist es diese Banditin? Die, von der du sagtest, sie hätte dich auf Foti gefangen genommen?«

»Nein! Nicht sie. Ich meine, nicht dass etwas falsch wäre an Torny, aber ich glaube, sie interessiert sich mehr für Bliss als für mich. Nicht dass es mich stören würde.«

»Wer dann, du Schelm?«

Wax lächelte. »Das wirst du wohl abwarten müssen.«

Seine Freundin verdrehte die Augen, legte sich dann hin und zog ihre Decke über sich. »Ich hoffe, ich tue es, Wax.«

»Ach ja? Warum das?«

»Weil wenn *du* in all dem hier Liebe finden kannst, dann wird es dem Rest von uns auch gut gehen.«

Zwei Tage vergingen in der Dunkelheit, während sie durch diese breiten Tunnel liefen, bevor ihr Weg nach oben führte. Der Kundschafter sagte, sie näherten sich Kance, noch ein langer Tagesmarsch und sie würden beginnen, die Winde der Insel zu spüren, die salzige Meeresluft der Strandhöhle zu riechen, von der aus sie aufbrechen würden.

»Ich rieche etwas Neues«, sagte Annalyse, und als Wax

kräftig schnüffelte und aufmerksam wurde, konnte er es auch riechen. »Als ob etwas brennt.«

Der Kundschafter verlangsamte, hielt in dem breiten Gang an und starrte nach vorn. Die anderen drei formierten sich hinter ihm, und Sawi fragte, was los sei. Der Kundschafter schüttelte den Kopf.

»Wir sind nicht die Ersten in diesem Tunnel«, sagte der Kundschafter.

»Offensichtlich«, fügte Annalyse hinzu. »Es gibt keine Möglichkeit, dass dies von Natur aus so breit und glatt ist.«

»Richtig«, fuhr der Kundschafter fort. »Aber es gibt etwas, das Jochi euch nicht erwähnt hat, worüber ich auch nicht sprechen sollte. Wir hofften, sie wären inzwischen weg oder der Krieg vorbei. Ich glaube nicht, dass das passiert.«

»Spuck's aus, Mann«, sagte Sawi.

»Feuerläufer kamen diesen Weg. Ein Deal, den Jochi mit Noctia gemacht hat, um ihnen ein Zuhause im Austausch für den Kampf gegen Kance zu geben.« Der Kundschafter trat einen Schritt zurück. »Ich denke... ich denke, sie kommen zurück.«

8

AUF DEN SCHWARZEN FELSEN

In den letzten drei Tagen auf See hatte Torny etwas über sich selbst entdeckt: Sie genoss es regelrecht, Svarde dabei zuzusehen, wie er verzweifelte najahnische Seeleute niedermetzelte. Anfangs waren sie und Bliss noch bereit gewesen einzugreifen, und die Vis hatte sogar einen Najahn, der die Schiffswand hinaufkletterte, mit ihrem Stab niedergeschlagen.

Mehr Aktion war unnötig gewesen, denn Svarde hatte den Ozean rot gefärbt.

Der Barbar eröffnete jeden Enterversuch auf die gleiche Weise: Er stand am Rand, hackte Enterhaken ab, während ein najahnischer Bolzen nach dem anderen in seiner Brust, seinen Armen, seinem Hals und sogar seinem Auge stecken blieb. Letzteres war etwas grausig gewesen, aber nachdem er den Pfeil herausgezogen und ihn zurück zu dem Mann geworfen hatte, der ihn abgefeuert hatte, sah Svardes Auge nicht schlechter aus als zuvor. Ein wenig löchrig, wie der Rest von ihm, aber wenn es Svarde störte, ließ er es sich nicht anmerken.

In ihrer Dummheit begriffen die Najahn die Hinweise

ihrer Armbrüste nicht, sondern kletterten stattdessen an den verbliebenen Enterhaken hoch oder, im Fall einiger größerer Foti-Schiffe, die der *Storm's Edge* in der Größe ebenbürtig waren, liefen über breite Rampen. In beiden Fällen stand Svarde vor ihnen und schwang seine Klinge.

»Kommt an Bord und euer Leben ist verwirkt«, verkündete der Barbar jedes Mal, irgendwie zugleich kraftvoll und des Ganzen überdrüssig.

Die Najahn hörten nicht zu. Zumindest nicht am Anfang.

Sie stürmten mit Gleven, Schwertern und allem, was sie sonst noch hatten, los. Ob in Roben oder Rüstung, es spielte keine Rolle. Svarde schwang seine Klinge wie ein Bauer, der mit seiner Sense Weizen erntet. Körper flogen ins Meer, verloren Gliedmaßen oder klappten einfach unter der Kraft des Barbaren zusammen. Jeder Najahn, der glücklich oder geschickt genug war, am Barbaren vorbeizukommen, wurde entweder von Kivi vom Boot gestoßen oder verlor einen Fuß an die steinernen Kiefer des Ferrits. Sobald die Kampfschreie zu verwundeten Schreien wurden, geriet das Entern der Najahn ins Stocken, wobei die nächste Welle erkannte, was sie erwartete.

Beim dritten Angriff begann Torny, mit Deux Wetten darüber abzuschließen, wie lange und wie viele Angriffe die Najahn versuchen würden, bevor sie sich zurückzogen und davonsegelten.

»Warum versuchen sie nicht einfach, uns zu versenken?«, gebärdete Bliss an einem Punkt, eine Frage, die Deux beantwortete, indem er auf die beiden Flaggen zeigte, nachdem Torny die Handzeichen übersetzt hatte.

»Wir sind unbewaffnet und fahren unter einer Friedensflagge«, sagte Deux, während der Kapitän etwas Pfeifenkraut rauchte, als ein weiterer blutiger Tag zu Ende ging.

Sie standen auf dem obersten Deck des Schiffes und beob-achteten, wie Svarde und Kivi erneut am Bug aufragten. »Sie sind alle auf der Jagd nach Ruhm und sterben dafür. Uns zu versenken würde ihnen keine Schätze bringen und könnte sie sogar ihr Kommando kosten, wenn Fassle herausfindet, was an Bord ist.«

»Also sind sie im Grunde genommen Piraten?«

»Genau«, sagte Torny. »Wertlose Piraten, die versu-chen, aus einem Krieg, von dem sie wissen, dass er bald enden wird, noch etwas herauszuschlagen.«

»Glaubst du das?«, fragte Deux in einem Ton, der andeutete, dass Torny naiv sei.

»Wenn wir mit diesen Mistkerlen keinen Frieden bekommen, ist Kance meiner Meinung nach bis zum Sommer erledigt«, antwortete Torny mit einem beiläufigen Achselzucken. »Ich bin nur eine Diebin, aber ich habe in meinem Leben genug Gesichter gelesen, und als wir Kance verließen, glaubte niemand an den Docks, dass wir gewinnen würden. Das ist Beweis genug für mich.«

»Wir werden niemals aufgeben. Die Königin wird nicht-«

»Tu nicht so, als wüsstest du, was Eujo tun wird«, konterte Torny. »Sie ist nicht so dickköpfig wie der Rest von euch.«

»Dickköpfig?«, gebärdete Bliss, während Deux blinzelte.

»Das hab ich mir selbst ausgedacht«, schnappte Torny, dann nickte sie zu Deux' Pfeife. »Hast du noch mehr davon? Sieht so aus, als hätten die Najahn endlich die richtige Idee, was bedeutet, dass es eine langweilige Nacht wird.«

Die purpur-schwarzen Klipper, Kutter und Karavellen, die die *Storm's Edge* von Kance nach Noctia verfolgt hatten, drehten ab und kehrten zur Windsinsel zurück. Vielleicht hatte der Anblick so vieler geschundener Schwesterschiffe sie eines Besseren belehrt, oder jemand erinnerte sich daran, dass Kance selbst das Ziel war und nicht ein einzelnes, prächtiges Schiff, das über das Meer jagte.

So oder so, sie hatten den ersten Spießrutenlauf überstanden. Der zweite, da war sich Torny sicher, würde schlimmer sein.

Die Ringstadt sah jedes Mal rauer aus, wenn Torny sie erblickte. Der Krieg tat der Stadt keinen Gefallen, denn najahnische Flaggen wehten von mehr spitzen Dächern als je zuvor und verdeckten uralte und wunderschöne Schnitzereien. Der riesige Hafen war keine geschäftige, kosmopolitische Ansammlung aus allen Teilen der Inseln mehr, sondern eine starre Linie von Foti-, Whent- und Noctia-Kriegsschiffen. Während Fischerboote immer noch mutig in See stachen, wurden sie von Patrouillenbooten herumgescheucht, die sie von den Militärflottillen fernhalten sollten. Selbst der Lärm der Stadt, der anschwoll, als sich die *Storm's Edge* näherte, trug eher metallene Klänge als das Getöse einer vielfältigeren Zivilisation.

»Es gefällt dir nicht, oder?«, gebärdete Bliss.

Sie standen bei diesem letzten Anflug in der Nähe von Svarde und Kivi. Die najahnischen Klipper, die mit ihnen um die Wette gefahren waren, waren vorausgeschossen und hatten einen diplomatischen Pass überbracht, um das Kance-Schiff durchzulassen. Dieselben Klipper kehrten dann zurück, um die *Storm's Edge* bei ihrer Einfahrt zu eskortieren, sodass Torny endlich ein begleitetes Anlegen genießen konnte.

»Es ist alles falsch«, sagte Torny. »Früher hatte Noctia Möglichkeiten. Es war das Zentrum, weißt du? Man kam hierher, um sein Leben zu ändern. Oder ein paar Wertsachen zu verlieren und zu erkennen, dass man zu Hause besser dran war.« Sie zwinkerte Bliss zu, bevor sie wieder finster dreinblickte. »Die Najahn blieben in ihrem Viertel. Man konnte sie wirklich ignorieren, wenn man wollte. Ich glaube nicht, dass das jetzt noch möglich ist.«

»Die Stadt kämpft nicht gegen sie. Sie können nicht so verärgert sein.«

»Okay, lass es mich anders ausdrücken. Du hast gesagt, du bist in irgendeiner Vis-Gesellschaft, richtig? Der Lira?«

Bliss nickte.

»Stell dir vor, die Lira würden in deine Heimatstadt marschieren und sagen, sie müssten die Kontrolle übernehmen, sonst würden Menschen sterben. Das Schicksal der Welt stünde auf dem Spiel und so weiter.«

»Die Lira würden so etwas nie tun.«

»Darum geht es nicht, aber gut für dich und deine noble kleine Insel. Jedenfalls hat Fassle sie alle davon überzeugt, dass die Najahn für das Gute kämpfen, und wenn du das nicht magst, dann bist du eben böse. Deshalb wehen all diese Flaggen.«

Bliss stand schweigend da nach dieser Erklärung, während Torny erneut prüfte, ob das Tagebuch noch sicher in ihrer Westentasche steckte. Gesichert, versteckt. Nicht wie die Zwillingsdolche an ihrer Hüfte, eher wie das kleine Messer in ihrem Stiefel.

»Wann werden die Flaggen eingeholt?«, fragte Bliss.

»Meine Vermutung? Wenn Fassle tot ist.«

»Jemand wird seinen Platz einnehmen. Sie könnten Rache wollen.«

»Nun, dann müssen wir sie eben überzeugen, etwas anderes zu tun.«

Bliss lächelte. »Du, Torny? Du wirst sie überzeugen?«

»Was, denkst du, ich kann nicht nett reden? Die Leute hören zu, wenn ihnen ein Messer an der Kehle sitzt, Bliss.«

Keine Messer fanden Kehlen, als die *Storm's Edge* anlegte, nicht zuletzt weil Najahn-Soldaten den Pier füllten. Deux' Schiff wurde zu einem einsamen Steinsteg am Nordende der Stadt geführt, tief im Najahn-Viertel. Torny erkannte die kleinen Lagerhäuser hier nicht einmal wieder, alle ohne Händler, Tavernen und dergleichen, und von zerklüfteten Klippen überschattet. Über ihnen ragten die Najahn-Türme hoch auf, und Torny vermutete, dass mehr als eine schiffzerstörende Waffe auf sie gerichtet war.

Als Deux die Rampe herunterließ, ging Svarde wieder voran. Sie würden die Skars vorerst nicht von Bord bringen. Zuerst die Besprechung, was bedeutete, dass der Barbar, Bliss und Torny allein von Bord gehen würden. Doch als Svarde die Rampe hinunterzugehen begann, riefen die Najahn ihm zu, er solle anhalten.

»Wächter«, kamen ruhige Worte von einer älteren Frau in einem Gelehrtengewand. Das Alter hatte seinen Tribut gefordert, aber Torny sah über die Falten hinweg zu der Halskette an ihrem Hals, den darin eingesetzten Steinen. »Bevor du deinen Fuß wieder auf unsere Insel setzt, die du zuletzt als Verbündeter verlassen hast, solltest du wissen, dass diese Klinge deine Schultern nicht verlassen darf.« Die Frau schob sich vor alle Wachen. »Wenn ihre Schneide versucht, ein weiteres Najahn-Leben zu nehmen, werden wir nicht zögern, deinem endlich ein Ende zu setzen.«

»Womit?«, knurrte Svarde zur Antwort.

Die Frau tippte auf die Halskette. »Wir hatten genug Zeit, einige in den Steinen auszubilden. Du wirst den Frieden an unseren Ufern wahren, Svarde.«

»Das, meine Dame, liegt mehr an Euch als an mir.«

Sie lachte, wurde dann ernst. »Doch nun, da du hier bist, muss ich leider eine traurige Nachricht überbringen. Die Aegis, Catya, ist verstorben.«

Torny war ein Kind gewesen, als die letzte Aegis starb, auf dem Thron dahinsiechte. Sie hatte Catyas Aufstieg miterlebt, die Zeremonien aus Verstecken und verborgenen Nischen beobachtet und die Ablenkung genutzt, um ein paar Taschen zu leeren und ein paar Äpfel zu stehlen. Dennoch war Catya Hoffnung gewesen, und ihre Ankunft war ansteckend gewesen, ein Neuanfang für die Inseln. Dass ihr Leben mit so wenig Aufhebens endete, nicht einmal eine große Ankündigung, ließ die Diebin sprachlos zurück.

»Wie?«, fragte Svarde, der tote Mann wurde immer grauer, blasser, und für einen Moment fragte sich Torny, ob er die Klinge wegwerfen und dort und dann die Vergessenheit umarmen würde. »Was hat sie getötet?«

»Sie tat, was sie immer tat«, antwortete die Frau. »Sie rettete Leben, Svarde. Kommt jetzt. Fassle ist begierig darauf, mit euch allen zu sprechen, um zu sehen, ob wir diesen schrecklichen Krieg nicht hinter uns lassen können.«

Und doch, als Torny und Bliss sich dem Barbaren auf dem Dock anschlossen, während die Najahn-Reihen sich in einer engen Eskorte um sie schlossen, fühlte sich die Banditin nicht unter Freunden.

Schließlich, warum sollten die Gewinner den Krieg beenden wollen?

9

DIE AUSERWÄHLTE WACHE

Quiks Najahn-Gefangene hielten ihr Wort. Pavarde nicht.

Die Najahn-Kapitänin hörte sich die Geschichte vom Angriff der Unholde an und entließ das überlebende Trio, wobei sie eine zweite Expedition anordnete, um die Monster zu jagen. Sie bestand nicht darauf, dass Quik sie begleiten sollte, und das, so überlegte Quik später, hätte das erste Anzeichen sein sollen. Er verließ das Debriefing ohne Verdacht, aß eine Mahlzeit, während der Klipper, mit dem er nach Kance fahren würde, weiter repariert und mit Material bestückt wurde. Quik trank Pfirsichweißwein, schlenderte zu Mottilans südlichem Strand und beobachtete die Wellen, bis lange nachdem Sichi aufgegangen war. Zu aufgeregt zum Schlafen, zu bereit, diese schreckliche Erinnerung zu verlassen.

Der Jäger bemerkte weder die neuen Schiffe noch die Najahn-Leichen, die zum Verbrennen weggetragen wurden.

Ein Najahn weckte ihn, wie versprochen, in den frühen Morgenstunden. Der Weinkater verschwand, als Quik die Augen aufschlug und seine Fluchtmöglichkeit erkannte.

Pavarde hatte ihn in einem kleinen Mottilan-Haus mit einigen anderen Najahn untergebracht, von denen die meisten noch schliefen. Sein Führer legte einen Finger an die Lippen und hielt eine Najahn-Segelrobe und -Mütze hoch. Quik nickte, erhob sich von der Matte und schlüpfte in die Robe über sein Vis-Gewebe. Keine besonders gute Tarnung, aber in der dämmrigen Morgenstunde könnte es reichen.

Der Führer zog sich zur Tür zurück, der Bambusboden blieb still. Die linke Hand des Mannes schnellte nach vorne, aber Quik war noch nicht ganz bereit. Der Jäger ging zur Wand gegenüber der Matte, wo seine Handschuhe an einem einzigen Haken hingen.

»Nein«, flüsterte der Führer und blickte Quik finster an. »Sie werden dich verraten.«

Quik schüttelte nur den Kopf und nahm die Handschuhe ab. Er zog sie nicht an, sondern benutzte dasselbe dünne Seil, um die Waffen an seinem Gürtel zu befestigen. Die leichte Tarnung der Robe musste genügen. Sein Führer, der das Unvermeidliche akzeptierte, formte lautlos einen Fluch und ging weiter.

Jenseits des Hauses traten sie in ein erwachendes Mottilan hinaus. Pavarde hatte die Najahn am Fuße der Klippe, nahe dem Hafen, untergebracht. Die Feuerschäden waren hier nicht ganz so umfangreich gewesen, und die Wiederaufbaubemühungen waren bereits in vollem Gange, mit gefälltem Bambus und anderem Holz, das in bereiten Stapeln lag. Die Noctia-Kapitänin war effizient, anspruchsvoll und verband beides mit einer tödlichen Rücksichtslosigkeit, die Gefangene und Soldaten gleichermaßen ohne viel Klagen arbeiten ließ.

Oder vielleicht war es inzwischen die Bedrohung durch Quiks Klauen, die die Vis dazu brachte, ihre eigene Zerstörung rückgängig zu machen.

Das zumindest würde heute enden.

Quik hielt den Kopf gesenkt und folgte seinem Führer. Er ignorierte seinen Magen, der vom Duft gebratener Fische und kochendem Kaffee aus frischem Vis-Kakao geweckt wurde. Auch der erwachende Dschungelgesang rief nach Quik, die gleichen wilden Vögel und Tiere wie immer, obwohl er diesmal von Trauer gefärbt war. Der Jäger vermutete, dass dies das letzte Mal sein könnte, dass er seine Heimat sah, und es war mehr als ein wenig bitter, sich nach einer Niederlage davonzuschleichen.

Eine Niederlage, die Quik rückgängig machen würde, sobald er Kance erreichte, Wax fand und seinem Bruder half, die Najahn in Stücke zu reißen.

»Das Schleichen steht dir nicht, Quik«, durchschnitt Pavardes Stimme den Morgennebel über den plätschernden Wellen. Sie hatten den Steg erreicht und die ersten Schritte auf die schwimmenden Holzplanken gemacht. Quik drehte sich um und fand die Kapitänin allein am Ende des Piers stehend. »Du bist ein Krieger, kein Spion. Ich bin überrascht, dass Masayo das nicht erkannt hat, vor dem Ende.«

Hinter ihm hörte Quik die Schritte, als sein Führer davonlief. Allein also, und ohne Vorwand. Gut.

»Sie dachte, sie könnte mich auch umdrehen«, sagte Quik und stand aufrecht. Ihr Pier war noch nicht belebt, und Pavarde war allein gekommen. »Ein fataler Fehler.«

»Verblendet von Speichelleckern wie alle anderen auf Noctia. Fassle auch. Du allerdings wirst mir helfen, das zu ändern.«

Das verblüffte Quik. Er hatte eine Tracht Prügel erwartet, eine Eskorte zurück zu seinem Bett. Oder vielleicht eine sofortige Hinrichtung. Pavarde jedoch rief nach nichts dergleichen, hielt nur Abstand und ließ ein verschlagenes Lächeln wachsen.

»Ich verstehe nicht?«, fragte Quik schließlich. Er hatte keine Geduld für Leute, die mit Pausen Antworten herausforderten.

Gladdring hatte dasselbe getan. Als die Nachricht von dessen Tod kam, hatte Quik keine einzige Träne vergossen.

»Deine Königin von Kance hat ihr Flaggschiff nach Noctia geschickt. Es schneidet einen schrecklichen Pfad durch unsere Flotte, so schlimm, dass ich befohlen habe, es unbehelligt passieren zu lassen.« Pavarde näherte sich jetzt und nickte hinter sich. »Das Schiff, mit dem du nach Kance fahren wolltest, hat ein neues Ziel und einen weiteren neuen Passagier.«

»Sie?«

Quik konnte sich keinen anderen Grund vorstellen, warum Pavarde diesen großen Auftritt, diese Rede halten würde.

»Vis ist eine rückständige Insel, Quik. Wunderschön, aber ich werde nicht hier abgestellt werden. Nicht nach so langer Zeit auf Fotis anderer Seite. Du bist mein Ticket zurück nach Hause.« Pavarde kam immer näher. Immer noch keine Wachen, keine gezielten Armbrüste. Quiks Hände zuckten. »Egal ob diese Königin von Kance Fassle zerstört oder bei dem Versuch stirbt, es wird ein Vakuum geben. Eines, das ich zu füllen gedenke, entweder im Himmelspalast oder in der Ringstadt.«

»Warum erzählen Sie mir das?«

»Weil du, Quik, mein Köder und meine Waffe sein wirst.« Pavarde streckte die Hand aus und legte sie auf Quiks Schulter. »Tu dies, und ich werde dafür sorgen, dass du freigelassen wirst. Tu dies für mich, und Noctia wird deine Verbrechen vergessen. Du kannst zu deinem Bruder zurückkehren, falls er noch lebt, oder zurück nach Kitaye segeln.«

So nah, und Quik schätzte, dass er doppelt so schwer war wie Pavarde. Ein einziger Schlag könnte ihre Kehle zerbrechen. Doch Pavardes Blick hielt ihn zurück. Ein weiteres Najahn-Versprechen, dem er nicht im Geringsten vertraute, aber es kam mit einem Köder. Einem, dem er nicht widerstehen konnte.

Wenn Eujos Schiff auf dem Weg nach Noctia war, war Wax wahrscheinlich an Bord. Und es war viel zu lange her, seit Quik seinen Bruder gesehen hatte.

»Sie werden Ihre Waffe haben«, flüsterte Quik. »Ich bin kein Köder.«

Pavardes Hand glitt von Quiks Schulter und umfasste sein Kinn. Der Jäger stand wie betäubt da, als Pavardes Grinsen sich verbreiterte und ihre scharfen Augen einen anderen Glanz als zuvor annahmen.

»Nein«, sagte Pavarde, »ich nehme an, das bist du nicht. Ich bin immer dankbarer, dass du auf dieser Klippe nicht gestorben bist, Quik. Dies wäre so viel schwieriger ohne dich.«

Eine Stunde später stachen sie in See, wobei Quik die Rolle eines gewöhnlichen Seemanns zugewiesen wurde. Aufgrund seiner mangelnden Seefahrtkenntnisse wurde er jedoch schnell zum Deckschrubben und Botengängen für jeden, der seine Hilfe benötigte, abkommandiert. Pavarde schenkte Quik im Laufe des Tages kaum Beachtung, während der Klipper nördlich um Vis herumschwenkte. Stattdessen befehligte sie das Schiff und verfasste eilig Botschaften, die sie an andere Najahn-Schiffe weitergab, die entweder nach Mottilan zurückkehrten oder in Richtung der Kämpfe nahe Kance unterwegs waren.

Erst als mit Einbruch der Nacht Quiks Schicht endete,

stellte er fest, dass seine Panzerhandschuhe von seiner Hängematte entfernt und in die Kapitänsquartiere am Heck des Schiffes verlegt worden waren. Die ehemalige Kapitänin des Schiffes, eine gehetzte, kampferprobte Frau, hatte Quiks Platz eingenommen und überbrachte ihm die Nachricht mit einem bissigen Lachen. Er fand die Tür unverschlossen vor, unsicher, was ihn erwarten würde. Der Tag war ein Wirbelwind gewesen, in dem sich Hoffnung und Misstrauen vermischt hatten und irgendwie hier geendet waren.

Pavarde wartete drinnen, in voller Montur an einem kleinen Tisch sitzend. Ein Schlauch mit Pfirsichswein und zwei kleine Holzbecher standen bereit. Pavardes Bett befand sich an der Backbordseite der Kabine, während eine Strohmatte entlang der Steuerbordseite lag. Seine Panzerhandschuhe lagen in der Nähe der Letzteren.

»Zu Ihrem Schutz«, sagte Pavarde, als Quik starrte. »Die Mannschaft erfährt, wer Sie sind, und es gibt mehr als ein paar, die Freunde an Kance oder Ihre Freunde aus Vis verloren haben. Ich werde meine Waffe nicht verlieren, bevor sie eingesetzt werden kann, also werden Sie hier bleiben, wenn Sie nicht arbeiten.« Ihr Ton wurde scharf. »Und Sie werden auf Deck wachsam sein. Ein Messer zwischen den Rippen, ein Stoß über Bord ist eine leichte Sache auf einem Schiff wie diesem.«

»Viel Aufwand, um mich am Leben zu erhalten.«

»Es wird sich am Ende lohnen, Quik.« Sie neigte den Weinschlauch und füllte die Becher. »Nun, trinken Sie einen Schluck und erzählen Sie mir mehr über diese Königin von Kance und ihre Freunde. Ich muss wissen, ob es besser ist, wenn sie leben oder anderweitig enden.«

10

DER SCHATZ DES WINDES

Endlich sah Eujo keinen Rauch mehr über ihrer Insel aufsteigen. Der Thronsaal im Himmelspalast bot durch seine riesigen, nach Westen und Süden ausgerichteten Fenster einen Blick über die Stadt. Die Scheiben wurden jeden Morgen von treuen Arbeitern gereinigt. Das Fenster, das Eujo bei ihrer verzweifelten Flucht vor Gladdrings Angriff zerbrochen hatte, war bereits ersetzt worden - eine vielleicht fragwürdige Nutzung von Kriegsressourcen, die sich nun auszahlte, als Eujo über ein friedliches Land und Meer blickte.

»Wie lange?«, fragte Eujo, ohne sich umzudrehen.

Dass sie während einer Audienz nicht auf dem Thron saß, hätte früher missbilligende Gerüchte ausgelöst, als Kance noch genug Zeit und wertlose Politiker hatte, um sie zu verbreiten. Mit nur Livier, einer Handvoll Berater, die alle in ihrer Loyalität gefestigt waren, und dem Mann, der sie ansprach, Kapitän Narro, glaubte Eujo, sich keine Sorgen um ihr Erscheinungsbild machen zu müssen.

»Die Najahn haben nichts gesagt, aber viele ihrer

Schiffe kehren in die Häfen zurück«, antwortete Narro, prächtig in seinem silberblauen Offiziersgewand von Kance. »Die Logistik dort wird mindestens Tage dauern. Möglicherweise einen Monat oder länger, wenn sie den Seeleuten Urlaub geben.«

»Sie klingen nicht so glücklich darüber, wie ich es erwartet hätte.«

»Wir wissen nicht warum, meine Königin. Die Najahn waren am Gewinnen. Sie haben uns erschöpft. Warum jetzt zurückziehen?«

Als ihre Mitkönigin noch lebte, war sie jeden Morgen von den Beratern umringt worden. Eujo war von wichtigen Treffen ausgeschlossen und weggeschickt worden, um eine Galionsfigur zu sein. Die Kronen von Kance zu repräsentieren und leichtere, unterhaltsamere Aufgaben zu übernehmen. Dass dies Eujo von den wahren Hebeln der Macht fernhielt, war etwas, das sie weder vermisste noch sich darum kümmerte.

Eine Diebin aus der Gosse, mit einem schönen Bett und gutem Essen? Wen kümmerte da noch etwas anderes?

Doch an diesem Morgen, wie es seit Gladdrings Tod vor nicht mehr als einer Woche der Fall gewesen war, war Eujo mit Frühstück und Briefings geweckt worden, mit Vorschlägen und stillem Urteil derer, die die Nachrichten überbrachten, über ihre Unerfahrenheit, ihre Entscheidungen, ihre Herkunft.

Einer dieser Vorschläge war gewesen, Svardes Friedensmission geheim zu halten. Soldaten, die glaubten, der Krieg würde durch Bestechung der Najahn enden, könnten die Moral verlieren oder sich sogar aus Stolz gegen Eujo wenden. Es sei besser, stattdessen das Ende des Krieges, wenn es käme, als Noctias Rückkehr zur Vernunft darzustellen.

»Sie sind mitten im Kampf, Narro«, sagte Eujo und wog ihre Worte ab. »Was denken Sie, ist der wahrscheinlichste Grund?«

Der Kapitän zögerte. Eujo drehte sich nun ganz um und stand zwischen den beiden Thronen mit dem Rücken zum Glas.

»Sprechen Sie, Kapitän«, sagte Livier von der Seite des Raumes. Er lehnte dort am Glas, eine Pose, die der Attentäter immer einzunehmen schien, obwohl Eujo vermutete, dass er jemanden auf ein Dutzend verschiedene Arten töten konnte. »Ihre Königin wird Sie nicht für Ihre Meinungen töten.«

Narro nickte und nahm sich zusammen. »Für mich gibt es zwei Möglichkeiten. Entweder sind die Najahn erschöpft, weil sie in den letzten zwei Monaten so viele Soldaten bewegen mussten und einer Rebellion gegenüberstanden-«

»Unwahrscheinlich«, sagte einer von Eujos Beratern, ein ergrauter Mann, der immer, immer nach altem Fisch stank. »Keine Armee, der es so gut geht, würde das Vertrauen verlieren. Wir sind die letzte Insel, die noch steht, und das auch nur knapp.«

»Einverstanden«, sagte Narro. »Was mich zu einer anderen Überlegung bringt. Wir wissen, dass die Najahn versuchen, mehr Skars zu sammeln und zu benutzen. Wir können vermuten, dass sie einige Soldaten in deren Gebrauch ausgebildet haben. Vielleicht sind diese Waffen jetzt einsatzbereit. Dies ist eine Gelegenheit, sie ins Feld zu bringen und ihre Verluste zu begrenzen, während sie uns zu einer schnellen Kapitulation zwingen.«

Das war nun ein interessanter Gedanke. Fassle, der seine Schiffe mit Skar-tragenden Soldaten bemannte, war eine gefährliche, hinterhältige Idee. Wenn Fassle davon ausging, dass er Kance schnell zerschmettern würde, könnte er das Friedensangebot verwerfen und auf Eroberung setzen.

Konnte Eujo darauf wetten, dass Svarde, Torny und Bliss die Backup-Mission durchführen würden?

Nicht allein.

»Sie bringen einen interessanten Punkt vor«, sagte Eujo und trat vom Glas weg auf den Kapitän zu. »Sie sagen, wir haben ein paar Wochen, vielleicht mehr, bevor die Najahn diese Schiffe in den Kampf zurückbringen könnten?«

»Nach meiner Einschätzung, ja.«

»Dann müssen wir vielleicht Ihre Befürchtung nehmen und sie zu unserer Strategie machen«, sagte Eujo und berührte ihr Armband, ließ den Tamas-Skar aufwallen.

Um sie herum tauchten Eindrücke von ihren Beratern, von Livier und Narro auf. Neugierde und Skepsis dominierten.

Zeit zu sehen, wie ihre Idee ankam.

»Wir haben hier auch Skars«, sagte Eujo. »Kapitän Narro, denken Sie, die Marine von Kance hat genug Soldaten, die bereit wären, sie zu benutzen?«

Der Kapitän ließ ein leichtes Grinsen durchblicken. »Wir wären begeistert, die Najahn mit jeder Waffe zu zerschmettern.«

»Aber, meine Königin«, sagte derselbe fischige Berater, »die Skars können, wie Sie selbst demonstrieren, nicht ohne Training geführt werden. Selbst wenn wir unsere Seeleute schneller zurückholen können als die Najahn, wie werden sie lernen, die Steine zu kontrollieren, ohne sich selbst oder die Stadt zu verletzen?«

»Ganz einfach«, sagte Eujo. »Ich werde sie unterrichten. Persönlich.«

Um zu den obersten Kammern im Himmelspalast zu

gelangen, brauchte es mehr als die Stufen, die sich außen um den Turm wanden. Kein Aufzug würde einen zu den letzten Ebenen bringen. Die sich windende Treppe endete mit einem einzelnen Gang, der sich zur Mitte des Berges grub. Keine Halterungen für Laternen oder Fackeln störten seine glatten Wände, die nur von Prismen unterbrochen wurden, um sicherzustellen, dass Sonnenlicht oder Sichis Schein das Ende des Ganges erreichte. Ein einzelner Soldat stand immer am Eingang, ein Ehrenposten bis vor kurzem, als Gladdring die Skars hier verstaut hatte.

An jenem Morgen, als Svarde und Ami dem ehemaligen Najahn-Oberhaupt auflauerten, waren Eujo, Torny und Bliss unter Umhängen diese Treppen hinaufgerannt. Gladdrings Geistesmanipulation zeigte ihre zersetzende Wirkung, und die Soldaten, die sie begrüßten, waren wie betäubt. Sie konnten zwar ihre Rapiere schwingen, verloren aber bei einem einzigen Schlag den Zusammenhalt. Selbst ein Fehlschlag oder ein Stolpern auf den Stufen durchbrach Gladdrings Kontrolle, und der schwache Widerstand brach zusammen.

Doch als sie diese Ebene erreichten, war der Mann bereits tot, und die Notwendigkeit, so weit zu kommen, war vorbei. Beim nächsten Mal hatte Eujo mit ihren Wächtern den Ort besucht, um die Taschen für das Friedensangebot zu füllen - kaum eine inspirierende Aufgabe. Und jetzt? Um ihre Heimat zu verteidigen?

Eujo stand aufrecht und stolz vor dem Eingang, einem runden Portal, das mit wirbelnden Wellen verziert war, die die ständigen Winde der Insel darstellen sollten, und nickte Livier zu.

»Nein, meine Königin«, erwiderte Livier. »Ihr müsst dies öffnen.«

»Wirklich?«

Livier lächelte. Sie waren die einzigen beiden, die hier standen, der Attentäter mit einer großen Tasche über dem Rücken. Eujo hatte Narro und ihre Berater entlassen, um die Neuigkeiten zu verbreiten, potenzielle Skar-Auszubildende zu sammeln und gleichzeitig Kances Leute zu drängen, in den ruhigen Tagen, die vor ihnen lagen, alle möglichen Befestigungen vorzunehmen.

Und um Momente zu finden, um um die im Krieg verlorenen Söhne und Töchter der Insel zu trauern.

»Wäret Ihr verwundet, oder hätte Kance keine Königin, dann würde ich es tun«, sagte Livier. »Bis zu diesem Zeitpunkt gehört dieser Ort Euch und Euch allein.«

»Als ehemalige Diebin sind das verlockende Worte.«

»Sie sollen es auch sein.« Livier konzentrierte sich wieder auf die Tür. »Obwohl jeder Dieb, der dies versuchen würde, sein Leben in einem Augenblick ausgelöscht fände.«

Der Grund dafür lag in den Wappen entlang der Tür, den glitzernden Dornen, die auf die geätzten Winde aufgesetzt waren. Sie funkelten wie Diamanten, aber Eujo wusste, dass es stattdessen Kance-Skars waren. Zerbrochen und in die Tür eingearbeitet, ihr Geheimnis nur wenigen beigebracht.

Die ehemalige Königin hatte Eujo den Schlüssel gegeben, und eines Tages würde Eujo dasselbe für ihre Nachfolger tun.

Sie trat an die Tür heran, schloss die Augen und legte ihre Finger auf die gewellte Oberfläche. Die Kance-Skars darin stürmten mit ihrem Lied auf sie zu und drohten, sie mit ihrem schnellen Chor zu überwältigen. Wären sie überrascht gewesen, hätte all die Kraft sie möglicherweise den Flur hinunter, über die offene Terrasse und in die Luft geblasen. Livier bestand darauf, dass einige arme Narren sich umgebracht hatten, bevor Kances weniger angesehene Gruppen ihre Lektion gelernt hatten.

Eujo jedoch fing das Lied auf und lenkte seinen Rhythmus auf die Tür, ließ die Windströmungen entlang dieser Kurven laufen. Der Druck drehte die in die Tür selbst eingebauten Schlösser, hielt die Stifte lange genug zurück, damit die Tür nach innen schwingen konnte und sich zu einer großen, mehrere Stockwerke hohen Kammer öffnete. Als sich die Tür bewegte, strömte Licht herein und schuf ein Wunder, das Eujo immer wieder den Atem raubte.

Kance liebte Lichtspiele fast so sehr wie den Wind, und als das Sonnenlicht an Eujo vorbeifloss, traf es auf hängende Glasstäbe. Die prismatischen Echos wurden in präzisen Winkeln abgelenkt, trafen auf Spiegel und erwärmten sie, dehnten die darin eingeschlossenen Gase aus, die wiederum Schalter bewegten. Diese gaben Lamellen an der Spitze der Kammer frei, die zur Seite glitten und Oberlichter enthüllten. Neues Licht schoss herein, prallte von noch mehr Spiegeln ab und warf Scheinwerfer auf die vielen Nischen und den zentralen Tisch. All diese Nischen enthielten Andenken früherer Herrscher von Kance, von Lieblingsrapieren über Bücher und Juwelen bis hin zu einem sanften ausgestopften lila Hanoko, das vor Jahrhunderten von einem Vis-Handwerker gefertigt worden war.

Was es gekostet haben muss, diesen Ort zu bauen, die Zeit und die Ressourcen, konnte Eujo sich nicht vorstellen. Sie konnte jedoch zustimmen, dass sich die Mühe gelohnt hatte.

Eujo und Livier gingen zum zentralen Tisch und den darauf stehenden Truhen. Dieselben Kance-Schatullen, die Gladdring auf Noctia geladen hatte, jetzt leichter nach dem Friedensangebot. Es blieb jedoch genug übrig, um Kances

Verteidigung eine neue Waffe hinzuzufügen. Eine riskante Wahl, die den Krieg möglicherweise auf eine neue Ebene heben würde, aber Kance musste die Najahn nicht besiegen.

Das würden Svarde, Torny und Bliss tun. Sie mussten es.

Keine Königin würde sich jedoch nur auf einen Plan verlassen.

»Livier«, sagte Eujo, als sie begannen, die Skars in die große Tasche des Attentäters zu schaufeln, »ich habe noch eine Bitte.«

»Sprecht, und ich werde es erledigen.«

»Ohne die Unholde hat Fassle kein Mandat. Die Najahn haben keinen Grund, auf jeder Insel zu sein. Stimmt Ihr zu?«

»Das macht Sinn, meine Königin.«

»Und die Anführer dieser Inseln, von Rana und Whent, Foti und Tamas, sie waren vor Monaten noch unabhängig. Ich kann mir nicht vorstellen, dass ihnen die Stiefel der Najahn auf ihren Nacken gefallen.«

»Auch eine vernünftige Annahme.«

»Könnt Ihr und Eure Vientas ihnen mitteilen, dass es Zeit ist, Noctias Joch abzuschütteln?«

Livier hörte auf, Steine zu greifen, und starrte Eujo an, die mit einem verschmitzten Grinsen antwortete.

»Ihr wollt Fassles Unterstützung in der ganzen Welt kappen?«, fragte Livier.

»Ich möchte, dass die Inseln wieder so sind wie früher. Unabhängig, nicht an einen Diktator gekettet.« Eujo nahm einen Foti-Skar auf und betrachtete seine rubinrote Glasur. »Und wenn ein paar kleine Rebellionen unsere Chancen ausgleichen, umso besser.«

Livier starrte weiter, bevor er in sich hinein kicherte.

»Ich glaube, wir haben Euch alle unterschätzt, meine Königin.«

»Ihr und alle anderen«, erwiderte Eujo. »Gebt Euren Agenten Bescheid, Livier. Es ist Zeit, dass die Inseln ihre Freiheit zurückerobern.«

11
GESCHÄFTE MIT DER KLINGE

Zuerst kam die Hitze, die Wax den Atem raubte und Schweißperlen auf seiner Haut bildete, lange bevor ein Feuerläufer in Sicht kam. Er, Sawi, Annalyse und ihr Whent-Kundschafter hatten sich auf der anderen Seite eines langen, geraden Abschnitts niedergelassen, um zu warten. Der Kundschafter hatte vorgeschlagen, sich zu verstecken, an den Feuerläufern vorbeizuschleichen und nach Kance weiterzuziehen, aber Wax hatte abgelehnt.

Sie würden nach Dreamhold zurückmarschieren, und wenn die Feuerläufer ankämen und ihre Familien fänden ...

»Was hast du also vor?«, fragte Sawi, die hinter Wax stand. »Was ist dein Plan mit diesen Teufeln? Denn wenn du dich einfach hinstellen und sagen willst: 'Tut mir leid, ich habe die meisten, die ihr kennt, in eine sterbende Welt eingesperrt, lasst es nicht an mir oder meinen Freunden aus', solltest du vielleicht einen anderen Ansatz versuchen.«

»Ich arbeite daran«, antwortete Wax.

»Dann arbeitest du vielleicht besser weiter daran,

nachdem diese Feuerläufer vorbeigegangen sind, und wir haben etwas mehr Zeit für dein Genie, es herauszufinden.«

»Mein 'Genie'?«

Sawi grinste nur, aber hinter diesem Grinsen lag echte Sorge. Sawi verbarg es gut, aber der Tamas-Skar um Wax' Hals nahm es wahr. Der Whent-Kundschafter schien in Angst versunken. Nur Annalyse erstickte die Angst mit einer grimmigen Neugier. Nach ihren Lagerfeuerge-schichten zu urteilen, waren die Wissenschaftlerin und die Gefahr alte Bekannte.

»Wenn ich etwas vorschlagen darf«, sagte Annalyse, als die Hitze weiter zunahm und der Boden unter nahenden Schritten bebte. »Vielleicht gewalttätig, aber wenn ich seit meinem Weggang aus Whent etwas gelernt habe, dann dass es besser ist, ein Problem zu beseitigen, als es aufzu-schieben. Benutze die Skars, Wax. Zerstöre diese Feuerläu-fer. Sie gehören sowieso nicht zu unserer Welt.«

»Das sagst du? Die Wissenschaftlerin?«, fragte Sawi. »Ich dachte, du würdest sie untersuchen wollen-«

»Das habe ich versucht. Es gab eine Zeit, da liebte ich es. Dann wurde ich benutzt. Ich verlor meine Instrumente, ich wurde zu einer Schachfigur, und als ich trotz allem jemanden fand, wurde er mir genommen, weil ich mich nicht genug angestrengt hatte.«

»Nicht genug angestrengt wofür?«

»Auf Vis, nachdem ich Gladdring entkommen war, bat mich Deshiva, die Skars, die ich genommen hatte, zu benut-zen, um ihre Jäger zu retten, ihnen zu helfen, die Najahn zu besiegen. Ich zögerte. Sie verloren. Die Skars gehören jetzt Fassle.« Annalyse starrte mit reinem Gift im Blick auf den Felsboden, der von den kleinen Whent-Laternen an ihren Gürteln beleuchtet wurde. »Mach nicht meinen Fehler, Wax. Eine Katastrophe kommt auf uns zu, und du kannst sie aufhalten. Danach können wir uns mit Kance zusammentun und dasselbe mit den Najahn machen. Der Weg ist klar.«

»Stimmst du ihr zu?«, fragte Wax Sawi. »Denkst du, ich sollte diese Teufel vernichten?«

Die Vis runzelte die Stirn, alle Spuren des Grinsens waren längst verschwunden. »Ich denke, unser früheres Ich hat sich mehr um das Leben gesorgt. Ich glaube, ich kenne dich gut genug, Wax, um zu sagen, dass du das bereuen würdest. Oder es würde dich zumindest lange verfolgen. Ich weiß auch, dass du bereit bist, das Richtige zu tun, auch wenn es hart für dich ist.«

»Nun, danke, aber das ist keine Antwort, Sawi.«

Die Vis schloss für einen Moment die Augen und fasste sich.

»Sie haben es nicht verdient. Es ist nicht ihre Schuld, dass die Götter Mist gebaut haben. Aber es ist auch nicht unsere, und wenn diese Teufel wirklich uns, unsere Freunde und alles, was sie können, zerstören würden, weil sie wütend sind, dann haben wir auch eine Pflicht. Du hast sie, Wax. Es tut mir leid, dass es an dir liegt, wirklich, aber ich glaube nicht, dass es einen anderen Weg gibt.«

Wax nickte. Es war schwer, zu einem anderen Schluss zu kommen. Die Teufel hatten kein Glück, aber Wax hatte Freunde unter den Whent zurück in Dreamhold. Sie hatten ihm Bier gegeben, ihm Lieder vorgesungen, ihm die besten Barspiele der Insel gezeigt. Wax trug von Whent-Handwerkern gefertigtes Leder, hatte Taschen voller ihrer Nahrung. Wenn Wax die Feuerläufer einfach vorbeiziehen ließe, wie viele dieser Freunde würden sterben?

Die Skars stimmten zu. Foti, Rana und Whent schäumten, als Wax Sawi und Annalyse zurück in die Nähe des Kundschafters winkte. Er versuchte, einen Plan auszuarbeiten, etwas, das nicht die Höhle über ihnen zum Einsturz bringen würde. Der Rana-Skar fand Tümpel, kleine Flüsse, die in nahegelegenen Felsen lauerten. Er konnte dieses Wasser herausziehen, die Feuerläufer löschen. Das könnte reichen.

Wenn das scheiterte, war der Noctia-Skar immer bereit. Wax konnte einen direkteren Angriff riskieren.

Er stupste den Rana-Skar an, ließ dessen fließendes Trillern ihn durchdringen. Wax streckte sich aus, die kühle Strömung verließ seine Finger und Zehen, um nach den Rinnsalen, den Bächen, den Kanälen zu greifen. Er fand sie, einen nach dem anderen, und ergriff sie. Auf seinen Ruck hin würden sie ausbrechen und den Tunnel überschwemmen.

Und Dutzende von Teufeln ermorden, die nur nach einem neuen Zuhause suchten.

Ein Schatten erschien zuerst, beleuchtet von fernen Flammen. Die Gestalt schritt selbstbewusst in den Tunnel, verlangsamte jedoch ihren Vormarsch, als sie bemerkte, dass sie nicht allein war. Der Schatten drehte sich um und pfiff etwas den Tunnel hinunter, bevor er an seine Hüfte griff und eine Klinge zog.

Der Rana-Skar wollte sie ertränken. Wax drängte ihn zurück, als würde er Kopfschmerzen wegschieben.

»Besser, ihr sagt, wer ihr seid und was ihr hier macht«, sagte der Schatten. »Meine Freunde sind nicht weit weg, und wenn ich euch nicht durchlasse, werden dies eure letzten Atemzüge sein.«

Sawi, hinter Wax, schnaubte. »Natürlich ist sie es. Das würde erklären, warum sie nicht in Dreamhold war.« Wax' Freundin trat vor ihn. »Hey, Ami! Sag deinen Kumpels, sie sollen für eine Minute langsamer werden und komm her. Wir müssen reden.«

»Sawi?«, erwiderte Ami ungläubig. »Was machst du hier? Ich dachte, die Najahn hätten dich auf Vis getötet.«

»Nach deinem Training? Kein Najahn konnte mich berühren.«

Ami lachte, schritt vorwärts, und die beiden umarmten sich fest. Wax starrte auf Amis goldene Gesichtsplatte, die glänzenden Vis-Skars darin eingebettet. Andererseits, wenn die ehemalige Wächterin die Hälfte dessen überlebt hatte, was Sawi über Noctia erzählte, war eine Gesichtsplatte noch glimpflich. Annalyse folgte der Vis, und das Trio nahm sich einen langen Moment Zeit, um zu teilen, dass sie so lange überlebt hatten.

Die Art von Sache, die Wax eines Tages gerne mit Torny, Eujo und Bliss machen würde. Bald.

»Das ist Wax«, sagte Sawi.

»Der Freund.« Ami nickte, dann stieß sie Wax mit dem Finger in die Brust. »Was hast du dir dabei gedacht, Sawi zu verlassen? Sie ist viel zu gut für dich, und wenn du denkst, sie würde dich zurücknehmen, bin ich hier, um dir zu sagen-«

Bei Amis Tonfall erwachte der Noctia-Skar zum Leben, entschlossen, der bedrohlichen Wächterin das bisschen Leben zu entziehen, das sie noch hatte. Der Todesstein brachte den Rana-Skar zum Schweigen, flehte Wax an, ihn loszulassen, und der Vis konnte Ami kein Wort sagen, da er all seine Kraft darauf verwenden musste, den Skar zu unterdrücken.

»Ami«, sagte Sawi, während Annalyse lachte, niemand bemerkte Wax' Anspannung. »Wir sind darüber hinweg. Das ist vorbei.«

»Dann hast du Glück«, sagte Ami, ohne ihren wütenden Blick von Wax abzuwenden. »Ich war kurz davor, dich auszuweiden.« Die Drohung verlor an Schärfe, als sie weitersprach und die Wächterin ihren Blick verengte. »Was ist los mit dir, Vis? Du siehst krank aus.«

»Drohe mir nicht«, flüsterte Wax, der Noctia-Skar tobte noch immer. Ami war so nah, es würde nicht mehr als eine Berührung brauchen. »Geh zurück.«

»Was hast du zu mir gesagt?« Amis Hand wanderte zu ihrer Klinge.

»Ami, bitte«, Annalyse schob sich zwischen die beiden. »Tu, worum er dich bittet.«

»Warum sollte ich?«

Sawi gesellte sich zu Annalyse, die beiden trennten Wax und Ami. Mit der Wächterin außerhalb der Schwertreichweite wurde der Noctia-Skar ruhiger, und Wax stieß einen erschöpften Seufzer aus.

»Er ist die Erneuerung, Ami«, sagte Sawi. »Er hat die Skars. Er hat die Tore geschlossen.«

»Das ist dieser Typ? Dieser Junge?« Ami schaute über Sawis Schulter. »Jünger als ich dachte.« Sie nahm ihre Hand von der Klinge und warf einen Blick zurück zu dem Ort, wo ihre Schützlinge warten würden. »Was macht ihr vier hier, wartet ihr?«

Sawi und Annalyse erklärten, während Wax zum Rana-Skar zurückkehrte und wieder diese Ströme und Höhlenteiche fand. Angesichts Amis finsteren Blicks, der sich nur noch vertiefte, je mehr Sawi und Annalyse erklärten, warum Wax die Feuerwandler ertränken sollte, war es eine gute Idee, mit dem Wasser bereit zu sein.

»Nur dass du das nicht tun wirst«, sagte Ami an Wax gerichtet. »Du wirst meinen Freunden nicht wehtun, weil du einen Fehler gemacht hast. Stattdessen wirst du es wiedergutmachen.«

»Wiedergutmachen?«, fragte Wax.

»Du hast die Tore geschlossen. Öffne sie. Einfach.«

War es das? Wax wusste es nicht. Hatte es nicht versucht, nicht dass er nicht darüber nachgedacht hätte. Nach dem Gespräch mit dem Toten König hatte Wax die Idee erwogen, sie jede Nacht nach dem Aufschlagen des Lagers hin und her gewälzt. Er dachte an die gefährlichen hundeähnlichen Monster, die die Dörfer auf Vis massakriert hatten, die seelenverschlingenden, zerlumpten Unholde von Tamas, die Gedanken verschlangen, das riesige blasenähnliche Wesen auf Rana, das den Außenposten fast ertränkt hätte ...

»Sie werden zurückkommen«, sagte Wax. »Die Unholde werden uns wieder überrennen, wie sie es am Ende taten. Ihre Heimaten zerbrechen und sie sind verzweifelt. Es ist kein Tröpfeln mehr.«

»Ganz einfach«, entgegnete Ami. »Öffne nur Fotis Tor. Keine anderen. Das ist das einzige, von dem wir sicher wissen, dass es lohnenswerte Unholde enthält.«

Nur Foti. Eine leichtere Bitte.

Wax drehte sich um, blickte zurück den Weg, den sie gekommen waren. Tage der Reise, um zurück nach Traumfeste zu gelangen, zu den Toren. Verlorenes Momentum. Nur für die Feuerwandler. Nicht, wenn Eujo, wenn Kance, unter Beschuss stand.

»Ich habe keine Zeit«, sagte Wax. »Nicht jetzt. Ihr müsst sie zum Warten bringen, und dann werde ich es versuchen.«

»Dann? Nachdem du die Waffen gegen die Najahn erhoben hast? Du wirst wahrscheinlich sterben«, sagte Ami. »Dann haben wir nichts. Nicht akzeptabel.«

»Du hast keine Wahl.«

Ami blitzte auf, die Klinge an ihrer Hüfte zog sie und setzte die Spitze an Sawis Hals. Die Vis zischte einen Fluch, bewegte sich aber nicht. »Es gibt immer Wahlmöglichkei-ten, Wax.«

Der Noctia-Skar kam brüllend zurück, diesmal mit einem verletzten Unterton, als wolle er Wax daran erin-nern, dass der Stein beim ersten Mal Recht hatte. Wax sollte ihn jetzt loslassen, die Wächterin erledigen. Die Bedrohung beseitigen.

»Du hast Recht, Ami«, sagte Wax, die Kraft strömte zu seinen Fingerspitzen und verlangte danach, entfesselt zu werden. Annalyse wich zurück und forderte beide auf, sich zu beruhigen. Sawis weit aufgerissene Augen und ihre regungslose Haltung entfachten den Noctia-Skar nur noch mehr. »Es gibt immer Wahlmöglichkeiten, und ich habe meine getroffen.«

12

DIE ERSTE RUNDE

Krieg veränderte alles. Torny nahm diese offensichtliche Beobachtung zu Herzen, als die Najahn sie vom Dock durch ihr eigenes Viertel führten. Was einst ein geschäftiges Zuhause für Gelehrte und Soldaten gewesen war, neigte sich nun stark zu Letzteren. Frische Rekruten von allen Inseln füllten die Straßen, angeführt von Najahn-Kommandeuren, die wahrscheinlich erwartet hatten, ihre Jahre ohne viel Konflikt zu dienen, abgesehen von gelegentlichen Unholden oder Betrunkenen.

Rauch gesellte sich ebenfalls zu den Soldaten und erstickte Noctias Seeluft mit schwarzen Schwaden. Alle Schmieden waren entzündet und neue entstanden. Einige würden gebogene Voulgen und Klingen herstellen, aber Torny sah auch Beweise für andere neue Dinge: geformte, kleine Röhren mit Abzügen und größere, runde Metallobjekte, die quer über ganze Karren lagen.

»Was glaubst du, sind das?«, gebärdete Bliss während sie gingen, Najahn vor und hinter ihnen.

»Keine Ahnung«, gebärdete Torny zurück. »Ich könnte versuchen, eines dieser kleinen Dinger zu schnappen.«

»Wage es ja nicht.«

Natürlich hatte Bliss recht. Während einer diplomatischen Mission einen zufälligen Diebstahl zu begehen, war keine gute Idee, aber wann war Torny schon für die besten Ideen bekannt? Andererseits gab es andere Wege, es herauszufinden.

»Was ist das für ein Ding?«, fragte Torny einen nachfolgenden Najahn-Wächter, als sie an einem weiteren Karren vorbeikamen, der auf dem Weg zum Hafen war.

Der Mann erfasste Tornys Absicht und grinste sie an. »Das wirst du schon noch herausfinden.«

»Es ist also eine Waffe?«

»Eine verdammt gute.«

»Was macht sie?«

Der Najahn kniff die Augen zusammen und nickte dann nach vorne. »Eure Marine wird es dir bald genug sagen.«

»Aber du könntest es mir jetzt sagen.«

Torny spürte, wie Bliss an ihrem Gewand zog. Der Wächter gab ihr ohnehin nur noch einen finsteren Blick, also blitzte Torny ein Grinsen auf und folgte dem Zug.

»Ich war dabei, ihn weichzuklopfen«, gebärdete Torny zu einer augenverdrehenden Bliss. »Er hätte mir alles erzählt.«

»Du bist voller Selbstüberschätzung.«

»Irgendjemand muss es ja sein.«

Bliss lachte, als sie in einen anderen Platz einbogen. Der Brunnen hier spritzte kostbares Wasser, ein eitles Zeichen auf der feuchtigkeitsarmen Insel. Geschäftigkeit summte unter weiteren militärischen Gesängen, der Morgen ging in den Mittag über. Frische, köstliche Düfte stiegen auf, als Kantinen und Cafés ihre Mittagsroutinen begannen, alle herrlich nach den Tagen auf See. Essen ohne über Wellen zu rollen, würde eine wunderbare Abwechslung sein, eine, die Tornys Magen nicht schüchtern war zu äußern.

»Ich habe auch Hunger«, sagte Bliss. »Glaubst du, Fassle wird uns Essen anbieten?«

»Er wird uns wahrscheinlich zuerst töten.«

»Das möchte ich sehen, wie er das versucht.«

Torny kicherte. Die Wachen, die mit ihnen gingen, beobachteten die Handzeichen, und Torny bemerkte, dass sie ihre Hände in der Nähe ihrer Waffen hielten, als ob Torny und Bliss planen könnten, die Najahn mitten unter tausend Verbündeten anzugreifen. Lächerlich.

Der Kreis, das führende Kollektiv der Najahn, saß im Hauptturm der Najahn. Das Gebäude schoss zu viele Stockwerke in die Höhe, als dass Torny sie zählen konnte, mit hervorspringenden Ausläufern und Verbindungswegen zu anderen Türmen. Alles von Schlafsälen bis zu Gefängniszellen lag innerhalb der Najahn-Türme, alles von Whent- und Foti-Ingenieuren gestaltet, um die Najahn, Noctia und ihre Macht zufriedenzustellen.

So war es schon immer auf den Inseln gewesen: Die meisten wollten weitermachen, sich ihren Leidenschaften widmen. Wenn jemand anderes kam und das zum Preis einiger kleiner Freiheiten garantierte, nun, wen kümmerte es wirklich?

Noctia und die Najahn waren zu diesem Schutz geworden, und nun handelten sie nach ihrem allmählichen Zugriff auf jede Stadt, jedes Dorf und jedes Land. Jeder war zu sehr an ihre Führung, ihre Stärke, ihren Ehrgeiz gewöhnt.

Torny schnüffelte, als sie den Turm betraten, vorbei an breiten Holztüren, die von noch mehr Wachen offen gehalten wurden. Für eine Banditin dachte sie über ihren Stand hinaus, über das, womit sie sich befassen musste.

Svarde würde Fassle die Bedingungen überbringen, der sie entweder akzeptieren und sie bis zum Ende der Nacht zurück auf dem Boot nach Kance haben würde, oder der Najahn-Lord würde ablehnen, in welchem Fall sie alle tot wären.

Also widmete Torny die verbleibenden Schritte durch einen überfüllten Gang zu einer kreisförmigen Kammer mit einem eingelassenen Zentrum der Aufgabe, ihre Lieblingsessen und -getränke zu bewerten und zu überlegen, welche sie noch einmal probieren würde, wenn die Banditin nur noch eine letzte Mahlzeit zu leben hätte.

Eine weitaus angenehmere Ablenkung.

Der Kreis erfüllte zumindest seinen Namenszweck. Im Raum war jeder Stuhl besetzt. Laternen glühten hinter in Roben gekleideten Gestalten, die meisten trugen Anstecker, die sie als Lehrsätze oder Botschafter kennzeichneten. Gegenüber dem Eingang standen vier Stühle mit höheren Rückenlehnen als die anderen, besetzt von goldbesetzten Roben: zwei Adepten, Fassle und Yarvick.

Den Anführer der Flinken Finger wiederzusehen, verursachte einen Stolperer in Tornys Schritt, den Bliss auffing und tarnte, indem sie einen Arm um Torny legte und die Banditin vorwärts schob. Mit ihrer freien rechten Hand bedeutete Bliss Torny, sich zusammenzureißen.

»Leicht für dich zu sagen«, gebärdete Torny zurück, als sie hinter Svarde zum Stehen kamen. »Der Mann, der dich aus deiner Heimat und Familie verbannt hat, sitzt nicht direkt dort.«

»Nah genug dran«, gebärdete Bliss zurück, als Fassle sie willkommen hieß.

»Wovon redest du?«

Svarde stellte sie alle vor, wobei Torny genug Fassung bewahrte, um Fassle eine kurze Verbeugung zu schenken, als ihr Name fiel. Er nannte sie eine Wächterin, was Torny fast erröten ließ, bis sie sich erinnerte, dass sie genau das war. Sogar Yarvick nickte Torny bei dem Titel zu.

Mehr Respekt, als der Mann ihr je gezeigt hatte, nun ja, überhaupt.

»Ich meine Fassle«, gebärdete Bliss, als die Vorstellungen vorbei waren und Svarde in seine brummende Darlegung der Bedingungen verfallen war, wobei er vorsichtig war, Kance als ein gutes Stück stärker darzustellen, als es tatsächlich war. »Der Mann, der die Erneuerung ausrief, die mich aus Vis vertrieb, und jetzt hat er meine ganze Insel erobert. Ich habe kein Zuhause mehr.«

»Nicht ganz dasselbe, aber ich verstehe.«

Bliss' Entscheidung zu gehen war vielleicht optional gewesen, aber wie Torny konnte sie nicht in die Welt zurückkehren, die sie gekannt hatte.

»Svarde«, sagte Fassle, als der Barbar das Angebot ausführte, die Skars gegen Frieden zwischen Kance und den Najahn einzutauschen. »Ich dachte, wir hätten bereits einen Deal gemacht. Deine Unholde brennen Kance nieder, bis sie sich ergeben, und wir geben ihnen ein Zuhause auf deiner feurigen Insel.« Der Botschafter von Foti hustete, blieb aber still, als Fassle ihn anstarrte. »Und jetzt arbeitest du für unseren Feind. Was hat sich geändert?«

»Wurde des Tötens müde. Dachte, es könnte einen besseren Weg geben.«

Fassle lachte. »Des Tötens müde? Du? Das glaube ich nicht. Mit dieser Klinge müsstest du der beste Kämpfer auf diesem Planeten sein. Du hättest Kance allein erobern und als wahrer Held hierher zurückkehren können. Was für eine verpasste Gelegenheit.«

»Zum Glück, Fassle, ist mir deine Meinung scheißegal.«

Der Mann knurrte fast: »Dann interessiert dich vielleicht diese Meinung: Kance kann sein Angebot nehmen und vergessen. Wirf die Steine meinetwegen auf den Meeresgrund. Was Gladdring gestohlen hat, wird bereits wieder aufgefüllt. Bald wird der Verrat dieses Mannes so wertlos sein wie seine Loyalität.«

»Fassle«, sagte Yarvick und ergriff zum ersten Mal das Wort. »Eine voreilige Ablehnung könnte genau das sein, voreilig. Ein Gegenangebot wäre vielleicht angemessener. Eines, das Leben rettet und gleichzeitig unsere Ziele wahrt.«

»Ja«, brummte Fassle, »der Kopf der Königin auf einem Spieß wäre schön.« Er winkte seine eigenen Worte ab, wahrscheinlich weil er den Hass sah, der ihm vom besuchenden Trio entgegengeschleudert wurde. »Oh, das war nur ein Scherz. Wenn Yarvick diskutieren will, dann werden wir diskutieren.« Er deutete mit einer Handbewegung zum Ausgang. »Ohne eure Anwesenheit. Los, aber nicht zurück zu eurem Boot. Ich habe Quartiere für euch drei vorbereiten lassen.« Fassle blickte finster auf den Ferrit. »Svarde, ich nehme an, dein Haustier wird bei dir bleiben?«

»Sie ist nicht mein Haustier«, sagte der Barbar, »aber Kivi ist einverstanden, mein Zimmer zu teilen.«

»Gut. Dann geht. Genießt etwas noctianische Gastfreundschaft. Wir werden eure Entscheidung am Morgen haben. Und ihr werdet froh sein zu hören, dass wir, sobald wir die Nachricht erhielten, dass ihr unterwegs seid, unsere Überfälle eingestellt haben. Eure Insel hat Frieden. Vorerst. Ich bete, dass wir es so halten können.«

»Der Mann ist ein machthungriger Lügner«, sagte Torny später, als die vier sich unten in einer Hafenkneipe in der Stadt versammelt hatten, die *Rattenzahn* hieß.

Svarde hatte vorgeschlagen, sich aus dem Najahn-Viertel davonzuschleichen, also führte Torny sie durch genug verwinkelte Gassen den ganzen Weg bis hierher. Wenn irgendein Najahn-Dritte-Hand-Spion oder -Soldat ihnen so weit gefolgt war, nun, dann würden sie ein paar mürrische Beleidigungen über Ale hören und nicht viel mehr.

»Das ist bekannt«, sagte Svarde, nachdem er etwas Kance-Garn als Bezahlung für die Runde hingelegt hatte. Die Barkeeperin Che-Ri umarmte den Barbaren, bevor sie ihm befahl, das große Schwert draußen zu lassen. Als Svarde den Kopf bei dieser Anordnung schüttelte, musterte Che-Ri ihn lange, bevor sie zu ihrer Bar zurückkehrte, ohne auf ihrer Forderung zu bestehen. »Worum ich mir nicht sicher bin, ist, ob er entscheiden wird, dass es mehr Sinn macht, unser Angebot anzunehmen oder Kance dem Erdboden gleichzumachen.«

»Das ist nicht die richtige Frage«, sagte Torny. »Du musst betrachten, was er jetzt hat. Sechs der Sieben Inseln unter seiner Kontrolle. Glaubst du, er wird Kance in Ruhe lassen? Das ist nicht Fassles Art.«

»Warum bist du dann überhaupt auf diese Mission mitgekommen, wenn du denkst, dass es keine Chance gibt?«

»Weil ich nicht glaube, dass Fassle die großen Entscheidungen trifft.« Torny klopfte auf das Tagebuch, das in eine Brusttasche ihres Kance-Gewandes eingenäht war. »Yarvick ist derjenige, den wir wirklich überzeugen müssen.«

»Und wie werden wir das anstellen?«

»Überlass das mir.« Torny leerte ihr Ale und wischte sich den Mund mit ihrem Ärmel ab. »Apropos, ich werde einen kleinen Spaziergang machen. Ich komme hierher zurück, wenn es erledigt ist, und dann werden wir wissen, ob alles gut ist oder ob wir Deux brauchen, um uns schnell wegzusegeln.«

»Willst du keine Unterstützung?«, gebärdete Bliss, als Torny aufstand.

»Hierfür?« Torny lächelte, beugte sich vor und gab der Vis einen leichten Kuss auf die Wange. »Am besten gehe ich allein. Diebe mögen es nicht, wenn Außenstehende in ihren Verstecken herumschnüffeln, weißt du?«

Was Torny nicht sagte, als sie den *Rattenzahn* verließ und in Richtung des südöstlichen Stadtteils ging, war, dass sie nicht wollte, dass irgendwelche Messer Bliss' Herz fänden, falls es zu einem Kampf käme.

13
SPANNUNG

Pavarde hielt ihr Versprechen. Mehrere Tage lang auf See beschützte sie Quik. Sie teilte ihm Aufgaben abseits des Geschehens zu, vom Essenszubereiten bis zum Reinigen unter Deck, wobei Letzteres Quik mehr als einmal an die Reling trieb, um sich zu übergeben. Das Najahn-Schiff glitt nicht so sanft über die Wellen wie die Kance-Schiffe, und das raue, schnelle Segeln versetzte ihn in einen nahezu ständigen Zustand der Übelkeit.

Doch diese Seekrankheit verschaffte Quik an den Abenden einen Ausweg. Pavarde schickte Quik zurück in ihre Kajüte, bot Wein und Gespräche an, mit dem Ziel, tiefere Verbindungen zu knüpfen. Mit Annalyse, die ihm nicht aus dem Kopf ging – eine in ihrer kurzen gemeinsamen Zeit in Mottilan neu entfachte Flamme –, fand Quik sich mehr als abgestoßen von jemandem, der ihn gezwungen hatte, seinen Vis-Gefährten zu schlagen, der sein Leben bedroht und klargemacht hatte, dass Quik nicht mehr als ein Bauer sein würde. So fühlte Quik sich im Laufe der Abende zunehmend unwohl, erklärte Müdigkeit, einen aufgewühlten Magen, eine elende Erschöpfung und zog sich auf seine Matte zurück.

Am dritten Abend erklärte Quik die Spielchen für beendet. Über denselben finsteren Blicken, inmitten derselben Weinkelche, nachdem Pavarde gerade eine weitere schlagfertige Geschichte über das Abschlachten von Rana-Piraten vor Fotis Nordküste beendet hatte, unterbrach Quik die Kapitänin.

»Warum ich, Pavarde? Warum all das, jetzt?«

Pavardes Gesicht nahm zunächst die übliche Disziplin einer Kapitänin an, bevor sie schwer seufzte. Sie nickte zur Tür des Decks.

»Jeder auf diesem Schiff ist ein Najahn, und jeder versucht, in den Rängen aufzusteigen. Genau wie ich es tat. Am Anfang ist es nicht so schlimm. Man steckt zusammen drin, versucht, seine Heimatinsel, seine Familie und Noctia gleichzeitig zu ehren. Aber wenn man aufsteigt, werden die Möglichkeiten knapper. Nur wenige kommen voran, und deine Freunde beginnen, dich als Konkurrenz zu sehen.« Pavarde wandte sich wieder ihrem Wein zu. Quik ließ ihr den stillen Schluck. »Loyalität und Schutz werden schwer zu finden. Ich werde beides brauchen, wo wir hingehen, und noch mehr, wenn ich Erfolg habe.«

»Du denkst, nach dem, was du mich hast tun lassen, dass ich dir helfen werde?«

»Beispiele, und es tut mir leid dafür. Augen sind überall, Quik. Das weißt du. Ich konnte nicht nachsichtig mit einem Vis sein, der Najahn verletzt hatte, es sei denn, ich ließ es so aussehen, als hätte ich dich gebrochen, dich für mich genommen.«

»Lächerlich.«

»Ist es das?« Pavarde schnaubte. »Du bist jetzt an mich gebunden. Wenn mir etwas zustößt, bist du allein unter

Feinden. Aber wenn du mir hilfst, mich beschützt, werde ich meine Macht nutzen, um deinem Bruder zu helfen. Ich werde sogar Vis befreien, wenn das in meine Reichweite kommt.«

»Ich glaube nicht-«

»Keine Wahl, Quik. Eine Realität.« Sie schenkte ihm ein leichtes Lächeln, vom Wein schief verzogen. »Was die Kajüte angeht, nun, du kannst mir nicht vorwerfen, dass ich ein bisschen Spaß nebenbei haben will, oder?« So schnell wie es gekommen war, starb das Lächeln bei Quiks Stirnrunzeln. »Nichts für ungut. Die Gerüchte machen unter der Mannschaft bereits die Runde. Wir sind zusammen, du und ich, ob du willst oder nicht.«

Das Najahn-Schiff erreichte Noctia mit Quiks intakter Ehre und Pavardes abgekühlten Zuneigungen. Die Veränderung machte es einfacher, sich auf das Schiff zu konzentrieren, das vor ihnen am Hafen vorbeisegelte und auf die privaten Najahn-Docks zusteuerte.

»Kennst du das?«, fragte Pavarde, die neben Quik und dem Steuermann am Ruder des Klippers stand. »Ich sehe es an deinem Gesicht.«

»Es ist ein Kance-Schiff«, antwortete Quik.

»Offensichtlich. Ein verziertes.« Pavarde ließ ihr Grinsen verschwinden. »Du sagtest, du hättest einige Zeit mit deinem Bruder und der Kance-Königin verbracht. Ist das ihr Schiff?«

Quik sagte nichts und versuchte, eine glaubwürdige Lüge zu finden.

»Es ist wichtig, dass du ehrlich zu mir bist«, fuhr Pavarde fort. »Wenn Kance einen Gesandten hierher geschickt hat, könnte das unsere Position verändern. Informationen, die wir haben und unsere Konkurrenz nicht, könnten wertvoll sein.«

Beim Wein hatte Pavarde die Gerüchte detailliert beschrieben, die entlang der Najahn-Befehlskette flogen. Nämlich dass diejenigen, die Fassles Nachfolge antreten wollten, sich sichtbar machen sollten. Es würde mehr als nur ein paar Offiziere geben, die den Kreis übernehmen wollten, und die meisten versammelten sich jetzt gerade in Noctia, dank einer geheimen Botschaft, einer Notiz, die auf ihrem Kissen in Mottilan zurückgelassen worden war. Der wahre Grund für Pavardes plötzlichen Sprung weg von Vis: Yarvick öffnete die Tür zum Ruhm, und wer hindurchging, würde zur Legende werden.

Quiks Rolle blieb, soweit er wusste, dieselbe. Pavarde beschützen, Informationen liefern und, wenn nötig, die Kance-Königin irgendwohin locken, damit sie zu Pavardes Vorteil gefangen genommen werden konnte.

Dass er nicht die Absicht hatte, Letzteres zu tun, blieb unausgesprochen.

»Die *Storm's Edge* ist Eujos Schiff«, sagte Quik. »Wenn es hier ist, ist sie es auch.«

Pavarde nickte. Sie nahm eine nachdenkliche Haltung an und sagte nichts, bis der Klipper in Noctias überfülltem Hafen, voll mit Kriegsschiffen und arbeitenden Mannschaften, anlegte. Pavarde sagte Quik, er solle seine Handschuhe, Najahn-Roben und sonst nichts mitnehmen.

»Einfach. Ich habe nichts weiter«, erwiderte Quik. »Alles, was ich besaß, war zurück auf Vis, in Kitaye.«

»Gut«, sagte Pavarde und beobachtete ihn von der Kabinentür aus. Die Kapitänin hatte ihren vergoldeten Kommandantenumhang gegen eine einfache Soldatenuniform getauscht, die Quik in Najahn-Anonymität glich. »Dann hast du weniger zu verlieren.«

Sie verloren keine Zeit, aßen ein schnelles Mittagessen aus leichtem Fisch, Salat und Tee in einer Hafentaverne, bevor sie in eine Richtung weitergingen, die Quik nicht erwartet hatte. Nicht zum Najahn-Viertel, sondern zu einem wackeligen Gasthaus an der Nordseite des Hafens, das sich unter einem imposanten, steinernen Apartmentturm duckte. Beide Gebäude schienen kurz vor dem Einsturz zu stehen, moosige Wucherungen überwucherten die abgeplatzten Steine. Schwarzer Rauch quoll aus dem Schornstein des Gasthauses, dessen Quelle sich hinter der Tür als riesiger Kamin entpuppte, in dem mehr Pflanzen, Moose und Tierdung als frisches Holz verbrannt wurden.

Zu sagen, dass *Demions Ruhestätte* kein wunderbarer Ort war, wäre eine Untertreibung, dennoch waren die Tische am Nachmittag voller Seeleute. Einige schlürften Bier, während andere, die am Abend wieder in See stachen, stattdessen Essen und frisches Wasser genossen. *Demions Ruhestätte* wurde ihrem Namen gerecht mit aufgehängten Bildern der ersten Aegis, eingravierten Schildern mit einigen ihrer berühmtesten Sprüche, die das Schicksal und Glück der Insel priesen, und Skar-Nachbildungen, die in die Tische eingelassen waren. Quik fuhr mit den Händen über die kleinen Steine in dem Tisch, den sie gewählt hatten, versteckt in einer hinteren Ecke, und war ein wenig enttäuscht, dass keine plappernden Stimmen in seinen Kopf drangen.

Er hätte nichts gegen ein oder zwei Vis-Skar einzuwenden, angesichts dessen, was vor ihnen lag.

Pavarde sicherte ein Zimmer mit dem üblichen Tauschhandel der Najahn, einem Angebot von Vorräten oder anderen Ressourcen aus den Lagern der Najahn, unterzeichnet mit der eigenen Unterschrift des Kapitäns.

»Wird das nicht verraten, dass Sie hier sind?«, fragte Quik.

»Bis der Wirt diese Notiz einlöst, wird unser Schicksal

bereits entschieden sein«, antwortete Pavarde. »Das Treffen ist noch heute Abend.«

»Das Treffen?«

Pavarde war trotz der Uhrzeit auf schwarzen Kaffee umgestiegen. »Ich hoffe, du bist bereit, Quik. Heute Abend erfahren wir, ob du Köder oder Leibwächter sein wirst.«

Ohne ihre Soldaten, mit einer anonymen Verkleidung, erwog Quik, von Pavarde wegzulaufen, während die Stunden in *Demions Ruhestätte* verstrichen. Pavarde wollte nicht gehen und wartete offenbar auf ein Zeichen, wo dieses Treffen stattfinden sollte, aber sie machten beide Ausflüge zu den direkt-zum-Meer-führenden Toiletten des Gasthauses, und jedes Mal, wenn Pavarde zur Theke ging, um Essen oder eine weitere Runde Tee, Kaffee oder Wasser zu holen, bot sich die Gelegenheit, einfach durch diese Türen zu stürmen.

Quik blieb. Nicht aus Loyalität, Mitleid oder irgendwelchen Gefühlen für Pavarde. Er war sicher, dass er, wenn sich die Gelegenheit böte, diese Handschuhe nehmen und den Najahn-Kapitän selbst erledigen würde. Aber weglaufen oder einen grausamen Mord direkt im Schankraum zu begehen, würde Quik seinem Bruder oder auch Eujo nicht näher bringen. Die Kance-Königin würde wahrscheinlich auch wissen, wo Bliss war.

Wieder einmal musste Quik das langfristige Ziel vor die unmittelbaren Ambitionen stellen.

Er begann zu hassen, wie oft das passierte.

Pavarde wurde still, als die Zeit verstrich, eine Stille, in die Quik gerne einstimmte. Sie lauschten dem Geplauder der Seeleute, dem gelegentlichen Musiker, der auf der kleinen Bühne des Gasthauses eine Laute oder eine Geige spielte. Der Jäger streckte sich von Zeit zu Zeit, aber ansonsten hatte Quik nichts als seine Gedanken, um die Zeit zu verbringen.

Bis Pavarde ihren letzten Kaffee, der in eine schmutzige Keramiktasse gegossen wurde, mit einem schweren Seufzer beendete. Sie traf Quiks Blick.

»Bereit?«

»Ich glaube«, antwortete Quik, »ich könnte den Verstand verlieren, wenn wir noch eine Stunde in diesem Gasthaus verbringen.«

Pavarde lachte und stand auf. »Tut mir leid, wir sind früher angekommen als ich dachte, und es war besser, neugierige Blicke zu vermeiden.«

»Ich verstehe nicht, warum ein Najahn-Kapitän so geheimnisvoll sein muss.«

»Das wirst du noch.«

Pavarde hatte in diesem Punkt Recht. Sie verließen das Gasthaus und gingen aufwärts, kletterten über das Kopfsteinpflaster in Noctias wohlhabendere Viertel. Pavarde schien sich ihres Ziels nicht ganz sicher zu sein, nicht dass es Quik etwas ausmachte, herumzuwandern. Es war zu einem wunderschönen Sonnenuntergang geworden, die von den Türmen geworfenen Schatten trafen auf goldene Laternen und hoben die schieren Türme der Stadt hervor. Eine andere Art von Pracht als Vis, aber Quik konnte die Mühe, die in das gedrehte Metall und die geschnitzten Steinstatuen gesteckt wurde, trotzdem würdigen. Straßen mit echten Wegweisern, Cafés und Geschäfte mit vergoldeten Namen und das angenehme Echo von Gesang und Gelächter.

Vis hatte seinen Charme, aber Noctia war nicht nur ein kaltes, trostloses Land. Eines Tages, sinnierte Quik, würde er gerne mit Annalyse hierher zurückkehren, einen Tag genießen ohne eine Klinge im Rücken, eine Drohung oder einen Befehl über seinem Kopf.

Dieser Tag war nicht heute. Als sie an dem aufrechten, sauberen und silbrig schimmernden Herrenhaus ankamen, das als Pavardes Treffpunkt diente, zögerte Quik in der Nähe des bewachten Eingangs. Kein Najahn stand vor der Tür, sondern ein privater Soldat in einfachem Leder und mit einem großen Schlagstock am Gürtel. Er betrachtete Quik und Pavarde mit einem leidenschaftslosen Blick, einem so unbekümmerten, dass Quik vermutete, der Mann müsse geübt haben. Niemand konnte so stoisch, so unneugierig sein, warum ein offensichtlicher Vis – die Najahn-Roben verbargen Quiks Tätowierungen am Hals, an den Handgelenken und Händen nicht – in Najahn-Kleidung durch Noctias Straßen lief. Der Gesichtsausdruck des Mannes änderte sich nicht, auch nicht, als Pavarde näher trat und ihm etwas ins Ohr murmelte. Er trat nur zur Seite und winkte Pavarde hinein. Quik folgte, und das Paar ging durch eine schwere, dunkle Holztür.

Drinnen empfing sie eine Eingangshalle, die mit mehreren Personen gefüllt war, die alle herumstanden und einander misstrauisch anstarrten. Alle trugen schlichte Najahn-Roben, aber angesichts Pavardes fast lautlosem Fluch vermutete Quik, dass sie alle dasselbe Spiel spielten.

Als Quik und Pavarde sich ihren eigenen Weg in eine steinerne Ecke bahnten, versteckt unter einer fröhlich brennenden Wandleuchte, warf die Najahn-Kapitänin Quik einen bedauernden Blick zu.

»Nun, Vis«, murmelte Pavarde. »Leibwächter wird es sein.«

14
SKAR-SITZUNGEN

Es war ein wunderschöner Nachmittag für Chaos. Abgesehen von Kances üblichen Böen war das einzige Wetter, das zählte, wahrscheinlich das, was von den vor Eujo ausgelegten Steinen ausgehen würde. Acht diamantene Funkelsteine, einer für jeden der Offiziere, die ihrer Königin gegenüberstanden. Sie trugen alle Ausdrücke, die sie erwartet hatte, von nervös über selbstbewusst bis hin zu einfach neugierig in ihren Gesichtern und Haltungen. Jeder trug dicke Roben mit Leder darunter, eine warme, aber sichere Wahl.

Eujo stand an ihrer Spitze in einem Innenhof am Fuße des Himmelspalastes, der Turm ragte hinter ihr auf. Experimente auf Bodenhöhe schienen eine bessere Option zu sein, als mit Winden hoch oben am Himmel zu spielen, trotz der Warnung ihrer Berater, dass Najahn-Spione es so leichter hätten zu spionieren.

»Besser Fassle sieht, was wir tun und fürchtet es, als dass wir ein Leben durch Unfälle verlieren«, sagte Eujo an diesem Morgen zu ihnen, bevor sie sie davonschickte.

Der von Steinmauern umgebene Innenhof, der für

Gartenpartys gedacht war, war ansonsten leer geräumt. Keine Wachen patrouillierten, keine Tische und Stühle standen herum. Nichts, was von einem freigelassenen Skar umhergeschleudert werden könnte.

Abgesehen von den Soldaten selbst, zumindest.

Narro hatte zumindest seine Arbeit getan. Der Hauptmann stand an der Spitze von zwei Quartetten, nachdem er sieben weitere für die erste Runde rekrutiert hatte. Wenn dieses Training gut lief, würde Kance viel mehr brauchen, um seine Marine zu füllen - Eujo hatte bereits weitere Suchtrupps zum höchsten Gipfel geschickt, wo Kances Skars entstanden, um mehr zu ernten -, denn jedes Schiff würde, wenn Eujo ihren Wunsch erfüllt bekäme, mit einem Skarführenden Soldaten segeln.

Kance würde den Najahn nicht mehr unterlegen sein. Nicht mehr.

»Bevor ihr den Stein aufhebt«, begann Eujo, ihre Hand wanderte zu dem Armband an ihrem rechten Handgelenk. Jeder Skar saß jetzt darauf, obwohl Eujo Tamas und Noctia nicht verdient hatte. Formalitäten wie diese hatten im Krieg keinen Sinn mehr. »Versteht, dass dies Verbindungen zu den Göttern sind, oder was von ihnen übrig ist. Ihr werdet Flüstern in eurem Geist hören, auch wenn es keinen Sinn ergibt. Ihr werdet jedoch einen Drang, eine Sehnsucht nach dem spüren, was der Skar will. Eure Aufgabe ist es, den Skar dazu zu bringen, das zu tun, was *ihr* wollt.«

Die Königin winkte zu den Steinen. Der Wind pfiff.

»Nehmt je einen. Haltet ihn in eurer Hand«, sagte Eujo. »Wenn ihr es zu seltsam oder überwältigend findet, legt ihn nieder und das Gefühl wird verschwinden. Die Skars brauchen eure Berührung, sie brauchen *euch*.«

Die Soldaten rückten gemeinsam vor, ein paar leichte Scherze füllten die Stille. Eujo versuchte, beruhigend auszusehen, wie auch immer man das machen sollte. Narro, der weiterhin seinen Wert bewies, war der erste, der einen Skar in die Hand nahm. Er hielt den Stein hoch, starrte ihn an, dann blickte er über den daumengroßen Diamanten hinweg und nickte Eujo zu. Die anderen folgten Narros Beispiel. Keiner legte die Steine zurück auf den Boden.

»Hört ihr es?«, fragte Eujo, als die Soldaten zu ihrer ausgebreiteten Formation vor ihr zurückkehrten.

Nicken ringsum. Einige sagten *ja, Eure Hoheit*. Eine Phrase, an die sich Eujo seit ihrer Rückkehr nach Kance gewöhnt hatte. Nach Monaten mit Wax und den anderen Wächtern war sie aus der königlichen Praxis gekommen, aber jetzt?

Eine Königin, die ihr Land rettete und dabei auch so aussah.

»Okay«, sagte Eujo. »Das Erste, was ihr tun müsst, ist, euch auf etwas zu konzentrieren, das ihr den Skar tun lassen wollt. In unserem Fall möchte ich, dass ihr eine Brise durch euer eigenes Haar schickt, in die entgegengesetzte Richtung dessen, womit wir es ohnehin schon zu tun haben.«

Ein paar verwirrte Ausdrücke zeigten Eujo, dass sie einen praktischen Teil zu ihrer Prüfung hinzufügen musste, also hob sie das Armband und zeigte auf ihr eigenes Haar. Sie ließ den Kance-Skar los, sein flüchtiges Geplapper fiel in Eujos Bitte, ein namenloses Verlangen, ihr Haar aufzustäuben. Der Skar gehorchte und Eujos Haar flatterte gegen den Wind, als hätte jemand in der Nähe einen Fächer geschwenkt.

Der erste Jubel kam von Narro, aber nicht für Eujo. Eine andere Soldatin, eine Wachkapitänin, hatte ihr eigenes

Haar über ihre Schultern wirbeln lassen. Die Königin lächelte und zeigte darauf.

»Seht ihr? Es ist nicht zu schwer«, sagte Eujo, als andere in Konzentration verfielen.

Ein Teil von ihr wollte über all die nachdenklichen Gesichter lachen, die inmitten des großen weißen Steins standen, den Kance für seine Straßen und Innenhöfe verwendete. Sie alle sahen so ernst aus, aber über das zu scherzen, was die nächste Hoffnung ihrer Insel war, den Krieg zu gewinnen, wäre nicht nur unhöflich, es wäre …

Ein anderer Soldat schrie auf, rutschte einen Schritt zurück und fiel auf seinen Hintern. Eine andere, auf der linken Seite, drehte sich um, um ihr eigenes Haar zu treffen. Ein Dritter hustete, die Böe ging direkt in seine Nase und seinen Mund, anstatt über seinen Kopf.

»Das ist okay!«, rief Eujo, als die Soldaten anfingen zu reden und übereinander zu lachen. »Es ist noch nicht einfach, aber es wird es bald sein.«

Nur einem gelang es nach ein paar Minuten nicht, die Böe zu lenken, und dieser Mann schüttelte nur den Kopf und erklärte, dass er einer Waffe nicht vertraue, die er nicht kontrollieren könne. Er ließ den Skar vor Eujo fallen, entschuldigte sich und die Königin ließ ihn gehen. Die anderen warteten auf ihre nächste Lektion.

»Jetzt«, sagte Eujo, »möchte ich, dass ihr einen Befehl mit einer Aktion mischt. Ihr wisst bereits, wie man eine Böe heraufbeschwört. Versucht zu springen und lasst den Skar euch auffangen. Ein sanfter Fall.«

Wieder demonstrierte Eujo, ein leichter Sprung wurde vom Kance-Skar aufgefangen und sanft zu Boden gelassen. Sie balancierte auf dem Stein, ohne ihre Knie zu beugen, als wäre sie von einer freundlichen Wolke herabgelassen worden.

Die Soldaten machten sich wieder daran, die sieben sprangen, landeten, fielen, als einige Polster schief gingen. Eujo ging die Reihen entlang, bot Ratschläge, Ermutigung, eine Lektion, die sie von Deux gelernt hatte, als der Kapitän seine Matrosen trainierte, das beste Schiff auf Kance über die Meere fliegen zu lassen. Ihre Schüler sahen begeistert, aufgeregt, verblüfft aus, und-

Eujo drehte sich, der Wind schob die Königin in die Luft. Eujos eigener Kance-Skar erhob sich, hüllte die Königin in einen Luftpuffer. Sie prallte einmal vom Stein ab, rollte zu einem stehenden Halt und blickte zurück zu ihren Soldaten.

Sie lagen verstreut über den Hof, sich windend und fluchend. Ein paar waren auf den Knien, der Rest auf dem Rücken. Schlimmer noch, oben begann einer zurückzufallen, schreiend mit wild fuchtelnden Armen und Beinen.

Eujo rief erneut den Kance-Skar an und diesmal spürte sie, wie der Stein ihre eigene Energie aussaugte. Die Königin ließ ihn trinken, während der Skar ein Kissen unter der fallenden Soldatin aufblähte und sie ohne einen Kratzer herunterließ. Nach Luft schnappend erreichte Eujo ihre Reihen, sah Blut von Schürfwunden und Kratzern und zählte zwei mit gebrochenen Handgelenken.

Zumindest keine Toten.

Noch nicht.

»Ein Fehler«, sagte Narro eine Stunde später, immer noch mit Eujo im Hof. Er hatte einen Verband auf der Wange, war aber ansonsten unversehrt geblieben. Die anderen waren entlassen worden, die Skars in die Schließfächer zurückgebracht. »Diese Skars sind nicht bereit. Die Soldaten sind nicht bereit. Wir sollten einen anderen Weg finden.«

»Es gibt keinen anderen. Keinen, der schnell genug

bereit sein kann«, sagte Eujo. »Fassle wird nicht zögern, seine Soldaten gegen uns zu werfen, und sie hatten Wochen, Monate Zeit, die Skars zu erlernen.«

»Dann tun wir, was wir können, meine Königin. Aber das hier, wir werden unseren eigenen Leuten genauso sehr schaden wie dem Feind.«

»Wir müssen besser werden, Narro. Kance muss besser sein.« Sie stand auf und winkte ihn fort. »Geh, such dir etwas zu Mittag, dann ruf alle zurück. Wir machen am Nachmittag weiter.«

»Weitermachen? Die Hälfte von uns wurde durch das schlimm verletzt-«

»Ihr werdet einen weiteren Skar kennenlernen, Vis.« Eujo richtete diese eisigen Augen auf den Hauptmann. Ein vertrauterer Blick. »Wir kämpfen für unsere Insel, Narro. Wir werden nicht aufgeben, wir werden nicht nachlassen, und wir werden Noctia nicht siegen lassen.«

15

AUFWÄRTS UND HINAUS

Die Dunkle Tiefe war keine Konstante. Die Götter hatten das Fundament der Welt auf unförmiger Materie errichtet, durchzogen von fließendem Wasser und Lufteinschlüssen. Der Motor, der den Planeten antrieb und den Boden warm hielt, erschütterte die Inseln von Zeit zu Zeit mit Beben, die die Höhlen unter der Oberfläche weiter zerbröckelten und umformten.

Wax fand diese Löcher jetzt, mit Amis Klinge an seiner Kehle, und ließ die Whent- und Rana-Skars die Flucht gestalten.

»Haltet durch«, sagte Wax.

»Was?«, fauchte Ami. »Das ist keine Antwort, Wax. Öffne die Tore oder sag mir, wie ich es machen soll.«

Diese Hohlräume und Rinnsale bildeten ein Gitterwerk über ihnen, eine Kette, die die Skars bis zur nicht allzu fernen Oberfläche verbanden. Sie waren nah an Kance, vielleicht nah genug. Und Wax hatte heute noch nicht viel getan.

Er konnte das überleben. Sie alle konnten das überleben.

»Tief einatmen«, sagte Wax und ignorierte Amis Drohungen.

Sawi, Annalyse und der Whent-Späher schienen seinen Ton zu verstehen, alle drei schnappten nach Luft. Ob Ami es tat oder nicht, konnte Wax nicht sehen, und es spielte auch keine große Rolle. Die Wächterin würde es entweder begreifen oder hier unten begraben werden, eine Verschwendung, aber eine, die Wax nicht kontrollieren konnte.

Er konnte jedoch die Skars kontrollieren, und er befahl ihnen, drängte sie, sich zu befreien.

Losgelassen, strömte die Kraft der Steine durch Wax hindurch und schoss ihre unsichtbaren Energien in den Stein und die Gewässer über ihnen. Die Decke bebte zuerst und zog alle Blicke nach oben. Amis Klinge zögerte, die Wächterin fluchte, als die ersten Steine fielen. Staub bedeckte ihre Gesichter und provozierte Niesen. Gleichzeitig lenkte Wax die Aufmerksamkeit des Whent-Skars auf das entfernte Ende der Kammer, wo Ami hereingekommen war und wo das ferne Glühen noch flackerte. Ein kleiner Schubs, ein eingestürzter Eingang.

»Los geht's«, sagte Wax.

Ein Riss weitete sich in der Höhle über ihnen, breit genug, um ihre Körper aufzunehmen, während gleichzeitig der Rana-Skar Wasser unter ihren Füßen fand. Die kühle Flüssigkeit brach unter ihnen hervor und schleuderte die ganze Truppe wie ein Geysir in die Dunkelheit. Der Whent-Skar raste los, um dem Ansturm zu begegnen, schob Stein beiseite, während sie aufstiegen, die ganze Gruppe, außer Wax, schreiend, fluchend und vielleicht weinend.

Wax konnte es nicht sagen, konnte sich auf nichts anderes konzentrieren, als all seine Anstrengungen auf die Skars zu richten. Wie der Versuch, einen schwierigen

Gedanken, ein Rätsel oder eine Geschichte im Kopf zu behalten, hielt Wax den Wunsch fest und teilte ihn mit den Skars, verschmolz ihre Zwillingsmelodien zu einem perfekten Duett.

Die Göttersteine lieferten.

Wasser strömte von oben herein, während der Aufwärtstunnel sich weiter spaltete, der letzte Schnitt verband die Dunkle Tiefe mit dem Ozean. Der Rana-Skar fing die Flut auf, teilte das Wasser um ihre Körper und schlang es unter sie, stieß sie ins Meer. Sonnenlicht strömte herein, als sie durch die flachen Gewässer aufstiegen - sie waren wirklich näher an Kance, als Wax erwartet hatte. Fische jagten davon. Sand wirbelte auf, als der Ozean versuchte, sein neues Loch zu füllen.

Wax durchbrach die Oberfläche mit einem prustenden Husten, die Skars verblassten, als die anderen neben ihm auftauchten. Als sie sich zurückzogen, ließen die Skars Wax als bleierne Hülle zurück, entleert von seiner Energie und mit pochenden Kopfschmerzen, einem knurrenden Magen. Als das Wasser aufhörte, ihn nach oben zu schieben, begann Wax auch zu sinken, eine besorgniserregende Aussicht, da sich seine Beine und Arme zu tot anfühlten, um sich zu bewegen. Er glitt unter die Oberfläche, sein bereits verbrauchter Atem blubberte in kleinen Blasen in das klare Blau.

Bis ein Arm Wax zurück an die Oberfläche zog. Der Arm schlang sich unter Wax' Nacken und zog ihn gegen eine gepanzerte Brust. Eine scharfe Spitze ruhte erneut an Wax' Hals, und er rollte seine Augen nach oben, um diese goldene Gesichtsplatte zu sehen, Amis durchnässten Blick auf ihn gerichtet. Darunter spürte Wax, wie ihre Beine wie verrückt strampelten, ein absurdes Tempo, das sie unmöglich lange durchhalten konnte.

Sie schaukelten jedoch nicht auf der Stelle. Ami hatte trotz ihrer Geiselnahme eine Richtung in ihrer wütenden Arbeit, zog Wax durch sanfte Wellen in Richtung eines mit Trümmern übersäten Kance-Strandes. Annalyse und Sawi, die zusammen einen zappelnden Whent-Späher hielten, schwammen hinter ihnen her.

»Du kannst ruhig mithelfen«, knurrte Ami, die Worte angespannt.

»Kann nicht«, sagte Wax, ein schwaches Flüstern über den Wellen. »Zu müde.«

Ami knurrte, sagte aber nichts mehr. Sie strampelte weiter. Wax beobachtete den Himmel über ihnen, zählte die Wolken, liebte das Blau. Er war nicht allzu lange in der Dunklen Tiefe gewesen, aber Tage ohne Sonne, ohne Horizont zu verbringen, verzerrt den Verstand, zehrt an der Seele.

Ein Vis gehörte nicht unter die Erde.

Ohne die Klinge auch nur einmal zu bewegen, strampelte Ami sie nah genug an den Strand, dass ihre Füße Grund fanden. Sie zog Wax weiter mit sich, obwohl sie sich nicht die Mühe machte, ihn hoch genug zu halten, um den Wellen auszuweichen. Sie klatschten Wax alle paar Sekunden ins Gesicht und ließen ihn prusten, aber die Erneuerung konnte seinen Körper nicht dazu bringen, sich zu bewegen. Kaum zu atmen.

Viel mehr, und diese Skars hätten ihn vielleicht getötet.

Noctias Dröhnen erhob sich bei diesem Gedanken, ein lebensraubender Tentakel drohte, nach Ami zu schnappen. Der Skar könnte sie aussaugen, Wax all die Energie geben, die er brauchte. Eine verlockende Idee, aber Wax hielt sich zurück.

Er hatte das alles nicht getan, nur um Ami zu töten. Sie war nicht der wahre Feind hier, und Wax dachte, sie würden jeden Freund brauchen, den sie finden konnten, so wie die Dinge liefen.

Sawi zog das Schwert von Wax' Kehle weg. Ami ließ es zu und gab das Geiselspiel auf, als sie sich am Strand versammelten. Ami steckte die Waffe weg, fiel in den Sand und schüttelte den Kopf.

»Ich dachte, ich hätte diese verdammte Insel verlassen, aber hier bin ich wieder.«

»Weil du Wax bedroht hast, deshalb«, schnappte Sawi.

»Er ist derjenige, der sieben ganze Welten zerstört hat«, schoss Ami zurück. »Ich versuche, Menschen zu helfen, die es verdienen. Das bedeutet harte Entscheidungen, aber ich würde es jederzeit wieder tun.«

»Das wirst du nicht müssen«, sagte Annalyse. »Sie sind weg. Die Feuerläufer. Diese Tunnel wären überflutet worden. Es gibt keine Möglichkeit, dass sie entkommen sein könnten.«

»Nein«, flüsterte Wax, und Sawi setzte ihren Wasserschlauch an Wax' Lippen. Das frische Wasser darin blieb jedoch rein und schmeckte wie Vis' eigene Quellen. »Ich habe sie abgeriegelt.«

»Was soll das heißen?«, fragte Ami. »Sie werden umkehren und hierher zurückkommen.«

»Nicht, wenn wir zuerst zum Ausgang kommen. Ihn schließen. Sie unter der Erde einschließen, wo sie niemandem schaden können.«

»Damit sie in der Dunkelheit sterben? Was für ein gütiges Schicksal du ihnen bereitest.«

»Ich gebe ihnen Zeit.« Wax nahm noch einen Schluck und spürte, wie Sawi ihn hochhob und auf ihre Schulter setzte. »Ich kann die Tore nicht alleine öffnen, und ich werde Eujo nicht im Stich lassen.« Wax erwiderte Amis harten Blick mit ebensolcher Härte. »Wenn du deine Dämonen retten willst, hilfst du mir, Kance zu retten.«

16

EIN KLEINER MORD

Das Vertraute hüllte sich in ein anderes Gewand. Torny schritt durch die gleichen Straßen, als der Abend hereinbrach, doch die Gebäude, die Menschen, die Luft wirkten fremd. Vielleicht lag es an dem noch immer dicken Rauch aus den Schmieden, die bis weit in den Abend hinein arbeiteten, sowohl länger als auch zahlreicher als bei ihrem letzten Besuch auf Noctia vor nur wenigen Monaten. Diese Waffen und Rüstungen waren auch auf den Straßen vertreten, mit Najahn-Soldaten, die gingen, lachten und patrouillierten, fast so zahlreich wie die üblichen Menschenmassen der Stadt. Die meisten trugen ihre purpur-schwarzen Roben, aber mehr als Torny sich erinnern konnte, trugen volle Rüstung, ihre Gleven zur Schau gestellt.

Eine Erinnerung daran, dass die Ringstadt im Krieg war, aber ohne den schicksalhaften Ernst, den sie auf Kance erlebt hatte. Die Menschen hier arbeiteten, trainierten und bereiteten sich mit dem Heiligenschein des Sieges vor. Mehr Lächeln, weniger verstohlene Blicke. Mehr Essen, weniger Weinen um einen Sohn oder eine Tochter, die nicht zurückkehren würden.

Der Moloch war bei bester Gesundheit.

Diese Gesundheit kam durch die gleichen Maßnahmen wie auf Kance. Als Torny die Docks und ihre endlosen Bemühungen hinter sich ließ, boten die ärmeren Viertel Stille. Dunkelheit. Die dicht gedrängten Häuser, ganze Familien in Räume gequetscht für billigere Mieten, waren entweder leer oder von Älteren bewohnt, die ihren Tag mit einsamen Blicken auf die Straße verbrachten. Wohin all diese Menschen verschwunden waren, musste Torny nicht raten. Noctia und die Najahn wollten Soldaten, forderten Arbeitskräfte und hatten keine Skrupel, die am wenigsten Begünstigten zu nehmen, um beides zu erfüllen.

Die Stille machte zumindest den Abstieg zur Meereshöhle des Flinken Fingers einfacher. Der Weg durch die schlimmsten Grotten verdarb oft eine gute Stimmung, aber die Najahn mussten die Höhlen geräumt haben, da ihre felsigen Hohlräume nun leer dalagen. Auch die Treppe hinunter hatte Aufmerksamkeit erfahren, mit frischen Ausbesserungen, die Risse, Löcher und gebrochene Kanten beseitigten, die jahrelang ein frisches Zeichen gesetzt hatten. Die gleiche Mühe war nicht auf den mit Trümmern bedeckten Strand an seinem Fuße angewandt worden, der nun von Kriegsmüll überschwemmt war, der von Noctias wohlhabenderen Klippen geworfen wurde.

Torny machte am Fuß der Treppe eine Bestandsaufnahme, der weiche Sand an ihren Schuhen. Sie hatte überlegt, am alten Haus ihrer Familie vorbeizuschleichen, eine Frage, die durch das Nichts beantwortet wurde, das sie dort erreichen würde. Wahrscheinlich lebte jetzt eine neue Familie dort, falls es überhaupt noch stand. Stattdessen zählte Torny ihre Messer, Dolche und deren Platzierungen an ihrem Körper. Das Tagebuch blieb in ihrer Brusttasche. Sie trug keine Tasche, keine Vorräte, nichts, was sie als Bürgerin in der Stadt ausweisen würde.

Wenn ein Najahn sie nach ihrem Zweck fragen würde, könnte Torny nur sagen, dass sie jemanden besuchen ginge.

Keinen Freund.

Yarvicks Späher hatten ihre Arbeit getan, obwohl Torny nicht versucht hatte, sich zu verstecken. Als sie durch die abfallenden Felsen ging, deren Biegungen im Zwielicht wilde Schatten formten, verfolgten sie Augen. Mehr als ein Flüstern glitt an ihren Ohren vorbei, knappe Befehle, die diesem oder jenem Mörder befahlen, ihren tödlichen Schlag zurückzuhalten.

Torny war bekannt. Torny sollte leben.

Als sie das Zuhause des Flinken Fingers erreichte, die breite Kammer, die von kleinen Feuern und Schlafmatten für Yarvicks auserwählte Diebe wimmelte, fand sie es spärlich besetzt. Ungewöhnlich, da der frühe Abend die Hauptvorbereitungszeit eines Banditen markierte. Normalerweise würden sich Crews für die ausgewählten Aufträge der Nacht versammeln, Werkzeuge überprüfen, Messer schärfen. Stattdessen Stille. Selbst die fünf Diebe, die sich Torny von hinten, vorne und von den Seiten näherten, kamen mit neugierigen Blicken, Waffen in den Scheiden.

»Die Verbannte kehrt zurück«, sagte der, der sich ihr von vorne näherte, ein lächelnder Straßenjunge, der kaum mehr als fünfzehn Sommer zählen konnte. »Yarvicks Nachricht kam erst vor einer Stunde, dass wir nach Ihnen Ausschau halten sollten.«

Natürlich würde der Banditenlord erwarten, dass sie kommt. Was erriet dieser Mann nicht?

»Ich bin hier«, sagte Torny und machte eine Show daraus, sich umzusehen. »Wo ist er?«

»Beschäftigt«, antwortete der Straßenjunge. »Haben Sie es mitgebracht?«

»Was?«

Ein leichtes Lächeln. »Sie wissen schon was. Ihr Leben hängt von Ihrer Antwort ab.«

Diesmal machten die Banditen ihr Scharren bemerkbar. Hände fanden Griffe, der Atem verlangsamte sich. Wenn der Tod getan werden musste, war diese Crew bereit.

Torny war es nicht.

»Ich habe, was er will. Aber er bekommt es nicht, es sei denn, ich spreche mit ihm. Persönlich.«

Der Straßenjunge starrte. »Sie werden es uns nicht zeigen?«

»Ich werde es Yarvick zeigen, weil er derjenige ist, der danach gefragt hat.«

Es folgte eine zusammengekniffene Untersuchung, ein Test, der weitergegeben und, wie Torny hoffte, durch ihre stumme Antwort bestanden wurde. Nach dem langen Moment schnüffelte der Straßenjunge. Hände und Kleider raschelten wieder, die Messer blieben in ihren Ärmeln.

»Sie werden ihn sehen, wenn heute Abend alles gut läuft und wenn Sie helfen«, sagte der Straßenjunge. »Werden Sie?«

»Wobei helfen?«

»Messerarbeit.«

Torny unterdrückte ein Schaudern. Diese zwei Worte bezeichneten einen besonderen Auftrag. Die Flinken Finger waren mehr Diebe als Mörder - Leichen zogen die falsche Aufmerksamkeit auf sich -, aber ab und zu musste eine bestimmte Person verschwinden. Yarvick würde 'Messerarbeit' ausrufen und Mörder aus seiner Crew auswählen. Wenn er dich auswählte, war eine Ablehnung keine Option, es sei denn, du wolltest dich selbst auf der Liste der Ziele wiederfinden.

Die Banditin gab die einzige Antwort, die sie konnte.

Diesmal enthüllte die Ringed City ihre geheimen Wege vor Torny, und sie folgte ihnen einen nach dem anderen, dem Straßenjungen und den anderen Banditen hinterher. Sie erklommen Dächer, nahmen Hintergassen und hielten sich in dunklen Schatten. Ihre Füße tappten lautlos über das Kopfsteinpflaster, die Fersen rollten und der Gang war gleichmäßig. Torny roch die Schmieden nicht mehr, spürte nicht die Frühlingskühle, die mit der Nacht hereinbrach. Sie war wieder mitten im Geschehen, lauschte nach Najahn-Soldaten und plante jeden nächsten Schritt, bevor der aktuelle beendet war. Sie überquerten die Stadt nach Norden, als Sichi aufging, nahe, aber nicht ganz im Najahn-Viertel.

Ein Anwesen tauchte als ihr Ziel auf, obwohl Torny und ihre Crew sich ihm nicht von vorne näherten. Stattdessen gingen sie eine ganze Ebene höher entlang der terrassenförmigen Konstruktion der Ringed City. In einer Schleife näherten sie sich dem Anwesen von einem Nachbargebäude aus und sprangen in einer Reihe von nahezu lautlosen Überschlägen auf dessen Dach. Während der gesamten Reise war Torny an dritter Stelle eingereiht worden, mit zwei Dieben vor und zwei hinter ihr, eine nicht zufällige Position, die potenzielle Dolche in ihrem Rücken platzierte, als sie einen weiteren Sprung auf einen leeren, dunklen Balkon im dritten Stock des Anwesens wagten.

»Bis jetzt läuft alles gut«, flüsterte der Straßenjunge, als der letzte Dieb zu ihnen stieß, inmitten einiger Stühle und eines einzelnen Tisches mit einer unbeleuchteten, aber noch rauchenden Kerze. »Die anderen sind schon hier.« Die Augen des Banditen zuckten zu dieser Kerze. »Wir folgen der Führung hier. Decken den Haupteingang ab. Falls jemand zu fliehen versucht, stellt ihr sicher, dass er nicht entkommt.«

Nicken ringsum, Torny eingeschlossen.

Wenn Yarvick ein paar Noctia-Adlige tot sehen wollte, um Torny eine Chance auf Frieden zwischen den Inseln zu geben, war das eine moralische Grenze, die die Banditin überschreiten konnte.

Der Straßenjunge wandte sich als Nächstes der Balkontür zu, alle Diebe drückten sich an die Wand neben ihm. Unsichtbar, falls jemand auf der anderen Seite der Tür stehen sollte, aber niemand schrie auf, als der Straßenjunge die dicke Tür in ihrer Schiene gleiten ließ. Drinnen wartete ein unordentliches Bett - wenn auch ein echtes Bett, keine Strohmatten hier - in einem Schlafzimmer, das mit mehr Kunst und feinen Möbeln dekoriert war, als Torny seit langem gesehen hatte. Selbst Eujos Himmelspalast war nicht so vollgestopft.

Ihre Finger juckten bei all den leicht zu stehlenden Gütern, einschließlich einer Schmuckschatulle, die *genau dort* stand. Der Straßenjunge ließ keine Zeit zum Überlegen, bewegte sich nicht zur geschlossenen Tür, die hinausführte, sondern zu einem Kleiderschrank. Sichi bot genug Licht, um rosafarbene Schatten zu werfen und beleuchtete ein Quadrat in der Decke des Schranks. Auf eine Geste hin erhielt der Straßenjunge Unterstützung von den zwei Dieben und drückte das Quadrat nach oben und zur Seite. Von dort aus wurden Hände gereicht und Hilfestellungen gegeben, bis das Quintett in einem engen Dachboden saß, der den hohlen Mittelteil des Anwesens umkreiste, sichtbar durch schmale Dachsparren, die dazu gedacht waren, Kerzen- und Feuerrauch nach oben und hinaus zu leiten. Der Straßenjunge ersetzte das Quadrat und führte die Gruppe zur Vorderseite des Anwesens, wo schmale Schlitze, wenn sie zur Seite geschoben wurden, eine Öffnung nach draußen boten.

Ein gut platzierter Tritt könnte diese Öffnung herausschlagen und eine schnelle Rutsche zum vorderen Weg bieten, wo ein geschickter Bandit einen Dolch genau dort platzieren könnte, wo er hingehörte.

Zufrieden zeigte der Straßenjunge auf die Lamellen und ihre Aussicht nach unten. Die Banditen würden sich niederlassen, um zu warten, zu beobachten und wenn nötig zu handeln. Torny, genauso zusammengequetscht wie die anderen, warf einen Blick auf die merkwürdige Gesellschaft unten. Menschen in vager Najahn- und Noctia-Kleidung tummelten sich, während jemand ein hartes Klavier mit melodieloser Hingabe spielte. Die Getränke flossen besser als die Gespräche zwischen den Rivalen. Eine Party, die niemand zu besuchen erwartet hatte, aber hier waren sie nun.

Und dort, irgendwie, neben einem Najahn-Hauptmann, den Torny erkannte, stand Quik. Gerade als Torny sich auf den Vis konzentrierte - diese Tätowierungen verrieten ihn trotz der Najahn-Roben - erreichte das Klavier einen unbeholfenen, lauten Abschluss und verstummte zu den leisen Murmeln unbehaglicher Konversation.

»Da ist das Zeichen«, flüsterte der Straßenjunge. »Klingen raus, Fingers.«

17
PLÖTZLICHER ANGRIFF

Noch nie ein Fan von Dinnerpartys, selbst zu besten Zeiten, empfand Quik die ersten Momente dieses Noctia-Treffens als quälender als die sandige Zelle, in der er nicht allzu weit von hier gefangen gehalten worden war. Sicher, Essen und Getränke waren in üppiger, fantastischer Menge vorhanden, und die Musik war, wenn auch etwas schrill, besser als die der zunehmend betrunkenen Fiedler in der Taverne, doch Quik konnte das Gefühl nicht abschütteln, dass niemand hier sein wollte.

Pavarde selbst starrte durch den Raum wie ein Hanoko auf der Suche nach einer Bedrohung, ihre Augen huschten hin und her, während ihre Hand Quiks Handgelenk fest umklammerte, als könnte er für immer in der Menge verschwinden. Quik hatte keineswegs die Absicht, so etwas zu tun, und wenn er die Wahl gehabt hätte, wäre er genau dort im Foyer geblieben, bis eine Flucht durch die Vordertür gerechtfertigt gewesen wäre.

»Das sollte ein privates Treffen sein«, flüsterte Pavarde.

»In der Nachricht stand, ich solle allein kommen, und jetzt bin ich verdammt froh, dass ich es nicht getan habe.«

»Ein privates Treffen mit wem?«

»Yarvick.«

»Dem Banditenlord?«

Quik hatte den sagenumwobenen Dieb nie getroffen, kannte ihn nur durch Tornys wiederholte, fluchbeladene Beschreibungen des Mannes als hinterhältigen Mörder. Yarvick hatte auch Gladdring manipuliert und den Tenet zu jener wilden Fahrt veranlasst, die sie beide nach Kance geführt hatte. Soweit Quik wusste, kauerte Gladdring dort immer noch in offenem Aufstand gegen seine frühere Heimat. Ob Yarvick von Quiks Rolle bei Gladdrings Flucht wusste, ob er es dem Jäger übel nehmen würde, davon hatte Quik keine Ahnung.

Manche Chancen sollte man aber lieber nicht eingehen.

»Fassles Mitkommandant«, flüsterte Pavarde zurück, ohne dass einer von beiden den anderen ansah. Quik bemerkte, dass Pavarde ihre Rücken an die Wand des Foyers manövriert hatte und sich an Quik lehnte, als wären sie in ein geheimes Gespräch vertieft. Was sie, wie Quik erkannte, auch waren. »Jeder weiß, dass die Machtteilung nicht von Dauer sein wird. Die Frage ist, wer den anderen zuerst umbringen wird.«

»Und du denkst, Fassle wird verlieren?«

Pavarde schnaubte. »Yarvick ist schon ewig dabei. Jeder, der sich gegen ihn und seine Diebe gestellt hat, ist am Ende tot. Deshalb plagen sie diese Stadt immer noch. Niemand will sie ausrotten, weil alle Angst haben.«

»Hast du auch Angst?«

»Ja. Ich dachte, ich hoffte, Yarvick würde mich Fassles Platz einnehmen lassen, natürlich unter ihm, wenn Fassle aus dem Weg geräumt wäre.«

»Warum erzählst du mir das?«

Pavardes Griff wurde fester. »Weil ich möchte, dass du verstehst warum, bevor wir sterben.«

»Was?«

Eine Veränderung überkam die Najahn-Kapitänin, diese misstrauischen Linien entspannten sich zu einer fast betäubten Miene. Sie warf Quik ein mattes Lächeln zu, löste sich von ihm und ging in den nächsten Raum. Quik folgte blinzelnd. Ihr neues Zuhause hatte all den Luxus, den Quik nie gekannt hatte, von vergoldeten Gemälden über fein gearbeitete Holzmöbel bis hin zu übervollen Tellern mit Obst und Gebäck. Mehrere Weinflaschen waren geöffnet worden, und Pavarde war eifrig dabei, zwei Kelche zu füllen. Sie drehte sich um, reichte ihm einen und stieß mit den Gläsern an.

»Es ist doch offensichtlich, oder?«, sagte Pavarde, ohne sich noch um Ruhe zu bemühen, und zog die missbilligenden Blicke der anderen im Raum auf sich, die alle ebenso trist und verwirrt wirkten wie Quik. Der Klavierspieler, der in der Ecke hämmerte, nahm keine Notiz davon. »Niemand hat geplant, auf einer Party zu sein, und doch wurden wir alle eingeladen. Jeder um dich herum ist ein Najahn-Anführer. Wir alle wären mögliche Anwärter, wenn Fassle fiele.« Pavarde schwenkte ihr Glas, nannte die Namen aller anderen im Raum, was Stirnrunzeln, leichtes Erröten und einen gemurmelten Fluch hervorrief. »Warum sollte Yarvick uns alle versammeln? Koordinierter Verrat?« Pavarde lachte und leerte den Kelch in einem Zug. »Nein, nein. Ich denke, er ist mit uns allen fertig. Schluss mit dem alten Najahn, her mit den neuen Flinken Fingern.«

»Ganz schön gewagt, deine Theorie, Pavarde«, sagte ein älterer Mann, der auf einem ockerfarbenen Diwan saß und an einem nussigen Dessert knabberte. »Warum sich die

Mühe machen, es alles auf einmal zu erledigen, an einem Ort? Er hätte unsere Getränke vergiften oder uns hier und da die Kehlen durchschneiden können, wie er wollte.«

»Um zu zeigen, dass er es kann? Um zu verhindern, dass jemand Verdacht schöpft?« Pavarde schüttelte ihren leeren Kelch in Richtung des Mannes. »Sie sind normalerweise auf See, nicht wahr, Admiral? Jetzt sind Sie von Ihren loyalen Matrosen und Ihren Schiffen getrennt, eine leichte Beute. Genau wie ich, genau wie wir alle.«

»Wenn Sie Recht haben, sollten wir alle gehen.«

»Ja, das sollten wir«, sagte Pavarde und machte sich dann wieder auf den Weg zum Wein, um sich ein frisches Glas einzuschenken. Der ältere Mann stand auf. »Aber ich bezweifle, dass irgendeiner von uns das tun wird.«

»Ich glaube, Sie haben den Verstand verloren«, brummte der Admiral. »Es ist jedenfalls klar, dass hier nichts zu gewinnen ist.«

Er machte einen Schritt vom Diwan weg in Richtung der Vordertür des Foyers. Pavarde kam herangewirbelt, ergriff Quiks Arm und zog ihn hinter dem Admiral her. Als sie den Raum verließen, erreichte der Klavierspieler ein raues Ende seines Stücks, ein harter Hammerschlag und ein plötzliches Verstummen hallten durch das Gebäude.

Vorne, als der Admiral auf die Haupttür zuschritt, ließ sich ein Mann vom zweiten Stock fallen, landete in einer Hocke und stieß dem Admiral einen Dolch von unten in den Rücken. Der Admiral gab ein gewürgtes Geräusch von sich und zuckte, als der Attentäter das Messer herauszog, nur um es ein zweites Mal hineinzustoßen. Als der Admiral auf den Boden aufschlug, war er bereits tot.

Und Quik hatte beide Handschuhe an. Pavarde riss einen laternetragenden Wandleuchter von der Wand und verstreute Funken, als der Attentäter sich zu ihnen umdrehte. Der Mann trug eine schwarze Stoffmaske, die alles außer seinen Augen verbarg, die zu den Handschuhen wanderten und die schlechten Chancen einschätzten. Als im ganzen Haus Schreie und Flüche ausbrachen, trat der Attentäter einen Schritt zurück und hob den Dolch in einer defensiven Kreuzhaltung.

»Wir müssen hier raus«, zischte Pavarde und bewegte sich auf die Tür zu. Quik folgte ihr und brachte die massive Steinmauer in ihren Rücken. »Er wird auf seine Freunde warten.«

»Draußen werden mehr sein«, murmelte Quik. Ein Jäger erkannte eine Falle.

»Dann werden wir uns durch sie hindurchschlagen.«

Der Attentäter griff mit seiner freien Hand in seinen Umhang und zog ein Wurfmesser heraus. Er zielte, als Pavarde über den Körper des Admirals und dessen Blutlache stieg. Quik vermutete, dass ein Noctia-Dieb noch nie gegen jemanden mit Panzerhandschuhen gekämpft hatte, und stürmte mit seinem linken Fuß nach vorne, scheinbar direkt in die Messerrichtung des Attentäters. Der Killer muss sein Glück geliebt haben, zuckte mit seinem linken Arm nach vorne, nur um zu sehen, wie Quik von seinem rechten Fuß in einem Seitenschritt abprallte.

Das geworfene Messer streifte Quiks rechte Schulter und prallte von der Steinwand hinter ihm ab. Der Jäger vollendete den dreistufigen, ausweichenden Ansatz mit einem weiteren Schritt des linken Fußes, diesmal begleitet von einem Überkopfschlag mit seinem Panzerhandschuh an derselben Hand. Der Attentäter, durch den Messerwurf aus der Position gebracht, versuchte, den Dolch dazwischenzubringen.

Der Panzerhandschuh, schwerer und nach unten schwingend, schnitt in den Unterarm des Diebes und riss ihm mit seinen Zinken den Dolch aus der Hand. Wehrlos gab der Attentäter nur ein gurgelndes Keuchen von sich, als Quiks Folgeschlag mit der rechten Hand ihn ins große Jenseits von Noctia schickte.

Hinter dem fallenden Körper des Attentäters lag die hintere Hälfte des Herrenhauses, und Gestalten wanden sich in den Schatten dahinter. Metall klirrte, obwohl die Schreie abnahmen. Möbel zersplitterten, und ein Brandgeruch wehte herein, eine Laterne oder Kerze, die in das Falsche umgekippt war.

»Komm schon, Quik. Jetzt!«, rief Pavarde, und Quik drehte sich um, um zu sehen, wie sie mit bereitem Wandleuchter durch den Ausgang stürmte.

Quik schlich hinterher und verließ die Eingangshalle, als Pavarde die Hälfte des Weges zur Straße zurückgelegt hatte, das kleine Tor nun geschlossen und unbewacht. Ein Klicken kam von oben, und Pavarde tänzelte nach rechts, der für sie bestimmte Bolzen prallte von den Steinen ab. Ein weiterer Bandit rollte vor Quik, ließ sich zu Boden fallen und brach nach rechts zu Pavarde aus, Dolche gezogen.

Der Jäger nahm die Verfolgung auf, als Pavarde ihren Wandleuchter hob, aber Quiks Rettungsversuch geriet ins Stocken, als ein weiterer Körper auf seinen Rücken landete und ihn zu Boden warf. Das Kinn des Jägers schrammte über Stein, seine Schultern und Ellbogen schlugen hart auf. Er erwartete jeden Moment, einen Dolch, ein Messer oder etwas Schlimmeres in seinem Bauch zu spüren.

»Bleib unten, du Idiot«, zischte eine überraschende Stimme. »Du bist nicht das Ziel.«

Torny ließ Quik los, und der Jäger wand sich frei.

Tausend Fragen stürmten auf ihn ein, aber die konnten später gestellt werden, nachdem Pavarde-

Die Najahn-Kapitänin knurrte, das Geräusch vermischte sich mit Zusammenstößen, als sie Dolchstöße mit dem Wandleuchter abwehrte. Pavardes Arbeit war nicht perfekt gewesen – rote Linien zeichneten ihre Arme –, aber sie hielt den Rückzug aufrecht, näherte sich dem Tor und hinderte ihren potenziellen Mörder an einem finalen Schlag.

»Quik, bitte!«, rief die Kapitänin, als sie sah, wie der Jäger aufstand.

»Tu es nicht«, sagte Torny von Quiks Rücken. »Sie werden dir nichts tun, wenn du dich raushältst.«

»Das ist es ja, Torny«, sagte Quik und beobachtete, wie Pavarde einen weiteren Schlag abwehrte. Der Rücken der Kapitänin war jetzt fast am Tor, wo sie in der Falle sitzen würde. »Ich habe bereits einen getötet.«

»Du wusstest es nicht. Ich kann dich decken.«

Als Pavarde mit dem Rücken ans Tor stieß, vollführte ihr Attentäter einen geschickten Zug, täuschte mit seiner Rechten an, um den Wandleuchter wegzuziehen. Die Kapitänin versuchte, mit einem Tritt Platz zu gewinnen, aber der Attentäter stieß den Dolch tief in Pavardes Bein. Sie schrie auf, legte ihren rechten Arm über das Geländer des Tores und hielt sich aufrecht, während der Mörder seinen Dolch zurückzog.

»Das ist nicht richtig«, sagte Quik und ging vorwärts.

»Sie ist nicht deine Freundin, Quik.«

»Sie hat Wax gerettet!«

Torny packte Quiks Schulter. Hielt ihn fest.

»Sie ist bereits tot, Quik. Lass es gut sein.«

Der Jäger sah das deutlich genug. Pavardes letzter schwacher Schlag mit dem Wandleuchter auf die Schulter des Attentäters, der Killer, der in Pavardes Reichweite vordrang und ihr Ende mit einem sauberen, endgültigen Stoß besiegelte. Die Kapitänin brach zusammen, und Quik wandte den Blick ab, bevor ihre Augen die seinen finden konnten.

Die Albträume würden ohnehin schlimm genug sein.

18

WIEDERSEHEN

Der Wein schmeckte besser, wenn ihre Insel nicht brannte, aber Eujo glaubte, dass sie vielleicht nicht einmal ein Glas austrinken würde. Ihr Körper schmerzte genauso wie ihr Kopf, die Muskeln waren wund und ihre Seele schleppte sich dahin. Es war ein langer Tag mit Narros Auserwählten gewesen, bei dem sie sich durch die Kance-Skars gekämpft hatten. Niemand war gestorben, obwohl einige Knochenbrüche und andere schwere Verletzungen davongetragen hatten. Eujo hatte für die Nacht Vis-Skars verteilt, eine weitere Lektion, die die Crew vielleicht am nächsten Morgen wieder nach draußen bringen würde.

Wenn Eujo fit genug wäre, sich ihnen anzuschließen.

Sie nippte an ihrem Wein in ihrer Suite, nicht weit vom Thronsaal im Himmelspalast entfernt, mit ähnlich hohen Fenstern, die auf ihre Kriegsaufgabe hinunterblickten. Kance genoss den kurzen Frieden, mit Menschen, die in den Straßen und in der Luft tanzten. Selbst zu dieser späten Stunde glitzerte die Luft, als Gleiter in die windigen Himmel aufstiegen. Diese nächtlichen Flüge konnten einen so nah an Sichi heranbringen, die Sterne ... eines Tages würde Eujo es Wax zeigen, wenn er noch am Leben wäre.

Niemand teilte den Raum mit ihr. Eujo hatte die Berater vor einer Stunde entlassen, nachdem ihre Flut von Schadensberichten aus der ganzen Insel drohte, die wenigen guten Gefühle, die ihr noch geblieben waren, zu ertränken. Die Stadt mochte feiern, aber Noctias Überfälle überall sonst bedeuteten harte Arbeit, und wofür das alles?

Deux hätte sie inzwischen nach Noctia bringen sollen, vorausgesetzt, die *Storm's Edge* war nicht von irgendeinem unternehmungslustigen Najahn-Kapitän versenkt worden. Narro, der zu ihrer Standard-Vertrauensperson für Marineberichte geworden war, hatte erwähnt, dass er die violetten Flaggen in Verfolgung von Eujos Schiff gesehen hatte. Hoffentlich hatten Svarde, Bliss und Torny diese Angriffe abgewehrt.

Hoffentlich würden sie Fassle zur Vernunft bringen.

Wenn nicht, dann würde Kance kämpfen und weiterkämpfen, bis es zu einer schwelenden Ruine geworden wäre.

»Das war nicht das, was ich wollte«, sagte Eujo zu sich selbst, ihr Weinglas ein guter Zuhörer.

Vor ihrem Zimmer stand eine Wache, ein Diener, der gerne eine weitere Flasche holen würde, wenn Eujo darum bäte, aber da Livier damit beschäftigt war, die Botschaften an die anderen Inseln zu verwalten, zog Eujo es vor, für sich zu bleiben. Alle Berater hatten zuerst für die andere Königin gearbeitet, diejenige, die versucht hatte, Kances Königinnengarde, eine Elitetruppe, die jetzt dezimiert war dank des früheren Ausflugs der Königin nach Noctia und dessen verheerendem Ende, zu benutzen, um Eujo zu töten. Ihr Vertrauen in diese ergrauten alten Haudegen reichte nicht weit, aber der Krieg bedeutete, dass die Zeit fehlte, Eujos Hilfe auszutauschen.

Danach würde Eujo es genießen, sie alle den Turm hinunterzuwerfen.

»Das ist jetzt Motivation zum Überleben«, sagte die Königin und lachte in sich hinein. »Denen eins auswischen, die mich tot sehen wollten. Kance auf eine Art und Weise zu führen, wie sie es mir nie zugetraut hätten.«

Ein guter Gedanke zum Abschluss. Eujo weckte den Vis-Skar, während sie den letzten Schluck ihres Weins trank. Sie forderte den Stein auf, den Rausch des Getränks noch etwas wirken zu lassen, während er ihre kleinen Schnitte und Prellungen vom Training des Tages angriff, ihre schmerzenden Knochen von ebendiesem. Dann, nachdem Eujo tief und fest schlief, konnte der Skar auch den Wein neutralisieren und ihr ein erfrischendes Erwachen bescheren.

Bereit, wieder Kance gegen die Welt zu führen.

Das Klopfen, das Eujo weckte, kam mit der höflichen Kadenz eines Dieners und wurde von einer höflichen Nachricht eines Dieners gefolgt: »Kance hat einige ungewöhnliche Besucher.«

Ein Gleiter-Kundschafter, der bestätigte, dass die Feuerläufer-Unholde wieder in die Dunkle Tiefe hinabgestiegen waren, überbrachte andere Neuigkeiten. Eine kleine Gruppe war in der letzten Nacht an den nördlichen Stränden gesichtet worden, um ein Feuer versammelt. Der Gleiter glaubte nicht, dass er gesehen worden war, war aber in der Dunkelheit nah genug herangeflogen, um einen guten Blick zu erhaschen. Drei Frauen, zwei Männer, bewaffnet und in Rüstungen, obwohl der Großteil ihrer Ausrüstung am Strand verstreut lag.

»Warum?«, fragte Eujo, jetzt wieder auf ihrem Thron. Ein Kance-Gewand hielt Eujo an diesem hellen Morgen warm, gepaart mit Vis-Kaffee, einem der letzten auf der Insel. Ein Luxus, aber einer, den Eujo als verdient abtat, angesichts all des Stresses, des Risikos, der Last auf ihren Schultern. »Was hat es für einen Sinn, ihre Ausrüstung auszulegen?«

»Meine beste Vermutung?«, antwortete der Gleiterpilot. »Ein Schiffbruch. Sie sind an Land geschwommen und haben ihre Ausrüstung über Nacht zum Trocknen ausgelegt.«

Eujo runzelte die Stirn. Der Gleiterpilot hielt seinen Kopf gesenkt.

»Lassen Sie mich das richtig verstehen. Sie haben mich früh geweckt, um mir mitzuteilen, dass ein paar Fremde auf der Insel aufgetaucht sind? Sie denken, das ist wichtig genug für meine Aufmerksamkeit?«

Der Gleiterpilot richtete sich auf, errötete. »Ich dachte ... Sie könnten Najahn-Spione sein, meine Königin. Mein Kommandant sagte mir, ich solle Sie sofort informieren, da Livier nicht-« Der Mann hielt inne, holte tief Luft. »Sie sehen seltsam aus. Ihre Lederbekleidung war nicht von Noctia, sondern sah aus wie von Whent, soweit ich das beurteilen konnte. Aber zwei hatten Tätowierungen entlang ihrer Schultern, bis hoch zu ihren Gesichtern. Ich hatte so etwas noch nie zuvor gesehen.«

»Sie haben all das bei einem Überflug gesehen?«

»Bei mehreren, und nicht nur ich«, sagte der Gleiterpilot. »Nachdem ich zurückgekommen war, schickten wir über Nacht und heute Morgen zwei weitere Gleiter aus. Sie räumen noch auf, also habe ich mich freiwillig gemeldet. Was ich sage, ist bestätigt.«

Tätowierungen? Whent-Leder? Eujo sah sich im Raum um und begegnete ratlosen Blicken. Von ihnen würde keine Hilfe kommen.

»Was schlagen Sie vor?«, fragte Eujo den Gleiter.

»Einen weiteren Blick, Hoheit«, antwortete der Gleiterpilot. »Wir können versuchen, sie gefangen zu nehmen und herauszufinden, was sie hier tun.«

»Dann tun Sie das und berichten Sie mir, wenn Sie sie haben.« Eujo stand auf und warf einen zornigen Blick in den Raum. »Haben Sie alle nicht Arbeit zu erledigen? Wir haben einen Krieg zu gewinnen!«

Narros Gruppe stellte sich dem Tag mit so viel Enthusiasmus, wie sie aufbringen konnten. Die meisten sahen noch müde aus. Diejenigen mit gebrochenen Knochen hatten sich entschuldigt, da die Vis-Narben ihnen so viel Energie raubten, dass sie nicht einmal aus dem Bett kommen konnten. Trotzdem machte Eujo direkt weiter und nutzte erneut die Kance-Narben, um kleine Windstöße zu beschwören, unterstützte Sprünge zu machen und eine Brise lange genug aufrechtzuerhalten, um einem Segel etwas extra *Schwung* zu verleihen.

Heute ging zumindest niemand mit schweren Verletzungen.

Eujo ließ sie am späten Nachmittag gehen und gewährte ihnen einen freien Tag morgen. Sie würden ihn brauchen, da die meisten trotz ihrer harten militärischen Laufbahn erschöpft waren. Das Letzte, was Eujo brauchte, war jemand, der den Griff auf die Narben verlor, sodass sich die Steine lösten und ...

Die Königin erschauderte, als sie an Tornys Whent-Lawine zurückdachte. Könnte eine Kance-Narbe einen Tornado oder einen Hurrikan heraufbeschwören und ihre ganze Insel ins Meer blasen? Das Erschaudern verwandelte sich in ein unheilvolles Grinsen. Zumindest müsste sie sich dann keine Sorgen mehr um den Krieg machen, wenn das passieren würde.

»Mit so einem Lächeln hoffe ich, dass du an mich denkst?«

Eujo wirbelte so schnell herum, dass die Welt für einen Moment verschwamm, aber da stand Wax, gestützt auf eine junge Frau, die Eujo nicht kannte, deren Tätowierungen jedoch auf Vis hindeuteten. Abgezehrt, erschöpft, aber mit denselben strahlenden Augen und dem frechen Grinsen. Auch eine vertraute Halskette um seinen Hals.

»Wie?«, fragte Eujo und ging benommen auf sie zu. »Wie bist du hier?«

»Stellt sich heraus, dass deine Gleiter und diese Geysire eine tolle Kombination abgeben. Sie sind heute Morgen mit gezückten Schwertern herangesegelt, aber wir haben sie überzeugt, dass wir dich kennen«, sagte Wax und nickte dann seiner Trägerin zu, als Eujo sich näherte. »Das ist Sawi, meine, äh, Freundin.«

Der Name passte zu einer Erinnerung, aber bevor Eujo herausfinden konnte, was genau er bedeutete, löste sich Wax von der Vis und schlang seine Arme um die Königin, um ihr verschwitztes und von der Tagesarbeit zerkratztes Leder, und obwohl ihre Beine unter Wax' zusätzlichem Gewicht nachgeben wollten, hielt sich Eujo aufrecht.

Sie würde jetzt nicht fallen, und Kance auch nicht.

Die größte Waffe der Welt war zurückgekehrt.

19
EINE WENDUNG

Abenteuer hatte schon seinen Reiz, aber Wax hatte wirklich nichts dagegen, auf einer flauschigen Matratze aufzuwachen, die mit Federn gefüllt und von Kance-Handwerkern genäht worden war. Auch gegen den Sonnenschein, der durch die Fenster fiel und den Blick auf eine Stadt, einen Ozean, eine ganze Welt freigab – eine wunderbare Aussicht, die er gestern von der Stange eines Gleiters aus gesehen hatte – hatte er nichts einzuwenden. Das Beste von allem aber lag schlafend an seiner Seite.

Er hatte Eujo zuletzt gesehen, wie sie davonschritt, um auf den tosenden Meeren gegen Najahn-Soldaten zu kämpfen. Wax war in jener Nacht gefangen genommen worden, bewusstlos geschlagen und zu Überleben und Knechtschaft gezwungen, nur um die letzten Skars, die er brauchte, von der ehemaligen Aegis selbst zu bekommen.

Skars, die er benutzt hatte, um Hunderte, Tausende, Millionen von Dämonen in ihren verfallenden Welten einzusperren.

Wax zuckte zusammen. Irgendwie erschien ihm das Schließen der Tore weniger wie eine Errungenschaft, wenn er nicht von Jochis bierschwingenden, anerkennenden Kriegern umgeben war.

Auf dem Tisch neben dem Bett, einem mit Glas eingelegten Stück, lagen zwei Halsketten, deren Verschlüsse miteinander verbunden waren. Eine hatte Catya gehört, jener ehemaligen Aegis, die das Letzte ihres Lebens verbrannt hatte, um einige Noctia-Soldaten zu retten. Menschen gerettet, wie sie es immer getan hatte.

Diese Soldaten trainierten jetzt wahrscheinlich für die Invasion von Kance. Komisch, wie die Dinge sich entwickelten.

»Fühlst du dich besser?«, fragte Eujo, ein wenig verträumt.

»Viel besser.«

Wax betrachtete ihren nackten Rücken, die Oberseite ihrer Schultern. Keine Tintenlinien, die ihre Geschichten erzählten, ihre Stellung in der Kance-Gesellschaft markierten. Fast fremdartig, etwas so Klares und Reines zu sehen. Wäre Eujo allerdings Vis gewesen, wäre sie eine Jägerin gewesen. Wie Deshiva. Er streckte die Hand aus und zeichnete das Jägerzeichen auf ihre Schulter. Eujo zuckte zusammen, entspannte sich dann aber, als Wax die Linien vollendete.

»Das kitzelt.«

»Wenn du dieses Zeichen wirklich bekommen würdest, würde es das nicht«, sagte Wax, ihre Stimmen leise. Die Tür zu Eujos Gemächern war dick und geschlossen, dennoch verlangte der Moment nach gedämpften Tönen. »Es würde wehtun, aber es wäre ein guter Schmerz.«

Eujo drehte sich um und erwiderte Wax' Berührung, indem sie seine Linien nachzeichnete. »Wie diese hier.«

»Jede einzelne. Weißt du was Lustiges?«

»Ist es wirklich lustig, Wax, oder bist du einfach nur du selbst?«

»Ich bin immer ich selbst, Eujo.« Wax lächelte. »In ein paar Monaten, am Ende des Sommers, bekomme ich meine Rolle.«

»Rolle?«

»Jäger, Sammler, Hersteller«, sagte Wax. »Es gibt noch ein paar andere, aber es wird meinen Platz in Kitaye definieren. Unserer Gesellschaft. Die Ältesten berücksichtigen jeden und was er getan hat, wer er ist. Du wirst zugeteilt.«

»Klingt starr.« Eujo fuhr fort, Wax' Familientinte nachzuzeichnen, seine welligen Markierungen, die Wax' Ruf als Experte für die Ranken kennzeichneten.

»Die Grenzen sind fließend.«

»Habt ihr ein Symbol für die Aegis?«

»Keine Ahnung.«

»Wie wäre es mit Glückspilz?«

Wax lachte, sah Eujos zusammengepresste Lippen, als sie ihre Hand zurückzog, und erstickte das Lachen schnell.

»Ich kenne dich kaum, Wax«, sagte Eujo, »aber der Gedanke, dass ich dein dummes Lächeln nie wieder sehen würde, dass ich dich nie wieder in den Arm nehmen könnte ...«

»Ich weiß.«

»Gut. Denn wenn du jemals wieder so verschwindest, überleben die Inseln das vielleicht nicht.«

Diesmal, als Wax lachte, stimmte Eujo mit ein.

Ami hatte keine guten Launen. Sie war am Abend zuvor mürrisch gewesen, als alle anderen den Wein, den frischen Fisch und das Frühlingsgemüse mit fröhlichem Eifer genossen. Der Morgen hatte ihre Stimmung nicht verbessert, die Wächterin blickte finster auf die Gruppe, während sie sich durch Eier, fluffige Kuchen und den letzten von Eujos Vis-Kaffee aßen.

»Das ist normal für sie«, sagte Annalyse zu Eujo. »Ihr Standardmodus ist wütend.«

»Stimmt«, fügte Sawi hinzu. »Lass dich davon nicht runterziehen.«

Wax ließ den Tamas-Skar mithören, als Sawi sprach, und fühlte mehr als nur ein wenig Erleichterung, als der Stein weiterhin bestätigte, dass weder Eujo noch Sawi von Eifersucht, Wut oder irgendetwas anderem als Herzlichkeit füreinander zu brodeln schienen. Während Sawi in den Tunneln klargemacht hatte, dass die Romanze, in der sie und Wax noch vor wenigen Monaten verstrickt gewesen waren, vorbei war, war sich Wax nicht sicher, wie Eujo reagieren würde.

Die Königin schien es offenbar nicht im Geringsten zu kümmern.

»Aber sie hat einen guten Grund«, sagte Eujo. »Ami hat den Feuerläufern ein Versprechen gegeben, und wenn ich sie nicht völlig falsch einschätze, ist sie nicht jemand, der ein Versprechen leichtfertig aufgibt.«

»Verdammt richtig«, sagte Ami. »Sie verdienen ein Zuhause, und sie verdienen es definitiv nicht, in diesen Höhlen gefangen zu sein.«

»Sie essen Steine, Ami.« Wax versuchte es mit Leichtigkeit. »Sie stopfen sich wahrscheinlich gerade mit allen möglichen köstlichen Steinen voll.«

Dieser Scherz brachte Wax einen finsteren Blick von allen am Tisch ein, was zu einer gemurmelten Entschuldigung und einer Rückkehr zu seinen Eiern führte. Die zumindest beurteilten ihn nicht, als er ihre schmierige Güte mit seiner Gabel aufspießte.

»Aber selbst wenn wir ihnen ein Zuhause gäben«, sagte

Eujo und kam auf die Dämonen zurück, »würde es ohne den Rest nichts bringen, oder? Es gibt nicht genug Feuerläufer, um, ich weiß nicht, Familien zu gründen?«

»Sie hatten Familien. Haben sie, drüben«, sagte Ami. »Ich kann nicht zu den zwanzig Feuerläufern zurückgehen, die ich habe, und sagen: Hey, ihr seid die Letzten eurer Art. Am besten fangt ihr an, Babys zu machen.«

Sawi schnaubte.

»Wax hat versucht, die Tore wieder zu öffnen«, sagte Annalyse. »Es hat nicht funktioniert.«

»War nicht stark genug«, warf Wax ein. »Es ist wohl einfacher, sie zu schließen, als andersherum.«

»Energie zu nehmen ist immer einfacher, als sie zu erzeugen. Du sagtest, die Skars verbessern einander. Sogar exponentiell.« Annalyse sprach, als wüsste sie jedes Wort im Voraus, fast wie eine vorbereitete Rede. »Wenn jeder Skar seinen eigenen Vorrat hat, dann ist die Antwort einfach. Du weißt bereits, wie du die Skars zu deinem gewünschten Ergebnis leitest. Wir besorgen dir mehr Skars, dann kannst du die Tore wieder öffnen.«

»Tore, die unter einer Tonne eingestürzter Höhle begraben sind.«

»Benutze einige dieser Whent-Skars, um sie zuerst freizulegen«, sagte Annalyse. »Du könntest das sogar tun, dir Zeit zum Ausruhen nehmen und dann die Tore wieder öffnen.«

»Du lässt es so einfach klingen.« Sawi schnüffelte. »Komm schon, Wax. Das wird ein Kinderspiel.«

»Wir haben Skars«, sagte Eujo, aber ihre Sprechweise deutete darauf hin, dass ein Geschenk nicht einfach so gemacht werden würde. Amis sich vertiefender Blick bestätigte dasselbe. »Aber ihr seid gerade erst hier angekommen. Ihr könnt nicht unsere besten Waffen nehmen und zurück in die Dunkle Tiefe rennen. Kance kämpft um sein Überleben. *Wir* brauchen diese Skars.«

Ami seufzte laut und übertrieben. »Wo habe ich das schon mal gehört? Ach ja, bei Fassle. Besiege meinen Feind und ich lasse dich ein paar unschuldige Leben retten. Schön zu sehen, dass es zwischen euch beiden keinen Unterschied gibt.«

»Vergleich mich nicht mit diesem Bastard.«

»Dann benimm dich nicht wie er.«

Eujo konterte darauf, indem sie behauptete, Ami sei diejenige, die überhaupt erst mit Fassle zusammengearbeitet habe, was einen Schrei von Sawi auslöste, schockiert darüber, dass Ami zu der Seite zurückkehren würde, die versucht hatte, sie umzubringen. Ami wiederholte daraufhin Gladdrings blutiges Ende, und bald artete das ganze Frühstück in eine Geschichte nach der anderen aus. Sie hatten die meisten davon schon am Lagerfeuer am Strand von Kance geteilt, aber hier, inmitten des glitzernden Prunks, des Essens, der Bediensteten, erhielten dieselben Anschuldigungen, Überraschungen und Empörungen neues Leben.

Fast so, als ob kleinere Dinge mehr zählten, wenn sie sich nicht um ihre nächste Mahlzeit oder darum sorgen mussten, ob sie sich gegenseitig umbringen würden.

Wax' Aufmerksamkeit wanderte von den Streitigkeiten zu Annalyse, die ihren Mund größtenteils geschlossen hielt und offensichtlich in Gedanken woanders war. Sie saß Wax am großen Tisch gegenüber, und als eine kurze Pause in der ätzenden Unterhaltung entstand, fragte Wax die Wissenschaftlerin geradeheraus nach ihren Gedanken.

»Ich denke«, sagte Annalyse, »wir können die Probleme aller mit einem Schlag lösen.«

Von da an sprudelte die Wissenschaftlerin los, ihre

Ideen gewannen an Fahrt, als sie eine nach der anderen darlegte.

Ami lachte, ein einziges hartes Kichern, angesichts der verblüfften Stille, als Annalyse zum Schluss kam. »Nun, ich schätze, jetzt wissen wir, warum Gladdring dich aus Whent weggezerrt hat. Hoffe, du liegst richtig, Annalyse, denn wenn du falsch liegst, wird keiner von uns mehr da sein, um die Dinge zu richten.«

20

VERRAT IM MONDLICHT

Improvisiere.

Die erste Lektion, die jeder Dieb lernt, denn nichts läuft jemals nach Plan.

Torny zog Quik zurück zum Herrenhaus und versuchte, seine Aufmerksamkeit von den erlöschenden Lichtern der Frau abzulenken, die er begleitet hatte. Das Gesicht der Najahn kam ihr bekannt vor, aber in der dunklen Hektik des Moments konnte Torny sie nicht einordnen. Nicht, dass es eine Rolle spielte: Sie war tot, und die Dolche, die ihr Leben beendet hatten, würden bald nach frischem Blut suchen.

»Was passiert hier?«, fragte Quik erneut, der Schock schärfte seine Worte. »Ist das ein Gemetzel?«

»Ein Machtkampf«, antwortete Torny. »Einer, an dem du nicht beteiligt bist.«

Quik wehrte sich nicht, als sie ihn steuerte, die Hand auf der muskelbepackten Schulter des Jägers - ein seltsames Gefühl für eine Diebin, deren Freunde eher zur mageren Sorte neigten - zur Seite des Herrenhauses und den für Noctia typischen Abhang hinunter.

»Du bist?«

»Für den Moment. Wir bringen dich hier weg und dann reden wir.«

Die Schreie und Rufe aus dem Inneren des Gebäudes verstummten. Yarvicks Banditen erledigten den Job schnell, wenn auch nicht so leise, wie es die Flinken Finger vielleicht bevorzugt hätten. Nach dem, was Torny sah, waren die Najahn-Oberen drinnen nicht alle Idioten, hatten nicht alle ihren Schwertkampf für Federn und feinen Wein aufgegeben. Trotzdem machten Zahlen und Überraschung die Chancen tödlich.

»Ich dachte, ihr wärt Diebe, keine Mörder«, sagte Quik, während er zur niedrigen Mauer und seiner Freiheit eilte.

»Wir sind, was wir sein müssen«, schnauzte Torny. »Quik, hier ist, was du tun musst. Geh über diese Mauer, runter zu den Docks. Find die *Storm's Edge*. Deux wird dich an Bord bringen, dich in Sicherheit halten, bis wir das alles geklärt haben.«

»Wax ist nicht hier, oder?«

Torny wollte gerade nein sagen, wollte sagen, dass sie Wax zuletzt mit Najahn-Soldaten gesehen hatte, die Quiks Bruder wegschleppten. Das könnte mehr Fragen aufwerfen, die Nacht in eine Richtung lenken, die die Banditin jetzt nicht einschlagen wollte.

»Nein.«

Einfach. Quik schien es nicht zu gefallen, aber er hielt den Mund, schätzte die niedrige Mauer und seinen Sprung darüber ab.

»Okay, Torny. Lass dir nicht zu viel Zeit.«

Torny gab Quik einen kleinen Schubs, versuchte, den Jäger auf den Weg zu schicken, nur um sich beide durch einen scharfen Pfiff umdrehen zu lassen. Dort standen zwei Banditen mit gezogenen Dolchen. Der eine, der Torny zu dieser kleinen Mordmission eingeladen hatte, und der andere, der Quiks Najahn-Freundin den Todesstoß versetzt hatte.

»Denk ja nicht daran, diesen Kerl entkommen zu lassen, Torny. Das sind nicht die Regeln«, sagte der Anführer, der Lump. »Alle Najahn werden aufgeschlitzt.«

»Er ist kein Najahn«, knurrte Torny. »Er ist unschuldig. Hat nichts mit all dem zu tun.«

»Schau dir all die Tinte an«, sagte der andere Attentäter. »Der Mann ist ein Vis. Torny hat wahrscheinlich recht.«

»Spielt keine Rolle. Er ist jetzt ein Zeuge.«

»Wofür?«, fragte Quik. »Für wen?«

Die beiden Banditen sahen einander an. Quik hob seine Klauen, und Torny gab dem Mann Raum. Sie nickte zu den Waffen.

»Willst du die wirklich ausprobieren?«, fragte Torny. »Yarvick wird das egal sein. Er weiß sowieso nicht, dass Quik existiert.«

Ein weiterer Blickwechsel. Der Lump senkte seine Messer, dann zeigte er mit einem über Quiks Schulter auf die Stadt dahinter.

»Dann verschwinde. Torny kauft dein Leben mit ihrem eigenen. Wenn sie sich verschätzt, wird ihr diesmal die Kehle durchgeschnitten.« Der Lump grinste. »Dieses Tagebuch wird dir kein weiteres Exil erkaufen, Torny. Das ist es.«

»Gut«, sagte sie. »Quik, geh.«

Die Gründe zur Flucht vermehrten sich. Rauch kräuselte sich aus dem Herrenhaus, sickerte an den Fenstern vorbei. Orange flackerte im Inneren auf, verräterisches Flackern eines Feuers, das Beweise vernichten sollte. Zwei weitere Killer schleppten bereits die Najahn-Frau den Weg hinauf. Sie würde hineingeworfen werden, mit all den anderen verbrennen. Keine Stichwunden und jede Menge plausible Abstreitbarkeit.

Eine Yarvick-Spezialität.

Der Jäger warf Torny noch einen fragenden Blick zu, worauf sie mit dem Kopf in Richtung des fernen Ozeans zuckte. Quik drängte nicht weiter, drehte sich um und sprang über die Mauer. Verschwand in der rotlichtigen Sichi-Nacht.

»Zeit zu gehen?«, fragte Torny den Lumpen.

»Höchste Zeit«, sagte der Bandit. »Wir haben sie alle erwischt, ohne deine Hilfe.«

»Ich habe deinen Freund davor bewahrt, von diesem Vis in Stücke geschnitten zu werden«, sagte Torny. »Aber wenn du eine Rechnung begleichen willst, lass uns das zu Hause machen.«

Das Verlassen eines erfolgreichen Jobs brachte immer eine boshafte Euphorie mit sich. Torny hatte einmal mehr die Regeln, Gesetze und Normen der Gesellschaft zerschnitten und einen Sieg davongetragen. Dass dieser Sieg ein brennendes Haus und eine ganze Reihe von Leichen bedeutete, trübte den Sieg nur leicht: Diese Leichen gehörten alle zu den Najahn-Führern, und Kance, Tornys derzeitige Loyalität, würde davon profitieren.

Die Diebe nahmen nicht denselben verschlungenen Weg zurück nach Hause. Stattdessen teilte sich die Crew in Zweier- und Dreiergruppen auf, ging verschiedene Straßen entlang und hielt die Kapuzen hoch, die Messer verborgen. Ein ruhiger Rückzug war notwendig, da Najahn-Wachen in großer Zahl auf das wachsende Feuer reagierten. Jeder, der von dieser Katastrophe wegstürmte, würde zum Verdächtigen werden.

Nächtliche Wanderer? Nun, davon gab es reichlich.

Torny wurde auf Befehl mit denselben beiden gepaart,

die vor dem Herrenhaus gewesen waren. Nach dem Befehl, ihrer widersprüchlichen Unterhaltung, war Torny nicht allzu überrascht, als sie feststellte, dass sie in die falsche Richtung gingen. Zum Najahn-Viertel statt zum Heim der Flinken Finger in der Grotte im Südteil.

Sie stiegen steile Kopfsteinpflasterstraßen hinauf und mieden die Stufen an der Seite zugunsten der leichten Prahlerei, sich an die härtere, glattere Mitte zu halten. Tornys Hände verließen nie ihren Umhang und die darin verborgenen Messer. Ein guter Ausgang schloss nie einen Mord auf dem Heimweg aus, obwohl die meisten davon dazu dienten, Anteilsaufteilungen zu reduzieren oder einen Dieb zu erledigen, dessen Zeit gekommen war.

Torny hatte immer noch etwas zu bieten, also hatte sie eine Ahnung, wohin der Lump sie brachte.

Das Ziel lag weniger als einen Block vor dem ersten Najahn-Tor. Dass sie nicht versuchten, an den Wachen vorbeizukommen, war eine gewisse Erleichterung. Dass ihr Ziel stattdessen ein schmaler steinerner Töpferladen war, lieferte keine besseren Antworten. Ein Schild deutete darauf hin, dass der Laden Auftragsarbeiten zu hohen Preisen produzierte. Als der Straßenjunge sich der schmalen Tür näherte, die von Schaufenstern flankiert wurde, in denen jeweils eine für nützliche Zwecke zu verzierte Vase stand, zog der Dieb einen Schlüssel heraus und rüttelte ihn im Schloss.

Ein Idiot hätte hier Fragen gestellt. Torny blieb still.

Sichis rosiges Licht drang kaum ins Innere des Ladens, nur ein paar schwache Schatten fielen auf den mit Theken vollgestellten Boden. Stücke, die zum Bemalen oder Verkaufen bereit waren, standen als Schatten entlang der Wände. Ein einziger Arbeitsplatz nahm die Mitte des Raumes ein, als ob der Handwerker wollte, dass jeder

Kunde oder jemand, der durch das Fenster spähte, die Schönheit bei ihrer Entstehung sehen konnte.

»Wir warten hier«, sagte der Straßenjunge, als Torny ihm nach drinnen folgte. Der andere Bandit schloss die Tür hinter ihnen und lehnte sich dagegen.

Kein Entkommen also.

»Auf wen warten wir?«, fragte Torny.

Der Straßenjunge lächelte nur und lachte dann. »Gut, dass du heute Abend aufgetaucht bist, Torny. Das hat diesen Teil viel einfacher gemacht.«

»Welchen Teil?«

»Wir wussten, dass du nach Hause kommen würdest, aber wenn nicht, wären wir nach den Morden gekommen, um dich zu finden. Wären in dein Schlafzimmer gekommen, hätten vielleicht mit deinen Freunden fertig werden müssen.« Das Grinsen des Straßenjungen wurde nur noch breiter. »Siehst du, Yarvick will dich, und nur dich allein.«

»Er würde meine Freunde töten, um mit mir zu reden?«

»Reden?«, der Straßenjunge lachte wieder. »Torny, hier wird viel mehr als nur geredet werden. Du hast eine Chance, so wie ich das sehe, aus diesem Ort herauszukommen. Und es wird dich etwas kosten.«

»Wie viel?«

Ein Klicken ertönte von der Rückseite des Gebäudes, der Seite, die zum Hang und zum Ozean zeigte. Der Straßenjunge verstummte, trat zur Seite, obwohl Torny bemerkte, dass der Bandit in ihrem Rücken genau dort blieb, wo er war.

Yarvick trat in die flachen Schatten und sah aus wie immer. Schwarzer Hut mit breiter Krempe, zerlumpte Kleidung, die eher zu einem Bettler als zu einem Banditenlord passte, und ein Gesicht so weiß, dass es den Schnee beschämte. Fahle Haut, Beine und Arme dünner als Tornys eigene, dennoch schritt der Mann mit einer unerreichbaren Arroganz, einer Ausstrahlung, die Torny neidisch machte, auch wenn sie Yarvick in jeder anderen Hinsicht für ein widerwärtiges Tier hielt.

Dieses Tier grinste Torny jetzt an, dieser Mund voll falscher Zähne, besonders diese glitzernden Opale. Diese Noctia-Narben.

»Ich glaube, du hast etwas für mich«, sagte Yarvick mit rauer Stimme, wie zerreißendes Papier. »Es wird dein Leben kaufen, Torny. Aber deine Freunde werden weit mehr kosten.«

21

FLUCHT DURCH DIE GASSE

Renn zum Hafen. Ein einfacher Rat in Noctia, wo man nur den Hang hinunterlaufen musste, um den Hafen zu finden.

Quik landete auf der anderen Seite der niedrigen Mauer, während hinter ihm das Herrenhaus in Flammen aufging. Tornys Schicksal schien nun außerhalb seiner Reichweite, also konzentrierte sich Quik nach vorne, auf das kleinere Haus, das vor ihm stand. Zu seiner Linken verlief die Hauptstraße, von der ihn ein kleiner Metallzaun trennte. Das Haus war dunkel gewesen, aber die Probleme des Herrenhauses schienen ein weiteres Publikum gefunden zu haben, als im oberen Stockwerk über Quik eine Laterne zum Leben erwachte.

Zeit, sich zu bewegen.

Der Jäger wandte sich nach rechts, seine Najahn-Robe flatterte. Die Handschuhe hingen schwer an seinen Hand-gelenken, Dinge, die er wahrscheinlich abnehmen sollte und würde, sobald er der Entdeckung durch die panischen Einwohner Noctias entgangen war. So wie es war, plat-zierte er seine umwickelten Handflächen, die mit geschnitzten, metallbeschlagenen Holzhandschuhen bedeckt waren, auf dem Zaun und schwang sich hinüber.

Noctias gepflasterte Straßen waren tagsüber bewundernswert, wenn ihre Griffigkeit es Karren und Menschen ermöglichte, ohne Probleme die steile Insel auf und ab zu bewegen. Bei Nacht sorgten diese Steine für eine schwere und laute Landung, Quiks Stiefel schabten, als er seine Füße aufsetzte und seine Richtung fand.

Zu beiden Seiten der Allee erhoben sich Häuser, ihre spitzen Dächer neigten sich zu Fässern hinab, um Noctias spärlichen Regen aufzufangen. Hier und da hingen Laternen und boten einen orangefarbenen Kontrast zu Sichis willkommenem rosa Leuchten. Dieses Licht setzte Quik nun ins Freie, während die ersten Rufe allgemeinen Alarms in der Nachbarschaft aufkamen.

Die Jagd nach Beute im Dschungel erforderte eine bestimmte Art von Heimlichkeit. Quik nutzte hier wenig von dieser Erfahrung, als er hektisch versuchte, seine Handschuhe loszuwerden, bevor die ersten Wachen ihn fanden. Ein kräftiger Ruck überwand die Verbindung zwischen Handschuh und Handgelenk sowie Unterarm, wobei einer auf die Straße fiel und einen Moment später der andere. Quik hob sie auf und suchte an seiner Robe nach einem Platz, um sie unterzubringen.

Natürlich hatte der Najahn keine großen Taschen, um diese Handschuhe zu halten. Stattdessen löste Quik die Bänder, wickelte sie erneut um seinen Gürtel und hängte je einen Handschuh an jede Seite seiner Taille.

Als er aufblickte, fand er eine gezogene Glefe an seiner Brust, ein neugieriger Najahn-Wächter starrte ihn an. Andere, darunter eine Feuerwehrbrigade, liefen vorbei, Wassereimer tropften, als sie gingen. Bald würden sie die Leichen finden, und die Nacht würde nicht nur feurig sein.

»Seltsames Ding, das man in Noctia bei sich trägt«, sagte der Wächter, als Quik aufstand und seine Hände frei hielt. »Du trägst Najahn-Roben, aber das sind keine Waffen eines Najahn.«

»Vis«, sagte Quik. »Rekrutiert.«

Der Najahn runzelte die Stirn. »Bringen sie euch schon hier hoch?« Die Stirnrunzeln wich einer reineren Verwirrung. »Habe nichts von einer Vis-Abteilung gehört, noch davon, dass ihr Jungs eure Dschungelwaffen behalten dürft. Wer ist dein Kommandant?«

Der Wächter hatte einen Fehler gemacht: Er hatte die Glefe beim Sprechen zur Seite gleiten lassen, die Schneide ein Haar weniger tödlich als noch einen Moment zuvor. Die Feuerwehrbrigade zog weiter vorbei, niemand achtete auf Quik. Eine Chance.

Er war lange genug in Najahn-Gefangenschaft gewesen.

Die bloße Faust traf das Kinn des Najahn, ungeschützt von einem Helm, der mehr für das Image als für echte Verteidigung getragen wurde. Der Mann fiel, die Glefe schwang weit aus, wo ein gut platzierter Folgetritt sie über die Steine gleiten ließ. Quik bot nichts weiter, stürmte über die Steine davon. Er verfluchte diese Flucht einen Moment später, als der Wächter, offenbar nicht ganz von Sinnen, einen benommenen Alarm ausstieß.

Augen, die neugierig wegen des Feuers in die Nacht spähten, richteten sich auf Quik und machten jede Rückkehr zu einem gemächlichen Abstieg zum Hafen unmöglich. Stattdessen bog er rechts ab und verließ die Straße für eine weitere Hintergasse. Gestapelte Vorräte füllten diese, eine Neugier, die durch die Seitentür mit dem Emblem eines Kramladens gestillt wurde.

Quik versuchte die Tür, fand sie verschlossen.

Sie einschlagen?

Nein, der Lärm würde ihn nur noch mehr in die Falle locken.

»Hey! Du da!«

Der Najahn am Eingang der Gasse war nicht derjenige, den Quik niedergeschlagen hatte, und er war nicht allein. Der Jäger knurrte und trat nach rechts, um weitere gestapelte Kisten herum. Die Steine hier waren nicht so gut verlegt wie die auf der Straße, ihre korrodierten Pocken verstreuten Schmutz, als Quik sich zur Rückseite des Ladens zurückzog.

Dort wartete kein Ausweg. Nur eine Stützmauer, deren vermörtelte Steine dem Haus auf der Rückseite des Ladens Halt boten. Oben auf der Mauer ragte ein weiterer schwarzer Metallzaun empor, harte Spitzen zeugten davon, dass Quik vielleicht nicht der erste zwielichtige Mensch war, der diesen Weg versucht hatte. Zu seiner Linken bot der Laden nichts weiter: eine stumpfe Ecke ohne Griffe, Fenster oder Optionen. Rechts eine höhere Mauer, eine massive Steinblockade, die den Laden von der nächsthöheren Ebene und dem dort stehenden Haus abschirmte.

»Ich sage es dir«, sagte der Najahn und kam vorsichtig näher, die Glefe nun ausgestreckt und nach vorne gerichtet. »Es gibt keinen Ausweg von hier, außer mit uns. Komm ohne Gewalt, und wir werden die ganze Sache klären. Du könntest sogar deinen Kopf behalten.«

»Das ist ein Schnäppchen«, murmelte Quik, während er weiterhin nach einem Ausweg suchte und keinen fand. »Wie wäre es mit einem anderen Deal?«

Der Jäger drehte sich auf dem Absatz um und steckte seine Hände in diese Handschuhe. Er würde keine Zeit haben, die Schnüre fest zu binden, aber sie würden gut genug kämpfen für das, was er brauchte. Quik hob beide, vor sich gekreuzt, in einer Geste, von der der Jäger hoffte, dass sie einschüchternd wirkte.

Zumindest zögerte der Najahn. Dann tippte der Mann den anderen hinter sich an, und der zweite Najahn nahm ein Chakram von seinem Rücken. Ohne Raum zum Ausweichen konnte diese Rasierscheibe Quik häuten.

Diesmal hatte er keine Vis-Skars.

Hinter den beiden Najahn drängten sich noch mehr auf der Straße. Weitere Wassereimer eilten vorbei, aber die wachsende Zahl der Wachen bedeutete, dass ein stürmischer Durchbruch Quik nicht weit bringen würde. Er hatte eine schlechte Wahl getroffen, hier unterzutauchen, und jetzt musste er damit leben.

Glücklicherweise hatte Quik etwas, womit er verhandeln konnte. Ein Geschenk von Torny.

»Okay«, sagte Quik, als der Chakramwerfer sich in Position brachte. Der Jäger ließ seine Handschuhe fallen. »Ich ergebe mich, aber Sie sollten wissen, ich habe dieses Feuer nicht gelegt.«

Die Najahn warteten diesmal nicht ab und stürmten vor, als Quiks Krallen den Boden berührten. Der Soldat schwang seine Voulge und traf Quiks Magen mit dem Schaft, sodass der Jäger sich krümmte. Vor Quiks Augen blitzten Punkte auf, und er stöhnte, als der zweite Najahn seinen Nacken packte und ihn vorwärts trieb.

»Nehmen Sie bitte meine Handschuhe mit«, keuchte Quik, als sie ihn aus der Gasse auf die Straße schoben. »Ich werde sie brauchen, wenn Fassle mich freilässt.«

Die Najahn lachten, aber derjenige, der seinen Nacken hielt, wies einen anderen an, die Waffen mitzunehmen.

»Fassle?«, sagte der erste, der mit seiner Voulge bereit vor Quik ging. »Lass den Zirkel aus deinem Mund. Sie haben keine Zeit für wertlosen Abschaum wie dich.«

Sein Fänger hatte leider recht. Quik wurde nicht zu Fassles Quartier gebracht, trotz seiner wiederholten Beteuerungen, dass er wertvolle Informationen hätte. Stattdessen steckten sie ihn in einen Gefängnisturm, eingesperrt in eine Zelle mit einem einzigen schmalen Schlitzfenster nach draußen. Sie nahmen ihm seinen Umhang und ließen Quik mit einem zerlumpten Hemd, ohne Decke und einer nach Schimmel stinkenden Strohmatte zurück. Der Turm sang trotz der späten Stunde die Lieder der anderen Gefangenen, die nach Essen, Wasser oder Familie riefen.

Der Jäger sagte nichts, rutschte nur zum Fenster, wo die hereinwehende frische Luft die Zelle erträglich machte, und schloss die Augen.

Vielleicht nicht heute Nacht, aber morgen. Fassle oder jemand in seiner Nähe würde Quiks Geschichte hören, und wenn es soweit war, würde der Jäger zuschlagen. Pavarti hatte Quik hierher gebracht, um ihr beim Aufstieg zu helfen. Stattdessen würde er, wenn auch nicht ganz so, wie sie es geplant hatte, Fassles Fall sicherstellen.

22

AUF DEM GIPFEL

Ein Morgen mit Vorbereitungen, ein Nachmittag mit Klettern. Ein typischer Tag auf Kance, den Eujo genoss, während die Sonne am Horizont versank. Sie hatten um die Mittagszeit die Türme gewechselt und mehrere Gleiter durch die Bergschluchten zum Zentrum von Kance geflogen. Dort wartete der höchste Turm von Kance, eine grau-weiße Linie, die in den Himmel ragte. Seine kaskadenartigen Klippen waren nicht durch Treppen verunstaltet. Besucher mussten die Seilbahnen erlernen, Eispickel und Stiefel mit Spikes beherrschen. Eine Reise, die jedem Erneuerungsteilnehmer beibringen sollte, was die ersten Eroberer von Kance lernen mussten.

Wax und Eujo würden diese Lektion heute nicht erhalten.

Die Gleiter waren eine Abkürzung, die Eujo zu Annalyses Plan hinzugefügt hatte. Sie waren zugleich ein schneller Weg vom Himmelspalast zum zentralen Turm und eine Gelegenheit, sich ein wenig an das Transportmittel zu gewöhnen, das sie auf einer viel längeren Reise nutzen würden, wenn alles gut ginge.

Die Doppelgleiter waren größere, klobigere Geräte. Die beiden Fahrer wurden nebeneinander festgeschnallt, und beide mussten den Schritt in die Luft koordinieren. Eujos Partnerin bei der Morgenfahrt, Sawi, machte das gut genug und behielt die Lehren aus ihrem Flug von Kances nördlichen Stränden bei, um die Reise einfach zu gestalten. Wax, Ami und Annalyse flogen jeweils mit einem anderen Kance-Gleiterpiloten und erhielten während des Fluges eine bessere Lektion darin, wie man die launischen Flieger eben und mit dem Wind segelnd hält.

»Hast du das früher jeden Tag gemacht?«, fragte Sawi, als sie auf den Luftströmungen zum zentralen Turm ritten. Flauschige Wolken und kühles Wetter sorgten für eine angenehme Reise. Ihre Taschen, gefüllt mit Essen und Kletterausrüstung, lagen über ihnen im gitterartigen Netz. Wax und Annalyse waren hinter ihnen, aber nur wenige Minuten zurück. »Scheint magisch zu sein.«

»Fast so magisch wie an den Lianen durch den Vis-Dschungel zu schwingen«, erwiderte Eujo.

»Zumindest gibt es hier oben weniger Bäume zum Anschlagen.«

»Ein Berg wird dich genauso verletzen.«

Sawi lachte: »Stimmt wohl. Zum Glück scheint es, als hätte ich eine gute Pilotin.«

»Wir haben diese benutzt, um nach einem Diebstahl vor unseren Opfern zu fliehen. Die reichsten Leute auf Kance leben alle auf kleineren Türmen. Es ist ein Status-symbol, hoch zu wohnen.«

»Du meinst, bevor du Königin warst?«, fragte Sawi, ihr Gesicht hinter einem Flugschal und einer schmalen Brille verborgen, die für alles länger als einen kurzen Hopser verwendet wurde.

»Zwei Jahre. So lange teilte ich die Throne, bevor Fassle

die Erneuerung ausrief. Bis dahin war ich genau wie Torny. Wir suchten uns wohlhabendere Ziele aus, spähten ihre Anwesen, ihre Bauernhöfe, ihre Fabriken aus und machten uns mit allem davon, was wir konnten. Auf den Türmen war deine Flucht gesichert, wenn du einen Gleiter schnappen konntest.«

»Würden sie dich nicht sehen?«

»Selbst wenn Sichi draußen war, ist es so schwer, einem anderen Gleiter in der Nacht zu folgen, wie Wax dazu zu bringen, etwas Kluges zu tun.«

Wieder ein Vis-Lachen. Eujo schwenkte sie nach links und gab einem kleineren Turm viel Platz. Unter ihnen breiteten sich die üppigen Beweise des Frühlings über das Tal aus. Bäume und Büsche blühten in allen Schluchten und Klippen. Vögel bauten Nester, Kleintiere kamen hervor und huschten umher, ihre schattenhaften Gestalten wie Flecken, die hier und da vorbeiflitzten.

»Ich wollte sagen, du hast Glück, ihn zu haben«, sagte Sawi, »aber ich glaube, er ist der Glückliche.«

»Definitiv.« Eujo milderte das Wort mit einem Lächeln, obwohl Sawi es vielleicht nicht sah. »Wir helfen einander. Nicht viele andere verstehen die Narben oder den Druck.«

»Deshalb bin ich überrascht, dass du mit uns kommst. Ich dachte, die Königin hätte Wichtigeres zu tun als das?«

»Die Welt retten? Den Kampf zu den Feinden meiner Inseln tragen?«

»Du weißt, was ich meine.«

Eujo wusste es in der Tat. Eine Insel zu regieren war nicht nur Krieg. Sie hatte Meinungsverschiedenheiten zu entscheiden, Produktionsprioritäten – mehr Schiffe, mehr Gleiter, mehr Waffen – festzulegen und die vielen streitenden Persönlichkeiten unter ihren Beratern und Kance-Führern zu kontrollieren. All das neben banaleren Dingen wie der Entscheidung über Speisekarten und der Namensgebung neuer Schiffe.

»Ich habe schon immer Prioritäten gesetzt. Rücksichtslos«, sagte Eujo. »Das tue ich auch jetzt. Alles andere, außer Noctia zu stoppen, kann von jemand anderem erledigt werden. Ich bin kein Marineoffizier oder militärischer Befehlshaber, ich bin kein Logistikexperte oder jemand, der eine große Rede halten kann. Aber ich kenne die Narben, und ich weiß, wie man kämpft. Also tue ich das.«

»Ich wünschte, ich hätte vor ein paar Jahreszeiten deinen Mut gehabt.«

Der zentrale Turm erhob sich, als sie eine weitere Kurve umrundeten. Eujo zielte auf einen markierten Geysir und fing ihn ein, um ihrem Gleiter mehr Auftrieb zu geben. Kance-Gleiterpiloten markierten Bäume und Felsen mit einer leuchtend roten Farbe, wo Luftgeysire austraten, und ein geschickter Flieger konnte sich durch das Treffen dieser Luftstöße endlos um die Insel bewegen.

Alles, was Eujo jetzt wollte, war, so hoch wie möglich auf diesem zentralen Turm zu landen.

»Meine Heimat wählte mich als Sammlerin aus, jemanden, der Früchte und Material zum Bauen sammeln, die Stadt kultivieren würde«, sagte Sawi. »Es ist keine schlechte Rolle. Man hat vielleicht nicht die Ehre eines Jägers, aber man ist sicher. Geschätzt. Aber es wäre langweilig gewesen.«

Die Vis erzählte ihre Geschichte weiter, während sie die letzten Minuten flogen. Eujo brachte sie zu einer sanften Landung auf einer kargen Steinterrasse. Die Plätze waren über den Turm verteilt und boten ankommenden Gleitern Optionen. Wax und Annalyse, die mit Profis flogen, schafften es zu dem Platz über Eujo und Sawi, was bedeutete, dass die beiden Frauen durch enge Spalten hinaufklettern mussten, um sie zu treffen.

Dass Gladdring auf eine verwirrte, gelangweilte junge Frau angesetzt hatte, überraschte Eujo nicht. Der Mann war ein geborener Manipulator gewesen, aber in diesem Fall war es eine glückliche Wendung, Sawi über die Obstbäume und die Ernte hinaus zu bringen, und Eujo sagte das auch, als sie ihre Taschen hervorholten und ihre Kletterausrüstung anlegten.

»Wenn wir das hier lebend überstehen, werde ich dir zustimmen«, sagte Sawi.

Mit Satteltaschen auf dem Rücken und dem zusammengefalteten Gleiter, der auf ihre Rückkehr wartete, machten sich Eujo und Sawi genau daran. Jeder hatte einen Pickel um ein Handgelenk geschlungen, die Hände in harte Handschuhe gehüllt. Ihre Flugschals waren jetzt enger um den Hals gewickelt, diese Wärme war unerlässlich, während sie höher kletterten. Hier oben gab es keine Feuer und auch kein Holz, um welche zu machen. Nur Schneeflöckchen, die noch nicht geschmolzen waren, ihre silberblauen Kance-Roben und Entschlossenheit.

Die drei Gleiterpiloten blieben bei den Fliegern und bauten kleine Zelte für die Nacht auf, während das Quartett weiter nach oben kletterte. Dicke Seile, alle in einem hellen Grün gestrichen, um sie sichtbar zu machen, ließen die Crew die zerklüftete Felsnadel hinaufklettern. In dieser Höhe sammelte sich noch Eis zwischen den Felsspalten, die Felsnadel war bei weitem kein perfekt glatter Turm, sondern von Wetter, Zeit und den Fehlschlägen weniger erfahrener Abenteurer gezeichnet.

»Ich dachte, ich müsste diesen einen nicht mehr machen«, sagte Wax, der Eujo folgte, während Sawi, Ami und Annalyse das Schlusslicht bildeten. »Ich habe schon zwei Kance-Skars, weißt du.«

»Nicht genug, um uns dorthin zu bringen«, erwiderte Eujo. »Und ich nehme nicht die einzigen Skars, die meine Soldaten benutzen können, kurz bevor Noctia wieder angreift.«

»Ich verstehe den Grund, ich murre nur ein bisschen.«

Eujo lächelte, als sie den Pickel in den nächsten Felsen schlug. Der Stein knackte, als das diamantbesetzte Werkzeug Eujo genug Halt gab, um für eine Minute zu verschnaufen. Sie schätzte die Entfernung zum nächsten Absatz, dem letzten. Sie würden ihn erreichen, kurz bevor die Dunkelheit zu stark wurde.

»Wax, heb dir dein Gemurre fürs Abendessen auf, denn heute Abend wird es trocken.«

»Was? Ich bin gerade durch das Dunkle Unten gekommen. Ich brauche gutes Essen, Eujo! Brauche es!«

»Tut mir leid. Das ist der Fluch der Erneuerung, fürchte ich.«

Eujo zog sich zur nächsten Linie hoch und trat fest mit ihren Stiefeln zu, um sie in der verschneiten Klippe zu verankern. Der Wind peitschte hier oben, und ihr Gesicht war längst in eine brennende Taubheit übergegangen, aber Eujo verspürte trotzdem den Drang, vor freier Begeisterung zu heulen. In dieser Höhe schien alles fern. Noctia, Kance, der Krieg ... Aber nicht die Skars. Sie blieben wie immer in ihrem Kopf präsent.

»Keine Sorge«, sagte Eujo und begann mit dem Aufstieg an der nächsten Seillinie, der letzten für den Tag. »Du wirst schon bald deine Chance bekommen.«

23
NEUE SKARS, NEUE IDEEN

Nach dem faden Essen und einer Nacht, die sie zusammengerollt in Schlafsäcken verbrachten, während der Wind um sie herum peitschte, war Wax nur allzu froh, wieder mit dem Aufstieg zu beginnen. Ein kalter und bewölkter Tag erwartete sie, die Sonne konnte das graue Durcheinander nicht aufhellen. Schneeflocken rieselten herab, die weiter unten zu Regen wurden. Die Aussicht ließ die wunderschöne vom Gipfel des Great Santa verblassen, Kances zahlreiche Türme ragten wie steinerne Finger aus dem grünen und braunen Meer weit unter ihnen empor. Bei genauerem Hinsehen entdeckte man funkelnde Sterne, die das durchsickernde Licht einfingen und es in ein Glitzern verwandelten.

»Himmelsdiamanten«, sagte Eujo, während sie um ein vom Foti-Skar heraufbeschworenes und mit dünnem Gestrüpp aus geschützten Hohlräumen genährtes Feuer herum Tee schlürften. »Wenn du auf Kance gut verdienen willst, legst du dich aufs Ernten dieser Dinger.«

»Warum hast du das nicht gemacht?«, fragte Annalyse.

»Weil es einfacher war, eine Diebin zu sein.«

Sawi schnaubte. Immer eine Teamplayerin, diese Sawi. Dass Wax nervös darüber gewesen war, wie die beiden sich kennenlernten, musste wohl als eine seiner dümmeren Ängste verbucht werden. Beide Frauen waren praktisch veranlagt, intelligent und zielstrebig. Sie würden nicht zulassen, dass Wax ihrer Freundschaft oder ihren Zielen im Weg stand.

Was eine gute Erinnerung war: Zum Glück standen sie auf Wax' Seite.

Zwei weitere Seile brachten das Quartett zu einer breiten Reihe von Steinplatten, die als Stufen dienten, mit nichts als einem sehr, sehr langen Fall zu beiden Seiten. Der Zugang, eine felsige Stelle, sah aus, als wäre er einst besser gepflegt gewesen, aber rissige Fliesen und bröckelnde Kanten zeugten davon, dass diese Pflege nachgelassen hatte.

»Die Najahn haben nur das Nötigste getan und nicht mehr«, sagte Eujo und kickte einen losen Stein weg. Er prallte von der Klippe ab und verschwand in der Tiefe. Hoffentlich wartete dort unten niemand.

»Klingt wie zu Hause«, sagte Wax.

»Man kann mit Macht zwei Dinge tun«, fügte Annalyse hinzu. »Entweder man nutzt sie, um selbst mehr zu erreichen, oder man zwingt andere dazu, die eigene Arbeit zu machen. Die Najahn tun beides.«

»Vorerst«, murmelte Ami. »Ihre Abrechnung kommt bald genug.«

An der letzten Stufe erhob sich ein quadratisches Steintor, das Wax' Größe verdreifachte und zu beiden Seiten von aufgestapelten grauen Felsen begrenzt wurde. Die Blöcke des Tores waren vom Wind abgeschliffen, glatt bis auf ein paar gesprenkelte Linien hier und dort, ausgehöhlt von den endlosen Böen. Eujo führte sie in den Schatten des Tores, bevor sie anhielt und in den wirbelnden Schneesturm dahinter starrte. Das Wetter auf den Stufen war nicht so heftig gewesen.

»Wir nennen das hier das Gottestor«, sagte Eujo. »Dahinter bewahrt Kance ihre Skars auf. Es ist auch der Ort, an dem Erneuerungen verletzt werden oder sterben. Bereit?«

»Nach dieser Einleitung«, sagte Wax, »wie könnten wir es nicht sein?«

Der wirbelnde Schnee war kein Blizzard, sondern ein ständiges Durcheinander von Flocken, sowohl Schnee als auch zerbrochener Stein, Staub und allem anderen, was Kance in der großen Schüssel an der Turmspitze einfangen konnte. Wax beschattete seine Augen, geschützt durch Gleiterbrillen, als er in das Weiß hineinspähte. Teilchen sammelten sich in seinem Haar, seinen Gewändern, seinen Handschuhen, häuften sich an und zwangen ihn hier und da zum Schütteln, damit sein lebendiger Schutzwall ihn nicht begrub. Den anderen erging es ähnlich, wobei Annalyse einen Schritt zurück in den Schutz des Tores machte.

»Ich warte, bis ihr den Weg gefunden habt«, rief sie über das Heulen des Windes hinweg.

Kluger Schachzug.

»Schaut genau hin, dann seht ihr die Steine«, schrie Eujo. »Es gibt einen Pfad zwischen den meisten. Schmal, aber er ist da. Nehmt euch Zeit, geht vorsichtig und fallt nicht in die Löcher. Sie sind zu tief, um sie zu überleben.«

»Das ist Wahnsinn!«, sagte Sawi und drängte sich mit den anderen beiden auf dem schmalen Vorsprung jenseits des Tores zusammen. »Das ist unmöglich!«

»Sei jetzt kein Feigling, Sawi«, knurrte Ami und tat ihr Bestes, um den ständigen Ansturm einfach hinzunehmen, ihre goldene Gesichtsplatte ein Leuchtfeuer inmitten des

Schneesturms. »Ich habe dich nicht am Leben erhalten, damit du hier aufgibst.«

Jede Erneuerungsprüfung hatte zunächst lächerlich ausgesehen, eine unmögliche oder fast unmögliche Herausforderung. Wenn man sich aber darauf einließ, konnte man einen Weg finden. Eujo hatte das schon einmal geschafft, wie die Königin Sawi gerade erklärte, also konnten sie-

Der Kance-Skar plapperte, seine stakkatoartige Melodie brachte einen einfachen Vorschlag mit sich. Ihr Problem lag beim Wind, und der Wind war der Gnade des Skars ausgeliefert. Genauso wie, wie Wax erkannte, die Herausforderung fast jedes Skars. Bahne dir deinen Weg zum Skar, und seine Kraft würde dich sicher nach Hause bringen.

Vielleicht konnten sie schummeln.

Eujo bewegte sich in Richtung der anderen Seite des Vorsprungs und schätzte einen ersten Schritt ab, als Wax ihr zurief, sie solle anhalten. Als die Königin zögerte, ließ Wax den Kance-Skar atmen. Er streckte sich durch seine Hände, Füße und Haare aus, um den wirbelnden Wind einzufangen und sein Toben zu beruhigen. Der Schnee und Staub hielten inne, als hätte jemand die Flocken in der Zeit eingefroren, bevor sie zu Boden flatterten. Als sich der Schmutz lichtete, offenbarte die Schüssel ihre einfachen Geheimnisse: schlichte Linien, die die felsigen, kleinen Türme zufällig miteinander verbanden, sich aber Stück für Stück bis zur Mitte der Schüssel erstreckten.

»Seht ihr?«, sagte Wax, während der Kance-Skar weiterhin in seinem Kopf sang. »Ganz einfach.«

»Brilliant«, murmelte Annalyse und stellte sich neben Wax. »Aber wie lange könnt du und der Skar das durchhalten?«

»Lass es uns lieber nicht herausfinden, oder?«

Die Kance-Skars wuchsen an einem Diamantbaum, der

aus der Mitte der Schüssel ragte. Eujo erklärte, es sei Kances Auge, der Baum selbst die letzte Träne des Gottes, erstarrt beim Fallen. Die Skars baumelten wie winzige Früchte von den Ästen, genug, um mehrere kleine Beutel zu füllen. Das Quartett pflückte die Skars, ließ sie in die Beutel fallen und joggte, gerade als Wax zu ermüden begann, auf den Pfaden zum Gottestor zurück.

Als der Kance-Skar von seiner Aufgabe entlastet wurde, verfiel Wax' eigener Körper in einen Halbschlaf, und er streckte die Hand aus, um sich an Eujos Schulter abzustützen. Sawi zog etwas getrocknete Früchte aus ihrer Tasche, reichte sie Wax, und zusammen mit etwas frischem Bergwasser erholte sich der Erneuerer genug, um den Weg die Stufen und Seile hinunter zu ihrem provisorischen Lagerplatz vom Vorabend zu schaffen. Sie machten eine lange Mittagspause, während der Annalyse die nächste Phase des Plans durchging.

»Glaubst du wirklich, dass es möglich ist, selbst mit den Skars?«, fragte Sawi. »Ich meine, ich bin nur mitgegangen, weil ich keine anderen Ideen habe, aber trotzdem.«

»Was denkt ihr?«, fragte Annalyse Wax und Eujo. »Ihr seid diejenigen, die sich mit den Steinen auskennen. Könnt ihr das schaffen?«

»Wenn ich nicht glauben würde, dass wir es können«, sagte Eujo, »dann wären wir nicht hier.«

»Hört zu«, fügte Ami hinzu, »ich habe gesehen, wie die Steine unglaubliche Dinge vollbracht haben. Den Gleitern einen kleinen Schubs zu geben, muss zu den geringsten Herausforderungen gehören. Was ich mich allerdings frage, ist, wie wir überleben sollen? Essen, Wasser, jeder Sturm?«

»Das«, sagte Wax, »wird der Knackpunkt sein. Aber du stehst doch auf unmögliche Chancen, oder? Bist du nicht aufgeregt, es zu versuchen?«

»Ich bin aufgeregt, Fassle eine Klinge in den Bauch zu rammen und meinen Feuerwandlern ihre Heimat zurückzugeben. Wenn das bedeutet, dass ich mich ein paar Tage lang an einen eurer Drachen schnalle, dann bin ich dabei.«

»Gut«, erklärte Eujo. »Dann geht schlafen. So gut es eben geht. Morgen kehren wir zurück und bereiten uns vor.«

»Auf das Absurdeste und Unmöglichste, das die Inseln je gesehen haben«, sagte Sawi.

»Auf etwas, das Fassle und Yarvick niemals erwarten werden«, beendete Wax.

Die Skars fanden das zumindest sehr aufregend.

24

DIE AUFGABE EINES DIEBES

Sich ihrem Vater zu stellen, zumindest ihrem Adoptivvater, schien in der Theorie immer besser als in der Realität. Torny hatte sich, seit sie in diesem Anwesen auf Whent das Tagebuch in die Hände bekommen hatte – wie lange war das jetzt her? –, dieses Treffen etwa eine Million Mal vorgestellt. Sie hatte es sich auf einer Klippe ausgemalt, in der Diebesgrotte, in der verlassenen Hülle, wo Tornys echte Familie in ihren jüngsten Tagen gelebt hatte. Nie in einem geschlossenen Töpferladen, aber wie oft spielten sich Träume schon so ab, wie man es erwartete?

Und doch war da Yarvicks Hand, ausgestreckt in ihrer geisterhaft blassen Pracht, rosa getönt vom durchsickernden Licht Sichis. Die Haut des Mannes hing nicht schlaff vor Alter, hatte sich kein bisschen verändert seit dem Tag, an dem Torny ihn zum ersten Mal getroffen hatte, als sie eine Mango vom Karren eines Vis-Händlers stibitzt hatte. Von da an war sie eine ausgebildete Diebin gewesen, aufgestiegen zur Banditin, als sie gelernt hatte, das Messer zu benutzen, damit ein Leben zu nehmen. Alles unter Yarvicks Anleitung.

Das schuldete sie ihm zumindest.

Torny zog das Tagebuch aus ihrer Brusttasche unter dem Leder hervor und legte das Buch, das an den Rändern zerknittert war und ein paar neue Flecken von seinen langen Abenteuern auf den Inseln aufwies, in Yarvicks Hand. Er bewegte seine Beute zunächst nicht, betrachtete sie nur einen langen Moment, bevor er wieder zu Torny aufblickte.

»Ist es seins?«, fragte Yarvick, sein Krächzen wurde dünner. »Bist du sicher?«

»Lies es«, erwiderte Torny.

»Du hättest es geschrieben haben können.«

Eine gefährliche Frage. Yarvick hatte ihr nicht verboten, das Tagebuch zu lesen, aber er hatte ihr auch nicht gesagt, es zu tun. Wenn sie ... Torny hielt inne. Doppeldenk mit dem Banditenlord war ein schneller Weg in den Tod oder den Wahnsinn, wenn man Schatten jagte. Selbstvertrauen war hier ein besserer Verbündeter.

»Lies es.«

Yarvick nickte, zog das Buch zurück. Öffnete den vorderen Einband. Die beiden anderen Diebe, der Straßenjunge, der Torny bei ihrer Ankunft in Yarvicks Grotte abgefangen hatte, und derjenige, der einen Dolch in den Najahn-Kapitän Pavarde gestoßen hatte, schlossen die Reihen nahe bei Torny. Ihr Hin- und Hertreten wirbelte übrigen Staub im Laden auf, eine wirbelnde rosafarbene Wolke stieg in der abgestandenen Luft auf, während Yarvick durch den Anfang des Tagebuchs blätterte. Für lange Sekunden sagte niemand etwas, die einzigen Geräusche waren Yarvicks Blättern und die gedämpften Nachtgeräusche der Ringstadt.

Hoffentlich war Quik entkommen. Torny hatte ihn nicht in einer großartigen Lage zurückgelassen, aber wenn der Vis mit ihr hierhergekommen wäre, wäre Quiks Leben wahrscheinlich verwirkt gewesen oder für etwas noch Schlimmeres als Pavardes Wache benutzt worden.

»Weißt du, wie es ist«, sagte Yarvick in die Stille hinein, ohne den Blick von den Seiten zu heben, »jemanden zu lieben und zu wissen, dass er dich im Gegenzug hasst?«

»Du.«

Yarvick hob die Augen vom Buch. »Ich?«

»Du bist nicht so dumm, Yarvick. Du hast mir einen Sinn gegeben, mir das meiste beigebracht, was ich wusste. Deine Anerkennung war alles, und dann hast du mich weggeworfen.«

»Ich habe dich nicht weggeworfen. Du hast versagt.«

»Menschen versagen, Yarvick. Das heißt nicht, dass man ihnen keine zweite Chance geben kann.«

»Und so habe ich es getan, als du bewiesen hast, dass du einer würdig warst.«

Der Banditenlord wandte sich wieder dem Tagebuch zu, blätterte eine weitere Seite um, bevor er es schloss. Er ließ es in seine eigene Manteltasche gleiten. Der Mann hatte schon immer die Roben verschmäht und hatte jetzt nicht damit angefangen, trotz seiner Najahn-Position. Ein Hemd, Mantel, schäbige Hosen und ein breiter Hut, alles mit Spuren harter Arbeit.

»Ich habe länger gelebt als ein Dutzend Leben, und doch zieht es mich mehr zu dem kurzen in diesen Seiten als zu meinen eigenen Erinnerungen«, sinnierte der Banditenlord, dann nickte er Torny zu. »Wenn du deine Fälscherkünste nicht verbessert hast, glaube ich, dass dies genau das ist, worum ich gebeten habe. Du hast meinen Dank.«

Die Selbstbetrachtung war vorbei, Torny zuckte mit den

Schultern. »Er war nicht glücklich darüber, es zu verlieren.«

»Da bin ich mir sicher, aber ich bin glücklicher, es zu haben.« Yarvick winkte den beiden Dieben hinter Tornys Rücken zu. »Ihr könnt jetzt gehen. Bereitet den nächsten Teil vor. Gut gemacht heute Nacht.«

Beide Banditen verbeugten sich kurz, bevor sie zur Tür hinausschlüpften. Keine Bedenken, Yarvick mit Torny allein zu lassen. Sie wussten, dass er der Tödlichste im Raum war, und dass Torny das auch wusste.

»Komm mit mir, Torny«, sagte Yarvick und ging in Richtung des hinteren Ladenteils. »Ich möchte unsere Beziehung noch etwas mehr besprechen.«

»Nenn es nicht so.«

»Was?«

»Eine Beziehung.«

Yarvick lächelte, ein krankes, leichtes Zucken. »Wenn du das wünschst.«

Er nahm eine tote Laterne von einem nahen Regal und drückte seine Hand gegen das Glas. Ein Funke erschien aus dem Nichts und entzündete den Docht. Unmöglich, es sei denn, Yarvick hatte seinem Arsenal mehr Skars hinzugefügt. Torny fragte nicht nach. Yarvick hätte mit der brennenden Laterne hereinkommen können. Dass er es nicht getan hatte, bedeutete, dass er Torny verstehen lassen wollte, dass sie noch mehr unterlegen war, als sie gewusst hatte.

Der Banditenlord führte Torny vorbei an gestapelten Vorräten, Farben und Kundenlisten, er fand eine kleine Treppe, die nach oben führte. Das Erklimmen der festen Stufen führte zu einem überfüllten Dachboden, der zur Hälfte mit dem gefüllt war, was wie fertige Arbeiten aussah. Sachen, die entweder noch zu verkaufen waren oder auf die

Abholung durch ihre Besitzer warteten. Yarvick sagte während des ganzen Weges kein Wort, hielt Torny den Rücken zugewandt.

Fast als würde er sie zu einem Stich einladen, aber Torny ließ ihre Hände nicht einmal in die Nähe ihrer Dolchgriffe wandern. Sie war nicht hierher gekommen, um Selbstmord zu begehen.

Der Dachboden hatte eine weitere ausziehbare Leiter, die Yarvick mit einem leichten, unwürdigen Hopser erreichte. Mit einem Ruck kam die Leiter herunter und öffnete eine kleine Luke im Dach. Er kletterte zuerst hinauf, und Torny folgte. Noctias steile Dächer hätten einen solchen Ausblick an den meisten Stellen schwierig gemacht, aber der Töpfer hatte schmale, mit Nieten besetzte Bretter außerhalb der Tür angebracht, zwei auf jeder Seite. Eins für die Füße, eins zum Sitzen. Yarvick nahm die linke Seite, Torny die rechte.

Die Ringed City breitete sich unter ihnen aus, Laternen erleuchtet und geschäftig. Torny suchte nach dem Herrenhaus, aus dem sie gerade gekommen waren, und fand es an den rauchigen Überresten eines gelöschten Feuers. Eine schnelle Reaktion und keine Ausbreitung. Noctia- und Najahn-Effizienz vom Feinsten.

»Dieser Mann schuldet mir etwas«, sagte Yarvick, »aber ich weigere mich, irgendeine Bezahlung anzunehmen. Stattdessen kann ich an jedem Abend, an dem ich darum bitte, hierher kommen. Es ist eine Beziehung, die für uns beide funktioniert.«

»Was haben Sie getan, um ihn in Ihre Schuld zu bringen?«

»Ein Rivale versuchte, den Markt meines Freundes zu unterbieten. Ich sorgte dafür, dass diese Bemühungen scheiterten.«

»Haben Sie ihn im Schlaf getötet oder so?«

Yarvick, mit verschränkten Armen, lachte leise. »Nein. Ich gab dem Rivalen einen besseren Standort im südlichen Teil der Stadt. Die Töpferwaren dort sind eher für den praktischen Gebrauch als zur Dekoration, aber sein Geschäft floriert und Noctia profitiert davon.«

»Sie sind ja ein richtiger Held, Yarvick.«

»Ich bin das, was diese Stadt, diese Insel braucht, Torny. Ich bin nicht korrumpiert durch die Kürze des Lebens oder das Bedürfnis nach Schätzen. Ich versuche, diejenigen zu fördern, die es verdienen, und denen zu helfen, die es brauchen.«

»Indem Sie Kehlen durchschneiden und die Reichen ausrauben.«

»Sie sind in beidem nicht schlecht.«

»Habe ich auch nicht behauptet. Ich bin mir nur nicht sicher, ob ich zustimme, dass Ihre Methoden alle edel sind.«

»Ja, und ich bin sicher, viele werden sagen, dass meine Absichten meine Taktiken nicht entschuldigen, oder so ein Unsinn. Aber ich habe Sie nicht hierher gebracht, um mein Leben zu diskutieren.« Yarvick schwenkte seine Hand über die Aussicht. »Ich verstehe, Sie haben einen neuen Meister?«

Yarvick wusste es offensichtlich bereits, also erzählte Torny ihm von Eujo, von Wax, der Friedensmission nach Fassle. Während all dem nickte Yarvick hier und da, blieb ansonsten ruhig, bis sie fertig war.

»Dann würde ich Sie um einen Gefallen bitten«, sagte Yarvick. »Wenn Fassle aus dem Weg ist, werde ich Kances Friedensangebot annehmen. Wir werden die Najahn-Kräfte von allen Inseln zurückrufen. Sie werden aufgelöst.«

»Aufgelöst?«

»Wir verändern die Welt. Es ist besser, frisch zu beginnen, als die Fäulnis zu behalten. Wir haben heute Nacht viel davon beseitigt. Ich werde Noctia unter einem neuen Banner führen. Die anderen Inseln werden tun, was sie wollen.«

Torny verengte ihre Augen, »Was sie wollen? Das sieht Ihnen nicht ähnlich.«

»Jeder kann sich ändern, Torny. Selbst diejenigen, die so alt sind wie ich.«

»Okay, aber Sie haben mir den Gefallen noch gar nicht genannt?«

»Wenn die Zeit kommt, erwarte ich nicht, dass die Najahn ruhig aufgeben, selbst wenn Fassle beseitigt ist. Ihr Freund, derjenige, der wie ich dem Tod entgeht? Nehmen Sie die Skars. Behalten Sie sie, bis die Revolution abgeschlossen ist. Diese Steine sind das Einzige, was uns ruinieren könnte.« Yarvick gab Torny einen sanften Blick, fast liebevoll, wenn der Mann zu so etwas fähig wäre.

»Werden Sie das tun? Für mich? Für die Inseln?«

25
VERHÖR

Irgendwann musste Quik eingeschlafen sein, denn jetzt saß ihm eine in einen Najahn-Umhang gehüllte Frau gegenüber. Sie beobachtete ihn, eine Wachstafel in den Händen, einen bereiten Kohle-Stift. Obwohl sie sich in einer Zelle befand – die vergitterte Tür hinter ihr war geschlossen – mit einem Mann von Quiks Statur, der gerade einen Wächter geschlagen hatte, bevor er gefangen genommen wurde, deuteten ihre gesenkten Schultern und ihr sanftes Lächeln darauf hin, dass Angst weit entfernt war. Quik bemerkte ihre gesunde, klare und faltenfreie Haut, eine Art, die eine jüngere Frau ausgezeichnet hätte, aber ihre Haltung und ihr scharfer Blick sprachen von erworbener Erfahrung.

Jedenfalls hielt Quik sie für älter, als sie aussah, was bedeutete, dass sie entweder wohlhabend war oder in einer Position, die mächtig genug war, um sich gesundes Essen, Cremes und Pflege leisten zu können. All das zusammen versetzte Quik in verwirrte Alarmbereitschaft. Er hatte den Henker erwartet, nicht einen Verhörspezialisten.

»Sie haben ganz schön was erlebt, Quik«, sagte die

Frau, ihr scharfer, abgehackter Akzent verriet sie als gebürtige Rana, wenn nicht durch Loyalität. »Ein Vis-Jäger, ein Najahn-Rekrut, bevor Sie mit einem Verräter verschwanden, nur um hier wieder aufzutauchen. Ein Mörder, ein Experiment und der Bruder der Vis-Erneuerung. Habe ich es bisher richtig?«

»Nahe genug dran.«

»Gut. Ich sehe immer gerne, dass sich meine Quellen auszahlen.«

»Wer sind die?«

»Jeder, der eine extra Scheibe Brot braucht, um den Tag zu überstehen.« Die Frau ließ sich in ihr Lächeln zurückfallen, während sie sprach, nie in einem anderen Ausdruck verweilend. »Mein Name ist Kavasa, und nach ein paar glücklichen Zufällen bin ich die neue Dritte Hand des Tenets.«

»Masayos Ersatz?«

»Die Nächste in einer fortlaufenden Reihe. Ersatz impliziert mehr vom Gleichen. Ich bin anders, weshalb ich hier bin, um Ihnen eine Chance anzubieten.«

»Eine Chance worauf?«

»Fragen, Quik. Sie geben mir Antworten, und ich gebe Ihnen im Gegenzug dasselbe. Ein fairer Handel, und einer, den Sie, denke ich, nützlich finden werden.«

»Ist mir egal, was Sie denken«, sagte Quik und verschränkte die Arme. »Ich sitze in einer Najahn-Zelle fest. Was sollen mir da Informationen nützen?«

»Wenn Ihnen nur Ihre Gedanken bleiben, möchten Sie dann nicht, dass diese glücklicher sind?«

Quik runzelte die Stirn, aber der Ärger verflüchtigte sich so schnell, wie er aufgetaucht war. Was hatte es für einen Sinn? Wenn er versuchte, sie anzugreifen, würde Kavasa ihn wahrscheinlich aufschlitzen und ihn blutend auf dem

Zellenboden zurücklassen. Selbst wenn Quik es durch sie hindurch schaffen würde, war die Tür geschlossen, und Kavasa hatte wahrscheinlich keinen Schlüssel. Außerdem hatte Quik tatsächlich Fragen.

Wenn Kavasa sie beantworten konnte, nun, das könnte in der Tat nützlich sein.

»Wo ist mein Bruder?«, fragte Quik zuerst.

»Ich bedaure sagen zu müssen, dass wir uns nicht sicher sind«, antwortete Kavasa, ein kühnes Eingeständnis. Wenn sie Quik hätte manipulieren wollen, hätte sie vielleicht gesagt, er würde sich in einer Zelle darüber winden, bereit getötet zu werden, wenn der Jäger nicht kooperierte. »Das letzte, was ich gehört habe, war, dass er mit den Skars der Aegis die Wunde hinabgestiegen ist, nachdem sie gestorben war, damals, als die Erdbeben zuschlugen.«

»Er ist in die Dunkle Tiefe gegangen?«

»Und ist bisher nicht wieder herausgekommen, soweit wir wissen.« Kavasa hob einen einzelnen Finger von der Hand mit dem Kohlestift. »Nun, die Whent haben eine wachsende Siedlung am Fuß der Wunde. Sie haben gesagt, Wax habe dort unten ein Wunder vollbracht. Die Unholde versiegelt. Eine erstaunliche Leistung.«

Was? Sawi hatte das damals auf Vis nicht erwähnt, aber vielleicht war Wax da noch nicht angekommen. Sawi hatte die Tore und Amis Besessenheit damit beschrieben. Hatte Wax es geschafft zu ...? Quik seufzte, grinste. Sein Bruder hatte irgendwie geschafft, was jeder Aegis misslungen war.

»Sie haben Recht, stolz auf ihn zu sein«, sagte Kavasa. »Ich wünschte, wir wüssten, wo er ist, damit wir ihm die Feier geben könnten, die er verdient.«

Quik schnaubte. »Wenn das wahr wäre, würde Fassle nicht seine lila Umhänge über die Inseln stampfen lassen.«

Kavasa sagte nichts dazu, hielt nur ihr Lächeln,

während sie etwas auf die Tafel kritzelte. Quik beobachtete, wartete, bis sie aufblickte, den Kopf zu seiner Rechten neigte.

»Bin ich an der Reihe?«, fragte Kavasa.

»Sie machen die Regeln.«

»So ist es. Erzählen Sie mir zuerst, warum Sie gefangen wurden. Es gab ein Herrenhaus in der Nähe, das niedergebrannt wurde. Viele Leichen wurden gefunden. Waren Sie darin verwickelt?«

»Nein. Nicht direkt«, sagte Quik. »Ich habe das Feuer nicht gelegt, und ich habe verdammt sicher niemanden getötet.«

»Aber Sie waren dort.«

Keine Frage, sondern eine Bestätigung.

»Pavarde hat mich mitgebracht. Sie wollte Schutz.«

Kavasa bohrte nach mehr, und Quik gab es ihr. Beschrieb den Angriff auf das Herrenhaus, die Flinke-Finger-Attentäter.

»Flinke Finger?«, fragte Kasava. »Sind Sie sicher?«

»Ich kannte einen«, antwortete Quik. »Pavarde dachte, es könnte eine Falle sein. Den Weg freimachen, um die Kontrolle zu übernehmen.«

»Yarvick schmiedet immer Pläne.« Kasavas Blick wurde distanziert, als sie auf der Tafel kritzelte. Sie fokussierte sich mit einem Ruck wieder, ein dünnes Lächeln. »Erzählen Sie mir mehr über Pavarde, über Ihre Geschichte.«

Die Ängste des Najahn-Kapitäns, ihre Hoffnungen, ihre Reise von Vis bis nach Noctia. Kavasa kratzte hier und da auf der Tafel, sagte kein einziges Wort. Für einen Jäger, der nicht daran gewöhnt war, viel zu reden, lösten die düsteren Umstände eine Flut aus. Er tobte über Mottilans Verwüstung, Pavardes erzwungene Schläge gegen die Vis, bevor er weiter zurück zu Gladdrings Verrat und ihrer Flucht von der Insel schweifte.

»Er ließ die Königin sterben?«, fragte Kasava.

»Gladdring war immer auf der Suche nach dem nächsten Risiko«, antwortete Quik. »Ich hasste das, sie zurückzulassen, mehr als alles andere.«

»Sogar mehr als Mottilan?«

»Krieg ist eine Sache, selbst als Jäger weiß ich das. Aber jemanden da draußen ertrinken zu lassen?«

»Nun, das ist eine Sache, um die Sie sich keine Sorgen machen müssen«, sagte Kasava. »Ich beabsichtige, fair zu Ihnen zu sein, als Dank für Ihre Kooperation.« Sie schob die Tafel in ihre Robe. »Ich glaube, ich habe, was ich brauche.« Zum ersten Mal verwandelte sich ihr Lächeln in eine traurige Linie. »Leider haben Sie zahlreiche Verbrechen begangen, Quik. Sie haben gegen die Najahn gekämpft. Unsere Soldaten getötet. Und ich glaube, Sie würden es wieder tun, wenn man Sie freiließe. All das bedeutet, dass Ihr Leben nach dem Gesetz von Noctia verwirkt ist.«

Erneut erwog Quik den aufsteigenden Drang, den panischen Angriff, und erneut verwarf er ihn. Mittlerweile, nach so langem Sitzen, waren seine Beine ohnehin halb eingeschlafen. Er würde eher stolpernd aufstehen und gegen die Zellenwand fallen, als einen überzeugenden Angriff auf Kavasa zu starten.

»Sie werden mich also jetzt töten?«, fragte Quik.

»Wenn Sie es wünschen«, erwiderte Kavasa. »Aber ich würde es vorziehen, wenn Sie wählen. Es gibt drei Methoden, die ich Ihnen empfehlen werde, und Sie können eine davon aussuchen.«

»Warum nicht ein Messer an meinen Hals?«

»Weil wir zivilisiert sind, und irgendein armer Wächter Ihre Zelle reinigen müsste.« Kavasa rümpfte die Nase.

»Sicher ist Ihnen bewusst, wie unordentlich es ist, wenn ein Leben genommen wird?«

Als Quik sie nur anstarrte und sich fragte, wie sie über den Tod sprechen konnte, als wäre es verschüttetes Wasser, fuhr die Tenet fort.

»Wir können Ihnen einen vergifteten Trank anbieten? Wir werden es zufällig machen, sodass Sie es nicht wissen. Ein wenig Qual, während die Substanz wirkt, aber am Ende ein blutloser Tod.« Kavasa hob zwei Finger. »Oder wir können Sie ins Meer werfen. Mit beschwerten Ketten natürlich, um das Ergebnis sicherzustellen. Ertrinken ist, wie ich verstehe, ziemlich schrecklich, aber ein paar Schlucke könnten die Sache schnell beenden?« Ein dritter Finger gesellte sich zu seinen Brüdern. »Zuletzt eine traditionelle Hinrichtung. Erhängen, vor Publikum. Es sollte Sie nicht überraschen, dass Fassle diese bevorzugen würde, um ein Exempel zu statuieren. Ich kann es für Sie überstimmen.«

Wie sterben?

Auf Vis sollte der Tod eines Jägers auf eine von zwei Arten kommen: Wenn man noch die Kraft hatte, war es am besten, sich in der Dämmerung allein in den Dschungel aufzumachen, auf der Suche nach einer letzten Beute. Dass man nie zurückkehren würde, war akzeptiert, erwartet, bewundert. Die andere Möglichkeit, wenn Krankheit oder Wunden ihren Tribut forderten, war es, eine bestimmte Mixtur zu trinken, die einen in den Schlaf versetzte, aus dem man nie wieder erwachte. Man nahm diese letzten Schlücke umgeben von Familie und Freunden.

Wenn Quik keines von beiden haben konnte, dann würde er für seine Insel einstehen. Ein Zeichen von Unabhängigkeit, Mut.

»Geben Sie mir das Seil«, sagte Quik.

Kavasa nickte, jegliche Überraschung über die Wahl des Jägers gut verborgen.

»Wie es aussieht, sind Sie nicht der einzige Gefangene, der auf das Ende seines Lebens wartet«, sagte Kavasa und stand auf. »Morgen früh werden Sie Ihr Ende finden, Quik. Ich hoffe, es wird ein friedliches sein.«

Die Tenet stieß die Zellentür auf – sie war tatsächlich nicht abgeschlossen gewesen, eine Tatsache, die Quik zusammenzucken ließ – bevor sie hinausschlüpfte und sie hinter sich abschloss. Kavasa sah nicht zurück zum Jäger, als sie wegging, und ohne ihr Gespräch eroberte das verzweifelte Lied des Gefängnisses, seine Schreie und sein Geklapper, die Stille.

26

FLUGVORBEREITUNGEN

Der Kapitän wollte die Verantwortung nicht. Eujo hatte noch nie eine solche Mischung aus Angst und Abscheu gesehen, wie in dem Moment, als sie Narro diese Last auf die fähigen Schultern legte. Er gestikulierte wild im leeren Thronsaal, in dem nur Livier am Eingang stand, und beklagte sich über die Namen, die er nicht kannte, die Richtlinien, die er nicht verstand, und die Macht, die er ausüben müsste.

»Und du denkst, ich hätte das?«, sagte Eujo und brachte den Wahnsinn zum Erliegen. »Als die Königin mir die Krone aufsetzte, war ich viel jünger als du, und mein Leben bestand daraus, Essen aus wohlhabenderen Häusern zu stehlen. Und trotzdem bin ich noch hier.«

»Sie haben es so gut gemacht, dass die alte Königin versucht hat, Sie umbringen zu lassen.«

»Sie hatte andere Gründe. Falsche, aber Gründe.« Eujo grinste. »Keine Sorge, Narro. Jemand wird auch versuchen, dich umzubringen. Viele Jemande.«

»Noch besser.« Der Kapitän blickte zwischen den Thronen hin und her, als ob er einen Sprung durch die

Fenster versuchen wollte. Etwas, das man besser mit einem Kance-Skar zur Verfügung versuchen sollte als ohne. »Warum ich, wenn es erfahrenere Offiziere gibt? Wenn Sie, nach meiner letzten Zählung, tausend Berater hier haben, die bereit wären, die Zügel zu übernehmen?«

»Aus zwei Gründen«, sagte Eujo. »Erstens, weil ich dich besser kenne und dir mehr vertraue als den älteren Admirälen. Sie haben für meine Vorgängerin gearbeitet. Du arbeitest für mich. Zweitens, weil du das nicht willst.«

»Das ist eine gute Sache?«

»Eine sehr gute Sache, denn du wirst es zurückgeben, wenn ich wiederkomme.«

Narro kniff die Augen zusammen. »Sie haben mir nicht einmal gesagt, wohin Sie gehen.«

»Das musst du nicht wissen. Besonders dann nicht, wenn sich die Najahn als fähiger erweisen als du, ein Ergebnis, das hoffentlich nicht eintritt.«

Narro, der seine bevorstehende Niederlage spürte, gab die Verteidigung auf. Er sackte zusammen, bevor sein trainiertes Rückgrat sich wiederfand und er sich aufrichtete und verbeugte.

»Wie Ihr wünscht, meine Königin. Wann wird die Operation beginnen?«

»Morgen«, sagte Eujo. »Du wirst mich bei der morgendlichen Ansprache begleiten, bei der ich dir die Macht übertragen werde. Dann wird Kance dir gehören.«

»Bis zu Eurer Rückkehr.«

Eujo nickte und entließ den Kapitän. Als er gegangen war, wobei er nur zweimal zurückblickte, auf der Suche nach einem Streich, einem Scherz, einer Auflösung, dass alles nur ein Missverständnis gewesen war, trat Livier an Narros Stelle vor Eujos Thron.

»Die Botschaften wurden überbracht«, erklärte Livier.

»Keine wurde abgelehnt. Meine Freunde berichten, dass die anderen Inseln den Druck der Najahn spüren und ihn nicht zu ihrem Gefallen finden.«

»Gut. Wenn das nicht funktioniert, wird Kance vielleicht nicht alleine stehen.«

»Was genau planst du, Eujo?«

»Das hängt davon ab, Livier«, sagte Eujo, ihre eisigen Augen fixierten den Attentäter. »Bist du bereit mitzukommen?«

Der Attentäter, leicht grün um die Nase, starrte in entschlossenem Schweigen über den Rand der Terrasse. Ihr Gleiter war gepackt und vorbereitet worden. Ersatzteile für fast alles hingen in Klumpen um die massiven Flügel. Die für inselweite Postläufe und dringende Lieferungen gedachten großen Transporter waren so robust konstruiert, wie Kance es nur konnte, und Eujo würde sie weit über ihre Grenzen hinaus testen.

Auf ihrer Ebene des Himmelspalastes, nahe der absoluten Spitze, befanden sich zwei weitere Terrassen, die auf ähnliche Weise dominiert wurden: zwei nervöse Flieger, ein riesiger Gleiter und eine Sammlung von Kance-Skars, neben anderen Vorräten. Eujo hatte die Liste überprüft, die gepackten Taschen, die an den dünnen Holz- und Metallmembranen des Gleiters festgebunden waren. Foti lieferte das letzte Stück, eine neuere Technik, die diese Gleiter von zerbrechlichen Fluggeräten zu robusten Fahrzeugen mit endlosen Einsatzmöglichkeiten machte. Diese lavaschluckenden Schmiede versprachen erstaunliche Ergebnisse.

Wenn sie nicht lieferten, wären Eujo und Livier sehr, sehr tot.

»Sprichst du deine letzten Gebete?«, fragte Eujo den Attentäter, während sie ihre Schutzbrille und die Flugkappe aufsetzte. Sie trugen beide die dicksten Roben, die Kance zu bieten hatte, mit Unterhemden und Unterröcken darunter, und die Königin fühlte sich eher wie ein sperriger Felsbrocken als wie eine Person, aber das war besser, als zu erfrieren. »Hört Kance zu?«

»Ich hoffe es«, sagte Livier und blickte weiter in das frühe Morgenlicht. »Bei all der Arbeit, die ich geleistet habe, Eujo, dachte ich, ich würde aufhören, neue Wege zu finden zu sterben.«

»Wir werden nicht sterben, Livier. Nicht auf diesem Ding.«

»Es ist noch nie so weit geflogen. Niemand hat das. Jemals.«

Natürlich hatten es Leute versucht. Draufgänger und verblendete Narren auf der Suche nach Ruhm. Gleiter flogen nicht weit über das offene Meer, wo seltsame Winde und Stürme jeden gewöhnlichen Piloten weit vom Kurs abbringen würden. Kance-Erfinder tüftelten an kurbelbetriebenen Motoren, um einem Flieger etwas Kontrolle zu geben, aber die brachten mehr Probleme mit sich und waren zu neu, um sie hier auszuprobieren.

Außerdem.

»Niemand hat es so gemacht, wie wir es vorhaben«, sagte Eujo. »Komm schon, es ist fast Zeit.«

»Wir können dazu nicht zu spät kommen, oder?«

»Wenn du sterben willst, ist alleine fliegen der richtige Weg.«

Das brachte Livier in die richtige Richtung, und schon bald schloss sich der Attentäter Eujo an, um sich am Gleiter anzuschnallen. Normalerweise würden bei einem so großen Gleiter Assistenten helfen, ihn an den Rand zu bringen und hinüberzustoßen. Eujo wollte jedoch nicht, dass zusätzliche Informationen an Najahn-Spione durchsickerten, also standen sie allein auf ihrer Terrasse und warteten.

Bis ein bestimmter Ruf durch die Luft hallte.

»Das ist das Signal«, sagte Eujo und atmete tief durch. Ihr Körper kribbelte vor der gleichen Aufregung, die sie verspürt hatte, wenn sie einen Job erledigte, als sie ihren ersten Schritt in den Rumpf eines Skars tief im Inneren der Inseln machte. Dies war Abenteuer, rein und einfach. »Bereit?«

»Immer, meine Königin.«

»So förmlich, Livier«, sagte Eujo und ließ das Kance-Skar seinen ersten Ansturm nehmen. »Auf diesem Flug, bei dieser Mission, nenn mich beim Vornamen.«

»Eujo?«

Das Kance-Skar wirbelte den Wind auf, nahm Eujos Befehl an und drückte die Böe gegen die Flügel des Gleiters. Die silbernen Planen, genäht wie Kance-Segel in ihrer prismatischen, glitzernden Perfektion, nahmen den Schub auf und blähten sich. Der Gleiter knarrte und begann, sich vorwärts zu bewegen. Eujo und Livier gingen mit ihm, ihre Brust gegen die stützenden Holzbalken gelehnt.

»Genau. Seit dem Tag meiner Geburt.«

»Was für ein Tag das gewesen sein muss«, murmelte Livier, als sie sich Schritt für Schritt dem Rand näherten. Das Kance-Skar setzte seinen sanften Schub fort. Eujo durfte es zu Beginn nicht zu viel Energie abzapfen lassen, musste es unter Kontrolle halten. »Glaubst du, deine Eltern wussten, dass sie eine Königin zur Welt brachten?«

»Ich weiß es nicht. Ich habe sie nie kennengelernt.«

»Das tut mir leid zu hören. Die Inseln sind nicht immer ein glücklicher Ort.«

Eujo schnaubte und spürte, wie der Gleiter die erste

Neigung über den Rand nahm. Sie begannen, nach vorne zu fallen.

»Haben deine Eltern einen Attentäter erwartet?«

»Natürlich«, sagte Livier, seine Stimme wurde höher, als sie von der Terrasse fielen. Das Kance-Skar erstarb, als die beiden Kance-Piloten an ihren Führungsseilen zogen und den Gleiter aus seinem Sturzflug ausrichteten. Sie neigten sich nach Westen, auf zwei andere, ähnliche Formen zu. Schatten, die der Sonne entgegenrasten. »Sie waren auch Vientas, Eujo. Kance zu schützen ist das Familiengeschäft.«

»Nun, ich bin froh, dass du hier bist, Livier«, sagte Eujo, als der Wind und die scharfe Luft sie erfassten, während sie ihre Beine anhoben und ihre Füße über die Rückbretter hakten. Sie ließen sich in die Position sinken, die sie halten würden, bis sie ankamen oder starben. »Kance braucht dich jetzt mehr denn je.«

27
HIMMEL

Die Wissenschaftlerin flog, Wax machte die Witze. Eine gute Dynamik, die durch Wax' Vertrauen in den Kance-Skar gestärkt wurde, den er hier und da singen ließ, um den Gleiter am klaren blauen Himmel dahinziehen zu lassen. Nach ein paar Minuten waren die beiden, gefolgt von Ami und Sawi, dann Eujo und Livier, von Kances Küste über das offene Meer geflogen. Die weite, tiefblaue Fläche, umgeben von einem sauberen Horizont, hätte Wax, der an durch Dschungelbäume versperrte Aussichten gewöhnt war, eigentlich in eine Art nervösen Zusammenbruch versetzen müssen.

»Das haben wir beobachtet«, fuhr Annalyse fort, »bei Whent-Arbeitern, die aus den Bergen geholt und auf Schiffe gebracht wurden. Es ist eine negative Reaktion auf offene Räume.«

»Gibt's in diesen Studien von euch viele Vis?«

»Die gäbe es, wenn du jemals in den Norden kämst.«

»Ich war schon in Whent, Annalyse. Es ist ungefähr so lustig wie dieser Gleiter.«

Trotz des Seitenhiebs genoss Wax das Arrangement bisher. Seine Hände und Handgelenke ruhten auf gepolsterten Griffen, der stabile Stab darunter überspannte die Breite des Gleiters. Darüber, unter dem prismatischen Kance-Flügel, waren Taschen verstaut. Wasserschläuche lagen zwischen Wax und Annalyse, nah genug platziert, dass der Vis sich bücken konnte, wann immer er einen Schluck nehmen wollte. Andere Flugvorrichtungen waren weniger glamourös, wie die Gürteltücher zum Hochziehen, wenn die Notdurft verrichtet werden musste, oder die Obst- und Gemüsepaste zu Wax' linker Seite, die durch einen Schilfhalm trinkbar war, falls Wax hungrig wurde.

Diese kleinen Unannehmlichkeiten waren kaum der Rede wert, da der Flug die Zeit, um Noctia zu erreichen, von mehreren Tagen auf, nun ja, einen einzigen verkürzen sollte. Najahn-Schiffe würden auch nicht den Himmel patrouillieren, und das späte Frühlingswetter bedeutete kühle, aber nicht eisige Luft zum Fliegen. Für seinen dritten Gleiterflug hatte Wax einen guten erwischt.

Und all dieser offene Raum störte Wax nicht im Geringsten.

»Du warst mitten im Winter in Whent«, sagte Annalyse. »Das ist, als würdest du sagen, Vis sei im Sommer stickig.«

Die Wissenschaftlerin hatte ihre Haare und ihr Gesicht hinter einer Schutzbrille und unter einer Kappe verborgen. Sie trug dickere Roben als Wax, der es vorzog, die Luft auf seiner Haut zu spüren, auch wenn es kühl genug war, um eine Gänsehaut hervorzurufen. Ein Armschutz an Annalyses linkem Handgelenk hielt mehrere Kance-Skars in einer Reihe, die Wissenschaftlerin's eigenes Design. Eines, das sie ausgerechnet auf Vis für Deshiva fertiggestellt hatte, nachdem sie es auf Noctia für Gladdring begonnen hatte.

Eine von vielen Abschweifungen, in die Annalyse verfallen würde, wenn man ihr die Chance gab.

In den letzten paar Tagen seit dem Treffen mit der Wissenschaftlerin hatte Wax festgestellt, dass sie in Gruppen ruhig war, beobachtete und wartete, bis sie etwas hinzuzufügen hatte. Unter vier Augen jedoch kam ihre Stimme zum Vorschein, und die Wissenschaftlerin würde endlos über dies und das plappern. Für jemanden mit weniger Neugierde konnte Wax sich vorstellen, dass es nervig sein könnte. Für ihn übertönte Annalyse das ständige Geräusch der Skars.

»Dann wirst du uns wohl zu einer besseren Zeit herumführen müssen«, sagte Wax. »Wir machen eine große Reise daraus. Wir alle.«

Annalyse würde wissen, wen Wax damit meinte, und ihr Schweigen, der Blick zum verschwommenen Horizont, bestätigte es. Sie hatte Wax von Quik erzählt, ihrer blitzartigen Verbindung und wie sie immer wieder durch schreckliche Zufälle unterbrochen wurde. Da die Wahrscheinlichkeit Quiks aktuellen Aufenthaltsort irgendwo unter der Erde im eroberten Mottilan vermutete, brachte die Erwähnung seines Bruders Annalyse immer aus der Fassung.

»Du weißt, dass er am Leben ist, oder?«, fuhr Wax fort. »Es gibt keine Möglichkeit, dass Quik sich von irgendeinem Najahn töten lassen würde.«

»Sie haben viele deiner Vis getötet«, erwiderte Annalyse, ohne Wax in die Augen zu sehen. Mit den Schutzbrillen, die ihre Gesichter verdeckten, hätte ein gemeinsamer Blick wahrscheinlich sowieso nicht geholfen. »Eure Jäger sind mutig, Wax, aber ihr seid es gewohnt, gegen Tiere zu kämpfen. Nicht gegen eine Armee.«

Das wäre der Grund, warum Vis so schnell gefallen war.

Warum Wax in diesem Gleiter saß und auf Noctia zusteuerte. Er hatte seine Beweggründe, aber Annalyse?

»Quik hat dir gesagt, du sollst nach Vis gehen, um dich zu schützen, richtig?«, fragte Wax.

»Unsere Möglichkeiten waren begrenzt.«

»Okay, aber du bist gegangen. Du bist geblieben. Du hättest ein anderes Schiff nach Foti nehmen können und von dort aus zurück nach Whent?«

»Weil ich erkannt habe, dass die Forschung allein nicht mehr ausreicht. Ich hatte auf Whent mit praktischen Geräten experimentiert, diese coolen Waffen und Werkzeuge hergestellt, nur damit die Skars sie alle weggeblasen haben.« Annalyse schüttelte den Kopf. »Wozu ein Gerät benutzen, um Feuer zu speien, wenn man es mit einem Gedanken tun kann? Schlimmer noch, warum jemandem helfen, solche Macht zu nutzen?«

»Du hilfst mir. Uns.«

»Weil du nicht Fassle und Gladdring bist.« Annalyse bewegte sich, sah Wax nun durch diese Glaslinsen an, die in Holzrahmen eingesetzt und mit einem Band um ihre Ohren gewickelt waren. »Du versuchst, den Inseln zu helfen. Wenn sich das ändert, werde ich auch aufhören, dir zu helfen.«

»Schätze, das ist ein Grund mehr, nicht böse zu werden.«

Ein Lachen, dann ein Stirnrunzeln. »Sei vorsichtig mit diesem Wort, Wax. Gladdring dachte, er würde die Inseln retten, und ich wette, er glaubte das bis zum Schluss. Fassle vielleicht auch. Große Etiketten verwirren die Dinge. Entferne die Emotion, betrachte die Daten.«

»Wie ein Wissenschaftler. Ich sollte wohl nicht überrascht sein.«

»Wir sind die Besten, Wax.«

Die Gleiter flogen den ganzen Morgen weiter, leise und beständig in ihrem Fortschritt. Sie navigierten nach der Sonne, nutzten ihre Position im Westen und Norden als Wegweiser nach Noctia. Annalyse übernahm diese Aufgabe und neigte ab und zu die Nase des Gleiters nach oben, um ihre Position neu zu bestimmen. Wax würde in den Kance-Skar eintauchen, einen Windstoß nach oben senden, dann würden sie sich neu ausrichten.

»Ich würde sagen, wir haben ein gutes Tempo«, sagte Annalyse nach der letzten Korrektur, »aber es ist schwer zu sagen, wie schnell wir fliegen. Der Ozean ist kein statisches Maß.«

»Die Schiffe sind es aber.«

Die Schiffe waren immer weniger geworden, je weiter sie sich von Kance entfernten, doch aus diesen frühen Spuren hatte Annalyse ihre Geschwindigkeit auf fast das Zehnfache der Segelschiffe geschätzt. Mehr als schnell genug, um die Reise nach Noctia an einem Tag zu bewältigen, aber wann genau sie an diesem Tag ankommen würden, war die eigentliche Frage.

Niemand wollte nachts fliegen, wenn Wolken oder tief fliegende Sichi bedeuten könnten, dass man Noctia komplett überfliegt.

»Das war damals, das ist jetzt«, sagte die Wissenschaftlerin. »Wir werden nicht von einem Ochsen gezogen, sondern vom Wind geschoben. Das ist nicht zuverlässig.«

»Deshalb haben wir die Skars.«

Annalyse warf ihren Kopf zurück und Wax blickte über seine Schulter auf die nachfolgenden Gleiter. Bisher waren sie alle dicht beieinander geblieben, hatten ungefähr die gleiche Höhe gehalten. Wenn Wax den Kance-Skar benutzte, um ihrem Gleiter einen Schub zu geben, bemerkten es die anderen und taten dasselbe.

»Du machst dir Sorgen?«, sagte Wax. »Warum? Ich spiele schon seit Jahreszeiten mit Skars, genau wie Eujo. Du hast Ami und Sawi selbst unterrichtet. Wir sind die Besten auf den Inseln darin.«

»Ich hoffe, du hast recht.«

Auf den Inseln folgten die Segelrouten der allgemeinen Windrichtung. Von Foti aus konnte man leicht ostwärts segeln, indem man der Südküste Noctias entlang fuhr. Um mit einiger Geschwindigkeit zurückzukehren, bedeutete es, Vis' Linien in die entgegengesetzte Richtung zu folgen und nach Norden zu preschen, sobald man sein Ziel erreicht hatte. Annalyse hatte all dies erklärt, während sie die Risiken umriss, da sie versuchten, die West-Ost-Winde auf ihrem direkten Weg nach Noctia zu durchqueren.

Wann diese Winde einsetzen würden, ob sie es überhaupt tun würden, war reine Spekulation. Stundenlang blieb die Brise ruhig, wobei die Kance-Skars benutzt wurden, um die Gleiter bei Bedarf nach oben zu schieben, um ihren Schwung sanft vorwärts zu treiben. Als die Sonne am frühen Nachmittag sank, nun auf ihrer östlichen Seite, begann sich die Luft zu verändern. Der Gleiter bockte, und Annalyse neigte sie weiter nach Norden, fing den sich ändernden Wind mit ihrem Flügel auf und nutzte ihn wie ein Segel, um sie vorwärts zu treiben, wenn auch nicht so gerade wie zuvor.

»Jetzt geht's los«, murmelte die Wissenschaftlerin, kaum hörbar über dem Wind.

»Bereit«, antwortete Wax, und so waren es auch die singenden Kance-Skars. »Halte uns einfach in die richtige Richtung, und wir werden in Ordnung sein.«

Eine schöne Idee, eine hoffnungsvolle. Ein Traum, der

nicht drei Atemzüge später zerschmettert wurde, als Amis Fluch durch die Luft getragen wurde. Wax und Annalyse drehten sich beide um und sahen, wie der mittlere Gleiter sich überschlug und in Richtung der aufgewühlten See stürzte.

28

IRRENDE GERECHTIGKEIT

Nach Tornys Rückkehr gebärdeten sie eine Stunde lang schweigend. Bliss bestand darauf und ließ Torny nicht einschlafen, bis sie zur Zufriedenheit der Vis erklärt hatte, was passiert war. Bliss wollte sofort zur *Storm's Edge* gehen, um Quik zu finden, und Torny konnte sie nicht davon abbringen. So endeten sie auf dem Dock, starrten auf das dunkle Schiff, während die Dämmerung näher rückte. Deuxs eingeteilte Wache beäugte sie vom Bug aus und erklärte mürrisch, dass Quik sich nicht dort eingefunden hatte.

»Wo sonst könnte er sein?«, gebärdete Bliss und blickte zur Ringstadt zurück, als könnte sie durch angestrengtes Starren ihren Bruder zum Erscheinen bewegen.

»Überall, Bliss«, sagte Torny. »Aber wenn ich raten müsste, hat er es nicht vom Anwesen weggeschafft.«

Bliss versteifte sich.

»Tot?«

»Wer weiß. Quik ist ein Kämpfer. Vielleicht hat er seine Klauen gegen den falschen Wachmann geschwungen.« Als Bliss erbleichte und ihre schönen Hände sich fest um ihren

Stab schlossen, überlegte Torny es sich anders. Das Letzte, was sie heute Nacht wollte, war, dass Bliss einen Ein-Frau-Krieg begann. »Hör zu, die Najahn mögen ihre Zeremonien, okay? Fassle will, dass seine Gegner und seine Freunde wissen, wenn er einen Feind gefangen hat. Wenn Quik nicht hier ist, sitzt er wahrscheinlich in einer Najahn-Zelle oder wird darüber verhört, wer die Morde begonnen hat.«

»Wird das sie nicht zu dir führen?«

»Zu mir?« Torny lachte und schob Bliss sanft den Dock hinunter. Wenn sie sich nicht aufhielten, könnte die Banditin noch ein oder zwei Stunden Schlaf bekommen. Die Energie von all der Action ließ nach, und Torny wollte dem Tag nicht so erschöpft begegnen. »Yarvick hat die ganze Sache eingefädelt. Wenn Quik im Najahn-Komplex ist, kannst du wetten, dass Yarvick kontrolliert, wer ihn verhört. Er wird Quik davor bewahren, in allzu große Schwierigkeiten zu geraten.«

»Warum?«

»Warum was?«

»Warum sollte sich Yarvick um Quik kümmern?«

»Das würde er nicht, aber-« Torny hielt inne und murmelte einen Fluch. Yarvick wäre genauso bereit, Quik die Kehle durchzuschneiden, wie Fassle ihn hängen würde. Keiner von beiden brauchte Quik lebend. »Okay, ich ändere meine Meinung. Dein Bruder steckt wahrscheinlich in Schwierigkeiten.«

»Dann müssen wir ihn finden.«

Damals, in Fotis lavazerstörten Ödländern, hatte Quik sein Bestes getan, um Torny und Bliss auseinanderzubringen. Die Vis hatte Torny rauswerfen wollen, von Pavarde und ihrer Najahn-Crew hingerichtet. Diese Kluft war nie wirklich geheilt, obwohl Rana geholfen hatte, sie zu flicken. Jetzt bekam Quik die Behandlung, die er für Torny erhofft hatte, und die Banditin sollte sich darum kümmern? Sollte sich und Bliss in Gefahr bringen, nur für Bliss' Bruder?

Ihren Bruder.

Torny spuckte einen weiteren Fluch aus. Einen besseren.

Svarde gefiel es nicht, wie ein Gefängnisausbruch sich auf ihr Friedensabkommen auswirken würde. Der Barbar, aus seinem endlosen Starren aus dem Fenster seines Zimmers aufgescheucht, grummelte sich seinen Weg hinunter in den Speisesaal des Gasthauses. Der bleiche, narbenzerfurchte Mann sah so grotesk fehl am Platz aus in seinem leichten Gewand und mit seinem riesigen Schwert, dass Torny ihn dafür verspottet hätte, wenn Bliss nicht jede Freude mit ihren düsteren Blicken und gerunzelten Brauen erstickt hätte.

»Ich frage dich nicht, ob wir es tun können«, gebärdete Bliss, als sie um einen gedrungenen Tisch saßen, der Wirt freundlich genug, ihnen etwas Reisbrei und wässrigen Kaffee zu servieren. Ein paar andere Frühaufsteher, dem Aussehen nach Dockarbeiter, füllten den Raum. »Ich gehe jetzt da hoch und ich werde ihn finden.«

Kivi, unter dem Tisch zu ihren Füßen zusammengerollt, schnaubte.

»Wie?«, echote Svarde die Frage des Ferrits und ließ Torny sich fragen, ob sie nach der letzten Woche in Gesellschaft der Steinechse gelernt hatte, Kivis Worte zu verstehen. »Das Najahn-Viertel ist nicht klein, und sie werden es nicht mögen, wenn du überall herumwanderst.«

»Ich werde fragen.« Bliss nickte Svarde zu. »Ich meine, du wirst fragen.«

Das brachte ihm eine hochgezogene, dünne Augenbraue ein. Svardes verbliebenes Haar war spröde, jede unbeabsichtigte Berührung oder Brise ließ etwas mehr davon in den Wind fliegen, um nie wieder nachzuwachsen. Der einst prächtige Bart des Barbaren war ausgehöhlt worden und bildete eine beunruhigende Ergänzung zu Svardes erschütterndem Erscheinungsbild.

»Ich soll sie fragen, wo sie einen Vis-Jäger versteckt haben? Sie werden mir sagen, ich soll mich ins Meer werfen.«

»Du wirst sie einschüchtern müssen. Mit diesem Schwert.«

»Svarde«, warf Torny ein, »ich denke, wir können das einfach machen. Du und ich wissen, wo die Gefängnistürme der Najahn sind. Wir gehen hinein, gehen in diese Richtung und sehen, ob wir Bliss eine Chance verschaffen können, ihren Bruder zu sehen. Vielleicht ist er nicht dort, vielleicht hat sich Quik verlaufen oder ist zu betrunken oder hat das falsche Boot bestiegen. Aber wenn er in einer Zelle ist, werden wir ihn rausholen.«

»Und alle Najahn auf uns hetzen.«

»Nein«, sagte Torny und kam auf eine Idee, die sie vermieden hatte, weil, nun ja, man verschuldete sich nicht bei Yarvick, es sei denn, es gab keine andere Wahl. »Sobald wir wissen, wo er ist, werde ich Yarvick dazu bringen, ihn freizulassen.«

»Das«, sagte Svarde und zeigte mit dem Finger auf Torny, »ist die erste kluge Idee, die ich heute gehört habe. Lass den Dieb deinen Bruder befreien.«

Damit schob sich Svarde, der keinen Brei zu essen hatte, vom Tisch zurück. Bliss, die ihr Essen kaum angerührt hatte, tat es ihm gleich und ließ Torny auf ihre eigene Schüssel starren, die noch reichlich gefüllt war. Svarde bemerkte es entweder nicht oder es war ihm egal, als er stampfend zum Ausgang ging. Also tat Torny das Einzige, was sie konnte: Sie schaufelte ein paar Bissen hinunter, spülte sie mit ihrem eigenen Kaffee und dem von Bliss herunter.

Widerlich, aber sie hatte keinen Schlaf gefunden, und der Tag versprach eine Kopfschmerz-Attacke nach der anderen.

Die Straßen waren angespannt. Die Najahn patrouillierten in Massen, jeder zweite schien in einen lila Umhang gehüllt zu sein und trug eine Hellebarde. Die goldverzierten Ausgaben, normalerweise für Seepatrouillen reserviert, machten auch ihre Aufwartung: Fassle hatte die Reserven einberufen. Jeder, der nicht in den Krieg segelte, schien damit beauftragt zu sein, Passanten anzustarren.

Torny ließ sich davon nicht beeindrucken, da ihre Jahre unter der diebischen Unterschicht sie gelehrt hatten, jedes finstere Blicken und jedes verurteilende Grinsen zu ignorieren. Die Hälfte der Najahn-Spinner, die hier so bedrohlich aussehen wollten, waren sowieso örtliche Raufbolde, die von Fassles Forderungen und versprochenen Belohnungen in den Dienst gepresst wurden. Tornys Messer konnten kurzen Prozess machen, wenn einer von ihnen seinen Gesichtsausdruck in die Tat umsetzen würde, aber keiner tat es.

Noctia war angespannt nach den Morden der letzten Nacht, aber es war noch nicht explodiert. Noch nicht.

Svarde erkaufte ihren Eintritt ins Najahn-Viertel mit Fassles versprochener Audienz. Sie mussten auf einen zugewiesenen Führer warten, irgendeinen elenden Speichellecker, der nur allzu eifrig Svardes frühere Rolle als Wächter hervorhob. Der Mann begann jedoch nicht mit einem Abstecher zu den Versammlungsräumen des Zirkels, sondern führte sie direkt in eine wachsende Menge auf dem ersten Platz.

Torny hätte den Führer gefragt, wohin sie gingen, aber

sie musste es nicht: Der Galgen ragte hoch über die Köpfe vor ihr hinaus, das Holz schwarz gestrichen, mit fünf Schlingen, die in einer Reihe hingen und die Blicke auf sich zogen.

»Eine Hinrichtung?«, gebärdete Bliss, als die Menge sie zusammendrängte, obwohl Svarde und Kivi dank der Klinge des Barbaren etwas Freiraum hatten. »Macht Noctia das immer noch?«

»Es ist eine Show, erinnerst du dich? Fassle will, dass seine Feinde wissen, dass ihnen das auch passieren könnte«, sagte Torny und verschränkte die Arme. »Grausamer Mist.«

Eine Glocke läutete die Stunde ein, und mit ihr verschob sich die Menge. Torny stellte sich auf die Zehenspitzen und sah eine Reihe von rechts kommen. Fünf vermummte Gestalten, ihre Handgelenke mit Seilen gefesselt. Najahn-Stimmen erhoben sich, Spott vermischt mit zornigen, bitteren Schmähungen. Hass, wie Torny erkannte, der aus der Vorstellung kam, diese fünf müssten die Morde der letzten Nacht begangen haben.

Yarvicks Hinterhalt hatte einige der beliebtesten Anführer der Najahn getötet. Es war nicht überraschend, dass die ausgewählten Sündenböcke wie Verräter behandelt wurden.

Vier der Gefangenen, zu gleichen Teilen Frauen und Männer, in einfaches Leinen gekleidet, gingen wie Noctia-Stammgäste. Von Yarvick in den Tod geschickte Bauernopfer, oder vielleicht hatte Fassle geringere Strafen zu Todesurteilen aufgewertet. Soweit Torny wusste, soweit sie glaubte, waren die Flinken Finger letzte Nacht ohne Verluste entkommen.

Andererseits war es ein altbewährtes Najahn-Prinzip,

jemanden als Rache für das Verbrechen eines anderen zu töten.

Der Fünfte jedoch raubte Torny den Atem. Die dünne Kleidung hatte keine Ärmel und tat nichts, um die Tätowierungen zu verbergen, die Quiks muskulöse Arme hinunterliefen. Als Torny spürte, wie Bliss' Hand ihr Handgelenk umklammerte, wusste sie, dass Bliss sie auch gesehen hatte.

Und keine Schwester würde ihren Bruder hängen lassen. Schon gar nicht Bliss.

»Wir kämpfen«, gebärdete Bliss, deutlich genug, dass auch Svarde es sehen konnte, und obwohl der Barbar kein Experte für Bliss' Handzeichen war, machte ihr Gesichtsausdruck es klar genug.

»Ich schätze, Kance bekommt seinen Frieden dann wohl nicht«, murmelte Svarde.

»Was war das?«, fragte ihr Führer.

»Mein Freund«, sagte Svarde und legte seine freie Hand auf die Schulter des kleinen Mannes. »Ich schlage vor, du gehst. Dieser Platz wird gleich ein sehr schlechter Ort zum Verweilen sein.«

29

EINE HINRICHTUNG

Die Najahn gaben Quik kein Frühstück. Nichts außer Wasser, serviert mit der Bemerkung, dass es Verschwendung sei, Ressourcen an Tote zu verschwenden. Der Jäger hatte nicht geschlafen, sondern sich die ganze Nacht zwischen dem dünnen Stroh und dem Boden hin und her gedreht. Er hatte einen weiteren Besucher erwartet, vielleicht sogar Fassle, der gekommen wäre, um zu prahlen oder nach weiteren Informationen zu bohren, aber niemand kam. Die Rufe, das Gelächter, das Klatschen, wenn die Wachen am Ende des Zellenblocks ihre Karten spielten, waren die einzigen Geräusche, die ihm Gesellschaft leisteten.

Ein Mann könnte verrückt werden, wenn er dem lange ausgesetzt wäre. Als sie kamen, um Quik die Kapuze überzuziehen und ihm ein sauberes Leinenhemd anzuziehen, ließ Quik ihre Bemühungen ohne Kommentar über sich ergehen, sogar mit Erleichterung. Weniger angenehm waren die Seile, die um seine Hände gebunden und in seinen Mund geschoben wurden. Ein weiteres Set um seine

Füße zwang ihn zum Schlurfen. Kein Weglaufen, keine letzten Worte, keine Chance, eine Märtyrerhymne zu rufen.

Quik würde stumm, still und im Dunkeln sterben.

Seine nackten Füße und seine Ohren gaben dem Jäger eine gewisse Vorstellung davon, wo er sich befand. Der Stein des Turms wich dem Kopfsteinpflaster der Straße. Die Klagen der Gefangenen verwandelten sich in die Neugier einer Menge, vermischt mit einigen Spottrufen, obwohl die frühe Stunde die Gewalttätigeren unter ihnen fernhielt. Die Najahn, die ihn und einige andere führten, behaupteten, ihre morgendliche Hinrichtung sei ein Segen, da die Dinge im Laufe des Tages schlimmer zu werden pflegten.

»Mit abgestandenem Bier und verfaulten Tomaten auf dir zu sterben, ist so ziemlich das Schlimmste«, bemerkte ein Wächter, der von endloser Fröhlichkeit erfüllt war, als sie sich einem Platz näherten, der sich durch die wachsende Menge bemerkbar machte.

Quik dachte über die Worte des Mannes nach und fragte sich, was für ein verzaubertes Leben der Najahn wohl geführt haben musste, um den Gipfel des Elends mit ein bisschen Nässe und ein paar Gemüseflecken gleichzusetzen. Der Vis hatte gesehen, wie ein Dorf von den Unholden zerrissen wurde, arme Menschen in ihren Häusern, auf den Straßen zerfetzt. Er hatte den Rana-Außenposten gesehen, wo der Säuresprühnebel des Blasenunholds die Haut zum Schmelzen brachte. Ein Erhängen mochte nicht angenehm sein, aber es würde schnell gehen und endgültig sein.

Was Tode auf den Inseln anging, zählte dies bei weitem nicht zu den schlimmsten.

Der Jäger weigerte sich jedoch, seine letzten Gedanken so düster sein zu lassen. Stattdessen rief er sich, während der Führer sie die Stufen zur Galgenplattform hinaufbrachte – das Holz so glatt geschliffen, die Stufen eben, so viel Sorgfalt für ein grimmiges Geschäft aufgewendet –, bessere Erinnerungen ins Gedächtnis.

Wie damals, als sein Vater, bevor die Liebe zum Essen ihm diese Fähigkeit raubte, Quik beibrachte, wie man an einer Liane schwingt. Ein kühler Tag, auf den Baum klettern, auf einen Ast hinausgehen. Dicke Farne bedeckten den Boden, gepflanzt und gewachsen, um jungen Vis einen sicheren Ort zum Üben zu geben. Dicke Lianen hingen herab, und Quiks Vater griff nach einer, brachte sie zu Quik herüber, zeigte dem jungen Jäger, wo er sie greifen und wie er sie loslassen sollte. Am selben Tag hatte Quik auch sein erstes Vis-Seil mit dem Klauenfänger am Ende bekommen.

Ein glücklicher Tag, gefolgt von so vielen weiteren.

»Hier haben wir einen Verräter«, hallte die Stimme des Führers und holte Quik in die Gegenwart zurück. Obwohl Quik den Mann nicht sehen konnte, musste er nicht weiter als einen Schritt entfernt stehen. »Einst ein Najahn-Rekrut, stellte dieser Mann seine Insel vor uns alle. Er ermordete einen Tenet, schlachtete unsere tapferen Soldaten in feigen Hinterhalten ab. Der Tod ist das Mindeste, was dieser hier verdient, aber da er um Gnade gebettelt und um Vergebung gebeten hat, werden wir zeigen, dass die Najahn gütig sein können. Tod, aber keine Folter, kein Verhungern oder Auspeitschen. Der Kreis verlangt, dass wir für unsere Verbrechen bezahlen, aber sie sind keine Monster.«

Während der Rede des Mannes stieg und fiel der Lärm der Menge. Als er fertig war, ging der Mann zum Nächsten über. Quik zählte fünf Opfer, seine eigene Position war die dritte unter ihnen. Die Verbrechen der anderen wurden nicht spezifiziert. Wie Quik wurden sie zu Verrätern, Dieben und Mördern erklärt. Ihre Urteile wurden angesichts ihrer schweren Vergehen als gnädig bezeichnet.

Was Quiks Mitgefangene über ihr Schicksal dachten,

blieb unbekannt. Die Seile, die ihre Münder knebelten, waren fest genug, um Sprache zu dämpfen, aber locker genug, um Quik atmen zu lassen, obwohl sein Speichel die Windung durchnässt hatte und das Zurücktropfen in seinen Mund den Jäger zum Husten brachte. Keine würdevolle Art, seinen letzten Momenten entgegenzublicken.

Aber dann wollte Quik seinen letzten Momenten gar nicht entgegenblicken. Nicht jetzt, nicht jemals. Dieselbe Angst, die ihn auf der Klippe über Mottilan gepackt hatte, kehrte zurück, ein kalter Griff um seinen Magen, seine Lungen. Trotz des Knebels versuchte Quik zu schreien, ein wortloses Stöhnen, das gegen das erwartungsvolle Brüllen der Menge erstarb. Der Jäger arbeitete mit seinen Handgelenken gegen die Seile, versuchte, seine Hände durchzuquetschen, aber die Najahn machten ihre Arbeit gut: Schnitte und wunde Stellen waren alles, was Quik für seine Bemühungen erntete.

Der Najahn schritt vor Quik entlang, ging am Galgen entlang, während ein anderer Soldat hinter ihm kam und die Schlingen festband. Als Quik Schritte vor sich hörte, stürzte er vor, ein verzweifelter Kopfstoß wurde von einer ruhigen Hand aufgefangen, die ihn zurück an seinen Platz schob. Die Menge tobte. Er versuchte es umgekehrt, als der andere Najahn kam, um den Strick um seinen Hals zu legen, und wurde wieder von einer starken Hand aufgehalten, die Quik festhielt.

»Stirb mit etwas Ehre, Dschungelbewohner«, zischte der Najahn.

Was bedeutete jetzt noch Ehre?

Die Schlinge kratzte an Quiks Hals, trocken und eng. Der Jäger hatte keinen Zweifel daran, dass sie halten würde, und er kämpfte härter, ohne etwas dafür zu gewinnen. Er keuchte, atmete schnell. Quik hatte noch so viel zu tun, so viele unerfüllte Versprechen.

Er hatte Wax gesagt, er würde die Najahn hinter seinem Bruder finden, und wie kläglich hatte Quik dabei versagt? Mit diesem Vermächtnis zu sterben?

Ein Klicken, ein Rucken, als der Najahn den Hebel zog. Der Galgen bebte, die Falltüren unter ihren Füßen klappten weg. Quik versuchte, seine Beine zu spreizen, an den Seiten Halt zu finden, erwischte aber nur Luft. Die Schlinge drückte sich an seinen Hals, als sein Gewicht nach unten zog. Panik packte ihn. Flecken erschienen vor seinen Augen. Er versuchte zu erbrechen, der Inhalt blieb in seiner Kehle stecken.

Der Jäger kämpfte und scheiterte.

Und traf den Galgen, prallte vom Holz ab und fiel auf die Steine darunter. Die Schlinge lockerte sich, Quik würgte und keuchte in die dunkle Kapuze. Ringsum ertönten Schreie und Rufe, der Boden bebte, als Füße in alle Richtungen liefen. Details drangen ein, doch Quik ignorierte sie und klammerte sich nur an eine Tatsache, während sein Herz raste und sein Körper zitterte.

Er war nicht tot. Er war nicht tot.

Wie?

Die Frage und ihr Schock durchdrangen den eisigen Schleier der Panik und zogen Quik in den gegenwärtigen Moment. Nicht dass er viel damit anfangen konnte, die Kapuze bedeckte immer noch sein Gesicht, Hände und Füße waren gefesselt. Hatten Fassle oder Yarvick das Ganze inszeniert, um Quiks Geist zu brechen? Steckte die Dritte Hand dahinter? Oder hatte sich der Strick, der ihn hielt, gelöst, ein Unfall, der ihn, sobald die toten Gefangenen weggeschafft waren, zurück zum Galgen bringen würde?

Außer der Menge. Das waren keine Rufe von raubgieriger, bösartiger Freude. Angst. Schmerz. Flucht. Quik hatte diese Geräusche auch in Mottilan gehört. Aber wie-

Etwas durchtrennte das Seil, das Quiks Hände fesselte, seine Füße mit zwei Schnitten. Der Jäger hätte sich bewegt, aber die Gliedmaßen waren taub vor verlorener Empfindung. Als Nächstes kam die Kapuze, heruntergerissen, um ein Gesicht zu enthüllen, das Quik seit viel zu langer Zeit nicht mehr gesehen hatte.

»Hallo, Bruder«, gebärdete Bliss, während sie mit einem einfachen Messer Quiks ekelhaften Knebel durchtrennte, ihre freie Hand formte die Zeichen. »Sah aus, als bräuchtest du etwas Hilfe.«

Quik lachte hustend auf, fast ein Weinen. Irgendwie hatte sie ihn gefunden. Irgendwie, genauso wie er Bliss nach ihrer Jagd auf Vis gerettet hatte, hatte sie dasselbe für ihn getan. Er wollte es ihr sagen, begann die Worte zu formen, als Bliss die Seile wegwarf.

Bevor er auch nur eines ausgesprochen hatte, schlug ein Armbrustbolzen in Bliss' Schulter ein und schleuderte sie zu Boden.

30
DEN OZEAN KÜSSEN

Der Skar ließ los. Eujo spürte, wie sich die Luft veränderte, der natürliche Wind zunahm, als der Nachmittag über dem offenen Ozean anbrach. Sie korrigierte, zog am Gleiter, um ihn weiter nach Norden zu richten, und ließ den Wind sie vorantreiben.

Ami und Sawi, die unerfahrensten Gleiterpiloten, machten die Anpassung nicht mit. Sie flogen vor Eujo und Livier, eingereiht hinter Wax und Annalyse. Der sich ändernde Wind drückte sie nach unten, und Ami reagierte, wie Eujo es vor Jahren vielleicht getan hätte: Sie geriet in Panik, rief den Kance-Skar an und ließ den Gottesstein versuchen, sie zu retten. Böen wirbelten auf, Luft wurde in wilde Richtungen gestoßen, Windstöße stark genug, um Eujo und Livier, wobei Letzterer seine gemurmelten Flüche zu Amis geschrienen hinzufügte, zu zwingen, ihren Gleiter vom Kurs abzubringen. Die Königin steuerte nach Osten, weg von Noctia und mit dem natürlichen Wind, um den unnatürlichen Böen zu entkommen.

»Sie stürzen ab«, sagte Livier, wobei der kalte, berechnende Ton des Attentäters nichts tat, um die Situation zu verbessern.

Eujo drehte sich um, um über ihre linke Schulter zu schauen, und sah Amis Gleiter in einer Spirale gefangen, sein Rahmen von den kämpfenden Winden verdreht. Sie würden in wenigen Augenblicken ins Meer stürzen, und mit ihren Armen und Beinen im Gleiter eingeklemmt, gleich danach unter Wasser gezogen werden. Der sichere Tod, selbst mit Amis Vis-Skars.

»Dann stürzen wir auch ab«, schnappte Eujo und drückte ihren Gleiter in einen verfolgenden Sturzflug.

Der Ozean breitete sich vor ihnen aus, die Wellen ohne Ende. Ohne die Dringlichkeit hätte Eujo sich vielleicht in diesem plätschernden blauen Gewirr verloren, bis sie direkt hineingekracht wäre. Amis hilfreiche Schreie hielten diesen Drang in Schach.

An den Steuerseilen ziehend, zog Eujo die rechte Spitze des Gleiters ein und drehte ihr Fluggerät zurück nach Westen, direkt in den Wind. Mit der Nase des Gleiters noch nach unten gerichtet, drückte sie die Brise weiter nach unten, beschleunigte den Sturzflug und ließ sie näher an den planlosen Fall vor ihnen herankommen. Ami und Sawi drehten sich immer noch in dem Mahlstrom, den ihr Kance-Skar heraufbeschworen hatte, wobei der Stein zu denken schien, dass die Rettung des Paares bedeutete, starke Böen in alle Richtungen zu schleudern. Ihr Gleiter schwankte und drehte sich, schnappte und zuckte.

In einer anderen, weniger ernsten Situation hätte Eujo den Anblick komisch gefunden.

Wax, Erneuerung und vermeintlicher Retter der Inseln, versuchte umzukehren, eine schwindende Gestalt weit oben und zu weit entfernt, um zu helfen. Nicht dass Eujo es gebraucht hätte.

»Halte uns in ihre Richtung«, sagte Eujo. »Lass nicht zu, dass dieser Stein uns wegbläst.«

»Du sagst das, als wäre es einfach.«

»Das wird es sein.«

Eujo tauchte in ihren eigenen Kance-Skar ein, fand den stakkato-artigen Rhythmus des Windsteins und drängte ihn hervor. Nicht um Wind zu erzeugen, sondern um ihn einzudämmen. Der Stein pulsierte, ein kitzelndes Gefühl breitete sich von ihren Händen, Füßen und ihrem Körper aus, um den Raum um den Gleiter zu umhüllen und die Luft in die Flügel des Gleiters zu schicken. Als sie sich dem wirbelnden, bedrängten Paar näherten, befahl Eujo dem Skar, seinen Einfluss auszudehnen, während sie Ami zurief, ihren eigenen zu zügeln.

Die Wächterin war nichts, wenn nicht ansprechbar, die Böen starben ab, als Eujo den Befehl gab. Der Kance-Skar der Königin ersetzte Amis wilden, schob beide Gleiter mit einer sanften Brise vorwärts. Eine Taktik, die vielleicht funktioniert hätte, um sie, wenn auch knapp, nach Noctia zu bringen, wenn Ami und Sawi noch einen intakten Gleiter gehabt hätten. Mit einem beschädigten?

»Wir fallen immer noch!«, kam Amis Ruf klar, als Eujo und Livier über die anderen beiden hinwegschwebten. »Es funktioniert nicht mehr!«

Der Grund war offensichtlich: eine gespaltene Querstange und peitschende Führungsseile. Sowohl Ami als auch Sawi hatten ihre Griffe am Frachtnnetz des Gleiters statt an der beschädigten Mitte. Der Gleiter stabilisierte sich gerade genug, um ihnen eine Chance auf eine Landung ohne gebrochene Knochen oder zerschmetterte Schädel zu geben.

»Wir werden euch auffangen«, sagte Eujo, nicht laut

genug, dass Ami es hören konnte, aber Livier sicher, nach seiner erstaunten Antwort zu urteilen.

»Du kannst dich nicht für diese beiden riskieren, wie wichtig sie auch sein mögen«, sagte Livier, als Eujo wieder in den Kance-Skar eintauchte und dem Stein eine neue Idee gab. »Du bist Kances letzte Königin. Wenn du stirbst, hat unsere Insel niemanden. Du kannst nicht-«

»Kann ich und werde ich, Livier. Jetzt halt die Klappe und hilf.«

Der Windstein sprang auf Eujos Drängen hin, gab seinen sanften Gleitflug für einen harten Aufstieg von unten auf. Eujos Gleiter zitterte, während der von Ami und Sawi himmelwärts sprang. Ein hässlicher Aufstieg, aber einer, der den beschädigten Gleiter nah genug an Eujos eigenen brachte, damit die Königin die Mittelstange loslassen konnte.

»Was machst du da?«, fragte Livier.

»Halte uns einfach auf geradem Kurs und bete, dass Noctia nicht zu weit weg ist.«

Sich zusammenkrümmend, schlüpfte Eujo unter die Stange, wobei sie ihre Füße in den Halterungen hinter ihr behielt. Der Kance-Skar sang, Eujo spürte die ersten Anzeichen, als der Stein begann, die Energie der Königin aufzunehmen, um seine eigene zu ergänzen.

Ein Problem für später. Falls sie überlebten.

Sich hinunterlehnend, streckte Eujo beide Hände aus, während sie den Kance-Skar drängte, noch ein wenig mehr Anstrengung zu geben, einen größeren Schub. Der Skar reagierte, trank tief, und Eujo spürte, wie ihre Beine schwach wurden, ihre Augen verschwammen, aber Amis Gleiter hob weiter ab, schoss weit genug voraus, um die ausgestreckten Hände der Königin hinter den beschädigten

Flügel der Maschine zu bringen. Das Heck des Gleiters und seine Gelegenheit warteten, eine, die Eujo mit einem doppelten Griff ergriff.

Die beiden Gleiter, vom Kance-Skar vorangetrieben, waren verbunden, solange Eujo den Halt bewahren konnte. Der winzigste Raum existierte zwischen ihren Flügeln, das silbrige Blau war so ziemlich alles, was Eujo jetzt sehen konnte. Kopfüber zu bleiben, während der Kance-Skar ihre Kraft raubte, war keine haltbare Position, und Eujo machte das deutlich, indem sie erst Amis, dann Sawis Namen rief.

Unter ihnen, viel zu nah, setzten die Wellen ihre endlose Reise fort.

Die Vis machte sich auf den Rückweg, löste sich inmitten des Windes und kletterte Hand für Hand, Fuß für Fuß am zerbrochenen Skelett ihres Gleiters entlang. Das Frachtnnetz erwies sich als Sawis Rettung, hielt den Rahmen des Gleiters zusammen und bot ihr Griffe, um sich zu drehen und sich Eujos prekärer Position zu nähern.

»Seile!«, rief Eujo, ihre Stimme bereits dünn und dem Heiserwerden nahe. »Binde uns zusammen!«

»Welche Seile?«, fragte Sawi, beantwortete dann aber ihre eigene Frage.

Die Vis, am Frachtnetz hängend, griff nach oben zur Scheide, die im Frachtnetz festgebunden war. Mit einem Ruck zog Sawi die Whent-Klinge heraus. Was mit allen vier Gliedmaßen schon ein schwieriger Aufstieg gewesen war, wurde nun fast unmöglich mit nur dreien, während sie versuchte, sich nicht selbst mit dem gezogenen Schwert zu verletzen.

Wenn sie die Gleiter jedoch nicht zusammenbinden konnten, wären Ami und Sawi tot, sobald der Kance-Skar versagte. Das musste Motivation genug sein.

Die Vis ließ ihre Hand entlang der Klinge gleiten, griff erneut nahe der Spitze zu, nur um die Waffe wie einen ungeschickten Wurfpfeil nach vorne zu werfen. Eujo, deren Blut in ihren Ohren donnerte und fast den Kance-Skar übertönte, sah nicht, wohin es flog, bemerkte aber, wie erst ein, dann ein zweites Steuerseil zu Sawi zurückflog. Die Vis fing beide mit einer Hand auf, schlang dann ihre Füße durch das blaue Frachtnetz und streckte sich zu Eujo zurück.

Sawi warf das Ende des ersten Seils zur Königin, die es auffing und nach oben zu Livier reichte. Der Attentäter hatte genug Instinkt, um das angebotene Ende zu nehmen und es um den zentralen Rumpf ihres Gleiters zu binden, den Balken, der von vorne nach hinten alles zusammenhielt. Eujo beugte sich weiter vor und hielt ihren Griff am Heck von Sawi und Amis Gleiter, während die Vis sich drehte, das zweite Seil am ersten festband und den Knoten prüfte.

»Lass es«, sagte Sawi über den Wind hinweg. »Es wird halten.«

»Bist du sicher?«

»Natürlich bin ich das. Wenn es nicht so wäre, würde ich dich nie loslassen.«

Eujo unterdrückte ein Lachen, ließ ihre Hände locker und versuchte, sich aufzurichten. Das Seil dehnte sich, spannte sich. Sawi und Amis Gleiter wäre nach unten geschwungen, aber Eujo befahl dem Kance-Skar, hart zu drücken. Der Wind heulte auf, ihr Gleiter richtete sich aus, und das Paar schoss weiter vorwärts. Eine Hand packte Eujos Rücken und zog, brachte die Königin zurück zur Mittelstange ihres Gleiters, wo Eujo ihren Halt fand.

»Ich beginne zu begreifen«, sagte Livier, während Eujo darum kämpfte, wach zu bleiben, »wie falsch unsere alte

Königin lag. Ihr seid eine Ehre für unsere Insel, Hoheit, und ich fühle mich geehrt, mit Euch zu fliegen.«

Eujo hätte geantwortet, aber der Skar hatte ihre Stimme genommen, nahm alles andere, und als sie in die Dunkelheit glitt, starb der Wind des Steins mit ihr.

31
DER WEG DES KRATERS

Das Fliegen, trotz seiner Schnelligkeit, konnte Wax nicht für sich gewinnen. Er und Annalyse versuchten, ihren Gleiter zu wenden und nach unten zu steuern, um irgendwie bei dem Schlamassel zu helfen, mit dem Eujo, Sawi und die anderen zu kämpfen hatten. Diese simple Bewegung brachte ihren Gleiter auf die schlechte Seite des Windes, ließ das Gestell erzittern und verwandelte ihre ruhige Fahrt in plötzliche Rucke und Abstürze, während das Paar an den Führungsseilen zog, Energie aus den Kance-Skars zog und im Allgemeinen in Panik geriet.

»Zum Glück brauchen sie unsere Hilfe nicht«, sagte Annalyse, nachdem sie den Gleiter wieder über dem saphirblauen Ozean in Richtung Westen nach Noctia ausgerichtet hatten. Unter ihnen schienen die anderen beiden Gleiter nun miteinander verbunden zu sein, wobei Sawis Gestalt als letzte zu sehen war, wie sie sich unter den Flügel ihres Gleiters begab. »Denn ich bin mir nicht sicher, ob wir irgendetwas hätten ausrichten können.«

»Zumindest sind wir nicht abgestürzt«, erwiderte Wax

und beobachtete, wie die zerstörten, verbundenen Gleiter ihr Gleichgewicht fanden. »Sie sind wirklich tief.«

»Gleiter, Wax. Sie steigen nicht ohne einen Geysir oder die Skars auf.«

»Die haben sie doch. Die Skars, meine ich.«

»Wie viel von sich selbst mussten sie dafür geben? Nach dem, was ich gesehen habe, entleeren sich die Skars schnell bei starker Beanspruchung. Eujo und Ami, vielleicht auch Sawi, könnten jetzt erschöpft sein. Livier ist nicht so geschickt mit den Skars. Sie brauchen einen Landeplatz.«

»Soll ich den Whent-Skar benutzen und einen erschaffen?«

Annalyse warf Wax einen fragenden Blick zu. »Könntest du das? Etwas so Großes?«

Bei dem Gedanken erwachte der Whent-Skar zum Leben. Der Edelstein hatte einen tiefen Ton, aber als Wax sich einen steinigen Felsen vorstellte, der aus dem Meer ragte, wies der Skar die Idee nicht zurück oder zog sich zurück. Möglich ... aber wahrscheinlich keine echte Lösung.

Besonders, da sich am Horizont ein besseres Ziel abzeichnete.

Noctia erschien zuerst als ein allmähliches Grau gegen den blauen Himmel, ein gewundener Fleck. Der Schatten wurde tiefer, als sie sich näherten, und die Konturen der felsigen, abfallenden Seiten der Insel verrieten das raue Land, das die Göttin des Todes hinterlassen hatte. Hier jedoch würde Noctia ihnen Leben schenken. Zumindest ein bisschen.

»Sie werden diese Klippen nicht überqueren«, sagte Annalyse, als die Gleiter weiter dahintrieben, wobei das verbundene Paar langsam in Richtung Wasser sank. »Wenn sie überhaupt so lange durchhalten.«

»Glaubst du, wir haben die Höhe?«

Annalyse bestätigte, dass die Flugbahn ihres Gleiters gut genug war, um die steilen Klippen am Rand des Ozeans zu überqueren, deren zerklüftete Bastionen ein Freund von Geröll und leichtem Gestrüpp waren. Wellen schlugen sanft an Noctias Ostküste, ihr verstreuter Schaum bildete eine neblige Linie nahe der Oberfläche. Möwen und andere Seevögel erhoben sich in die Luft, als sich die Gleiter näherten, einige kreisten heran, um einen genaueren Blick zu werfen und zu sehen, ob es etwas vom Frachtennetz zu ergattern gab.

Nicht dass Wax dem viel Aufmerksamkeit schenkte. Stattdessen wurden seine eigenen Augen glasig, als er nach dem Kance-Skar griff, sein Lied beschwor und es zu den verbundenen Gleitern schickte. Ein sanftes Anheben, das die beiden Flügel aufblähte. Die Gleiter trieben höher und nahmen Kurs auf die Klippen.

»Gute Arbeit«, sagte Annalyse und zog an den Führungsseilen, um ihren eigenen Gleiter zur Küste zu bringen. »Dir ist klar, dass das die falsche Seite ist, oder? Wenn wir hier landen, ist es ein langer Weg zur Ringstadt.«

»Ich glaube nicht, dass wir eine Wahl haben.«

»Haben wir nicht, es sei denn, wir lassen sie zurück.«

Wax lachte, seine Aufmerksamkeit zwischen dem Kance-Skar und dem Gespräch geteilt. »Du und ich, Annalyse? Ganz allein in Fassles Zuhause hineinstürmen?«

»Mit deinen Skars könnte es reichen.«

»Ich bin nicht durch die ganzen Inseln gereist und habe diese Dinge gesammelt, nur um Leute in die Luft zu jagen.«

»Vielleicht musst du es trotzdem tun.«

Wax antwortete darauf nicht, so recht Annalyse auch hatte. Die Skars waren Waffen, und Wax hatte sie bereits als solche benutzt, aber jedes Mal fühlte es sich ein wenig an, als würde er Pan verraten. Ein Leben, das geopfert wurde, um zu versuchen, die Welt zu retten, sollte nicht durch ihre Zerstörung geehrt werden.

Nun, er musste sich diesem Dilemma jetzt nicht stellen. Stattdessen trieb Wax den Kance-Skar weiter an, spürte, wie der Stein begann, seine Energie zu saugen, um die verbundenen Gleiter noch höher zu bringen. Noctias Küste raste heran, das Flattern des Windes verschmolz mit dem Krachen der Wellen und dem Vogelgesang. Die Sonne lag hinter ihnen und tauchte Noctias felsiges Land in klares Licht.

So gute Landebedingungen, wie Wax sich nur wünschen konnte.

»Werde uns in fünf anheben«, murmelte Annalyse.

Sie überquerten die Klippe. Die beiden Gleiter unter ihnen überwanden die Lücke mit zu wenig Abstand, aber als Wax nicht sah, dass die Fluggeräte explodierten oder Körper herausflogen, ließ er einen Atem entweichen, von dem er nicht wusste, dass er ihn angehalten hatte. Ein letzter Schub also, und der Kance-Skar kräuselte die Luft vor den Gleitern zu einem aufsteigenden Schub, der die beiden Fluggeräte in einen kurzen Aufwärtsstall versetzte, ihre Geschwindigkeit bremste und sie in einem verworrenen Haufen inmitten der Steine und spröden Büsche absetzte.

»Jetzt geht's los!«, rief Annalyse, gerade als Wax den Kance-Skar losließ, seine Arme bleischwer und seine Beine schmerzend.

Ihr Gleiter schwebte höher, verlor seine Geschwindigkeit in einer wackeligen Annäherung an die abfallenden Felsen Noctias. Wax griff nach den Verschlüssen, die seine Oberschenkel hielten, und löste sie. Beide Piloten schwangen ihre Körper nach unten und begannen mit den Beinen zu treten, als sich der Gleiter dem Boden näherte.

Der erste Fußfall sandte Erschütterungen aus, ebenso der zweite, Fels und Stein knirschten unter dem Gewicht ihres Gleiters, die Vorräte, die oben ruhten, fügten ihren müden Knochen und tauben Muskeln mehr Schaden zu als gut.

Das Vorderende des Gleiters fand keinen Freund in dem ansteigenden Hang, stieß gegen die Felsen, bog sich mit einem Knarren und Krachen, als ihre verbleibende Bewegungsenergie zum Erliegen kam. Stangen verbogen sich, der wunderschöne Kance-Gleitflügel riss, als sich sein Rahmen verformte. Aber ihr Schwung war vorbei, Wax' Schritte trafen weiterhin auf, und das Paar stand still vor ihrem ruinierten Fluggerät, die Vorräte durcheinandergeworfen, aber intakt.

»Nicht die schönste Landung«, sagte Annalyse, während sie sich abschnallte, »aber ich denke, angesichts der Umstände nicht schlecht.«

»Annalyse«, erwiderte Wax, »wir sind gerade in einem Tag nach Noctia geflogen. Das ist unglaublich.« Er befreite sich von den Seilen und stolperte einen Schritt den Hang hinunter. »Würdest du die Vorräte losmachen? Ich werde nachsehen, ob sie Hilfe brauchen.«

»Du bist derjenige mit den Skars«, gab Annalyse zurück. »Geh und rette ein paar Leben, Held.«

Die Bezeichnung Held fühlte sich nicht sehr passend an, als Wax auf das Wrack des Gleiters zustolperte. Nachdem er sich so lange auf den Kance-Skar verlassen hatte, fühlte er sich, als hätte er mehrere Tage im Vis-Dschungel verbracht, mit brennenden Muskeln, trockenem Hals und Kopfschmerzen, die wohl nicht so schnell nachlassen würden. Alles nur kleine Probleme im Vergleich zu dem, was vor ihm lag.

Vom Absturzort waren keine Schreie oder Hilferufe zu hören, aber Wax durchlebte bei jedem stolpernden Schritt

Albträume. Vielleicht hatten die Rahmen der Gleiter Eujo und Sawi aufgespießt. Oder die Ladung, diese Waffen, war beim Aufprall verrutscht und hatte Ami zerquetscht. Livier könnte falsch auf seine Beine gelandet sein, der Attentäter an der Küste gelähmt, weit weg von jeder Hilfe.

Klar, sie hatten ein paar Vis-Skars, und die Steine konnten so ziemlich jeden von Verletzungen heilen, aber schwere Wunden brauchten Tage, Zeit, die sie nicht hatten. Andererseits, wenn sie zu schwer verletzt wären, könnte die Zeit keine Rolle mehr spielen: Alle sechs waren hierher geflogen, weil alle sechs notwendig waren, um dem Plan eine Chance zu geben.

Das Gleiterpaar neigte sich Wax entgegen, die großen Flügel versperrten die Sicht auf den Ozean und alles andere dahinter. Er schwenkte nach links und rief dabei Eujos und Sawis Namen, nur um die Flügel zu umrunden und abrupt stehen zu bleiben.

Dort arbeiteten Ami und Livier unbekümmert. Die beiden schnitten die Vorräte frei und sortierten die Taschen, während Sawi bei Eujo saß, den Kopf der Königin an ihre Schulter gelehnt hielt und ihr den Schnabel eines Wasserschlauchs an den Mund führte. Abgesehen von ein paar Kratzern hatte niemand auch nur einen gebrochenen Knochen erlitten. Eujo war erschöpft, und Sawi, die auf dem letzten Abschnitt einen Kance-Skar benutzt hatte, ging es nicht viel besser, aber sie waren nicht *tot*.

»Keine große Sache«, sagte Ami und bemerkte Wax' verblüfften Blick. »Wir sind Profis, Wax. Das war ein Kinderspiel.«

Sawi lachte, als Wax sich fassungslos auf den Stein setzte. »Das von der Wächterin, die den ganzen Weg über nicht aufgehört hat zu fluchen.«

»Das ist kathartisch.« Ami hängte sich eine dritte

Tasche über die Schulter, bevor sie innehielt und das erschöpfte Trio ansah. »Wisst ihr, es wird spät. Es gibt keine Städte in der Nähe. Vielleicht sollten wir hier für die Nacht unser Lager aufschlagen. Pläne machen, wie wir diese verdammte Insel überqueren werden.«

»Ich bin dafür«, sagte Livier und wandte sich um, um an den Gleiterflügeln zu reißen. »Auch wenn Noctia wenig an lokalen Ressourcen zu bieten hat, werden diese Segel gut brennen. Ich hoffe, Wax, du hast noch genug Kraft, um einen Foti-Skar zu benutzen?«

Wax hatte keine Kraft mehr, aber Annalyse schon, und von allen Steinen sagte die Wissenschaftlerin, sie sei mit den feuerschleudernden am vertrautesten. Ihr Versuch bescherte ihnen ein loderndes Feuer, das Wax' Augenbrauen versengte, bevor es zu einer freundlichen Flamme schrumpfte, die sie nutzten, um etwas Wasser zu kochen und ihre Hände zu wärmen, als Noctias kühle Nacht hereinbrach. Eujo schlief schnell ein und Sawi folgte ihr bald darauf, während die anderen vier - Wax wehrte die Forderungen des Schlafes mit einem starken Tee ab, den er der Kräuterkunde der Wissenschaftlerin verdankte - neue Ideen zusammenstellten.

Ami stimmte für einen direkten Vorstoß, hinauf und durch den Krater. Vorbei an der Wunde. Neben der Tatsache, dass es die kürzeste Route war, dachte Ami, sie könnten Jochi über das Seilnetzwerk, das sich über die Länge der Wunde erstreckte, eine Nachricht schicken. Den Whent dazu bringen, Hilfe zu schicken, oder sich zumindest auf die Wiedereröffnung der Tore vorzubereiten.

»Ich bin sicher, er wird begeistert sein zu erfahren, dass die Unholde zurückkommen«, sagte Annalyse.

»Das wissen wir nicht«, sagte Wax. »Das ist alles nur eine Hoffnung, keine Gewissheit.«

»Holt wenigstens Fotis Tor, zumindest das.« Ami arbeitete mit einem Wetzstein, um die Klingen der Gruppe wieder zum Glänzen zu bringen, jedes ihrer Worte wurde durch das Gleiten des Steins auf Metall unterstrichen. »Das ist das, was wirklich zählt.«

»Für dich«, erwiderte Annalyse. »Ich will sie alle. Wer weiß, was hinter diesen Toren sein könnte. Es könnte Unholde wie die Feuerwandler in den anderen Welten geben, kluge, die uns wirklich helfen könnten, aber die ihr Tor noch nicht gefunden haben.«

»Dann läuft uns die Zeit davon. Nach dem, was ich gesehen habe, haben die Götter keinen guten Job gemacht, ihre Orte langlebig einzurichten.«

»Umso wichtiger, dass wir sie erkunden, solange wir noch können. Wir werden keine zweite Chance bekommen.«

Wax schüttelte den Kopf. »Ihr greift alle vor. Zuerst die Skars und Fassle. Dann kümmern wir uns um die Unholde.«

Um die Küste herum zu gehen, entweder südlich oder nördlich, waren die anderen Optionen. Beide würden Zeit kosten und es Noctia leicht machen, zuzuschlagen. Diese Realität machte es einfach, sich Amis Vorschlag anzuschließen, und als Livier, der ansonsten ruhig war, ankündigte, er würde Wache halten, war die Gruppe entschieden.

Ein Vorstoß nach vorn, direkt in Fassles Herz.

32
DAS ENDE DER HINRICHTUNG

Blutlos, schnell und gut geeignet für Reden. Das waren die Gründe, die die Najahn für Erhängungen anführten. Bisher, so zählte Torny, erfüllte Quiks bevorstehende Hinrichtung einen von drei Punkten, wobei der Henker seine Zeit damit verbrachte, über die Verbrechen, Hochverrat und anderes, zu schwafeln, die von dem am Galgen wartenden Quintett begangen worden waren.

Als Svarde jedoch brüllte und die schwarze Klinge hervorbrachte, scheiterten die anderen beiden Ziele kläglich.

Die Blitzstrategie des Trios begann, als Torny nach vorne stürmte, Ellbogen verteilte und sich unter Armen und zwischen Körpern hindurchschlängelte, bis direkt vor die Holzbühne. Der Henker, ein schlabberiger Mann, der bei seinen Aufgaben von zwei Najahn in voller Rüstung flankiert wurde, deren Helme geschlossen waren, um eventuelle Rachesuchende von der Erkennung ihrer Identitäten abzuhalten, zog den Hebel des Galgens. Klirren, Klappern, ein Ruck, und die Opfer fielen.

Torny sprang. Sie traf den Galgen mit ihren Armen über

der Kante, die gezogenen Dolche flach gegen das Holz gedrückt. Sie schwang ihr linkes Bein hinüber, rollte sich auf die Oberfläche. Sie sah ein schwarzes eisernes Najahn-Schwert auf sich zukommen und riss ihre Dolche hoch, um zu blocken. Die beiden kreuzten sich, fingen das Schwert zwischen ihren scharfen Seiten und hielten es lange genug, damit Torny den gepanzerten, schiefergrauen Blick des Wächters sehen konnte, als dieser sich in seinen Schlag lehnte.

So schwer, so fokussiert.

So leicht zu verdrehen.

Die Banditin ließ ihre linke Schulter gegen den Galgen fallen, drückte mit ihrer rechten und schob das angreifende Schwert in Richtung des schmalen Griffs ihres linken Dolches. Der Wächter, dessen gesamte Rüstung sein Gewicht um eine Menge verstärkte, die Torny nicht einmal schätzen wollte, fiel mit dem Schlag, verlor seinen Halt, während Torny den Mann nach links schob. Das Schwert streifte ihren Kance-Umhang, als es vorbeisauste und ins Holz biss, während der Wächter darüber rollte und vom Galgen fiel.

Torny sah der Landung nicht zu, sondern drehte sich stattdessen nach rechts und schlug mit dem Dolch zu, während in ihrem Kopf unsichtbar die Zeit tickte. Das Messer durchschnitt das Seil, das dort wartete, direkt über Quiks hervorquellenden, würgenden Kopf, und schickte den Jäger nach unten taumelnd.

»Er gehört dir, Bliss!«, rief Torny, bevor sie einen Schritt nach vorn machte und das nächste Seil in der Reihe durch-trennte.

Leben retten, Chaos stiften. Alles in einem guten Tagewerk.

Die Bewegung gab Torny einen heißen Moment, um die

Szene zu überblicken, und was für ein Trubel der Platz geworden war. Die Menge, hauptsächlich Najahn, die ihre Morgengetränke und Snacks genossen, bevor sie zu wichtigeren Arbeiten aufbrachen, floh in alle Richtungen. Einige organisierten sich, stellten sich Svarde in einem Tanz entgegen, der sich bereits als blutig erwies. Läden und Najahn-Gebäude rund um den Platz dienten abwechselnd als Schutz oder spuckten eingezogene Wachen aus, die in einen Kampf stürzten, den sie nicht verstanden. Der Henker und sein zweiter Soldat waren von der Plattform geflohen, tauchten in der Menge unter.

Soviel zur Pflichterfüllung.

Die Najahn waren jedoch nicht nur Stümper, und Torny hörte die ersten Rufe nach Bogenschützen, nach dem Abriegeln der Ausgänge. Sie befanden sich in Feindesland, und ein Verweilen auf diesem Platz würde ihren Tod bedeuten. Torny durchschnitt ein weiteres Seil, folgte ihm dann nach unten, ließ sich unter den Galgen fallen und drehte sich um, um Quik zu sehen, der von Bliss befreit, aufrecht stand.

Sah, wie Bliss einen Armbrustbolzen in die Schulter bekam, der Treffer wirbelte sie herum.

Der Schlag raubte Torny den Atem. Riss ihn weg in tödlicher Panik. Für all die Beinahe-Tode, mit denen sie gespielt hatten, die skar-getriebenen Katastrophen bis hin zu den Foti-Ferriten, den Kance-Attentätern und den Najahn-Soldaten, traf dieser klar und hart.

Ein zweiter folgte. Traf Quiks Rücken, als der Jäger sich um seine Schwester wickelte. Der Bolzen grub sich tief ein, aber wenn Quik das Ding spürte, zeigte er es nicht.

»Hierher!«, schrie Torny, der Fokus des Kampfes saugte die Panik auf, bevor sie sich festsetzen konnte. »Wir müssen weg!«

Über ihren Ruf hinweg gingen Svardes Herausforderungen weiter, der Barbar machte seinem Namen, seiner Legende alle Ehre. Konnte der Mann wirklich alle Angreifer abwehren, stundenlang, tagelang dort stehen und gegen jeden einzelnen Najahn kämpfen? Etwas, das Torny gerne ein andermal, jedes andere Mal, beobachtet hätte.

Quik und Bliss – immer noch stehend, obwohl Blut an beiden herunterströmte – schlurften in Tornys Richtung, während die Banditin unter dem Galgen hervor in Richtung einer hastigen Najahn-Formation blickte, die sich am nordwestlichen Ausgang des Platzes formierte, genau den, den sie benutzen mussten. Fünf Najahn bezogen Stellung, luden ihre Armbrüste, einschließlich des Schützen. Fliehende Menschenmengen drängten sich weiterhin um sie herum, der Grund, vermutete Torny, warum sie noch nicht alle durchlöchert worden waren.

Diese Läufer würden bald verschwunden sein.

»Folgt mir«, sagte Torny.

Sie fragte nicht erst, ob sie die Kraft dazu hatten. Es gab keine andere Option. Hier stehen zu bleiben bedeutete den Tod.

Die Banditin rannte los und versuchte, mit gezogenen Dolchen im Zickzack zu laufen. Die Menge lichtete sich, die Najahn hoben ihre Armbrüste. Noch viel zu weit entfernt, die Pflastersteine rutschig von verschüttetem Kaffee und Tee. Die Sonne klar, kein Wind. Torny hatte keine Deckung, keine Chance.

Sie hatte allerdings eine Freundin.

Kivi, die einmal mehr bewies, dass der Ferrit kein Dummkopf war, hatte ihrer Strategie zugehört und ihren Platz darin gefunden. Sie preschte am Rand des Platzes in die Najahn-Formation. Der Ferrit war nicht riesig, aber er stieß einen Armbrustschützen in den nächsten, bevor er auf den Hauptmann sprang und ihn zu Boden riss. Der Anblick

ihrer Kameraden, die von einer fremden Steinechse angegriffen wurden, zog verständlicherweise die Aufmerksamkeit der verbleibenden zwei auf sich.

Und gab Torny die Chance, die Distanz zu verkürzen.

Während Kivi den Hauptmann zerkratzte, warf Torny
ihren führenden Dolch auf den Armbrustschützen. Dies
waren nicht ihre Wurfmesser, nicht für diese Aufgabe
ausbalanciert, aber die Dolche waren lang, scharf, und
Tornys Wurf schnitt durch die Najahn-Roben und pflanzte
die Waffe in das Bein des Schützen. Der Mann jaulte auf,
griff nach dem Dolch, während sein Freund, der letzte
unversehrte Najahn, die größere Bedrohung erkannte und
seine Armbrust zurück auf Torny schwenkte.

Zu spät.

Ohne Rüstung fand der Dolch des Banditen ein leichtes
Ziel in der Brust des Najahn, wobei Tornys Schwung den
Mann zu Boden warf. Sie zog den Dolch heraus, als er fiel,
die Klingen schnitten durch Knochen, bevor sie kurz Luft
holten, nur um dann in den Mann zu stoßen, den Torny
bereits mit ihrer geworfenen Waffe getroffen hatte.

Dieser Stich ging gerade und sauber durch und beendete die Sorgen des Najahn.

Kivi, die den Hauptmann bewusstlos geschlagen hatte,
wandte sich den anderen beiden Najahn zu, die sich nach
dem ersten Angriff des Ferrits wieder aufrichteten. Angesichts des blutigen Todes taten das Paar das Richtige, ließen
ihre Armbrüste fallen und flohen. Kivi schnaubte bei dieser
Wendung, warf Torny einen Blick zu, bevor sie über den
Platz davoneilte, vorbei an den herannahenden Quik und
Bliss.

Wohin? Torny wollte die Ferrit fast zurückrufen, bevor
sie Kivis Ziel sah: die heranstürmenden Reihen weiterer
Najahn, diese mit gezogenen Gleven und Armbrüsten. Dass

Kivi einen Kampf eins gegen zwölf nicht überleben würde, schien offensichtlich, aber die Echse stürmte trotzdem los.

Torny würde das Opfer lohnenswert machen.

»Schneller!«, rief Torny, als ob das einen Unterschied machen würde, aber es fühlte sich gut an zu schreien.

Sie holte ihren geworfenen Dolch zurück, während Quik und Bliss vorbeihasteten. Das Trio wich auf die rechte Straßenseite aus, wo Überdachungen, Bänke und der Unrat des Lebens im Najahn-Viertel ihnen etwas Deckung boten. Die Banditin steckte ihre Messer weg und versuchte, einen panischen Gesichtsausdruck aufzusetzen, während sie flohen. Hinter ihnen hallte Svardes Gebrüll weiter.

Vor ihnen lagen nur Kopfsteinpflaster und flatternde purpur-schwarze Fahnen.

Der Turm des Handelskodex. Yarvick hatte Torny die Anweisungen gegeben, als er seinen Befehl überbrachte, und das Trio machte sich verwundet auf den Weg dorthin. Die Banditin zog den Bolzen aus Quiks Rücken, während der Jäger dasselbe mit dem in Bliss' Schulter tat. Die Blutung war nicht hübsch, war überall, aber Najahn-Bolzen zu tragen würde nur mehr herbeiführen.

Eine blutige Wunde konnte von überall herstammen.

Bliss war blass geworden, versuchte nicht zu gestikulieren und lehnte sich mehr und mehr an Quik, bis der Jäger sie hochhob, trotz des blutigen Bolzens in seinem eigenen Rücken. Sie kamen an Najahn-Wachen vorbei, die zum Platz eilten, wobei die Flucht des Trios vom selben Ort als eine Art Tarnung diente. Einige riefen, sie sollten zum Najahn-Krankenhaus gehen, Hilfe für die Wunden finden, worauf Torny erklärte, sie seien von Kance-Attentätern verursacht worden. Dass das Trio keinen solchen Schritt unternehmen würde, war selbstverständlich.

Wohin sie gingen, würden Vis-Skars sein, und diese

kleinen Steine würden mehr bewirken als jeder Najahn-Arzt es könnte.

Der Turm des Kodex ragte hoch auf, sein Quaderstein erhob sich zu einer Najahn-Spitze, Regenrinnen führten den ganzen Weg hinunter unter die Oberfläche zu den riesigen Reservoirs unter der Stadt. Torny erblickte die hölzerne Haupttür, deren Stufen leer waren. Angesichts eines Angriffs ergab es einen gewissen Sinn, einen solchen Turm unbewacht zu lassen.

Es sei denn, man wusste, was sich darin befand.

Torny führte sie die schmalen grauen Steinstufen hinauf und stieß die Tür auf. Niemand verteidigte den teppichbelegten Flur, Porträts und flackernde Laternen schmückten die Wände. Fast gemütlich, wenn man düstere Macht bevorzugte. Stimmen hallten auf und ab, prallten von den Wänden ab, mehr Neugier als Chaos.

Wieder einmal, wenn man glaubt, unbesiegbar zu sein, dann sollte einen nichts erschrecken.

Bis zum Ende des Tages, dachte Torny, würde Fassle von dieser Vorstellung befreit sein.

Hinter ihr folgten Quik und seine Schwester, der Jäger war still geworden, abgesehen von schmerzerfülltem Stöhnen und schweren Atemzügen. Nach dem, was wahrscheinlich eine schreckliche Nacht in einem Najahn-Gefängnis gewesen war, musste es etwas gekostet haben, die Energie aufzubringen, Bliss all diese Straßen zu tragen, mit einem Bolzen im Rücken-

Ein andermal, Torny. Konzentriere dich.

Die Banditin lief voraus, ihre Dolche steckten in den Scheiden. Sie konnten noch eine Weile unter dem Deckmantel der Unschuld marschieren. Sie ging an leeren Räumen vorbei, einige mit offenen und andere mit geschlossenen Türen. Niemand belästigte sie, und selbst die zentrale Treppe war frei von Verteidigung, obwohl Torny Gespräche von weit oben hörte. Ein geplanter Rückzug vielleicht? Jeden Angreifer zwingen, den Turm zu erklimmen, um Geiseln oder Opfer zu finden?

»Runter«, sagte Quik. »Dort ist es, wenn du dahin gehst, wo ich denke.«

»Du weißt es?«

»Ich kann es erraten.« Der Jäger nickte die Treppe hinunter. »Es ist eine gute Wahl. Wir können sie benutzen.«

Torny machte sich nicht die Mühe, weitere Worte zu wechseln. Das fließende Rot sagte genug. Sie stieg hinab und sah zwei in Roben gekleidete Najahn-Wachen mit gezogenen Gleven vor einer einzelnen Tür. Zwei Stühle und ein Tisch, einer mit einem Wasserkrug und einem seltsamen Spiel, deuteten darauf hin, dass die Wachen normalerweise nicht so grimmig dreinblickten, solch gezogene, scharfe Waffen trugen. Sie riefen keine Herausforderung aus. Sagten nichts, bis Torny, Quik und Bliss ihre Ebene erreicht hatten.

An diesem Punkt dachte Torny, dass sich etwas geändert hatte.

»Uns wurde gesagt, dass ihr kommen könntet«, sagte eine Wache, die Stimme schwer und gerade. Nur die Weitergabe eines Befehls, nichts weiter. »Ihr sollt die Waffen hier lassen und uns folgen.« Als Torny nur starrte, hob die Wache ihren grimmigen Blick über sie hinweg. »Ihr bekommt eure Skars, wenn ihr gehorcht. Ihr werdet sterben, wenn nicht.«

»Ich werde nicht wieder ein Gefangener«, sagte Quik, als Torny gerade das Gegenteil verkünden wollte. »Verdammt seien eure Drohungen.«

Torny wechselte zu einem Fluch, trat zurück und zog

ihre Dolche, während Quik Bliss auf die Stufen setzte. Der Jäger, Blut tropfte um seine Füße auf den Boden, starrte die beiden Najahn an. Die Wachen zögerten eine lange Sekunde, vielleicht gaben sie der Gruppe eine Chance, ihre Meinung zu ändern, dann richteten sie ihre Gleven aus.

»Gute Wahl«, sagte dieselbe Wache. »Ich hatte gehofft, dass heute nicht so langweilig sein würde.«

33
ÜBER DIE FELSEN

Der Biss des Bolzens hinterließ ein leckendes Loch. Quik spürte, wie sein eigenes Leben seinen Rücken hinuntertropfte, sein Hemd durchtränkte und auf die Steinstufe zu seinen Füßen tropfte. Neben ihm, an die Wand gelehnt, sah Bliss noch schlimmer aus. Ihr Kance-Gewand trug rote Flecken entlang ihres Arms und ihre linke Seite hinunter, ein Mosaik mit dem Silber und Blau bildend, das unter anderen Umständen vielleicht schön gewesen wäre.

So wie es war, schob Quik den Schmerz beiseite, wie er es schon so oft zuvor getan hatte, und hob seine bloßen Fäuste. Die beiden Najahn-Wachen vor ihnen, die einen vertrauten Gang bewachten, machten ihre Hellebarden bereit. Sie hatten nach Gefangenen verlangt, aber Quik hatte das schon einmal auf diesen Stufen zugelassen. Hatte zugelassen, dass Seile seine Hände öfter fesselten, als er es im letzten Jahr für möglich gehalten hätte.

Nie wieder.

Diese Todesangst, die seine Seele heimsuchte, wich bei dieser Überzeugung zurück, und Quik atmete leicht. Er fletschte die Zähne wie ein Hanoko, der frische Beute wittert.

Torny, zu seiner Rechten, zog unter frischen Flüchen ihre Dolche.

Lass sie in Panik geraten.

Quik stürmte als Erster los, stieß sich von der Stufe ab, um auf das Najahn-Paar zuzuspringen. Flankiert von zwei Laternen über den Schultern der Najahn, der Gang hinter ihnen der einzige Ausweg aus einem ansonsten runden Treppenabsatz mit einem kleinen Tisch und zwei Stühlen, hatten die Najahn nicht viel Platz, sich zu bewegen. Quik auch nicht, was den unbewaffneten Vis eigentlich im Nachteil hätte sein lassen sollen.

Aber Quik war nicht nur ein Raufbold. Er war ein Jäger.

Der Sprung trug Quik nicht direkt in die erhobenen Hellebarden, sondern nach links, an die gestapelte Steinmauer. Die Najahn drehten ihre Hellebarden, um ihn zu verfolgen, eine einfache Bewegung, die Quik konterte, indem er seinen linken Fuß an dieser Steinmauer absetzte und sich hart nach rechts abstieß. Ein schneller Hechtsprung unterbrach den Vorwärtsschwung des Jägers und ließ die Najahn ins Leere stechen.

Quik rollte sich auf dem Boden ab, passierte die beiden Najahn und landete in der Nähe des Tisches. Beide Wachen verfehlten ihre Stöße und machten sich daran, ihre Feinde zu verfolgen. Der, der Quik angesprochen hatte, zielte auf Torny, während der andere auf Quik vorrückte, die Hellebarde bereits zum Stoß in Quiks verwundeten Rücken ausgestreckt.

Der Jäger packte die Beine eines Stuhls und schwang das Möbelstück über seinen Körper zurück, schlug die Hellebarde weg, als sie vorstieß. Die gebogene Klinge wurde nach links abgelenkt, während der Jäger seinen Schwung fortsetzte und die Hellebarde beiseite schlug. Quik drängte nach vorn und drückte den Schaft der Hellebarde gegen den Najahn, wobei die Kraft des Jägers die des Wächters mehr als aufwog. Der Najahn wich einen Schritt zurück, keuchend, bevor er seine rechte Hand zur gescheideten Klinge an seiner Hüfte senkte, während die andere den Hellebardenschaft umklammerte, als Quik ihn gegen seinen Hals drückte.

Ein leichtes Ausweiden. Also änderte Quik sein Spiel, hob den Stuhl statt nach vorn zu drücken, und ließ die Holzkante gegen das Kinn des Najahn krachen. Die Augen des Mannes verdrehten sich bei dem Knacken, die halb gezogene Klinge war vergessen, als der Najahn weiter zurücktaumelte, den Rücken nun an der gekrümmten Wand.

Zu Quiks Linken tanzte Torny, ihre Dolche unfähig, in die Reichweite des Najahn zu gelangen, aber sie war auch noch nicht gestorben. Sie verschaffte Quik Zeit, was alles war, was er brauchte.

Der Jäger ließ den Stuhl fallen, die Hellebarde des Najahn senkte sich, als der Wächter sie zurück in Quiks Richtung schwang. Der Jäger hob sein Bein und trat auf den Schaft der Hellebarde, riss sie dem Najahn aus den Händen. Einen Fluch lallend griff der Wächter erneut nach der Klinge, zog sie, als Quik sich näherte. Der Jäger packte zu, erwischte die ziehende linke Hand des Wächters, das Schwert nicht befreit und nun wie sein Träger an die Wand gepinnt.

Der Najahn schlug Quik mit seiner anderen Hand, behandschuht, aber schwach. Ein Schlag gegen Quiks Schulter, der den Jäger zum Lachen brachte. Quik erwiderte den Schlag zuerst gegen den ungeschützten Hals des Najahn, schürfte sich die Hand am Helm des Najahn auf, traf aber oberhalb des Gewandes und raubte Atem und Nerven. Quik folgte dem Schlag mit einem zweiten, der Najahn gurgelte und erschlaffte in seinem Griff. Sein Schwert klapperte nahe der Treppe zu Boden, zu Bliss' Füßen, obwohl seine Schwester nicht in der Lage schien, es zu benutzen.

Der Jäger schleuderte den Mann weg.

Und schrie auf. Heißes Feuer zog sich seine Seite entlang. Quik blickte nach links, sah die Hellebarde sich von ihrem schneidenden Hieb zurückziehen. Der Najahn drehte seinen Griff um, begann einen Rückschwung. Hinter ihm, gegen die Steine in ihrer eigenen blutigen Pfütze liegend, war Torny, dieser Dolchtanz offenbar besiegt.

Quik wich zurück, fiel vom Najahn weg und entging einem zweiten Hieb. Der Najahn rückte nicht so schnell vor, sondern machte sich stattdessen bereit, dunkle Augen vom Helm beschattet. In der Mitte des Treppenabsatzes stehend, konnte der Wächter Quik fast überall mit der Hellebarde erwischen, außer wenn Quik sich umdrehte und den Gang hinunterlief.

Aber das würde bedeuten, Bliss im Stich zu lassen. Torny dem Tod zu überlassen.

Keine Wahl, die Quik treffen konnte.

Stattdessen schob der Jäger seinen linken Fuß unter die fallengelassene Hellebarde des toten Najahn. Er kickte sie hoch, fing sie mit beiden Händen. Quiks Seite und Rücken bluteten weiter, brannten, aber der Vis fand trotzdem seine Haltung.

»Mutig, gegen einen Najahn mit ihrer eigenen Waffe zu kämpfen«, sagte der Wächter, obwohl seine Worte jetzt keine Überlegenheit mehr enthielten. Nur Vorsicht, Respekt. »Deine Freunde sind tot, Vis. Bald wirst du es auch sein.«

Die Behauptung brach Quiks Konzentration, zog seinen Blick nach rechts, wo Bliss sich weiterhin an die Wand lehnte. Sie war jedoch noch nicht gefallen. Ihre Augen waren ebenfalls offen und vom Tod getrübt. Hinter dem Najahn kämpfte Torny darum, ihren verwundeten Bauch zu halten.

Ein schneller Stoß, hart auf Quiks Brust gerichtet, den der Jäger in einen weiteren bogenförmigen Schnitt gegen seine linke Schulter ablenkte. Der Najahn zog die Hellebarde in einen nach unten gerichteten Rückzugshieb zurück, den Quik zur Seite stieß, nach vorne stürmend, um die Distanz zu schließen.

Genau wie er es mit dem Freund des Najahn getan hatte.

Dieser hier war nicht so dumm. Der Najahn wich dem Ansturm seitwärts aus, lehnte sich in seine Hellebarde, während er zurückwich und Quik daran hinderte, näherzukommen. Einen Moment später stand Quik in der Mitte, während der Najahn sich in der Nähe des Tisches befand, Torny zu Quiks Rechten und Bliss in seinem Rücken. Der Najahn bewegte sich weiter, umkreiste Quik, während er zustach, mit schnellen Schnitten ausfiel. Quik versuchte sich zu verteidigen, aber er war kein Hellebardenexperte, und seine Reaktionen, der blockierende Schaft, kamen immer wieder zu spät.

Die schlimmsten Hiebe verfehlten ihr Ziel, aber weitere Schnitte fügten sich Quiks anhaltenden blutigen Strömen hinzu. Ein langsamer Tod, sicher für den Najahn. Der Wächter ging weiter um den Raum herum, vorbei am Flur, nahe der Treppe. Quik wehrte einen weiteren Stich ab und schleuderte dann knurrend seine Voulge auf den Najahn. Der Speer streifte die Robe des Mannes, prallte von der dahinterliegenden Wand ab und fiel zu Boden. Waffenlos und ein blutiger Haufen, wich Quik zur Seite des Tisches zurück und hielt ihn mit beiden Händen an seinem Rücken fest.

»Gibst du auf?«, sagte der Najahn und trat einen Schritt vor, die Voulge weiterhin bereit. »Oder akzeptierst du dein Schicksal?«

»Mein Schicksal liegt bei meiner Familie.«

Der Najahn starrte, zuckte kaum merklich mit den Schultern und keuchte auf, als ein Schwert durch seine Brust drang. Der Mann sackte nach vorne zusammen und schlug mit einem viel zu lauten Klirren auf dem Steinboden auf. Hinter ihm stand Bliss, erneut blutdurchtränkt, schwer atmend und sich dann über die Leiche des gefallenen Najahn erbrechend.

Quik eilte nicht zu ihr, sondern zu Torny. Er kniete sich über die Banditin und begutachtete ihre Wunden, oder besser gesagt, Wunde. Ein tiefer Stich in ihren Bauch, dunkel und, wie Quik vermutete, wahrscheinlich tödlich.

»Ach, hör auf damit«, krächzte Torny, roter Speichel sickerte bei den Worten heraus. »Mir geht's gut. Ich brauche nur 'ne Minute.«

»Du brauchst mehr als eine Minute«, sagte Quik und schob seine Arme unter die Banditin. »Du brauchst Skars. Jetzt.«

»Na, Glück für mich. Ich höre, es gibt welche ganz in der Nähe.«

Quik antwortete nicht, er bewegte sich einfach. Rannte über die Najahn-Leichen in den Flur, Bliss folgte. Keiner von beiden hatte die Energie oder das Bedürfnis, miteinander zu zeichnen. Sie verstanden beide, was auf dem Spiel stand, wie die Zeit davonlief. Der Vis stieß die erste Tür rechts auf, die, an die er sich erinnerte, von der er Albträume hatte.

Als die Tür aufschwang, offenbarte sich die offene Treppe entlang der linken Wand, gesäumt von Zellen, die sich nach unten erstreckten. Zellen, die möglicherweise Gefangene, Unholde oder Schlimmeres für Skar-Tests beherbergt hatten und nun leer waren. Laternen leuchteten hell zwischen jeder einzelnen, frisch und flackernd, was einen hoffnungsvollen Hinweis darauf gab, dass Fassle die Skars nicht aus ihrem gewählten Lagerraum entfernt hatte.

Diese Hoffnung erhielt einen weiteren Schock, als Quik die Stufen hinunterzulaufen begann und sein Blick auf den Kern des Raumes fiel. Damals, als Ami und Annalyse den Ort leiteten, hatten sie die Skars auf Vitrinen im ganzen Raum verteilt, jede verschlossen und geschützt. Eine zentrale Werkbank diente dem Bau neuer Waffen und der Durchführung von Experimenten.

All das war geblieben. Sogar die Skars in ihren glitzernden Steinen schienen dort zu sein, wo sie früher waren, nach Gladdrings Diebstahl durch die Bemühungen der Najahn aufgefüllt, die Dinger von den Inseln zu fördern. Die Werkbank, diese Steinplatte, lag auch noch bereit da.

Was sich geändert hatte, war das angebotene Experiment und diejenigen, die es durchführten.

»Nein«, murmelte Torny, ihr Kopf hing gegen Quiks Arm, während sie die Stufen hinabstiegen. »Das glaube ich nicht.«

An die Werkbank gefesselt, Arme und Beine zusammengebunden, lag der Banditenführer selbst. Yarvick, ohne seinen Hut, ohne seine vielen Tricks. Bleicher als ein Geist. Zwei Najahn-Wachen standen in der Nähe, einer reichte etwas, das wie eine Zange aussah, diese Foti-Werkzeuge, an einen Schatten der Dritten Hand. Hinter diesem Killer, nahe einer vertrauten Treppe, die nach unten führte, stand ein Mann, den Quik erkannte, einer, der ein hartes Stirnrunzeln annahm, als er die Eindringlinge bemerkte.

Fassle war nicht der einzige Zuschauer, obwohl seine Robe die meisten goldenen Flicken hatte. Gurte um seine Schultern deuteten auf Rüstung darunter hin, und eine Halskette an seinem Hals glitzerte mit Skars. Neben ihm stand ein bekanntes Gesicht, Kavasa, der Quik am Vorabend verhört hatte. Bei ihnen waren mehrere weitere Najahn-Wachen, zusammen mit ein paar eingehüllten Schleichern, die Quik von seiner kurzen Zeit in Masayos Dienst wiedererkannte.

Kurz gesagt, sie waren in der Unterzahl, und als Fassle den Wachen und den Killern der Dritten Hand bedeutete, sich um Quik, Torny und Bliss zu kümmern, so gut wie tot.

34
GROSSE ILLUSIONEN

Schlafen auf Felsen, ohne Schlafsäcke – die Gleiter konnten das Gewicht nicht tragen – bedeutete, dass Eujo mit dem Vis-Skar an ihrem Handgelenk aufwachte, das bereits sein Lied sang. Ihr Rücken schmerzte, ihr Geist war benebelt. Der Morgenhimmel hatte irgendwo Wolken gefunden, deren schneller Gang über ihnen einen wetterreichen Tag versprach. Ihre Nase bot einen besseren Start und nahm den schwelenden Buschbrand und das kochende Frühstück wahr.

Das Essen selbst, getrocknetes und leichtes Gemüse, geräucherter Kance-Fisch, war deutlich besser als übliche Lagerfeuermahlzeiten. Definitiv besser als das, was Eujo während ihrer Streifzüge um Whent und Tamas gegessen hatte. Vier von ihnen aßen mit Messern, die genauso zum Stechen gedacht waren, während Wax, der die erste Wache übernommen hatte, bis zum Sonnenaufgang schlief. Ami und Annalyse zerlegten die Gleiter und verteilten ihre Teile über die Klippen ins Meer, um ihre Ankunft vor umherstreifenden Najahn-Patrouillen zu verbergen.

Dass sie noch keine gefunden hatten, deutete erneut

darauf hin, dass die Najahn tiefe Mängel oder wildes Über-
vertrauen hatten. Dachte Fassle wirklich, dass keine Insel,
geschweige denn Kance, einen Einfall versuchen würde?
Einen Überraschungsangriff?

Oder vielleicht war es Fassle einfach egal und er
glaubte, dass keine Insel in die Ringed City eindringen
könnte, selbst wenn sie auf Noctia landen würden. In
diesem Punkt hatte Fassle immer noch Recht.

»Steh auf, Vis«, sagte Ami, als sie zum Lager zurückkehrte. Eujo beobachtete, wie die Wächterin Wax sanft mit
dem Fuß anstieß. »Der Tag vergeht und wir haben einen
langen Marsch vor uns.«

Eujo milderte Wax' verschlafenes Erwachen mit einem
flachen Stein voller Essen.

»Iss auf, Erneuerung. Könnte für eine Weile die letzte
gute Mahlzeit sein, die wir bekommen.«

Drei Taschen pro Person plus ihre Waffen erschwerten
ihre Schritte. Eujo und Wax gingen in der Mitte, während
Ami führte und Annalyse und Sawi folgten. Eine Linie, die
sich aus der Notwendigkeit ergab, da ihr Weg sich an der
Kraterklippe von Noctia hinaufwand. Livier folgte in
größerem Abstand, eine Taktik, die der Attentäter erklärte,
würde ihm helfen, Verfolger abzuschrecken. Jenseits des
Gestrüpps lauerten und lehnten die grauen und schwarzen
Felsen und bildeten flache und schleichende Pfade herum
und nach oben. Sie benutzten Hände und Füße zum Klettern, wobei Wax und Eujo den Whent-Skar einsetzten,
wenn der Pfad an einer Sackgasse endete. Mehr als ein
kleiner Erdrutsch rieselte die Klippe von Noctia hinunter
und hinterließ eine deutliche Störung für jeden, der zusah.

»Sie werden nicht wissen, warum«, sagte Ami nach
dem ersten, als sich die Staubwolke verzog. »Niemand

vermutet die Skars, was bedeutet, dass sie uns nicht vermuten werden. Wir machen weiter.«

Eujo war sich nicht ganz sicher, wie Ami die Mission übernommen hatte, aber in den Stunden seit der Landung auf Noctia hatte die ehemalige Wächterin Befehle erteilt, und niemand hatte sich die Mühe gemacht, dagegen zu protestieren. Vielleicht, weil Ami Klarheit bot, einen einfachen Weg zu folgen, wenn jeder andere Probleme im Kopf hatte?

»Oder weil sie wirklich gut darin ist?«, bot Wax an, als Eujo es ihm gegenüber erwähnte, das Paar weit hinter Amis führendem Aufstieg. Die Wächterin verlangte den Abstand, falls ein falsch platzierter Griff einen Rückzug erforderte oder einen Stein löste. »Sie ist doch mit der Aegis über alle Inseln gereist, oder? Sie wird wissen, wie sie uns dorthin bringt.«

Sie arbeiteten sich über einen großen Felsblock, wobei jeder dem anderen abwechselnd die Hände reichte und half. Die Kance-Kletterstiefel, die sie auf den Gleitern getragen hatten, zahlten sich hier aus, die in die Sohlen getriebenen Spikes griffen gut auf dem Stein. Das Gleiche konnte man nicht von ihren Kance-Roben sagen, die, obwohl dünner als die Winterversionen, bereits Löcher von Kratzern zwischen den rauen Felsen bekamen. Aber wenn ein paar abgenutzte Kleidungsstücke ihr schlimmstes Problem wären, wäre Eujo verdammt glücklich.

»Und dann wird sie beiseitetreten, wenn wir an der Reihe sind?«

Wax lachte: »Unsere Reihe? Du meinst, wenn wir die Skars bekommen? Ich glaube, Ami könnte uns bis dahin verlassen, um Fassle zu jagen.«

»Was uns mit Sawi und Annalyse zurücklässt?« Eujo

blickte zurück auf das nachfolgende Duo, das Amis Abstand vorne entsprach.

»Du hast Sawis Geschichten gehört. Sie können kämpfen.« Wax, über Eujo auf der Spitze des Felsblocks, drehte sich um und bot ihr einen Arm zur Hilfe an. Die Königin nahm an, und mit einem Grunzen zog Wax sie hoch. »Außerdem werde ich dich auch haben.«

Eujos Augen blitzten auf. »Ich dachte, ich würde dir mit den Skars helfen?«

Wax verstummte und sie beobachteten beide Ami, die ein Stück über ihnen einen schmalen Weg aufwärts zwischen zwei hervorstehenden schwarzen Klippen suchte. Moos klammerte sich an die schattigen Unterseiten, blassgelbe Flechten fügten dem trockenen Geruch von Noctia einen muffigen Duft hinzu. Der Ozean, gar nicht so weit entfernt, erstreckte sich in alle anderen Richtungen, da die Insel in ihren steilen Klippen endete.

»Als ich die Tore schloss, musste ich die Skars in Einklang miteinander bringen. Ihre Bemühungen aufeinander abstimmen«, sagte Wax. »Ich weiß nicht, wie ich das mit etwas anderem machen soll.«

»Zusammenarbeit, Wax. Das ist es, wovon du sprichst. Das machen wir die ganze Zeit.«

»Das hier wäre anders. Als würde man dasselbe denken, aber im Rhythmus.«

Eujo wollte in diesem Moment nach ihren eigenen Skars greifen, Wax' Theorie testen und beweisen, dass sie dasselbe tun konnte, aber die Vorstellung, eine Menge elementarer Kräfte hervorzurufen, während sie hoch oben auf einem Felsblock stand, brachte sie von der Idee ab. Keine Selbst- und Freundeszerstörung, um einen Punkt zu beweisen.

»Dann zeig es mir«, sagte Eujo. »Wenn wir an einen

sicheren Ort kommen, zeig mir, wie es geht. Wir können nicht alles auf eine Person setzen. Auch wenn diese Person ziemlich cool ist.«

Wax lachte wieder und machte sich daran, Ami zu folgen, als die Wächterin rief, dass sie den nächsten Rastplatz gefunden hatte, eine dieser Klippen ein gutes Ziel für das Mittagessen.

»Ich dachte, der Hauptzweck von all dem wäre, Fassle zu zerstören«, sagte Wax, als sie begannen, sich den Weg nach oben zu bahnen, wobei Kieselsteine und Erde unter Eujos Fingernägel gerieten.

»Für Kance vielleicht. Aber wenn wir keinen Weg finden, diese Dämonen zu retten, könnte Ami uns alle umbringen.«

»Es ist seltsam, nicht wahr, dass wir die Dämonen überhaupt retten müssen?«, sinnierte Wax und schob seinen Fuß hoch, um den nächsten Halt zu finden. Eujo schloss die Augen, als Staub auf ihr Gesicht fiel, und kämpfte gegen ein Niesen an. »Die Götter waren so mächtig, aber sie konnten ihre Welten nicht bestehen lassen?«

»Hast du jemals daran gedacht, dass das der Grund sein könnte, warum sie hierher kamen? Sie erkannten, dass etwas mit ihren Heimaten nicht stimmte?«

»Etwas, das sie nicht reparieren konnten?«

»Vielleicht nicht«, sagte Eujo. »Bei unserer kamen sie zusammen, um sie zu erschaffen. Nach dem, was Ami über die anderen Welten gesagt hat, aus denen die Dämonen kommen, sind sie auf unterschiedliche Weise zerbrochen. Nicht ganz.«

»Du denkst also, unsere Welt sei, was, vollständig?«

»Ist sie das nicht?«

Wax rutschte aus, fing sich und fluchte. Sie näherten sich Amis gespaltenen Klippen, deren Schatten willkommen war gegen eine Sonne, die mit jeder Minute wärmer wurde.

»Wir bekämpfen uns gegenseitig«, sagte Wax. »Die Inseln, und sogar innerhalb der Inseln. Sie sind zu klein, aber der Ozean erstreckt sich endlos weiter, weiter als je jemand gekommen ist. Ist das nicht seltsam?«

»Ein bisschen?«

»Ich meine, vielleicht hatten die Götter vor, mehr zu erschaffen.«

»Und sie haben es nicht getan, weil Vis und Noctia einen Streit hatten und alle starben?« Eujo schnaubte. »Was für eine Offenbarung du da hast, Wax.«

»Die Skars erzählen mir alles.«

»Was, wirklich?«

»War nur ein Scherz.«

Erneut erreichte Wax die Klippe, drehte sich um und legte sich auf den Bauch, um Eujo seine Hand anzubieten. Die Königin ergriff sie und kletterte den Rest des Weges hinauf. Ami hatte bereits einige Vorräte aus ihrer Tasche ausgebreitet, mehr Fisch und Karotten. Die Kance-Art.

»Worüber redet ihr beiden?«, fragte die feurige Wächterin, als sie sich zu ihr gesellten.

»Über die Erschaffung des Universums, darüber, dass die Götter ein Haufen Idioten sind«, antwortete Wax.

»Offensichtlich«, sagte Ami. »Aber jetzt können wir ihre Fehler korrigieren.«

»Warum glaubst du, dass es nur die Inseln und einen Haufen Wasser gibt?«, fragte Eujo Ami.

Ami biss in eine Karotte und knackte durch das dicke Orange. Sie kaute darauf, ihre Augen in die Ferne gerichtet, was darauf hindeutete, dass die Antwort kommen würde, sobald Ami sie richtig zubereitet hatte. Dieser Moment kam, als Eujo schon gut in ihre eigenen Bissen vertieft war, und die Wächterin lehnte sich vor, als würde sie gleich ein Geheimnis verraten.

»Weil«, begann Ami und sah abwechselnd Wax und Eujo in die Augen, »die Götter es vermasselt haben, und jetzt können wir es richtigstellen. Du wirst diese Steine benutzen, Wax. Oder Eujo. Es ist mir eigentlich egal, aber ihr werdet sie benutzen, um das zu tun, was die Götter nicht konnten. Ihr werdet mehr als nur die Inseln verwandeln. Ihr werdet die Welt neu erschaffen.«

DIE WACHE

Amis bedeutsame Verkündung verblasste in der gewohnten Plackerei von Essenszeit und Marschieren, während der Nachmittag sich mit mehr Griffen, getretenen Steinen und zunehmender Höhe in Richtung Abend schleppte. Das Erklimmen der Sana-Bäume mit ihren dornigen Griffen und dicken Ästen war so viel einfacher als der mühsame Aufstieg durch enge Spalten und über scharfe Kanten. Noctias Stein verbarg seine Geheimnisse gut, besonders als die Sonne zur anderen Seite des Kraters glitt und sie in Schatten tauchte.

Der bergeschneidende Tunnel der Ringstadt ersparte so viel Zeit auf der Reise, ein Wert, den Wax erst begriff, als er, trotz der Kälte schweißgebadet und mit Händen und Füßen, die nur dank des Vis-Skars keine Blasen bekamen, den gezackten Gipfel weit außer Reichweite fand. Wieder entdeckte Ami eine freundliche Klippe zum Unterschlupf, zog an Wurzeln und Sträuchern, um Material für ein Feuer zu sammeln, als Wax und Eujo sie erreichten.

»Wie viel noch?«, fragte Wax die Wächterin, während Eujo sich über das gesammelte Brennmaterial beugte. Die

Königin griff in ihren Foti-Skar und ließ ihn die gesammelten Überreste entzünden. »Noch ein Tag davon und ich gebe vielleicht einfach auf.«

»Weiß nicht«, sagte Ami. »Hab diese Reise selbst nie gemacht, weil's 'ne dumme ist.« Als sie Wax' verwirrten Blick sah, fuhr sie fort: »Jeder, der zur Ringstadt will, sollte einfach dorthin segeln, statt über den Krater zu laufen.«

Natürlich, da sie als Invasoren und erklärte Feinde Noctias galten, funktionierte diese Art des Zugangs nicht ganz.

Sawi und Annalyse holten auf, als Wax und Eujo Wasser tranken und sich an den Vorräten zu schaffen machten, die bereits knapp zu werden drohten. Die Vis-Sammlerin runzelte die Stirn über dem kräftig brennenden Feuer und fragte, ob das sie nicht verraten würde.

»An der Innenseite des Kraters gebe ich dir in dem Punkt recht«, sagte Ami, während die Wächterin ihre Beine rieb, die Füße über den Rand der Klippe hängend. »Auf dieser Seite der Insel lebt niemand, aus offensichtlichen Gründen, also gibt's hier auch niemanden, der uns ausspioniert.«

Wax stimmte Amis Einschätzung zu. Mit den orangefarbenen Tönen des Sonnenuntergangs, die am Himmel verharrten, nahm der sich im Osten ausbreitende Ozean einen schattigen Farbton an. Die Strecke, die sie zurückgelegt hatten, all dieser verdammte Stein, verschmolz zu einem grauschwarzen Morast. Eine träge Brise kam auf und erstarb genauso schnell wieder. Keine Vögel, keine Tiere durchbrachen die seltsame Stille.

Die Göttin des Todes machte sich nicht gerade ein gemütliches Zuhause.

»Kommt Livier noch?«, fragte Eujo das später eingetroffene Paar.

»Er blieb immer weiter zurück«, sagte Annalyse, die bereits wieder auf einem weiteren Papierblock kritzelte. Sie hatte um die seltenen Geräte gebeten, und Eujo hatte sie geliefert, indem sie sie aus den königlichen Vorräten von Kance holte, und nun schien die Wissenschaftlerin ständig mit ihren Holzkohle-Stiften zu schreiben. »Ich wollte fragen warum, aber als ich einmal rief, antwortete er nicht.«

Eujo wandte sich zum Rand der Klippe, und Wax gesellte sich zu ihr, beide blickten in die Düsternis hinab. Sahen nichts außer Schatten. Kein Attentäter.

»Wenn die Nacht hereinbricht, wird er es schwer haben, hier hochzukommen«, bemerkte Wax.

»Livier wird schon klarkommen«, erwiderte Eujo. »Er hat uns durch alles hindurch verfolgt.«

»Nicht ganz.« Wax grinste. »Wir sind ihm auf Whent entwischt, erinnerst du dich?«

Das waren gute Tage gewesen, in Harrows Kante, am nordöstlichen Rand von Whent. Nach ihrer Flucht aus dem Najahn-Außenposten. Kühle Stunden im Ochsenkarren, der nach Osten rumpelte, sich am Zügel abwechselnd, lernend, wie man die Tiere unter Kontrolle hält, während sie gleichzeitig entdeckten, dass da etwas zwischen ihm und Eujo war. Hände, die sich unter Decken fanden, während sie über die rollende, gefrorene Tundra fuhren ...

»Da«, sagte Eujo und zeigte den Abhang hinunter. Kance-Silber, reglos daliegend. »Das ist er, aber er bewegt sich nicht.«

Die Königin rief Liviers Namen, aber die Robe rührte sich nicht, jeder Körper darunter im Schatten verborgen. Wax wiederholte den Ruf, die anderen drei verließen das Feuer, um sich ihrem Blick anzuschließen.

»Glaubt ihr, er ist gestürzt?«, fragte Sawi, als die Gestalt weiterhin reglos blieb.

»Livier würde nicht stürzen«, sagte Eujo. »Irgendwas stimmt nicht.«

Dass etwas nicht stimmte, würde einen Abstieg zur Rettung des Mannes bedeuten, eine heikle Idee in der Dunkelheit, aber eine, für die Wax sich in der Stille freiwillig meldete. Sawi schloss sich an und erklärte, dass sie und Wax nach all ihren Jahren auf Vis die besten Kletterer in der Gruppe seien.

»Der Rest von uns wird Wache halten«, erklärte Ami, ohne Sawis Einschätzung zu bestreiten. »Wenn Livier verletzt ist, könnte das, was es verursacht hat, immer noch da draußen sein.«

Hinunterzugehen war zumindest leichter als hinaufzuklettern. Der steile Hang war immer noch ein Hang, was bedeutete, dass Wax sich auffangen konnte, wenn er einen Halt verfehlte, wenn ein Fuß rutschte oder seine Hand den Griff nicht ganz halten konnte. Letzteres passierte öfter, als er zugeben mochte, was mehr als einen Kommentar von Sawi hervorrief, zunächst spöttisch und dann neugierig, besorgt.

»Erschöpft«, sagte Wax, als sie sich der Stelle näherten, wo Liviers Robe liegen musste, das Paar kam auf einem Felsblock zusammen. »Du sammelst deine Schrammen und Schnitte, sie heilen auf die alte, natürliche Weise. Meine verschwinden schnell, weil der Vis-Skar nicht aufhört zu arbeiten.«

Sawi, ihr Gesicht kaum mehr als eine Silhouette, als die Dämmerung in tiefes Nachtblau überging, kicherte. »Du sagst also, gesund zu sein bringt dich um?«

»Scheint so.«

»Dann lass mich vorangehen.«

Sawi tat genau das, kroch vor Wax her. Sie flüsterte Liviers Namen, erhielt keine Antwort. Wax blickte nach oben, sah drei Köpfe, die hinunterblickten, das Feuer beleuchtete die Schatten in Orange. Nicht dass seine Freunde dort oben viel nützen würden, aber zu wissen, dass sie Alarm schlagen konnten, war … beruhigend?

»Wax«, sagte Sawi, und der Vis-Träger sah, dass sie Liviers Kance-Robe hielt, kein Livier darin. »Er ist nicht hier. Aber schau. Sie ist blutig.«

Wax sah einen Fleck weiter unten auf der Robe, in der Nähe der Taille, obwohl er ohne viel Licht schwarz aussah. Trotzdem groß genug, um auf eine Stichverletzung hinzudeuten.

»Na, das ist nicht gut.« Wax ließ seinen Blick über die dunklen Steine schweifen, die sich entlang der Klippen um sie herum auftürmten. Endlose Nischen, Spalten, Verstecke. »Ich glaube, wir sollten auch nicht mehr seinen Namen rufen.«

»Was dann? Bist du nicht der Jäger?«

»Ich? Ich bin jünger als du. Ich hab diesen Sprung nie gemacht.«

Sicher, in einem weiteren Jahr hätte Wax versucht, in die Ränge der Jäger aufzusteigen. Er hatte das Talent, sich durch die Bäume zu bewegen, aber Beute aufspüren? Das war nichts, was er gelernt hatte. Diese Fähigkeiten brauchte man nicht, um die nächste Liane zu greifen und zu sehen, wohin sie einen brachte.

»Keine bessere Zeit als jetzt«, sagte Sawi und ließ die Robe wieder auf den Felsen fallen. »Entweder das, oder wir klettern wieder hoch und hoffen, dass Livier auftaucht.«

»Ich stimme für diese Option.«

»Wirklich, Wax?«

»Wirklich, Sawi. Was auch immer Livier mitgenommen

hat, falls er tot ist, könnte immer noch hier draußen sein. Ansonsten werden wir uns verletzen, wenn wir im Dunkeln herumkraxeln. Ich will nicht kalt klingen, aber was wir hier zu tun haben, ist wichtiger.«

»Seit wann bist du so herzlos geworden, Wax?«

Wax verschränkte die Arme und lehnte sich gegen den Felsen. »Ich weiß nicht, Sawi. Vielleicht als ich Pan sterben sah. Als die Leute mich weiterhin zu benutzen versuchten. Als mir immer wieder gesagt wurde, dass ein Leben nichts zählt, wenn man es gegen die Dämonen, die Inseln, all das aufwiegt.« Er änderte seinen Ton, sein Ziel. »Warum hast du Quik verlassen, Sawi? Ihn in Mottilan zurückgelassen?«

»Weil wir keine Chance hatten. Die Najahn waren überall.«

»Siehst du? Es nervt, wenn die Chancen gegen einen stehen, oder?«

»Das ist grausam, Wax.«

»Ich bin nur fair.«

Wenn Sawi eine schlagfertigere Antwort hatte, kam sie nicht dazu, sie zu liefern. Eine Gestalt erhob sich hinter ihr, als würden sich die Schatten selbst zu einem Mann verdichten. Einer mit erhobener Hand, ein Messer, das das Sternenlicht einfing, als es sich Sawis Schulter näherte.

»Tauch ab!«, rief Wax, und die Vis tat es, die alten Instinkte immer noch scharf.

Das Messer blitzte durch den Raum, wo Sawi gerade noch gewesen war, während die Sammlerin hart gegen den Felsen rollte. Wax wartete nicht ab, die Verzweiflung, Wut und Angst in diesem Moment ließen Noctias Skar aufbrüllen. Wax ließ es zu, der dunkle Blitz schoss aus seiner Hand und traf den Schatten, trieb den Mann zurück und über die Kante. Er hörte den Aufprall zu schnell danach, eine Erinnerung daran, dass die Klippen hier keinen tödlichen Absturz versprachen.

Mit dieser Erkenntnis, mit den Schritten, die er auf Sawi zuging, kam Noctias Hunger und seine Vorteile. Wax' Erschöpfung schmolz dahin, als dieser schwarze Blitz ihm zurückgab, was er gestohlen hatte. Ein kleiner Schluck vom Trank des Todes, und Wax war erneuert, bereit.

Zum Glück, denn mehr von diesen Schatten erhoben sich und fielen herab, schufen einen Wald aus Messern, alle auf ihn gerichtet.

36
AUSGEWEIDET

Trotz der qualvollen Schmerzen, die ein Voulge-Schlag in den Magen verursachte, fand Torny etwas Vergnügen darin, von Quik getragen zu werden. Bliss' Bruder hatte reichlich Kraft, und Torny war nicht mehr so getragen worden seit... vielleicht noch nie. Sie hielt ihre Hände auf die Wunde in ihrem Bauch gepresst und hoffte, dass nur Blut durch ihre Finger sickerte und nichts Wichtigeres. Der Schmerz blieb schrecklich konstant, aber sie konnte ihn wegdrücken, ihn in Schach halten.

Besonders als sie in die Skar-Kammer stürmten und Torny zum ersten Mal den Verrat vor ihren Augen sah.

Die Dritte Hand hatte Yarvick gefangen genommen, während Fassle, Wachen und eine Frau in Tenet-Roben über dem Banditenlord aufragten. Derselbe Mann, der Torny noch vor zwölf Stunden auf einem Najahn-Dach von seiner geplanten Machtübernahme erzählt hatte. Jetzt lag er auf einem steinernen Podest, Hände und Beine an den Ecken gefesselt, und sah weniger wie ein werdender Gott aus und mehr wie ein missglücktes Experiment.

Ein schlechtes Ergebnis für Torny und ihre Freunde, da Yarvicks Überleben ihr Leben und den Frieden für Kance erkaufen sollte.

Fassles Befehl zu ihrer Hinrichtung, während Quik neben flackernden Laternen auf der Steintreppe stand, schärfte Tornys Fokus, der sich von Yarvick zu den Skars wandte, die in ihren jeweiligen Vitrinen unten verstreut lagen.

»Wirf mich«, sagte Torny, als Bliss, an der Schulter verwundet, mit einem gestohlenen Voulge vorbeidrängte. Die Vis-Frau schwang die Waffe in Richtung des herannahenden Trios der Dritten Hand und verlangsamte deren Messerangriff.

»Dich werfen?«, erwiderte Quik und trat zurück, als Fassle seine Truppen antrieb, wobei der Najahn-Anführer fast gelangweilt klang. »Dich wohin werfen?«

»Auf die Whent-Skars«, sagte Torny und lehnte sich in Quiks Arme zurück. Sich aufzusetzen bedeutete einen schneidenden Schmerz quer über ihren Bauch, unerträglich für mehr als eine Minute am Stück. »Die goldenen Steine.«

Die Banditin dachte, Quik könnte ihre Bitte anzweifeln, könnte eine andere, weniger wahnsinnige Lösung versuchen, aber der Jäger war nicht einer für Debatten. Gerade als Tornys Kopf in Quiks linken Arm und dessen relative Bequemlichkeit zurückkehrte, wurde Torny nach oben und durch die Luft geschleudert, obwohl sie sich nicht überschlug. Klug von Quik, ihre Wunde von der Landung fernzuhalten.

Nicht, dass Torny nicht schrie.

Alle Augen richteten sich auf sie, einschließlich Yarvicks, der auf dem Podest festsaß. Eine Ewigkeit schien zu vergehen, während sie durch die Luft trieb, Arme und Beine weit ausgestreckt, als sie fiel. Ihr Magen hatte gerade begonnen, in Tornys Kehle zu springen, als sie aufschlug, ihr Hintern und ihre Beine durch das gerahmte Glas krachten, das die Skars hielt. Frische Schnitte zogen sich über die Hose unter ihrer Kance-Robe, als Torny inmitten der Skars landete, deren Podium beim Aufprall umfiel und die goldenen Steine über den Boden verteilte.

Wie ein Kind, das nach Spielzeug greift, ignorierte Torny die Demütigung und die neuen Schmerzen, um nach den Skars zu greifen. Fassle rief den Wachen zu, sie zu ergreifen, ein Befehl, der durch Quiks eigenen Sprung nach unten abgelenkt wurde. Der Vis-Jäger folgte nicht ganz Tornys Flugbahn, sondern fiel auf einen Najahn-Wächter, der sich umgedreht hatte, um Fassles neuesten Befehl zu befolgen. Auf der Treppe versuchte Bliss einen Vorwärtsschlag, einen erbärmlichen Hieb mit ihrer Schulterwunde, aber der Schwung hielt die Aufmerksamkeit der Dritten Hand.

Und Torny wusste nichts mehr.

Die Whent-Skars überfluteten sie, wuschen sie in ihrem kaskadierenden Summen empor. Sie hielt vier oder fünf über ihre Hände verteilt, presste die Steine an ihre Brust, als sie ausreichten und allen Stein fanden und versuchten, ihn ihrem Willen zu beugen. Ihrem eigenen.

Vernichte es, sagten die Skars. Zerstöre den Turm und begrabe Tornys Feinde. Oder lass die Blöcke unter ihren Füßen aufbrechen und versiegle den Stein wieder über ihnen, schließe die Narren für immer in den Fels ein. Diese Ideen vermischten sich mit zu vielen anderen, die Skars wetteiferten miteinander um ihre Aufmerksamkeit.

Torny gab sie keinem außer dem Banditenlord auf dem Podest, demjenigen, der schon immer da gewesen war, solange Torny lebte und lange davor. Fassles Fuß in einen Felsen zu stecken, würde sie nicht retten, und alle lebendig unter Trümmern zu begraben, war die Art von Spiel, für das Torny noch nicht bereit war.

Stattdessen befreite sie Yarvick.

Zwei glatte, kleine Blöcke fielen von der Decke des Raumes, stürzten mit scharfen Kanten herab und landeten genau auf den Seilen, die Yarvicks Hände und Füße fesselten. Die Seile rissen, als der erste Najahn-Wächter Torny erreichte, der Mann zog seinen Voulge für einen leichten Stich zurück.

Yarvick packte den Schaft der Waffe, Fassles Warnung wurde von der Anführerin der Dritten Hand abgestumpft, die ihren Kommandanten packte und ihn zu den absteigenden Treppen zu Tornys Rechten zog. Yarvicks Ruck drehte den Najahn um, sodass der Banditenlord nach vorne greifen, die Klinge von der Taille des Najahn ziehen und den Mann damit ausweiden konnte. Als der Najahn zurücktaumelte, spürte Torny Hochgefühl von den Skars, ein Grinsen erhellte ihre eigenen Lippen.

»Lasst sie nicht entkommen«, zischte Yarvick, wirbelte den Voulge in seiner rechten Hand nach hinten und schlug quer über den Wächter, der mit Quik rang. Der Schnitt betäubte den Najahn und ließ Quik den Schädel des Soldaten packen und gegen die nahegelegene Wand schmettern. »Fassle darf nicht wieder entkommen!«

Die Whent-Skars hörten Tornys Ruf, als Fassle und die Anführerin der Dritten Hand die Treppe hinunter verschwanden. Sie streckten sich aus, wollten die Stufen zerschmettern, das Paar unter Trümmern begraben, aber als sich die ersten Steine zu lösen begannen, zögerten die Skars. Ihre Stimmen in Tornys Kopf verloren ihren Rhythmus, stotterten verwirrt.

Torny selbst verstand es nicht, versuchte die Skars wieder zum Handeln zu zwingen, nur um festzustellen, dass ihre eigene Stimme fehlte. Ihre Kehle war feucht von warmem Blut, passend zu der Pfütze, in der sie, wie ihr jetzt klar wurde, saß. Glassplitter und diese goldenen Steine waren neben ihrer ruinierten Kance-Robe getränkt, der erste Schlag in ihren Bauch war weit davon entfernt, behoben zu sein, und forderte seinen endgültigen Tribut.

Nun. Jetzt hatte sie es geschafft. Eine Banditin sollte nicht in solche Kämpfe geraten.

Yarvick rollte fluchend vom Podest. Er warf Torny einen stirnrunzelnden Blick zu, das graue, blasse Gesicht tat ihr keinen Gefallen, fügte keine liebevollen Erinnerungen mit seiner ätzenden Enttäuschung hinzu. In der nächsten Sekunde verschwand Yarvick dieselben Treppen hinunter, Fassle verfolgend.

Die Art von Loyalität, die sie eigentlich von ihm erwarten sollte.

Überraschender waren die drei Gestalten, die Yarvick hinterher jagten, eine von ihnen mit einer leichten Wunde am Arm. Die Dritte Hand verfolgte ihre Beute, ihre eigenen Anführer.

»Lasst sie gehen«, hallte Quiks Stimme. »Torny ist schwer verletzt.«

Solche Besorgnis vom Vis-Jäger. Quik hatte Torny immer mit einer Art angewiderten Verachtung behandelt, also wie nett war das jetzt?

Doch es war nicht Quiks Gesicht, das als erstes erschien, als Torny bemerkte, dass sie zurückgefallen war, ihr Kopf in ihrer eigenen sich ausbreitenden Blutlache lag. Die Skars hatten aufgehört zu sprechen, ein Rätsel, das gelöst wurde, als Torny neue Steine in ihre Hände gedrückt bekam, andere und dringliche Flüsterstimmen über-nahmen die Führung. Finger blitzten vor ihren Augen, vertraute Symbole, Routinen.

»Vis-Skars. Du musst bei uns bleiben, Torny. Bleib.«

Bleiben? Torny wollte lachen, aber stattdessen würgte ihre Kehle, ein feuchter Sprühnebel. Trotzdem ging die Banditin nirgendwo hin. Konnte es wirklich nicht, in diesem Zustand.

»Hier«, sagte Quik und drückte ein zerrissenes Bündel Najahn-Robe auf Tornys Bauchwunde. »Halt das fest, um zu versuchen, die Blutung zu verlangsamen. Gib den Skars Zeit zu wirken.«

Bliss musste etwas gestikuliert haben, das Torny nicht sehen konnte, denn Quik antwortete, dass er nicht bleiben würde. Nicht hier, nicht jetzt.

»Yarvick ist Fassle gefolgt. Da runter«, sagte Quik knurrend. »Einer von ihnen wird überleben, aber sie werden nicht in bester Verfassung sein. Es ist unsere beste Chance, sie aufzuhalten.« Quiks Kopf kam ins Blickfeld, das Gesicht des Jägers eine Mischung aus Wut und Traurigkeit. »Torny, leb. Hilf meiner Schwester und lauf.«

Damit verschwand der Jäger die Treppe hinunter, den anderen hinterher, und ließ Torny zurück, um mit der einzigen Person zu sterben, die sie je geliebt hatte. Da war doch etwas Poetisches dran, oder?

37
DIE HERREN IM KRIEG

Nicht zum ersten Mal, aber hoffentlich zum letzten Mal, versuchte Quik, das Schreckliche beiseite zu schieben, um einen Racheakt zu vollziehen. Er stieg die Treppe hinab und nahm mit jedem Schritt die Haltung eines Jägers an. Er hatte überlegt, die Vis-Skars auf seinem Weg nach draußen mitzunehmen, in der Hoffnung, ihre schnelle Heilkraft auf die Bolzenwunde in seinem Rücken und die Glefenschnitte an seiner Seite und seinen Beinen anzuwenden, ließ die Steine aber zurück: Die Skars würden seine Energie stehlen, um die Wunden zu heilen, und Quik brauchte jedes bisschen davon.

Seine Beute, Fassle und Yarvick, lag irgendwo unter ihm in einer Grotte, die Quik nur zu gut kannte. Die gewundene Treppe, aus geriffeltem Metall gefertigt, zitterte unter seinen Schritten und wurde von dicken Bolzen am ausgehöhlten Felsen gehalten. Dass die Treppe nicht stärker wackelte, bedeutete, dass der Najahn und der verfolgende Yarvick die Stufen bereits hinter sich gelassen hatten.

Quik bewegte sich nicht schneller.

Die Grotte bot keine einfachen Ausgänge außer diesem einen, ein bewusstes Design, um die Skar-Tests geheim zu halten und die Dämonen, die sie benutzten, einzusperren. Um zu entkommen, müsste man schwimmen, und Quik konnte sich nicht vorstellen, dass Fassle oder Yarvick sich für eine schlampige Flucht in die kalten Gewässer begeben würden, besonders wenn ein Sieg hier die alleinige Herrschaft über die mächtigste Militärmacht der Inseln bedeutete.

Und was würde passieren, wenn beide Ungeheuer hier und heute Nacht sterben würden?

Pavarde hatte darüber eine Einschätzung abgegeben, in jenen Nächten auf den tosenden Wellen, die sie in Gesprächen verbrachten, als sie erkannte, dass ihre Kontrolle über Quik sich nicht auf körperliche Freuden erstreckte. Sie hatte über die Nachfolgelinie nachgedacht, über die Tenets und Adepten, die darum kämpfen würden, die Macht zu übernehmen, wenn Fassle sterben würde. Dass die Najahn entlang der Loyalitäten zu ihren lokalen Kommandanten zersplittern würden, schien wahrscheinlich, dass die Inseln in ihre Individualitäten zerfallen würden, war fast sicher.

Dass Vis seine Freiheit zurückgewinnen würde, war so gut wie garantiert.

Quik verzog sein Gesicht zu einem wilden Grinsen trotz der Schmerzen, als er sich dem Fuß der Treppe näherte und seine Schritte mit bedachtem Gewicht setzte, um leise zu bleiben. Deshiva, die Mottilans Eroberung an Bord eines Vis-Schiffes entkommen und nach Kance gefahren war, würde an der Spitze von Jägern zurückkehren, sich mit den Lira treffen und die Najahn ins Meer treiben.

Der Traum verblasste, als Quik den sandigen Boden erreichte und die beiden dort liegenden Körper sah. Ausgeweidet und die Kehlen durchgeschnitten, ihre Glefen und

Schwerter verstreut. Yarvicks schnelles Werk. Quik hatte keinen Laut gehört.

Um ihn herum und über ihm tauchte die Nacht die Grotte in Dunkelheit. Die Fackeln, die während seiner Gefangenschaft hier mit Annalyse und Amis Experimenten unterhalten worden waren, hatte man erlöschen lassen, und das einzige Licht kam von Sichis Rosa, das wenige, das bis hierher durchdrang. Plätschernde Wellen und der ferne Trubel der Ringstadt vermischten sich mit dem salzigen Geschmack auf Quiks Zunge, oder vielleicht war es Blut, das einsickerte, eine Wunde, die tiefer war, als Quik wahrhaben wollte.

Wie auch immer, Quik hielt sich geduckt und schlich über den Sand. Er bückte sich und hob eine Glefe auf. Der Jäger hatte wenig Erfahrung mit Schwertern, aber eine Glefe konnte er handhaben, auch wenn sie schwerer war und durch ihre geschwungene Spitze zu Tricks einlud, die Quik nicht anwenden konnte.

Aber eine Glefe konnte aus den Schatten ebenso gut zustechen wie jede andere Waffe.

Die Höhlen boten mehrere Richtungen, und ein düsterer Drang zog Quik nach rechts, in Richtung des Käfigs, in dem er tagelang eingesperrt gewesen war. Eine Chance, dieses Gefängnis von außen zu verspotten oder seine Gitter weiter zu zerbrechen. Quik wäre vielleicht in diese Richtung gegangen, wäre da nicht ein höhnisches Lachen gewesen, Fassles Tonfall, das aus dem westlichen Tunnel kam. Dem, der zum Meer und zu demselben Pier führte, von dem Quik und Annalyse vor so langer Zeit gesprungen waren, um Fassles Säuberungsangriff auf Gladdrings Operation zu entgehen.

An den Wänden entlangschleichend und bemerkend, dass die in die Höhlen eingebauten Dämonenfallen entschärft worden waren – hätte Fassle eine benutzt, um Yarvick zu erwischen, wäre Quik gezwungen gewesen, den Anführer des Zirkels zu bewundern –, schlich Quik zum Ende der Höhle. Dahinter, auf dem kleinen, leeren Strand, wartete eine Pattsituation. Fassle stand mit Kasava, der Anführerin der Dritten Hand, mit dem Rücken zum Pier und den Wellen dahinter. Yarvick, noch zerzauster als sonst, stand ihnen mit einer einzelnen nassen Klinge gegenüber. Blut tropfte von ihrer Spitze.

»Ich hätte gedacht«, sagte Fassle gerade, als Quik sich näherte, »dass du einen besseren Plan hättest als Chaos, Yarvick. Dass all dies einem höheren Zweck diente als der Zerstörung.«

»Kaum Zerstörung. Ein Neuanfang. Eine Chance für die Menschen, frei von Dämonen, selbst zu entscheiden, was sie für sich wollen.«

»Während du über ihnen schwebst wie ein zorniger Gott?«

»So wie die Götter über uns schweben, selbst im Tod.« Yarvicks Rasseln schlängelte sich wie die Wellen. »Ich würde die Grenzen wahren, sicherstellen, dass keine große Macht entsteht. Denen helfen, die in Not sind.« Er richtete die Klinge auf Fassle. »Dein Streben nach Macht ist zu weit gegangen. Du würdest herrschen, ich würde führen.«

»Ich würde Noctia am Leben erhalten«, konterte Fassle, seine linke Hand zuckte in Richtung der Anführerin der Dritten Hand, die zwei Schwertbrecher, deren Spitzen in sich kräuselnde Kanten ausliefen, die dazu gedacht waren, Klingen zu greifen und zu zerbrechen, von ihrem Rücken zog. »Ohne die Dämonen hat unsere Insel wenige Ressourcen. Verbrannter Stein ist nicht viel wert. Die anderen Inseln werden sich gegen uns wenden, uns verrotten lassen. Vor Demion war Noctia eine Ödnis, und dahin wird es ohne mich zurückkehren.«

Quik konnte Yarvicks Gesicht nicht sehen, aber er sah, wie der Mann mit seiner linken Hand nach oben griff und auf einen Mund zeigte, dem bestimmte Zähne fehlten. »Lass mich raten, du bleibst für immer an der Macht?«

»Genau wie du«, erwiderte Fassle. »Nun, die Nacht schreitet voran, und ich würde es sehr vorziehen, meine Skars zurückzubekommen. Wenn du das Exil nicht akzeptierst, dann werde ich gerne dein zu langes Leben beenden. Wähle, Yarvick.«

Die Entscheidung des Banditenführers kam ohne Worte, der Mann stieß ein hartes Knurren aus und stürmte vorwärts. Sand wirbelte bei seinem Vorstoß auf, Yarvick schaffte es einen Schritt, zwei, bevor Fassles erhobene Hand einen feurigen Strahl abfeuerte. Hellgelb und orange, hell genug, um Quik zusammenzuzucken, hüllte Yarvick ein und warf ihn zu Boden. Als Yarvick zurückfiel, peitschte sein rechter Arm nach vorne, das wirbelnde Schwert wurde jedoch von Kasava zur Seite geschlagen.

Fassles Feuer fand Zunder in Yarvicks zerlumptem Umhang, der Banditenführer versuchte, die Flammen mit einer Vorwärtsrolle in eine kleine Düne zu ersticken. Kasava stürmte vor, um die Situation auszunutzen, ein langes Messer blitzte auf, bereit, Yarvicks Bauch aufzuspießen, als er aufstand und Asche und Sand von sich abschüttelte. Der Banditenführer machte sich nicht die Mühe abzuwehren, nahm den Stich in die Brust und lachte, packte Kasava am Hals und warf sie in den weicheren Sand, wo die entfernteste Brandung ihren Körper umspülte.

»Jetzt sind nur noch wir beide übrig, Fassle«, sagte Yarvick und zog Kasavas Messer aus seiner Brust. Kein Blut tropfte von der Klinge, die im Licht Sichis rosig glitzerte.

»Zwei machthungrige Bastarde, die um die Zukunft unserer Inseln kämpfen.«

»Der Unterschied«, erwiderte Fassle, während er sich zum Rand des Piers zurückzog, »ist, dass ich das Beste für Noctia will. Du willst nur das Beste für dich.«

»Eine Frage der Ansicht.«

Yarvick stürmte vorwärts, Sand flog auf, das lange Messer hoch erhoben. Quik hielt sich so gut er konnte in den Schatten auf der linken Seite, blieb unter den felsigen Klippen geduckt, während der unsterbliche Fürst angriff. Seine subtile Annäherung gewann an Heimlichkeit durch das unmögliche Schauspiel, das sich vor ihm abspielte. Fassle begegnete dem Hieb mit einem weiteren Skar, eine plötzliche Windböe erfasste Yarvicks Fuß und wirbelte den Mann durch die Luft. Er krachte in den Sand, während Fassle in die Hocke ging, die Hände auf seinen umhüllten Knien.

Erschöpfung brachte keinen Sieg. Yarvick erhob sich, schüttelte den Sand ab. Er richtete das Messer auf Fassle, als dieser die Hand ausstreckte. Eine Welle zu Yarvicks Rechten erhob sich, ihre breite Länge fokussierte sich zu einem einzigen Stoß, um den Banditen zu rammen, ihn hochzuheben und umzuwerfen, sodass er nicht weit von Quik entfernt zusammengekrümmt und nass im Schlamm landete.

Die Beine und Arme des Mannes schienen in schrecklichen Winkeln verbogen zu sein, was die Kraft der Welle verriet. Doch Yarvick zuckte immer noch, rollte sich und erhob sich, ein taumelndes Wrack.

»Dir wird bald die Puste ausgehen«, stotterte Yarvick durch die Worte. »Deine Skars werden lange vor meinen versiegen, und dann werden deine Eingeweide diesen Strand schmücken, Fassle. Das schwöre ich.«

Fassle schien jedoch nicht eingeschüchtert zu sein. Trotz seines eigenen schweren Atems und seiner schwankenden Schritte schritt der Mann auf Yarvick zu. Er hob erneut die Hand, und Yarvick fand seinen stockenden Gang gestoppt. Der schlammige Sand zu Yarvicks Füßen war schnell um die Knöchel des Banditen verhärtet. Der Banditenführer hob das lange Messer und passte den Griff für einen Wurf an.

»Siehst du, Yarvick. Ich musste mich jeden Tag anpassen, um unter den Najahn zu überleben«, knurrte Fassle und kam weiter näher. »Ich musste jeden Vorteil ergreifen, musste Kämpfe auswählen, einige verlieren, um andere zu gewinnen. Das ist eine Lektion, die du nie lernen musstest.«

Der Bandit warf den Dolch, ein kraftloser Wurf mit seiner lädierten Schulter, einem Ellbogen im falschen Winkel. Das Messer flog trotzdem, nahe genug an Fassle heran, der die Klinge anstarrte, sie mit einem schweißnassen Blick stoppte, einem harten Wind, der Quiks Haare zerzauste. Das Messer flog zurück und bohrte sich in Yarvicks Schulter.

Und obwohl Quik Yarvicks Gesicht nicht sehen konnte, bemerkte er das versteifte Rückgrat. Das Zittern, das durch den zerschlagenen Körper des Mannes ging, als der Schock einsetzte, die Erkenntnis, dass Yarvick trotz all seiner Macht, trotz all seiner langen, langen Jahre, unterlegen war.

Die Offenbarung belastete ihn nicht lange. Fassle, nur einen Schritt von Yarvick entfernt, breitete beide Hände aus, und blaugrüne Flammen hüllten den Banditenführer ein. Mit seinen versiegelten Füßen und gebrochenen Knochen gab es diesmal kein Wegrollen. Keine Ausweichmöglichkeit.

Nur Vernichtung.

Yarvick sackte in den Sand, als das Feuer nachließ und flackerte. Fassle schwankte im Sand und beobachtete, wie Kasava an seine Seite taumelte. Beide erschöpft, abgelenkt.

»Noch einmal«, flüsterte Fassle. »Bis er nur noch Asche ist, werde ich nicht glauben, dass er tot ist.«

Quik stellte seine Schultern, pflanzte seinen rechten Fuß auf, als erneut Feuer aus Fassles Hand auf Yarvick spuckte. Der Jäger schleuderte die Voulge, streckte seine Schulter und ignorierte das Stechen auf seiner blutigen Haut. Das Geschoss flog treu und traf Fassle in die Brust.

Das Feuer verschwand augenblicklich, Fassle taumelte zurück, rutschte im nassen Sand aus und brach zusammen. Kasava starrte auf die Voulge in der Brust ihres Kommandanten, rosa gefärbt in Sichis Licht, als wäre sie durch Zauberei erschienen. Yarvick glimmte zwischen den Dünen.

»Du«, sagte Kasava, als Quik aus der Höhle auftauchte. Der Jäger bückte sich und hob einen Stein mit seiner rechten Hand auf. »Natürlich, du.«

Kasava zog ihre beiden Schwertbrecher aus den Scheiden an ihrem Rücken, während sie auf ihn zuging. Quik verlangsamte seinen Schritt, hielt an. Abstand war überlebenswichtig.

»Ich bin nicht wegen dir hier«, sagte Quik und hob den Stein, obwohl das sie nicht von ihrer Annäherung abhielt. »Fassle und Yarvick sind Gift für die Inseln. Das weißt du.«

»Ich weiß, dass ein Mann mir und meiner Familie alles gegeben hat, was wir heute haben«, erwiderte die Frau, obwohl sie in der Nähe von Yarvicks flackerndem Körper innehielt. Ohne den Blick von Quik abzuwenden, drehte sie den Schwertbrecher in ihrer rechten Hand und rammte ihn auf Yarvicks Leiche. Ein verdienter Abschluss. »Ich weiß, dass du uns das wegnimmst. Die Sicherheit meiner Tochter, die Versorgung meiner Eltern, der grimmigste Kämpfer der

Ringstadt liegt hinter mir im Dreck. Ich kann das nicht unbeantwortet lassen.«

»Er hat meine Inseln angegriffen. Meine Freunde getötet.«

»Und meine gerettet.«

Quik nickte, als sie den Schwertbrecher herauszog und auf ihn richtete. »Dann gibt es keinen anderen Weg?«

»Die Najahn werden wissen, wer ihren Anführer gerächt hat«, antwortete Kasava. »Der Tod kommt, Quik. Sei besser bereit.«

Der Jäger war es, aber nicht jetzt, nicht heute Nacht. Quik trat mit dem Fuß durch den Sand und warf eine Wolke in das Gesicht der Frau. Er drehte sich mit dem Tritt, grub seine Fersen in den Schmutz und rannte.

Zurück zu den Treppen, dem Turm, den Skars und mit etwas Glück zu Hilfe.

38
SCHATTENTÖTER

Die Attentäter schlugen zu, und Eujo konnte verdammt wenig dagegen tun. Sie beobachtete zusammen mit Ami und Annalyse, wie Wax und Sawi umzingelt wurden. Die beiden zogen sich in eine enge Felsspalte zurück, und die Attentäter folgten ihnen, ihre dunklen Roben wehrten Sichis Licht ab und ließen sie wie verschwommene Gestalten in der Nacht erscheinen. Wax und Sawi hatten beide Schwerter, aber keiner von ihnen war nach Eujos Einschätzung ein besonders guter Schwertkämpfer.

Dass sie schnell den Tod finden würden, schien sicher, und Eujo drehte sich zum Abstieg, bereit loszurennen-

»Nein«, schnappte Ami und packte Eujos Hand. »Du wirst es nie rechtzeitig schaffen.«

»Dann springe ich eben. Der Kance-Skar kann mich auffangen.«

»In der Luft schweben ohne Deckung? Du wirst Messer in deiner Kehle finden.« Ami, vom kleinen Feuer umrissen, schimmerte. Wut, Enttäuschung und kalte Erfahrung zeichneten sich in ihren zusammengekniffenen Augen ab und setzten ihr Stirnrunzeln fest. »Entweder nutzt Wax die Skars, um sie lebend rauszuholen, oder er tut es nicht. Das liegt an ihm. Was wir tun müssen, ist uns darauf vorzubereiten, wenn sie hinter uns her kommen.«

»Oder auch nicht«, murmelte Annalyse, die immer noch über den Rand starrte.

Annalyse folgte ihren kryptischen Worten mit weiteren, aufgeregten Beschreibungen, die sich in echte Handlung verwandelten, als Eujo zur Klippe zurückkehrte und nach unten blickte. Ein weiterer Schatten hatte sich zu den anderen gesellt, nur dass dieser statt eines sich schließenden Kreises Chaos verursachte. Die Gestalt huschte und stürmte vor, warf glitzernde Wurfsterne und stieß mit einer dünnen Klinge nach. Die Attentäter wirbelten herum, gingen plötzlich in die Defensive und bildeten eine Vierer-Linie gegen den Block der Felsspalte. Zu Eujos Linken, außer Sicht, würden Wax und Sawi ihren Stand machen. Rechts, entlang eines Pfades, der in einem scharfen Felsen und Liviers silbernem Gewand endete, standen die neue Gestalt und die anderen beiden.

»Sieht so aus, als wäre Livier nicht tot«, sagte Ami und brachte ihren gemeinsamen Verdacht in Worte.

»Noch nicht«, antwortete Annalyse, als die beiden Attentäter auf den Kance Vientas losstürmten.

Einer griff direkt an, schlug mit einem Schwert auf Livier ein und zwang den Kance zur Abwehr. Der andere sprang den Berg hinauf, schnitt herum für einen Sturzangriff auf Liviers linke Schulter. Der Killer, die Klinge hoch erhoben, sprang in den stürzenden Schlag, und flog weit, weit weg, hinausgeschleudert über die Klippe in die große Nacht dahinter.

»Was war das?«, fragte Annalyse.

Ami fing Eujos Blick auf und bemerkte das schwere Atmen

der Königin. Der Kance-Skar hatte schnell auf ihre Bitte reagiert, aber die Entfernung, die Kraft, um den Attentäter weit genug zu stoßen, um ein tödliches Ende sicherzustellen... Eujo brauchte eine Minute, um sich zu erholen, während sie zusah, wie Livier seinen Gegner abwehrte, täuschte und erledigte. Gegenüber taten Wax und Sawi das Klügste, indem sie ihre potenziellen Mörder auf statischer Distanz hielten, sei es durch drohende Schwerter oder peitschende Skars. So oder so erkannten die beiden Schatten ihre schlechten Chancen und flohen, den Berghang hinunterkletternd.

Mit etwas Glück würden sie stürzen und sich die Beine brechen.

Oder ihre Schädel.

Livier tauchte als Letzter um das Klippenfeuer auf, wieder in seinem blutigen Gewand. Er begünstigte seine rechte Seite, eine Wunde, die von einem gut platzierten Wurfmesser verursacht worden war. Er hatte das Gewand im Dunkeln abgelegt, war den Berg hinuntergeflüchtet und hatte einen Zusammenbruch vorgetäuscht.

»Die Dritte Hand war schon immer zu selbstsicher«, sagte Livier und hielt Eujos Vis-Skar, während die fünf um das Feuer saßen, ihre Nachtruhe zunichte gemacht. »Sie gehen vom Tod aus, wenn sie es nicht sollten, weshalb zu viele von Fassles Feinden noch am Leben sind.«

»Für mich sahen sie ziemlich tödlich aus«, sagte Wax und lehnte sich an Eujos Schulter, seine Augen halb geschlossen. Sawi hatte ihm zurück nach oben geholfen. Die Skars, die er benutzt hatte, um Sturmböen zu erzeugen, die Erde zu verschieben und schließlich Furcht in die Herzen der Attentäter zu jagen, hatten Wax bis zur Erschöpfung ausgelaugt. »Noch ein paar Sekunden und wir wären erledigt gewesen.«

»Ich würde uns vier Sekunden geben«, sagte Sawi. »Wir hatten Schwerter.«

Livier lachte trocken, während er ins Feuer starrte. »Sie haben euch nicht erwartet. Ihre Beute, fast allein in der Dunkelheit. Diese Überraschung hat sie teuer zu stehen gekommen.«

»Aber zwei sind entkommen«, sagte Ami. »Ich wette, es kommen noch mehr.« Die Wächterin warf ihren Blick zurück zu Kance, dem von Sichi erleuchteten Himmel. »Die Najahn haben Spione. Sie haben uns vielleicht beim Vorbereiten der Gleiter gesehen. Ein Team geschickt, um uns einen Hinterhalt zu legen.« Sie wandte sich wieder der Gruppe zu, ließ ihren Blick schweifen. »Fassle weiß, dass wir hier sind. Sie werden sich vorbereiten. Wir müssen die Initiative zurückgewinnen.«

Livier nickte. »Wir müssen weitergehen. Heute Nacht, morgen. Kurze Pausen, dann weiter.«

»Wenn wir das tun, kommen wir ohne Kraft an«, sagte Annalyse. »Sie werden uns wegputzen.«

»Svarde ist da. Er wird uns beschützen«, erwiderte Ami. »Der Mann kann nicht sterben, schläft nicht.«

»Ich habe auch Kontakte in der Stadt, die Kance treu sind«, fügte Livier hinzu. »Wenn wir ungesehen in die Stadt kommen, wird Fassle uns nicht finden, bis wir bereit sind.«

»Also geht es um die Reise«, sagte Eujo. »Wir müssen den Krater überqueren, und zwar schnell.«

»Eine schwierige Sache bei Nacht. Wir sind nicht alle erfahrene Kletterer, und jedes Fackellicht verrät uns.«

Eujo nickte. Die Wahrheit drängte eine Idee hervor, mit der sie schon gespielt hatte, seit der Aufstieg steiler und mühsamer geworden war. Als Ami darauf hinwies, wie viel schneller der Noctia-Tunnel auf der anderen Seite des Kraters die Reise machte.

»Ich habe eine Antwort«, sagte Eujo und wandte sich an Wax. »Ich brauche deine Whent-Skars.«

»Warum?«

»Wenn Noctia weiß, dass wir hier sind, dann können wir uns auf etwas Besseres als Überraschung verlassen.« Eujo nahm die zwei goldenen Steine entgegen, die Wax ihr reichte. »Angst.«

Eine knappe Stunde später stand sie an einer anderen, kleineren Klippe, einige Handgriffe oberhalb ihres ausgewählten Lagerplatzes. Ami wartete hinter Eujo, bereit, die Königin zu greifen, falls diese schreckliche Idee zu weit in die falsche Richtung ging. Dass die Wächterin keine Sorge zeigte, keinen Zweifel an Eujos Plan geäußert hatte, gab der Königin ein wenig Zuversicht.

Dass die Whent-Skars vor Begeisterung sprudelten, gab ihr noch mehr.

Eujo gab den Steinen den Befehl. Sie wies sie an, das zu tun, was Torny damals auf Whent getan hatte, die Erde zu bewegen und auseinanderzureißen. Torny hatte nicht gewusst, worum sie bat, hatte sich den wilden Impulsen der Skars hingegeben, aber Eujo zügelte ihre aufflammende Begeisterung, konzentrierte sie auf den Felsen vor ihr. Sie befahl den Skars, sich durchzugraben, den ganzen Weg durch den Krater bis zur anderen Seite zu bohren.

Jetzt kam der schwierige Teil. Die Skars peitschten gegen die Felsen, zerbrachen und zerstreuten Steine in die Luft oder zu Eujos Füßen. Hinter ihr fluchte Ami. Eujo schloss die Augen, konzentrierte sich auf die Skars und ihren Gesang, den Rhythmus, von dem Wax gesagt hatte, er sei das Geheimnis zur Vereinigung der Gottessteine. Die Whent-Felsen gaben tatsächlich ein Muster von sich, tiefe

Stakkato-Schläge, verwoben mit schnellen Rascheln, wann immer ein Skar einen Vorstoß zur Kraterwand machte.

Wie beim Kneten von Ton ließ Eujo einen Skar sein Graben verlangsamen, nur um die Anstrengung im selben Moment freizusetzen, als der zweite Skar auf den Stein einschlug. Gemeinsam schob die Anstrengung einen ganzen Abschnitt nach oben, höhlte einen höhlenartigen Eingang in die Bergseite aus und presste den Rand fest zusammen, zermahlte Fels, Ton und Geröll zu einem stabilen Bogen.

Eujo griff als Nächstes nach dem dritten Skar und dämpfte ihn, bis die anderen beiden, noch immer synchron, auf ihr nächstes Stück zustürmten. Die Königin ließ den zurückgehaltenen Skar los, befahl ihm loszulegen, und als ihre Knie nachgaben, brüllte die Erde vor ihr. Der Tunnel schoss tiefer in die Dunkelheit, die Whent-Skars verputzten wieder den bewegten Schutt zu einer Decke, einem geglätteten Boden und Wänden.

»Trag mich hinein«, sagte Eujo, ihre Stimme brach, aber Ami hörte es deutlich genug. »Wir müssen jetzt weitermachen.«

Die Wächterin stellte keine Fragen. Sie hob Eujo auf, als die Beine der Königin taub wurden, als ihre Schultern vor Anstrengung zitterten. Die Whent-Skars tobten und tobten wieder, jedes Mal gruben sie sich in langen Stößen weiter durch den Krater. Ein Tunnel, roh und pur, aber nichtsdestotrotz ein Tunnel.

Erst als Ami verkündete, sie könne die Lelune-Blumen sehen, als Eujo einen Windhauch gegen ihr Gesicht spürte und die Whent-Skars, noch immer hungrig nach mehr, ihr Ziel diffus vorfanden, akzeptierte die Königin ihre gebrochenen Muskeln, ihre erschöpfte Seele und glitt erneut ins Bewusstlose.

39
GEÖFFNETE TORE

Wax schlief. Für den Rest dieser gequälten Nacht und weit in den folgenden Tag hinein, und Eujo schlief noch länger, liegend in dem Tunnel, den sie mit den Whent-Skars gemacht hatte. Die anderen vier wechselten sich beim Wachen an beiden Enden ab, aber die Dritte Hand unternahm keine weiteren Angriffe. Vom Krater aus marschierte keine Najahn-Streitmacht, um sie zu begrüßen.

Es war, als wäre der Wunsch, Tod zu bringen, verschwunden. Eine seltsame Wendung, aber eine, die Wax willkommen hieß, als er die Sonne über dem riesigen Krater untergehen sah. Eine weitere klare Nacht war im Anmarsch, kühl und leicht zu bewandern mit Sichis Licht. Das Zentrum der Wunde, ein Ort, an dem Wax vor nicht allzu langer Zeit fast gestorben wäre, war nur einen Katzensprung entfernt.

Trotz der Erdbeben übertraf der Neubau bereits die Wunde selbst. Der steinerne Thron der Aegis, so lange ein fühlbares Gefängnis, war verschwunden. Ersetzt durch Karren und gestapelte Kisten, mit Schreibern, die Geschäfte und Lieferungen notierten. Jochis Whent-Stadt tief unten hatte bereits mit den Ausgrabungen begonnen, bevor die Unholde versiegelt worden waren, und in den Tagen, seit Wax diesen monströsen Fluss gestoppt hatte, blühte der Handel.

Wax musste nicht nah herangehen, um all das zu sehen, es zu spüren. Die Geräusche reichten aus: das Hämmern, Bohren, Schreien und endlose Knarren von Flaschenzügen, die Seilaufzüge den langen Schacht hinauf und hinunter schickten. Zu jeder Stunde, unaufhörlich. Genug, um Ami zum Fluchen und Sawi zum Murmeln über angenehmere Dschungelgeräusche in der Heimat zu bringen.

»Es war genau da«, sagte Wax und teilte sich den glatten Ausgang des Tunnels mit Sawi, während er den letzten getrockneten Fisch aus Kance kaute. Sie hatten die leeren Taschen während des Aufstiegs weggeworfen, eine Spur, die nun auch durch die Leichen der Dritten Hand markiert war. »Siehst du diesen Fleck? Ohne die Blumen? Alles ich.«

»Ich dachte, das war dieser Rana-Hauptmann?«

»Oh, sie hat all die Erdbeben ausgelöst. Hat diese Whent-Sprengstoffe gezündet. Aber ich, ich habe diesen Erdrutsch verursacht, um uns runter zu bringen. Habe Catya gerettet.« Wax zog ein trauriges Lächeln. »Dann, weil sie die Aegis ist, hat sie alle anderen gerettet.«

»Dann musstest du sie noch übertreffen.«

»Sie hat mir beigebracht wie. Ich wette, wenn sie die Chance gehabt hätte, hätte Catya es tun können. Jeder von ihnen hätte es gekonnt.«

»Aber sie haben es nicht getan.« Sawi trommelte mit den Fingern auf den Felsen. Hinter ihnen packten die anderen ihre Taschen. Livier ließ niemanden Eujo wecken, nicht bis zum letzten Moment. »Jetzt werden wir das alles rückgängig machen, so sagst du. Nehmen, was die Götter nicht zu Ende gebracht haben, und es auf unsere eigene Art tun.«

Wax nickte. »Wenn es eine Lektion gibt, die ich aus all dem gelernt habe, Sawi, dann ist es, dass niemand wirklich einen Schimmer hat. Du findest, was du willst, und kämpfst hart dafür, und du hilfst deinen Freunden, dasselbe zu tun, denn was gibt es sonst? Die Götter wussten es sicher nicht.«

»Und du willst die Unholde zurückbringen.«

»Ich will nicht all diese Leben auf meinem Gewissen haben. Pans ist genug.« Wax warf ihr einen Blick zu. »Was willst du? Hier, aus all dem?«

Sawi antwortete für einen langen Atemzug nicht, die beiden blickten über die geschlossenen, fast schwarzen Blumen.

»Vor Gladdring, vor dieser Erneuerung, denke ich, wäre ich mit einem Vis-Leben zufrieden gewesen«, sagte Sawi. »Die Bäume erklettern, die Früchte holen. Tanzen, lachen, mit dir, Bliss und allen anderen. Jetzt? Ich glaube nicht, dass das reichen wird. Ich will meinen eigenen Abdruck hinterlassen.«

»Mit diesem Schwert?«

Sawi lachte. »Nein. Götter, nein. Ich habe genug Blut gesehen, und ich wette, es wird noch mehr geben. Aber während Gladdring schrecklich war, hat er mich auch viel darüber gelehrt, wie man Menschen dazu bringt, das Richtige zu unterstützen. Vis war lange Zeit ein Nachgedanke unter den Inseln, Wax. Ich will das ändern. Kitaye sollte ein Juwel sein, nicht nur ein Zwischenstopp zwischen Kance und Foti.«

»Ich hoffe, du bekommst diese Chance.«

Ami näherte sich, stellte sich neben die beiden. »Und

ich hoffe, wir kommen diesen steilen Abschnitt vor Einbruch der Nacht runter. Bereit?«

Mit dem verschwundenen Fisch, dem mit einem kleinen Schub aus dem Rana-Skar aufgefrischten Wasserschlauch, mischte Wax einen vollen Magen mit schmerzenden Muskeln, einem Kopf voller singender Skars und der durchnässten Seele von jemandem, der weit von seinen bevorzugten Gewohnheiten entfernt war. Keine ideale Art, in feindliches Gebiet zu marschieren, aber Wax konnte sich nicht beschweren.

Eujo sah weit schlimmer aus.

Die Königin von Kance, selbst nach fast einem ganzen Tag Schlaf, lehnte sich an Livier, als der Attentäter sie zum Ausgang des Tunnels führte. Verfärbte Tränensäcke hingen unter ihren Augen, und während die Kance-Robe ihre Haut bedeckte, sah Wax frische graue Haare unter Eujos Locken gemischt. Seltsame Falten auch, die entlang ihres Gesichts verweilten, als wäre sie über Nacht um Jahre gealtert.

Die Skars forderten ihren Preis.

»Fühlst du sonst noch etwas?«, fragte Annalyse und folgte der Königin Schritt für schleppenden Schritt, eifrig notierend. »Alles ist wichtig.«

»Warum?«, sagte Eujo, ihre Stimme so dünn, wie Wax sie noch nie gehört hatte. Wie Catyas, vor dem Fall. »Was spielt das für eine Rolle?«

»Die Verfallsrate. Was du gerade getan hast, dieser Tunnel? Ihn mit Werkzeugen zu bauen, würde Monate, möglicherweise ein Jahr oder länger dauern. Wenn wir herausfinden können, wie viel Tribut es fordert, ob diese Belastung dauerhaft ist, könnte es die Inseln revolutionieren.«

»Fühlt sich nicht wie eine Revolution an, die ich wollen würde.«

Wax bewegte sich zwischen die beiden. Warf Annalyse einen Blick zu, der sagte, dass die Forschung vielleicht warten könnte. Die Wissenschaftlerin schien den Wink zu verstehen, obwohl die Art, wie sie auf das Ende ihres Holzkohle-Bleistifts biss, sagte, dass viele Fragen unbeantwortet blieben.

Annalyse konnte sie auch während des Marsches nicht fragen, da Ami wieder die Führung übernahm und die Kolonne sich ausbreitete. Livier kehrte an seinen Platz am Ende zurück, mit Eujo und Wax direkt vor ihm. Sawi und Annalyse blieben diesmal in der Nähe von Ami, alle suchten sich ihren Weg den vergleichsweise sanften Hang hinunter, schwarzer Fels bedeckt mit knospenden Blumen.

All dies, die Überreste eines Gottes, der einen anderen erstach.

Die Hände blieben nah an den Klingen, als die Dunkelheit sich vertiefte und Sichi den Krater in eine violett-rosa Schönheit verwandelte. Fackeln und Laternen befleckten dieses Bild in der Mitte der Wunde, ebenso wie der anhaltende Lärm des Geschäftslebens. Kein Hinterhalt, weder von der Dritten Hand noch von den Najahn, erfolgte. Stattdessen erreichte die Gruppe die Mitte der Wunde lange vor Mitternacht und setzte ihren Weg fort, wobei die dort arbeitenden Händler und Najahn ihnen Blicke zuwarfen, aber weder zur Attacke, Verteidigung noch zu einer Frage eine Voulge erhoben.

»Weil sie wissen, wer wir sind«, sagte Livier, als ihre Kolonne sich zu einer Gruppe zusammenschloss, während sie an Kisten, Fässern und bewegten Gütern vorbeigingen. »Seit gestern Nacht hat sich etwas verändert, und das Signal hat sich schnell verbreitet.«

»Ich bin mir nicht sicher, ob das gut oder schlecht ist«, erwiderte Ami, wobei die Wächterin eine dauerhafte

Grimasse annahm, als sie den Aufstieg zum Tunnel in Richtung der Ringstadt begannen. »Ein guter Kampf ist viel leichter zu verstehen.«

»In Anbetracht unseres Zustands ist ein guter Kampf das Letzte, was wir wollen.«

»Du vielleicht.«

»Glaubst du, Svarde könnte den Deal abgeschlossen haben?«, fragte Wax Eujo, die den größten Teil des Marsches wie benebelt verbracht hatte. »Gerade rechtzeitig für uns?«

»Entweder das, oder es ist ein anderes Wunder geschehen«, lallte Eujo und lehnte sich nun schwerer auf Wax.

Sie hatten geplant, direkt zu den Skars zu gehen, notfalls mit Gewalt in das Najahn-Gebiet einzudringen, die Steine zu erreichen und standzuhalten, bis Wax die Welt neu erschaffen konnte. Sobald die Feuerläufer befreit wären, wäre es ein Leichtes, die Najahn mit ihrer brennenden Kraft einzuschüchtern, zumindest laut Ami. Aber angesichts seiner schweren Beine und Eujos erschöpfter Gestalt entschied sich Wax stattdessen für den Ersatzplan.

Liviers nächstgelegenes sicheres Haus war einen guten Fußmarsch entfernt, vorbei am Najahn-Viertel und in die Stadt hinein, eine gefährliche Strecke, wäre da nicht diese seltsame Veränderung gewesen. Die Najahn, die den Turm am anderen Ende des Tunnels bewachten, fragten nicht einmal, wer sie waren, sondern winkten die Gruppe einfach durch. Doch als sie ihren langsamen Abstieg entlang des westlichen Klippenpfades begannen, schwor Wax, dass er einen Läufer weit vor ihrer Gruppe sah, der in die Najahn-Befestigungen unter ihnen stürmte.

»Sie werden jetzt warten«, sagte Ami. »Uns ganz hineinlassen, in die Falle locken.«

»Du bist paranoid«, erwiderte Sawi. »Das sind die

Najahn. Fassle. Sie hätten uns mit Pfeilen durchlöchern können, sobald wir uns dem Wachturm näherten. Er ist nicht Gladdring. Er spielt diese Spielchen nicht.«

»Er will Macht um jeden Preis. Wenn er uns so weit kommen lässt, dann weil er denkt, dass es ihm irgendwie nützt.«

»Vielleicht tut es das«, sagte Wax. »Vielleicht können wir in dieser Sache alle zusammenkommen.«

Diese Hoffnung schwankte jedoch, als sie durch den offenen Bogen gingen, der ins Najahn-Viertel führte. Sichis rotes Licht ergoss sich über Stein, Laternen und violette Roben. Die Kasernen, Schmieden und Läden entlang der gepflasterten Straßen waren geschlossen, ihre Fronten von wartenden, starrenden Soldaten bewacht.

Ami stellte einem eine Frage und erhielt nur die barsche Antwort weiterzugehen. Jeder andere Soldat, den sie fragte, wiederholte dasselbe. Eine stille Mahnwache, durch die sie gingen, bis die sechs von ihnen den zentralen Platz des Najahn-Viertels erreichten, den größten. Annalyse keuchte zuerst auf, und Amis Fluch folgte schnell. Blut lag in dicken Pfützen über die Steine verteilt. Die Luft stank nach Tod, obwohl die Leichen entfernt worden waren. Ein zerbrochener Galgen stand in der Mitte des Platzes, mehrere der Schlingen waren durchgeschnitten, die Seile drehten sich in der kühlen Brise.

Auf diesem Galgen stand Fassle, die Hände gefaltet und die Augen hell. Er stand allein, und sein schmales, scharfes Gesicht sprach nicht von Tod, Wut oder Schrecken. Stattdessen von Traurigkeit. Ein anderer Blick als das Intrigieren, an das sich Wax erinnerte, und einer, der noch seltsamer wurde, als Fassle sich setzte und seine Beine wie ein Kind über den Rand des Galgens baumeln ließ. Er winkte sie heran, und mit einer Armee um sie herum, was hätten Wax und die anderen sonst tun können?

»Willkommen«, sagte Fassle, seine Stimme schwach. Die Hand des Mannes wanderte zu seiner Brust und ruhte dort für einen Moment, als müsse er sich sammeln. »Bitte, nach so viel Tod, nach so viel Zerstörung, können wir nicht endlich Frieden haben?«

40

EIN GEFÄNGNIS FÜR DEN FRIEDEN

Quik tauchte wie ein schmutziger Geist wieder auf, Blut und Dreck bedeckten die spärlichen Überreste seines Gefangenengewands. Die Vis-Tätowierungen schienen im Licht der Skar-Kammer zu leuchten, oder vielleicht war das nur eine Wirkung von Tornys schwindendem Willen. Sie sackte an einer Wand zusammen, während Bliss sich um sie kümmerte und Wunden mit zerrissenen Stofffetzen verband, während die Vis selbst noch aus der ersten Armbrustbolzenwunde blutete. Vis-Skars kratzten wie wahnsinnig durch Tornys Geist und fügten ihr zirpendes Lied hinzu, während sie zuerst ihre Kraft aufsaugten und dann nach Tornys eigener griffen.

Bliss hatte jedoch dieses besondere Rätsel gelöst. Die Vis hatte die Vis-Skars zu einem Haufen zusammengeschoben und tauschte die Steine aus, sobald sie ihre aufgebaute Kraft verbraucht hatten, bevor sie in Tornys letzte Überreste eindringen konnten. Jeder Wechsel brachte eine Stimme zum Schweigen und fügte eine neue hinzu, ein kleiner Schub am Ende des Lebens.

»Verdammt clever, weißt du das?«, murmelte Torny, als Bliss eine weitere Handvoll Skars austauschte.

›Offensichtlich‹, signalisierte Bliss zurück.

Ein rumpelndes Geräusch kam von der Treppe, und Quik taumelte, stützte sich mit einer Hand auf dem Podest ab, während er mit der anderen die Whent-Skars fallen ließ. Die goldenen Steine hüpften davon, einer blieb auf dem zertrümmerten Gestein liegen, das die Treppe nach oben blockierte, die Quik gerade genommen hatte.

»Das dürfte uns etwas Zeit verschaffen«, sagte Quik und nahm mehrere weitere Vis-Skars aus Bliss' Bündel, die er fest umklammerte. »Yarvick und Fassle sind tot.«

Der Mann seufzte, als deren Kraft ihn durchströmte, und Torny kicherte fast bei diesem Anblick, weil sie seinen Worten nicht glauben konnte. Quik musste ihren Blick bemerkt haben, denn er fuhr fort und beschrieb Yarvicks verbrannten Körper und seinen Voulge-Schlag auf Fassles Brust.

»Du warst nicht dabei«, sagte Torny, als Quik seine Beschreibung beendete und Bliss der Banditin auf die wackligen Beine half, »als Ami erzählte, wie sie Gladdring endlich getötet hatte. Kopf ab von den Schultern. Nichts anderes ist garantiert.«

»Wenn ich dafür geblieben wäre, wäre ich auch tot. Kasava lebt noch.«

›Dann wird es Zeit zu gehen‹, signalisierte Bliss. ›Zurück zur *Storm's Edge*.‹

»Glaubst du, wir schaffen es so weit?«, sagte Torny, als sie sich in Richtung Treppe schleppten. »Ich liebe deinen Optimismus, Bliss.«

›Svarde wird den Weg freimachen.‹

Die Vorstellung, dass der alte Barbar da draußen immer noch kämpfte, erschien lächerlich. Selbst wenn dieses schwarze Schwert und seine Noctia-Skars Svarde ein paar schlimme Treffer einstecken und weiterkämpfen ließen, war hier eine ganze Najahn-Armee. Sie würden ihn in Stücke schlagen, ihn buchstäblich unter Armbrustbolzen begraben.

Torny machte sich mehr Sorgen um Kivi, da der Ferrit wahrscheinlich bis zum Ende bei Svarde bleiben würde.

Doch erschöpft und am Rande des Todes konnte Torny weder mit Bliss noch mit sonst jemandem streiten. Ihre Füße die Steintreppen hinauf, in den Flur und bis zum Eingang des Turms in Bewegung zu halten, war alles, worauf sich Torny konzentrieren konnte. Bliss und Quik taten auch nicht viel mehr, obwohl Letzterer ein Gebet an Vis murmelte.

Als ob dieser Gott irgendetwas für sie tun könnte oder würde.

Ein Unheil brachte die Najahn zum Schweigen, oder zumindest diejenigen, die keine Voulge zu schwingen hatten. Der Turm des Handelstenet stand in nahezu völliger Stille, abgesehen von zuschlagenden Türen und sich drehenden Schlössern. Hatten die in Lila und Schwarz einen Plan für eine Invasion? Sollte sich jeder Gelehrte im nächstgelegenen Raum einschließen und auf Rettung warten?

Die absurde Vorstellung, dass jemand in Noctia eindringen könnte, wurde durch die offensichtlichere Antwort ersetzt, als das Trio seine blutigen Füße über den Teppich in Richtung Haustür schleppte. Schutz zu suchen, wenn eine Katastrophe einschlug, wäre ein Plan für Unholde gewesen, jene Schrecken, die an einem schlechten Tag in die Ringed City einbrechen konnten.

Ironisch vielleicht, dass die Najahn dazu gezwungen worden waren, nachdem Wax diese Monster bezwungen hatte. Torny grinste. Ihre kleine Gruppe verursachte genauso viel Panik wie ein riesiges Monster.

›Bereit?‹, signalisierte Bliss an der Tür. Sie allein trug eine Waffe, ein Noctia-Schwert, das sie einem gefallenen Wächter im Skar-Raum abgenommen hatte, als ob die kurze Klinge ausreichen würde, um sich den Weg nach draußen freizukämpfen.

»Los«, knurrte Quik.

Bliss stemmte sich mit ihrer gesunden Schulter gegen die Tür, schob sie beiseite und ließ das Mittagslicht herein. Statt einer verlassenen Straße oder einer, die mit Svarde-zerschnittenen Leichen übersät war, füllten Najahn-Soldaten den Raum vor ihnen. Armbrüste erhoben und gezielt. In ihrer Mitte, in sicherem Abstand zu den nächsten Schultern, stand Svarde, sein Schwert mit beiden Händen umklammert, Karmesinrot tränkte seine Schultern. Zu seinen Füßen saß Kivi, zerkratzt und angeschlagen, aber immer noch mit wachen Augen.

»Ich konnte es nicht tun«, brummte Svarde, als die Tür aufschwang. »Sie wollten Kivi töten, und ich konnte das nicht zulassen.«

Bliss erstarrte, und Torny spürte, wie Quik hinter ihr versteifte. Der Vis hatte vielleicht ein paar Skars gezogen, hatte vielleicht irgendeine dumme Idee im Kopf, und Torny beendete das, indem sie nach vorne trat. Ihr Kopf schmerzte. Bliss' letzte Ladung Vis-Skars hatte sich erschöpft und zehrte nun auf Tornys eigene Kosten von ihr.

Aber die Banditin konnte das noch drehen. Ein letztes Mal.

»Wir haben es versucht«, verkündete Torny den Najahn, »aber wir kamen zu spät. Yarvick hat Fassle getötet. Wir wussten, dass er es versuchen würde, und wir haben ihn dafür vernichtet. Es tut mir leid.«

Ein Geräusch, ein ersticktes Lachen, nass und rau, veranlasste Torny, sich umzudrehen. Quik und Bliss taten es auch, alle drei fanden Fassle, so dünn von seiner eigenen Lebenskraft wie jeder von ihnen, auf Kasava gestützt. Der Mann sah aus, als wäre er nur noch einen Atemzug vom Tod entfernt, doch diese harten Augen waren klar, und seine Stimme war es noch mehr, als er befahl, sie alle festzunehmen.

»Nicht tot, Svarde«, fuhr Fassle fort, während Najahn-Wachen herbeieilten und Bliss, Quik und Torny packten. »Ich habe gelernt, dass der Versuch, euch alle zu töten, kostspieliger ist, als es wert ist. Die verdammte Kance-Königin ist auf diese Insel geflogen, und wenn sie Frieden will, wenn sie ein Ende all dieses Blutvergießens will, dann werde ich es ihr geben.«

Fassle schloss für eine lange Sekunde die Augen. Öffnete sie mit einem langsamen Nicken zu sich selbst.

»Säubert sie. Heute sterben keine weiteren Seelen mehr. Unsere Stadt und unser Volk haben genug gelitten.«

Torny blinzelte, ihre Arme fest von ihren neuesten Najahn-Wächtern gehalten. Dass Fassle lebte, war keine Überraschung – der Mann schien immer zu überleben –, aber Frieden? Keine Vergeltung?

Das ergab keinen Sinn, und keine Antworten fanden ihren Weg in Tornys erschöpften Geist, während die Najahn sie zu einem anderen Turm, einer anderen Zelle abführten.

Die Banditin war eingeschlafen, bevor sie das Bett berührte.

41
DER NEUE WEG

Dass sie Gefangene waren, war keine Illusion, ebenso wenig wie die Tatsache, dass Quik und die anderen Essen, Wasser und Versorgung von najahnschen Ärzten erhielten. Fassle hatte eine Etage in dem vorgesehenen Turm räumen lassen, demselben, in dem Quik während seines ersten Aufenthalts in Najahn gewohnt hatte, und jeder der vier sowie Kivi bekam ein Zimmer. Torny entschied sich dafür, bei Bliss zu bleiben, und beendete damit jeden Gedanken an einen Fluchtplan, indem sie ihre Tür schlossen.

Svarde bot Quik nicht mehr als ein ausdrucksloses Nicken, bevor er sich mit Kivi im Schlepptau in sein eigenes Zimmer zurückzog. Was der Barbar dachte, blieb rätselhaft, aber sein nahezu vollständiges Schweigen seit ihrer Kapitulation gegenüber Fassle sagte genug aus.

Frieden mit Kance. Offenbar das wahre Ziel von Quiks Schwester, und eines, das mit blutiger Überraschung erreicht wurde. Was das für Vis und die najahnschen Truppen bedeutete, die Quiks Heimat besetzt hielten, blieb ungewiss, eine Frage, die Quik stellen konnte, nachdem er sich lange ausgeruht, gut gegessen und versucht hatte zu akzeptieren, dass sein geworfener Voulge Fassle nicht dauerhaft außer Gefecht gesetzt hatte.

Da Quik selbst dank der Vis-Skars eine Stichverletzung überlebt hatte, hätte der Jäger nicht überrascht sein sollen, Fassle dort stehen zu sehen, aber es war ein harter Wurf gewesen. Ein tödlicher Wurf. Tornys spöttische Bemerkung, dass Enthauptungen der einzige sichere Weg zum Sieg seien, war nicht witzig: Jemandem wie Fassle nahe genug zu kommen, um eine Enthauptung durchzuführen, wäre nahezu unmöglich.

Was bedeutete, dass die gefährlichsten und mächtigsten Personen der Inseln auch fast unbesiegbar waren.

Diese beunruhigenden Gedanken spielten sich zwischen unruhigen Träumen ab, bis ein frühes Morgenklopfen Quik aus seiner harten Pritsche weckte. Ein sauberes Hemd, seine Haut straff mit Verbänden umwickelt, und eine kratzige Rana-Wolldecke bildeten die Summe von Quiks Besitztümern – Fassle hatte alle ihre gestohlenen Skars verlangt und erhalten, und Quiks Handschuhe waren seit Pavardes tödlicher Party verschwunden – aber der Jäger erhob sich beim Klopfen und fühlte sich besser als je zuvor seit Mottilan.

Ein Gefangener, ja, aber ohne eine Klinge an seinem Hals.

Das kleine Fenster über seiner Matte deutete auf eine bewölkte, trübe Morgendämmerung hin, eine Zukunft, die widerlegt wurde, als Quik die Tür öffnete und jemanden sah, den er zu kurz gehalten hatte. Jemand, der auf der Flucht aus Mottilan hätte sterben können, zwischen den Unholden und verräterischen Höhlen im Dunklen Unten, die-

»Echte Überraschung«, murmelte Annalyse, ein

Lächeln, das die erschöpften Züge um sie herum auslöschte. »Das ist bei dir Wunder genug.«

»Wie?«, fragte Quik, die Worte herauswürgend, und trat zurück, um Annalyse Platz zum Hineinschlüpfen zu geben.

Sie trug Abenteurerkleidung, obwohl Quik leere Scheiden an ihrer Taille bemerkte. Keine Gadgets oder versteckten Klingen zum Ziehen. Also keine kriegszerrissene Rettung, sondern ein Beitritt zu den Zellen. Seltsame Erleichterung kam mit dieser Erkenntnis. Quik würde seinen geschundenen Körper nicht in einen weiteren Kampf schleppen müssen. Konnte stattdessen Fragen stellen.

Annalyse gab auch Antworten, während sie die Accessoires, die dicken Stiefel und die geschichteten Leder ablegte, die sie vor Schwertern und Gleitrisiken gleichermaßen schützen sollten. Frisches Wasser und einfache Gebäckstücke kamen in einem kleinen Korb, die sie beide verschlangen, während Annalyse die Verantwortung für das Geschichtenerzählen an Quik übergab.

Danach, als Quik zunächst dachte, er würde gehen und seinen Bruder suchen, hielt Annalyse ihn auf. Sagte, Wax und Eujo schliefen wahrscheinlich und würden einige Zeit nicht aufwachen. Sie alle brauchten Ruhe. Was als Nächstes kommen würde, konnte warten.

Und als Annalyse ihre müden Augen zur Pritsche wandte und vorschlug, sie sollten zu deren spärlichen Decken zurückkehren und für eine kleine Weile einander teilen, war Quik glücklich, Fassle, die Skars und das Schicksal seiner Insel weit aus seinen Gedanken zu verbannen.

Fassle gab ihnen zwei Tage. Sagte, es würde so lange dauern, seine Tenets einzufangen, die Straßen von den Kämpfen zuvor zu befreien. Yarvicks Flinke Finger wurden in der gesamten Ringstadt gejagt, eine brutale Aufgabe, die Fassle persönlich leitete. Als Quik und Annalyse an diesem Nachmittag ihr Zimmer verließen, gekleidet in frische purpurne Najahn-Roben, fanden sie Wax und Eujo noch schlafend vor. Ami, Svarde, Torny, Bliss und Sawi waren mit einer najahnschen Eskorte zur *Sturmkante* zurückgekehrt, um die Skars zu holen und Kances Teil des Deals zu erfüllen.

Livier weigerte sich, Eujos Tür zu verlassen, der Mann schien im Stehen zu schlafen, seine Augen offen.

Das ließ Quik und Annalyse allein zum Wandern, außer dass Annalyse ein sehr spezifisches Ziel hatte. Als ob die Morgenruhe nicht nur ihre Energie, sondern auch ihr Selbstgefühl zurückgebracht hätte, ging Annalyse direkt zum Turm des Handelstenets. Ihre najahnsche Eskorte, zwei Soldaten und ein wachsamer Gelehrter, stellten ihre Absicht nicht in Frage, selbst als Annalyse erklärte, sie wolle hineingehen zu den Skars.

»Fassle ist damit einverstanden, solange Sie die Steine nicht berühren oder mitnehmen«, antwortete der Gelehrte. »Er fügte hinzu, dass Ihre Sachen unberührt gelassen wurden.«

»Kluger Mann«, sagte Annalyse, und bei Quiks verwirrtem Blick lachte sie. »Benutze eines meiner Geräte falsch, und du könntest tot enden. Gladdring wusste das. Vielleicht hat er es Fassle gesagt.«

Die Rückkehr in die Skar-Kammer ließ Quik erschaudern. Die Blutflecken waren aus dem Hauptturm entfernt worden, aber das Hinabsteigen der Treppen in den bewachten Flur bedeutete, Zeuge der befleckten Steine zu werden. Tiefe karmesinrote Tropfen. Annalyses aufgeweckte Stimmung trübte sich, als die Spuren zu offensichtlich wurden, um sie zu ignorieren.

»Deins?«, fragte sie.

»Ein Teil davon.«

Die Wissenschaftlerin behielt ihr Stirnrunzeln bei, sagte aber nichts weiter, außer dass sie die Hand ausstreckte und Quiks Hand hielt. Fest drückte. Eine seltsame Geste – Vis bevorzugte umfasste Handgelenke und enge Umarmungen zwischen Partnern, aber Quik würde es annehmen –, die fiel, als sie den zentralen, kreisförmigen Raum der Skars erreichten. Annalyse ignorierte die schimmernden Steine, die wieder in ihren verschlossenen Behältern waren, der eine, der durch Tornys fallenden Körper zerbrochen war, bereits ersetzt, und ging zu einer unscheinbaren Truhe an der hinteren rechten Seite des Raumes. Sie stand unter Werkzeugregalen und in der Nähe einer Werkbank, wo, wie Annalyse erklärte, sie Skar-Halterungen in Waffen, Rüstungen und andere Dinge bohrte, um deren Fähigkeiten zu testen.

Annalyse öffnete die Truhe und wühlte darin, während Quik, sich die Arme reibend, die Skars betrachtete. Ohne die Gegenwart des Todes und den Rausch der Schlacht glitzerten die Steine in einem anderen Licht. Schön, aber auch gewöhnlich. Wie jeder andere Edelstein oder glänzendes Metall.

»So, hier haben wir's«, sagte Annalyse und zog eine gebogene Röhre mit Einsätzen entlang des Laufs und einer Düse an einem Ende hervor. »Das sollte das nächste Projekt werden.« Sie starrte es einen langen Moment an und blickte dann zu dem zuschauenden Gelehrten und den beiden Wachen. »Macht es Ihnen etwas aus, wenn ich das behalte?«

»Was ist das?«, fragte der Gelehrte. »Wir können Ihnen keine Waffen überlassen.«

Annalyse richtete das Ding auf die Decke des Raumes

und betätigte einen klickenden Abzug in der Nähe ihrer Hand. Nichts geschah.

»Nutzlos ohne die Skars«, sagte Annalyse. »Sehen Sie? Es ist einfach mein Lieblingsstück aus dem Haufen.«

Der Gelehrte zuckte mit den Schultern. »Behalten Sie es meinetwegen, aber ich werde Fassle mitteilen, was Sie mitgenommen haben.«

»Ich bin sicher, es wird ihm nichts ausmachen.«

Annalyse wandte sich den abwärts führenden Treppen zu, die sowohl vergraben als auch durch Whent-Skar-Arbeit wieder freigelegt worden waren. »Können wir den Strand besuchen?«

Quik blinzelte. Den Strand? Die Grotte? Er hatte Annalyse erzählt, was dort unten passiert war. Wollte sie Yarvicks Leiche sehen?

Der Gelehrte und die Wachen, die es entweder nicht wussten oder denen es egal war, hatten nichts dagegen. Sie schlenderten alle hinunter, wobei Annalyse den Weg zu ihrem ehemaligen Testgelände führte. Nachmittagssonne und salzige Luft durchdrangen die Höhlen und ließen das ganze Unterfangen viel entspannter wirken, als Quik es erwartet hatte.

Vielleicht war dies nur ein Ausflug, um das Meer zu sehen.

Ihre Beobachter blieben in gutem Abstand hinter Annalyse und Quik und gaben dem Paar weiterhin Raum. Fassle schien auf einer Mission zu sein, um Wohlwollen wiederherzustellen, obwohl weder Annalyse noch Quik vermuteten, dass dies so bleiben würde. Quik hatte gehört, wie Fassle Yarvick gegenüber Noctias schwächelnde Position erklärt und die Risiken verdeutlicht hatte, die die Najahn eingehen würden, wenn sie die anderen Inseln frei ließen.

Dass Fassle nach einer Beinahe-Todeserfahrung seine Meinung ändern würde, schien zu bequem.

Annalyse näherte sich mit zögernden Schritten dem vernarbten Strand, wo die Schlacht stattgefunden hatte. Quik interpretierte ihre langsamen Schritte zunächst als Zeichen der Überraschung angesichts der Skar-Verwüstung, der glasigen Flecken verbrannten Sandes, der zersprengten Felsen, der blutigen Stellen, die noch nicht von den Wellen weggewaschen worden waren.

Wie bei den meisten seiner ersten Eindrücke war dies ein Irrtum.

»Bleib dicht bei mir«, sagte Annalyse flüsternd. Das röhrenförmige Gerät, das sie aus der Truhe genommen hatte, ruhte in einer Tasche ihres Gewandes und stieß gegen Quiks Oberschenkel, als er näher kam. »Ich werde in einer Minute hinfallen.«

»Was?«

»Wenn ich es tue, beug dich vor, um mir aufzuhelfen, und gib mir Deckung.«

Eine frühere, jüngere Version von Quik hätte vielleicht weiter Fragen gestellt. Diese hier wusste, dass er den Mund halten und tun sollte, worum Annalyse ihn bat. Der Fall kam plötzlich, ein Sturz auf ein Knie in den Sand. Annalyse fügte einen Fluch hinzu, und Quik blickte hinunter, versuchte, Besorgnis vorzutäuschen.

Und sah genau, wo Annalyse hingefallen war.

Eine geschwärzte Mulde lag zu ihren Füßen, verkohlte Knochen halb vom Sand bedeckt. Die wenigen Aschen, die noch nicht vom Wind weggeweht worden waren, zuckten. Fliegen summten bei der plötzlichen Bewegung davon, aber langsamere Insekten schafften es nicht zu entkommen und fuhren stattdessen fort, an einer Leiche zu fressen, die Fassle entweder vergessen oder zurückgelassen hatte.

Yarvicks Schädel, fast rein gebrannt, lag nahe Quiks Füßen. Sandkörner begruben den Banditenlord, aber Annalyse schob ihre rechte Hand in den klaffenden Mund des Schädels und grub. Quik verstand, wonach sie grub, als ihre Hand mit mehreren alten Zähnen und einem schwarzen Stein zurückkam.

»Nicht alle«, flüsterte Annalyse und ließ den Skar in ihre Tasche gleiten. »Sie haben seine Vorderzähne mitgenommen, aber die hinteren übersehen.«

»Woher wusstest du das?«

»Gladdring hat es mir erzählt. Yarvick hat mit diesen Skars gelebt. Sechs wurden implantiert, als seine Zähne ausfielen. Ich habe es gehofft.«

Bevor Quik eine weitere Frage stellen konnte, brachten sie näher kommende Schritte zum Schweigen. Der Gelehrte fragte nun, ob sie Hilfe bräuchten.

»Nein«, sagte Annalyse, stand auf und warf dem Gelehrten ein zittriges Lächeln zu. »Ich habe das nur nicht erwartet.«

Der Gelehrte blickte auf Yarvicks Leiche und runzelte die Stirn. »Alle Verräter sollten nichts als Futter für die Insekten sein.« Der Mann hellte auf, blickte zurück zum Najahn-Viertel über ihnen, das sich über die felsigen Klippen erstreckte. »Apropos Essen, die Abendessenszeit nähert sich, und Fassle würde Sie alle gerne an seinem Tisch begrüßen heute Abend.«

42

ABENDESSEN AM ENDE
DER WELT

Wie wacht man in den Armen eines Mannes auf, den man zunehmend liebt - ja, liebt, Eujo würde sich darüber nicht mehr belügen - während man sich im Haus des größten Feindes befindet?

Eujo wägte diese Frage im verschwommenen Abend ab, während sie mit dem noch schlummernden Wax in dem kleinen Zimmer zusammengequetscht lag, das ihnen der stets großzügige, stets intrigierende Fassle gewährt hatte. Als Ami und Wax dem Angebot des Mannes zugestimmt hatten, Fassle dort auf dem Galgen sitzend, war Eujo kaum noch in der Lage gewesen zu laufen. Die Erschaffung des Tunnels hatte sie fast zwei Tage lang erschöpft, und ihre pochenden Kopfschmerzen bedeuteten, dass das Leiden noch nicht vorbei war.

Normalerweise hätte der Vis-Skar an ihrem Armband diese Irritation vertrieben, aber dessen Abwesenheit markierte den zweiten Grund, warum Eujo auf der Pritsche lag und voller Verwirrung an die Decke starrte. Ihre Skars waren weg. Wax' ebenfalls. Abgenommen und in eine verschlossene Kiste gelegt, so behauptete Fassle, ein Preis, um den Frieden zu wahren. Wenn Eujo und Wax ihr Schiff bestiegen und nach Kance zurückkehrten, könnten sie die Skars zurückbekommen.

Was nicht gesagt wurde, was Eujo vorhatte zu tun, war, die verdammten Steine zu nehmen, wenn sie die Gelegenheit dazu hätte. Wax würde seine eigenen brauchen, wenn er die Dämonen retten wollte, und die restlichen Noctia-Skars obendrein.

Würde Fassles Waffenstillstand eine solche Wendung akzeptieren?

Eujo setzte nicht darauf.

Ihre Träumerei dauerte nicht viel länger, als ein Klopfen ertönte und eine angeknackste Tür frische Roben zusammen mit Wasser und Crackern in den Raum gleiten ließ. Der Najahn, der die Güter brachte, gab ihnen fünfzehn Minuten, um sich fertig zu machen, bevor Fassles Dinner beginnen würde.

»Fassle darf fordern, aber ich darf nicht ablehnen?«, rief Eujo zurück, aber ihre Stimme war der Aufgabe nicht gewachsen und brach, ohne eine Antwort zu erhalten.

»Wovon redest du?«, fragte Wax, sich bewegend, erwachend.

Eujo nahm ihr dünnes Kissen und verpasste dem Vis einen leichten Schlag. »Steh auf, Wax. Du hast ein paar schöne Worte zu machen.«

Das Najahn-Viertel schien der Königin von Kance nicht wohlgesonnen zu sein, misstrauische Augen beobachteten Eujo und ihre Gruppe, als sie, alle in tiefpurpurne Najahn-Roben gekleidet, hinter einem Führer und mehreren Wachen über das Kopfsteinpflaster gingen. Nur Svarde trug noch seine Klinge, ein Zugeständnis, das dadurch ermöglicht wurde, dass man die Hände des Mannes so an das Schwert gebunden hatte, dass die Waffe mit der Spitze nach unten gezwungen war. Das Schwert war auch stumpf gemacht worden, eine Scheide um seine glänzende schwarze Klinge gebunden. Alle anderen gingen mit freien Händen, ihre Stimmungen eine Mischung aus Neugier und, Eujo hätte fast gelacht, Hoffnung.

Sawi und Ami trugen Taschen, die mit den aus Kance zurückgebrachten Skars gefüllt waren, ein Geschenk an Fassle, das Eujo im Hals stecken blieb. Sie hatte von dem verzweifelten Angriff auf die Skar-Kammern erfahren, von Tornys Abmachung mit Yarvick, die so schrecklich schiefgegangen war, dass der Banditenlord tot endete. Weit über das hinaus, was Eujo von ihren improvisierten Diplomaten erwartet hatte, aber vielleicht war das eine Lektion im Regieren: Schicke keinen Barbaren, einen Banditen und einen Vis-Jäger, um einen Deal zu machen.

»Schau nicht so sauer drein, meine Königin«, sagte Livier, der Attentäter hielt sich näher an ihrer Seite als Wax. »Wir retten heute Leben. Immer ein Grund zum Lächeln.«

»Von dir, Livier, fällt es mir schwer, das ernst zu nehmen.«

»Oh, ich war schon immer der Meinung, dass meine Arbeit weit mehr Leben rettete, als sie nahm.«

Eujo lachte, ein Geräusch, das über das Gemurmel der übrigen Gruppe hinweg erklang. »Eines Tages musst du mir beibringen, wie du zu dieser Einstellung gekommen bist. Ich könnte sie jetzt gut gebrauchen.«

»Es wäre mir ein absolutes Vergnügen.«

Was auch immer ihr Ruf war, die Najahn-Eskorte hielt Eujo und ihre Freunde sicher. Svardes mörderischer Streifzug durch das Viertel zwei Tage zuvor musste viele zurückgelassen haben, die sich härtere Rache für Freunde oder Partner wünschten, aber keine Seele versuchte ein Attentat oder eine Konfrontation. Eujo hätte das Gleiche verdient haben können, da sie wusste, dass viele Najahn-Soldaten nun auf dem Meeresgrund verrotteten, nachdem sie gegen Kance-Schiffe gekämpft hatten. Doch sie gingen unbehelligt direkt in den zentralen Turm des Zirkels. Wartende Gelehrte nahmen die Skar-Taschen entgegen und verschwanden mit den Steinen ohne ein weiteres Wort.

Niemand protestierte, denn was hätten sie tun können?

Ihr Weg führte sie nicht zu den Audienzkammern des Zirkels, sondern eine einzelne Treppe mit burgunderrotem Teppich hinauf zu einem großen Esszimmer. Der Kirschholztisch in der Mitte des Raumes war rund, mit Plätzen für Eujo und ihre Begleiter sowie für Fassle, den Anführer der Dritten Hand und mehrere andere Tenets. Najahn-Wachen standen in der Nähe der Türen, und eine Höhlung über der spitzen Decke des Raumes deutete auf einen Bogenschützen hin, der mit einer geladenen Armbrust spähte.

Fassle saß bereits, ebenso wie seine Najahn-Gäste, und der Mann bemühte sich nicht aufzustehen, als Eujo und die anderen eintraten. Er deutete auf die Stühle und forderte sie auf, sich ihre Plätze selbst auszusuchen. Tamas-Wein und frisches Rana-Wasser standen zur Verfügung und wurden zügig in steinerne Kelche an ihren Plätzen gegossen, ohne dass jemand fragen musste, jeder konnte wählen, was er wollte.

Eujo beobachtete, wie Wax sich auf seinen Stuhl setzte, sich gerade hinstellte und den ersten Schluck Wein auf genau die richtige Weise nahm. Sie hatte ihn gut unterrichtet, und der Vis erinnerte sich daran. Ein kleiner Sieg an diesem seltsamen Tag.

»Das Essen wird zu gegebener Zeit eintreffen«, sagte Fassle, als sich alle gesammelt hatten. »Bevor es so weit ist, würde ich es vorziehen, die Details zu klären.« Er wandte sich Eujo zu, die zwischen Wax und Livier saß. »Ich akzeptiere euren Vorschlag. Die Skars wurden zurückgegeben, und Kance wird seiner eigenen Herrschaft überlassen. Nach dem heutigen Mahl werde ich das Wort aussenden, und unsere Marine wird sich zurückziehen.«

»Und Vis?«, fragte Wax in den Raum. »Was ist mit unserer Insel?«

»Der Vertrag ist mit Kance«, erwiderte Fassle. »Aber ich würde es vorziehen, wenn die lästigen Lira von Vis ihre endlose Schikaniererei aufgeben würden. Könnt ihr sie überzeugen, ihre Speere beiseite zu legen?«

»Sie werden niemals-«, begann Wax, aber Eujo unterbrach ihn.

Fassle hatte eine Gelegenheit eröffnet, und sie konnte nicht zulassen, dass Wax sie vermasselte.

»Das können wir«, sagte Eujo. »Aber wir brauchen einen Gefallen, und Sie müssen ein Versprechen halten.«

Bliss gebärdete etwas wütend zu ihrem Bruder, aber Eujo ignorierte es. Über Vis und seine Besetzung konnte später neu verhandelt werden. Die Skars und die Dämonen kamen zuerst, aus Gründen, die über diese Monster und ihr Bedürfnis nach einem Zuhause hinausgingen.

Fassle überließ Eujo das Wort und zog sich zu seinem Wein zurück, wartend, dass sie fortfuhr.

»Du hast Ami und Svarde versprochen, den Feuerwandlern eine Heimat zu gewähren«, begann Eujo, »aber das sind möglicherweise nicht die einzigen Unholde in den von den Göttern zurückgelassenen Welten, die einen Ort zum Leben brauchen, eine Rettung vor einer Katastrophe, die sie nicht selbst verursacht haben.«

Die Worte fielen mit dem geübten Tonfall einer Königin, abgemessen und von einem Punkt zum nächsten schreitend. Eujo erzählte in knapperen Worten, wie Wax die Tore schloss, wie die Feuerwandler Innovationen signalisierten, die nicht verloren gehen durften, und wie grausam und unverantwortlich es wäre, so viele Kreaturen dem Tod zu überlassen. Während ihre Freunde zusahen, stapelte Eujo die rationalen Argumente so hoch, dass, als es Zeit war, die Bitte zu äußern, das volle Gewicht über Fassle und seine Tenets und Adepten hereinbrach.

»Alles, was wir brauchen, ist eine Chance, mit den Skars, die du gesammelt hast, den Unholden ein eigenes Zuhause zu geben«, sagte Eujo und ging zu dem Plan über, den sie bei Lagerfeuern auf Noctia und beim Wein auf Kance besprochen hatten. »Wax kann ihnen eine neue Insel geben, eine, die von unseren getrennt ist. Groß genug, um jene Unholde, die nicht vernunftbegabt sind, einzugrenzen, und für diejenigen, die es sind, Raum, um sich ein Zuhause zu schaffen.«

»Er würde die Macht eines Gottes befehligen?«, fragte einer der Tenets. »Was, wenn er einen Fehler macht? Niemand hat das je zuvor getan. Er könnte Noctia oder jede andere Insel versenken.«

»Wird nicht passieren«, entgegnete Wax. »Ich kontrolliere die Skars, nicht umgekehrt.«

»Hybris«, behauptete ein Adept. »Das ist lächerlich. Alles für ein paar Unholde zu riskieren.«

Die Argumente brachen in ein Hin und Her aus, hauptsächlich zwischen Wax und Fassles Untergebenen. Fassle selbst blieb ruhig, hörte mit einem leichten Lächeln zu und fing Eujos Blick auf, als wollte er sagen, das ist es, womit wir Herrscher uns herumschlagen müssen. In diesem Punkt zumindest musste Eujo dem Najahn-Anführer zustimmen. Berater liebten es, sich selbst reden zu hören, mussten selbst fadenscheinige Argumente vorbringen, nur um ihre Stimmen zu Gehör zu bringen.

Und der einzige Weg, dem ein Ende zu setzen, war-

Der Schlag schnitt die Worte ab, und das Kratzen des Stuhls auf Stein zog die Blicke aller am Tisch auf Ami, die nun über ihnen stand. Ihre goldene Gesichtsplatte schimmerte warm im Laternenlicht, aber ihr Stirnrunzeln versprach nichts annähernd so Behagliches.

»Eujo hat eine Bitte geäußert. Ich werde ein Versprechen geben«, sagte Ami. »Entweder ihr gebt Wax eine Chance mit diesen Skars, oder ich werde jede Minute meines langen, langen Lebens damit verbringen, Unholde, Kämpfer und jede Waffe, die ich auftreiben kann, zu sammeln und gegen eure violetten Roben zu werfen. Ihr werdet keinen Frieden haben. Ihr werdet jeden Tag die verlieren, die ihr liebt, genau wie ich.« Ami richtete ihren zornigen Blick auf Fassle. »Wir werden das morgen durchführen.«

Ein Machtspiel, und eines, bei dem Eujo erwartet hätte, dass Fassle es in einen Schreiduell verwandeln würde, einen Willenskampf direkt dort am Tisch. Stattdessen winkte Fassle mit seinem Weinglas, zuckte mit den Schultern und stimmte zu.

»Wie du möchtest, Ami. Wax«, sagte Fassle, »ich freue mich darauf, dein Wunder zu sehen. Um unser aller willen hoffe ich, dass es so funktioniert, wie du es beabsichtigst.«

43
GEÄNDERTE PLÄNE

Wenn man ihn gefragt hätte, hätte Wax gerne ausführlich über die vielen Unterschiede zwischen der königlichen Küche von Kance und Noctia referiert. Die Windinsel bevorzugte ihre Speisen ähnlich denen von Vis, mit Früchten und leichtem Brot. Viele grasartige Gemüse und zartes Fleisch. Noctia orientierte sich mehr an Whent und Foti, mit schwereren Mahlzeiten, die von dicken Soßen, Weinen und geschichteten Nudelgerichten begleitet wurden. Fassles Tafel bildete da keine Ausnahme, und Wax genoss in aller Ruhe die üppigen Lachssteaks und die käsigen Nudeln, während Eujo und Fassle ihre Positionen ausfeilschten und über ihre Seegrenzen verhandelten.

Der Vis war nicht der Einzige, den das Gespräch nicht interessierte. Fassles verschiedene Leutnants schienen zwar ganz vertieft zu sein, mehrere notierten jede kleine Vereinbarung des Paares auf Wachstafeln, aber außer Livier flüsterten alle anderen, die Wax am Tisch kannte, mit ihren Nachbarn oder zerlegten ihr Essen. Neben Eujo zu sitzen, brachte Wax in eine schreckliche Zwickmühle. Er wollte um

Eujos willen so tun, als ob er aufmerksam zuhörte, aber mal ehrlich, sollte er sich wirklich für die Handelsrechte zwischen Kance und Noctia interessieren?

Bliss bot ihm einen Ausweg. Seine Schwester, die einige Plätze entfernt saß, fing Wax' Blick auf und gab ihm ein subtiles Zeichen, ob er Hilfe bräuchte. Das veranlasste die beiden zu einem Hin und Her, alles zwischen den Bissen, durch höfliches Nicken und über die ganze Mahlzeit hinweg.

Wieder einmal musste sich Wax damit auseinandersetzen, wer seine Schwester in den Monaten seit Beginn ihres Abenteuers geworden war. Sie war dem Tod genauso oft entkommen wie Wax, sprang aber immer wieder hinein, selbst ohne den schicksalhaften Druck von etwas wie der Erneuerung. Sie beharrte darauf, dass sie nie geglaubt hatte, Wax sei gestorben, und dass sie ihm gefolgt wäre, aber Bliss konnte weder segeln, geschweige denn ein eigenes Schiff steuern, um die Noctia zu verfolgen, die Wax vor gar nicht allzu langer Zeit von der *Sturmkante* entführt hatten.

Wax hegte keinen Groll. Eujo hatte überlebt, Kance hatte sich zu einem Patt durchgekämpft, und er hatte von der Aegis selbst gelernt, wie man die Skars benutzt. Kein schlechter Tausch.

Der Vis erzählte Bliss weiter seine Geschichte vom Torschließen, als sie mit einer Najahn-Eskorte in ihren Turm zurückkehrten. Fassle hatte schließlich das Dinner für beendet erklärt und angemerkt, dass Wax nach dem Frühstück am nächsten Tag erlaubt würde, seine weltzerstörende Technik mit den Skars zu versuchen. Bis dahin wurden sie ermutigt, einen erholsamen Abend zu verbringen.

Natürlich allesamt in ihrem Turm eingeschlossen.

Ihre Etage hatte, wie die meisten, ein kreisförmiges Eingangsfoyer, mit der Treppe, die nach oben führte und auf der gegenüberliegenden Seite zum nächsten Stockwerk weiterging. Zwei Tische und genug stämmige Holzstühle, um die meisten der Gruppe unterzubringen, standen in dem laternenbeleuchteten Raum, zusammen mit Porträts von Najahn, die Wax weder kannte noch kennen wollte.

Wax und Bliss besetzten einen dieser Tische, als Ami und Svarde – die schwarze Klinge über der linken Schulter des Barbaren – mit einem Bierfass zwischen ihnen vom Eingang des Turms zurückkehrten. Kivi folgte schnaubend vor offensichtlicher Aufregung.

»Trinkt sie Bier?«, fragte Wax, als das Paar das Fass zwischen den Tischen absetzte.

Ami verschwand wieder nach unten, um Krüge zu holen, während Svarde sich setzte und die Klinge in den Steinboden zu seinen Füßen rammte.

»Kivi kann in Lava schwimmen«, erwiderte Svarde. »Bier ist nichts für sie.«

'Aber ich dachte, du trinkst nicht mehr?', gebärdete Bliss mit gerunzelter Stirn.

»Das wissen die nicht.«

Wax runzelte die Stirn. »Wer? Die Najahn?«

Krüge klirrten, als Ami die Treppe heraufkam. Svarde zwinkerte Wax verschmitzt zu, eine erschreckende Geste von jemandem, der so viele Kampfnarben trug wie der Barbar. Von allen Überraschungen hatte Svarde wiederzusehen Wax am meisten aus der Bahn geworfen. Der muskelbepackte Dschungeleremit war durch einen aschgrauen Felsen ersetzt worden, der darauf bestand, dass er längst tot wäre, wenn nicht das Schwert wäre, das er trug. Svarde grummelte nicht mehr über die Aegis oder Abenteuerträume, sondern saß still und wachsam da. Kein Bier, und wenn Wax sich recht erinnerte, hatte der Mann beim Abendessen auch das Essen nicht angerührt.

Eujo hatte versprochen, ihm später zu erzählen, was passiert war, und Wax würde sie daran erinnern.

Die Königin erschien mit den anderen, füllte die Plätze an den Tischen, während Ami die Krüge füllte. Sie reichte jedem einen, Svarde und Wax ausgenommen. Als der Vis auf die anderen Krüge schielte und versuchte, auf das Offensichtliche hinzudeuten, schüttelte Ami den Kopf.

»Ein Toast«, verkündete die Wächterin. »Auf die Königin von Kance, die einen Krieg beendet hat!« Sie hob ihren Krug. »Und natürlich auf Quik, der ihn begonnen hat!«

Der Vis-Jäger errötete, murmelte, dass es Gladdring gewesen sei, der die Missetaten begangen habe, nicht er, aber die anderen lachten nur. Annalyse, die neben dem sitzenden Quik stand und eine Hand auf seiner Schulter hatte, tat keines von beidem. Auch nahm sie nicht mehr als einen Schluck aus ihrem Krug. Während Sawi, die sich an Wax' Tisch gesetzt hatte, und Bliss ihre eigenen Quik-Spötteleien hin und her gebärdeten, blieb die Wissenschaftlerin ernst.

Was ging hier vor?

Wax versuchte, Eujos Blick aufzufangen, aber die Königin war tief versunken und leerte ihr eigenes Bier mit Livier. Die Attentäterin griff ein Detail vom Abendessen auf und nippte leicht. Trotzdem begann Wax, diejenigen herauszufiltern, die an Amis Spiel beteiligt waren, und reduzierte es auf die beiden alten Wächter und Annalyse. Alle anderen stürzten sich auf die Getränke, die Aussicht auf eine Nacht Ruhe ohne ein Messer im Rücken oder Schlimmeres.

Svarde rückte zur Seite, gab Ami Platz zum Stehen, und beugte sich dann zu Wax' Ohr hinunter.

»Du trinkst nicht, Wax, weil du heute Nacht deine Chance mit den Skars bekommst. Wag es ja nicht, etwas Dummes zu tun, wie zu reagieren. Fassle hat wahrscheinlich gerade Augen und Ohren auf uns gerichtet.«

Stattdessen runzelte Wax die Stirn und schüttelte den Kopf. »Mir ist nicht übel. Gib mir ein Bier, Ami.«

Die Wächterin trat zurück und verengte ihre Augen, aber als Wax die Bitte wiederholte, verstand sie. Vielleicht dachten sie, Wax sei ohne eine Vis-Narbe ein leichter Trinker, aber er konnte mit den Besten mithalten, wenn es ums Vortäuschen ging. Und wenn Fassle ein Auge auf diese improvisierte Feier hatte, wäre es ein großes Zeichen, dass etwas nicht stimmte, wenn Wax nichts tränke.

Ami gab ihm einen Krug des goldenen Gebräus, nickte in Richtung Svarde, und Wax rückte seinen Stuhl näher an den schiefergrauen Barbaren heran.

»Fassle ist nie einer, dem man vertrauen kann«, murmelte Svarde, als Ami in eine weitere laute, mitreißende Geschichte ausbrach, diesmal über Gladdrings Ende und Amis eigene ruhmreiche Rolle darin. »Quik hat uns wissen lassen, dass Fassle denkt, die Najahn müssten jetzt die Welt übernehmen, solange sie schwach ist, bevor die Inseln merken, dass sie seine Gleven ohne die Dämonen nicht brauchen.«

»Aber ich würde die Dämonen doch zurückbringen?«

»Selbst wenn er glaubt, dass du Erfolg haben wirst, Fassle hat jetzt eine Weltordnung, die er kennt, eine, die er beherrscht. Warum das riskieren?«

»Also denkst du, er wird was tun«, Wax unterbrach sich, nahm einen weiteren Schluck, klebte ein Lächeln auf sein Gesicht, während Ami Svardes Erledigung von Gladdrings einzigem Soldaten ausführlich schilderte, »mich umbringen?«

»Er wird zumindest darauf vorbereitet sein. Also brechen wir heute Nacht auf.«

»Wie, jetzt sofort? Wie?«

Svarde ließ ein Grinsen über seine kalten blauen Lippen gleiten, die rissige Haut von zu vielen kleinen Schnitten gespalten, die nie heilen würden.

»Ferrite sind hungrige Kreaturen, Wax. Ich werde später an deine Tür klopfen. Sei bereit.« Svarde legte eine Hand auf die Schulter des Vis. »Ami hat den Feuerwandlern ein Versprechen gegeben, und wenn ich eines über sie weiß, dann dass sie verdammt nochmal ihr Wort hält.«

44
IMPROVISIERTE FLUCHTEN

Nach den Kämpfen, der Erholung, den Wiedervereinigungen und den Ansprüchen beim Abendessen kam Tornys erste Auseinandersetzung mit der neuen Realität mit dem Bier, das Ami ihr reichte. Der malzige Geschmack des Getränks öffnete ein Tor zu ähnlichen Nächten in Noctia, in den Höhlen der Flinken Finger nahe dem südlichen Meer, wo in den Stunden näher an der Morgendämmerung als an der Dunkelheit Diebe zurückschlichen und ihre Beute bei einem Getränk prahlten. Eine weitere Nacht, in der sie noch am Leben waren und etwas vorzuweisen hatten.

Das waren die besten Zeiten gewesen, oft mit Yarvick als Zuschauer, blass und distanziert, obwohl er sich um die gleichen wenigen Feuer wie die anderen aufhielt. Trotzdem fühlte sich der Banditenführer, allgegenwärtig und alterslos, wie eine Sicherheitsdecke an. Die Najahn würden nicht nach ihnen suchen, solange Yarvick in der Nähe war, so gingen die Gerüchte.

Fassle und die anderen hatten zu viel Angst.

Ohne Yarvick jedoch waren die Flinken Finger dem Untergang geweiht und verdammt.

Fassle hatte das beim Abendessen so ähnlich gesagt, während einer Pause in ihrem diplomatischen Hin und Her. Hauptsächlich zu Livier und Ami gewandt, hatte Fassle Yarvicks Untergang nacherzählt. Dass der Banditenführer für das Abschlachten so vieler Najahn-Offiziere verantwortlich war, war offensichtlich, dass Yarvick am nächsten Tag trotzdem eine Vorladung akzeptieren und selbstsicher und gelassen hereinspazieren würde, war zu viel des Guten.

Najahn-Soldaten und Attentäter der Dritten Hand waren bereit gewesen, aber was Yarvick wirklich unterschätzt hatte, waren laut Fassle dieselben Skars, die der Mann benutzte, um am Leben zu bleiben. Fassle hatte die Steine benutzt, um Yarvicks Füße am Boden festzukleben und seinen Geist in einen Stupor zu prügeln. Der nächste Schritt war, seine Hände zu fesseln und ihn in die Skar-Kammer zu bringen, um einige steinstehlende Zahnarbeiten durchzuführen, was so unhöflich von Torny, Quik und Bliss unterbrochen wurde.

Yarvicks endgültiger Tod kam auf ähnliche Weise, indem er die Fähigkeit eines Foti-Skars unterschätzte, so ziemlich alles in Asche zu verwandeln.

»Er wusste, wie man jeder Waffe begegnet, außer den ältesten auf den Inseln«, hatte Fassle gesagt und trocken gekichert. »Wir haben die Zähne später herausgezogen, natürlich, und meine Dritte Hand bereitet den Flinken Fingern gerade ein wohlverdientes Ende, während wir essen. Noctia wird endlich diese Diebe los sein.«

Eujo hatte dann etwas dazwischen geworfen über Kance-Händler, die einige ihrer gestohlenen Waren zurückbekommen würden, und das Gespräch war wieder zum

Kernthema zurückgekehrt, was Torny bis zu diesem Moment einen verknoteten Magen bescherte.

Halte die Skar-Kammer, und ich werde mich um Fassle kümmern.

Das hatte Yarvick gesagt, was Torny versucht hatte zu tun, nachdem sie Quik vor einem vorzeitigen Tod gerettet hatte, und sie hatte... Erfolg gehabt, aber ohne Yarvick. Kein Hinterhalt der Flinken Finger, kein Aufstand war je gekommen. Jetzt würden sie alle sterben oder fliehen, und sie würde hier zurückbleiben, eine Diebin, die dem Netz entkommen war.

Würde Yarvicks Sohn auf Whent jemals wirklich davon erfahren?

»Du bist heute Abend abwesend«, gebärdete Bliss, als sie mit ihrem Bruder vom Tisch herüberkam, wo Amis Platz jetzt von ihr eingenommen wurde. Die beiden und Svarde hatten ihre Köpfe über ihren Krügen in ein Gespräch vertieft, aber Torny konnte sich nicht wirklich dazu aufraffen zu versuchen, zu lauschen. »Du hast auch beim Abendessen nicht viel geredet?«

»Ich denke nur nach«, sagte Torny und drehte ihren Krug langsam, nur um etwas mit ihren Händen zu tun.

»Worüber?«

»Du hast nie einen Elternteil verloren, oder?«

Bliss schüttelte den Kopf.

»Ich habe jetzt drei verloren, und keiner von ihnen war perfekt, aber sie waren meine.«

»Bist du traurig?«

»Ich bin mir noch nicht sicher.« Sie warf Bliss ein halbes Lächeln zu. »Yarvick war kein Held, aber er nahm viele der Bedürftigsten dieser Insel auf, gab ihnen eine Chance, wenn sonst niemand es tat. Ich glaube nicht, dass Fassle in seine Fußstapfen treten wird.« Torny schwenkte ihren Krug erneut. »Viele Menschen sterben heute Nacht, Bliss. Menschen, die ich kannte. Menschen, mit denen ich erst vor ein paar Nächten zusammengearbeitet habe. Das wird ein Vakuum hinterlassen.«

Torny hatte die Rede nicht geplant, doch sie floss trotzdem, ein Pfad, der sich selbst bahnte, als Torny fand, was sie sagen musste.

»Ich werde Fassle bitten, mich an Yarvicks Stelle treten zu lassen.« Bei Bliss' Blick wurde Tornys Lächeln breiter. »Nicht als Diebin, offensichtlich. Ich meine, um mich um all jene zu kümmern, die die Stadt zurücklässt. Versuchen, ihnen einen Weg nach vorne zu geben. So wie du und deine Brüder es für mich getan haben, damals auf Foti.«

»Was bedeutet das überhaupt?«

Entschlossen zu einer Idee, entwickelte Torny sie weiter, Gedanken flogen ein, als sie begann, Bliss' Frage zu beantworten, ein Hin und Her, das durch einen Krug Bier und in den zweiten hinein ging, bevor ein Schatten über ihren Tisch fiel.

Ami, nicht länger mit dem breiten Grinsen eines Siegers oder der Heiterkeit eines Feiernden.

»Das Letzte«, sagte Ami, als Torny verstummte und Bliss aufhörte zu gebärden. »Ich habe einen Auftrag für dich, und er muss jetzt erledigt werden.«

Ihr Gefängnisturm hatte etwa ein Dutzend Stockwerke und Fassle hatte die Kance-Gruppe in der Mitte untergebracht. Zwei Türen versperrten die Treppen, aufwärts und abwärts, die sich hier und da öffneten, wenn Najahn-Wachen und Läufer Essen, Wasser oder andere Vorräte auf die ausgewählte Etage bringen mussten. Als Ami die improvisierte Party beendete und den verschiedenen Leuten nacheinander geflüsterte Botschaften überbrachte, leerte sich der zentrale Kreis.

Bis auf Torny, die einen schnellen Abstecher in ihr gemeinsames Zimmer mit Bliss gemacht hatte, um sich in eine wärmere Najahn-Robe umzuziehen, eine mit genügend Taschen. Was Ami verlangt hatte, würde nicht einfach sein, und Torny hätte es vielleicht sofort abgelehnt, wenn sie nicht Wax' Blick gesehen hätte und die Entscheidung, die dieser Narr bereits getroffen hatte.

Torny hatte Yarvick nicht retten können, einem Mann, dem sie nichts schuldete, aber sie würde verdammt noch mal bei Wax bessere Arbeit leisten.

Also stand sie vor der Tür, die nach oben führte, und prüfte das Schlüsselloch und den Griff. Eine steife und einfache Arbeit, die Tornys übliches Werkzeug, das jetzt auf der *Storm's Edge* lag, ohne viel Mühe hätte knacken können. Da ihr diese fehlten, musste Torny auf gröbere Methoden zurückgreifen.

Das Bierfass, das Ami requiriert hatte, kam mit Metallringen an der Ober- und Unterseite, und Svarde hatte seine schwarze Klinge für eine subtile Schnitzarbeit benutzt, um ein kleines Stück freizulegen. Dieses Stück ruhte in Tornys Händen, die sie mit Fetzen zerrissenen Stoffs umwickelt hatte, um den zackigen Schnitt von ihrer Haut fernzuhalten. Torny steckte, während sie das Schlüsselloch mit ihrem Körper verdeckte, diese Metallleiste ins Schloss und bearbeitete es.

Eine Drehung hier, ein Stoß dort, und Torny brach Stücke ab, wobei sie ihren behelfsmäßigen Dietrich zu einem ausreichenden Schlüssel abschliff. Ein besser gemachtes Schloss hätte ihren brachialen Bemühungen vielleicht standgehalten, aber die Najahn behandelten ihre komfortableren Türme genauso wie überall sonst: gut genug, um einen Passanten aufzuhalten, aber kaum mehr. Torny spürte das Zittern, als der Ring den einfachen

Schieber erfasste, und sie drückte auf ihr Ende, zog das Schloss mit einem Klicken aus seiner Position.

Die Banditin trat zurück und schwang die Tür weit auf. Die nächste Ebene lag im Halbdunkel, ein paar Laternen waren angezündet und gaben Hinweise auf ihren Status: zu dunkel für gewöhnliche Gefangene, zu verschwenderisch für eine leere Ebene. Torny nickte ins Nichts. Schritt eins, erledigt. Jetzt kam der gefährlichere Schritt zwei. Sie schlich durch die Tür und zog sie hinter sich zu, ohne das Schloss zu verriegeln.

Auf ihren nackten Füßen rollend, gelangte Torny zur Mitte der nächsten Ebene und fand sie weitgehend gleich wie ihre eigene vor, abgesehen von ein paar Hinweisen. Auf den Tischen standen Teller und Gläser, ein paar Überreste eines längst verzehrten und zur späteren Reinigung zurückgelassenen Abendessens, aber zu frisch, um Fliegen anzuziehen oder zu verderben. Mehrere Taschen standen ebenfalls an der Wand.

Ami hatte vermutet, dass Fassle Spione auf sie ansetzen würde, und der günstigste Ort, um eine Gruppe wie die ihre zu überwachen, wäre von oben. Keine einzige Seele war während der biergetränkten Party den Turm hinabgestiegen, was bedeutete, dass alle Lauscher noch hier oben sein mussten.

Und Torny würde sie finden.

Jede Ebene hatte einen Ring, der sich um die Mitte schlängelte, mit einem einzigen Gang, der zu den Zellen führte. Eine einfache Möglichkeit, Hinterhalte im Falle einer Flucht zu verhindern, und eine, die Tornys Aufgabe vereinfachte. Sie schlich über die Steine und hoffte, dass Wax, Sawi und Eujo ihren Teil der Abmachung erfüllten.

Ein Liebesstreit, saftiger Köder für jeden.

Wax' Stimme drang durch die dünnen Böden, als Torny

den äußeren Ring erreichte, von links kommend. Sie verlagerte den Dietrich in ihre rechte Hand und ging zur ersten Zelle. Diese würde direkt mit Wax' Zelle darunter durch die gemeinsamen Latrinen verbunden sein, die den Turm hinunter und schließlich ins Meer führten. Eine bequeme Gelegenheit zum Lauschen, wenn jemand das Risiko eingehen wollte, dass sein Horchen durch eine unangenehme Überraschung verdorben würde.

Fassles Spione, alle drei, nahmen offenbar an, dass das Risiko, ein Gefangener weiter oben im Turm könnte denselben Schacht benutzen, es wert war, das Drama mitzubekommen. Torny, als sie Wax' verzweifelte Entschuldigungen an Eujo hörte, wie er nie wieder jemanden so lieben würde wie sie, musste den Spionen zustimmen. Der Vis, Tamas-trainiert, bot eine gute Show, und die drei knausrigen Spione der Dritten Hand, die Torny sah, hingen an jedem Wort.

Torny zog sich in den Ring zurück, streckte sich über ihren Kopf und hob die hängende Laterne von ihrem Haken. Das orange Licht tanzte über die Steine und lockte ein verwirrtes Geräusch aus der Zelle. Die Spione würden sich jetzt als Einheit umdrehen und sich wundern.

Gut.

Torny wirbelte um die Ecke und schleuderte die Laterne mit ihrem brennenden Öl auf das spionierenden Trio, alle drei mit ihren neugierigen Gesichtern genau in ihrer Ziellinie. Die feurige Kugel traf den ersten und verteilte sengende Funken über die anderen beiden. Glas folgte, und in ihren Flüchen und Schreien griff Torny an.

Der Dietrich war keine ideale Waffe, aber scharfes, zerbrochenes Metall eignete sich gut gegen verwirrte Ziele. Torny ließ den ersten Spion, der von dem anfänglichen Aufprall der Laterne am schlimmsten getroffen war, links liegen und zielte ihren ersten Stoß auf den am weitesten links Stehenden, dem es gelungen war, einen Dolch zu ziehen, während er mit seinem Arm über sein verbranntes Gesicht fuhr.

Dieser Dolch hatte keine Chance zu stechen, da Torny dem herabfallenden Arm mit einem geraden Stoß ihres Dietrichs begegnete. Der Bandit nahm den Stich hart, Torny spürte, wie etwas Warmes spritzte, und sie bemühte sich gar nicht erst, den Dietrich herauszuziehen. Stattdessen griff sie nach der Dolchhand des Spions, packte das Handgelenk des toten Mannes und schwang es quer über ihren Bauch. Der Dolch streifte ihre eigene Robe, bevor er in den mittleren Spion eindrang, denjenigen, der am meisten von der zerschellenden Laterne getaumelt war.

Der Dolch der Dritten Hand bohrte sich tief hinein und ließ Torny einem einzigen Gegner gegenüberstehen, einem mit zwei gezogenen Dolchen, blutend, aber eindeutig auf sie zukommend. Der drahtige Mann bewegte sich, schnitt Tornys Fluchtweg aus der Zelle zurück in den Ringhallway ab.

Nicht ganz so, wie Torny es geplant hatte.

»Ich war enttäuscht«, knurrte der Spion, »als ich nicht ausgewählt wurde, ein paar Nimble Finger-Kehlen durchzuschneiden. Sieht so aus, als würde ich meinen Wunsch doch noch erfüllt bekommen.«

Hinter dem Spion tauchte ein frischer Schatten auf, der Torny feurige Hoffnung gab, und sie brachte den Najahn mit einem zahnigen Grinsen aus dem Konzept.

»Du solltest dir vielleicht etwas anderes wünschen.«

45
DIE WAFFE GOTTES

Der Jäger beobachtete, wie Torny die Treppe hinaufverschwand. Den Banditen allein gegen wer weiß wie viele Spione zu schicken, schien ein Risiko zu sein, aber angesichts ihrer geringen Zahl und der Möglichkeit, dass jeder Fehltritt bei einem Schleicheinsatz die Spione vorzeitig alarmieren könnte, nun, Quik widersprach nicht.

Ein Anflug von Schuld erinnerte ihn an seine ersten Begegnungen mit Torny, ihre ständigen Streitereien darüber, was richtig und falsch war und wer Messer in den Rücken brauchte. Der Bandit würde nie Quiks Lieblingsmensch sein - jemand, der so sorglos das Stehlen als Überlebensmittel betrachtete, hatte eine Grenze seiner Zustimmung -, aber Torny hatte ihm in Noctia das Leben gerettet und sein Vertrauen gewonnen.

Das galt auch für die Person, die jetzt die Treppe herunterkam und sich in Richtung des unteren Turmbereichs begab. Annalyse, in Najahn-Roben gekleidet wie jeder von ihnen, klopfte hart an die Tür nach unten. Während sie klopfte, trat

Quik in die Mitte des Stockwerks und positionierte sich hinter Annalyse. Er trat zur Seite und aus dem Blickfeld, als sich die Tür öffnete und ein neugieriger Najahn-Wächter Annalyse fragte, was sie so spät in der Nacht benötige.

»Verräter«, sagte Annalyse. »Sie planen, Fassle zu verraten.«

Um einen Najahn in Aufruhr zu versetzen, musste man ihm nur sagen, dass Fassle bedroht sei. Die Wachen, die beiden, die mit der Bewachung der unteren Ebene und als Helfer, Boten und Betreuer für die Kance-Gruppe betraut waren, baten Annalyse um weitere Details und folgten ihr die Stufen hinauf.

Und lenkten ihre Aufmerksamkeit in die falsche Richtung.

Keiner der Wächter trug eine Voulge, beide hatten grobe Eisenklingen an ihren Hüften. Primitive Ausrüstung für Soldaten, von denen man annahm, dass sie keine Kämpfe sehen würden. Sie hatten ihre Helme abgelegt, die meiste Rüstung ebenfalls. Biergeruch wehte von ihrem Atem herüber. Die Nacht nach einem geschlossenen Vertrag sollte ruhig sein, und ihre mangelnde Wachsamkeit würde sie teuer zu stehen kommen. Quik sprang hinunter, landete auf der Treppe und zwang beide Wächter zu einer unbeholfenen Drehung.

Der Jäger hatte zwei Fäuste, und jede traf ein Gesicht. Annalyse tat ihren Teil, indem sie den Wächter links mit dem seltsamen Gerät traf und den Griff auf den Kopf des taumelnden Mannes schlug. Das ließ Quik freie Bahn für einen Folgeangriff auf den anderen, der hustete und mit dem Rücken gegen die Treppe gepresst nach seiner Klinge griff. Quik packte das ziehende Handgelenk mit seiner rechten Hand, legte seine linke an die Kehle des Wächters und drückte zu. Die Augen des Wächters rollten zurück, er zuckte.

»Töte ihn nicht«, sagte Annalyse hart. »Sie verdienen es nicht zu sterben.«

»Sie arbeiten für Fassle«, erwiderte Quik, während der Wächter erschlaffte.

»Das taten wir beide auch einmal. Bitte.«

Quik blickte zu Annalyse und bestätigte, dass ihr Blick aufrichtig war. Er ließ den Wächter los, der nun wie sein Partner bewusstlos war.

»Die Najahn haben Vis ermordet«, murmelte Quik, während er den Wachen ihre Schwerter abnahm. Er reichte eines Annalyse, die es mit wenig Zuversicht, aber dennoch festhielt. »Sie verdienen keine Gnade.«

»Aber wir werden sie ihnen trotzdem gewähren«, erwiderte Annalyse, »weil wir besser sein können.«

»Seltsame Worte von einer Wissenschaftlerin. Solltest du dich nicht auf die Daten konzentrieren, nicht auf die Gefühle?«

»Für meine Experimente, ja. Dies ist keines.«

Quik hätte vielleicht weiter geplaudert, aber die Zeit für Gespräche war mit dem Bier vergangen. Die anhaltenden Auswirkungen des Getränks lasteten leicht auf Quiks Schultern - er hatte nur einen einzigen Krug gehabt -, als der Jäger sich wieder der Treppe zuwandte und in die untere Ebene hinabstieg. Späte Snacks - Nüsse, Obst - und ein einfaches Spiel lagen auf dem verlassenen Tisch. Wenn die Zellen hier besetzt waren, hörte Quik nichts.

Die Tür nach unten war verschlossen.

»Weiter«, sagte Quik, ohne zurückzublicken, um zu sehen, ob Annalyse folgte.

Ihre Schritte waren laut genug, die Whent war nicht ans Schleichen gewöhnt. Ein Kind auf Vis lernte, seine Füße leicht zu halten, fast sobald es laufen konnte. Wenn Quik und Annalyse eigene hätten, würde er ihnen beibringen ...

Quik brach den Gedanken ab und verbarg ein Lächeln, indem er direkt auf die Tür starrte. Er begann, die Schlüssel zu testen, und wunderte sich über seine eigenen Annahmen. Nur weil sie ein paar Momente geteilt hatten, durch Konflikte und, so sehr Quik es auch hasste, Gladdrings Machenschaften zusammengebracht worden waren, bedeutete das nicht, dass sie gemeinsam die Baumwipfelglückseligkeit finden konnten.

Aber es bedeutete auch nicht, dass sie es nicht konnten.

Die Tür öffnete sich mit einem leisen Knarren. Die gleichen Laternen wie auf jeder Etage glühten. Ein Wächter rief einen Spott, fragte, ob jemand namens Falg sich doch für ein zweites Bier entschieden hätte. Das spöttische Lachen erstarb schnell, als Quik ins Blickfeld trat.

»Was machst du hier?«, fragte einer des Najahn-Trios, derselbe, der zuerst gesprochen hatte. Ein älterer Mann, fettige Karten in den Händen. Hinter und neben ihm saßen zwei andere, ebenso unbeeindruckt. Bierflecken zierten den Tisch, zusammen mit Notizen über Waren, die als Wetteinsätze gehandelt wurden. »Ist es nicht schon nach deiner Schlafenszeit?«

»Nicht nach meiner«, sagte Quik und schritt von den Stufen weg, auf den Tisch zu. »Aber nach eurer.«

»Was?«

Quik traf den Mann an der Schläfe und ließ ihn zu Boden gehen. Die anderen beiden reagierten schnell, stießen sich vom Tisch weg. Der Nähere stolperte, als er aufstand, seine vom Bier betäubte Geschicklichkeit verriet ihn und er fiel. Quik versetzte ihm einen schnellen Tritt, und der Mann gesellte sich zu seinem Freund.

Der Dritte rannte zum Flur und den Fenstern dahinter.

Ein Alarmruf von dort würde das halbe Viertel wecken und die Flucht zum Scheitern bringen, bevor sie beginnen konnte.

Ein schwarzer Blitz, das Gegenteil von Blitzschlag, durchzuckte Quiks Blickfeld. Der fliehende Mann fiel zu Boden, schrumpfte in seine Robe. Quik näherte sich dem gefallenen Najahn. Er hob den Kragen der Robe an, um zu bestätigen, was er bereits sehen konnte.

Der Wächter war mehr als tot. Er war verwelkt, seine Haut verblasste rasch von einem gesunden Braun zu einem toten Grau, noch blasser als Svarde. Haarbüschel lagen verstreut, als wären sie in einem Augenblick vom Körper des Mannes gesprungen. Der Magen des Mannes hatte sich entleert und die Robe beschmutzt, was Quik dazu veranlasste, das Tuch fallen zu lassen und zu Annalyse zurückzublicken.

Die Wissenschaftlerin atmete, als wäre sie gerannt. Ihr Gesicht war gerötet, ihre Augen weit geöffnet und wachsam. Sie stand stark auf den Stufen und betrachtete das Gerät in ihren Händen.

»Was war das?«, fragte Quik, während er zum ersten Wächter zurückkehrte und dem Mann die Schlüssel abnahm. Er legte sie auf die Steine für diejenigen, die folgen würden. Die Najahn-Waffen hingen bereits an einem Gestell, bereit für jeden, der Zeit hatte, sie zu erreichen. »Er ist mehr als tot, Annalyse.«

»Ich wusste nicht, was passieren würde«, murmelte Annalyse, mehr zu sich selbst als zu Quik. »Ich war mir nicht sicher, ob es funktionieren würde, aber er wollte Alarm schlagen. Ich musste es tun.«

Quik kam näher und legte eine Hand auf Annalyse. Sie zuckte bei seiner Berührung zusammen.

»Es ist okay«, versuchte Quik. »Wir wussten, dass es

mehr Tote geben würde. Die Rettung der Inseln und dieser Unholde wird ihren Preis haben.«

»Ich weiß, ich weiß. Das ist es nicht.« Annalyse hob ihre feuchten Augen von dem Gerät zu Quik. »Quik, es hat mir gefallen. Es fühlte sich so gut an. All meine Schmerzen, meine Erschöpfung, alles ist perfekt.« Sie schluckte. »Ich weiß nicht, was ich erschaffen habe, Quik, aber ich möchte, dass du mir versprichst. Falls mir etwas zustößt, falls das hier nicht gut ausgeht, dass du dieses Gerät zerstörst. Zerschlage es in tausend Stücke.«

»Warum?«

»Weil, wenn die falsche Person es findet, so viele sterben werden.«

46
GEFLÜSTERTER RUIN

Ami legte in einem geflüsterten Gespräch nach dem anderen bei einem Bier die Einsätze dar und behauptete, Fassle würde die Gruppe am nächsten Tag sicher verraten. Da Svarde und Sawi diese Behauptung unterstützten, widersprach niemand groß. Nur Livier und Eujo, die durch Kances frischen Friedensvertrag am meisten zu verlieren hatten, murmelten etwas von Vorsicht, aber selbst der Attentäter stimmte zu, dass Fassle immer zuerst, zuletzt und zwischendurch in seinem eigenen Interesse handelte.

Was zu behelfsmäßiger Planung führte. Die Gruppe wechselte zwischen Stühlen und den beiden Tischen, als wäre es ein Ritual, und tauschte Partner und Ideen aus. Ami unterbrach die Runde ab und zu mit einem lauten Lachen und erinnerte die Leute daran, zwischen ihrem Verrat an der mächtigsten Person der Inseln auch ein paar beiläufige Gespräche einzustreuen.

Wax war sich nicht sicher, wer zuerst das Spiel der zerrissenen Liebenden vorgeschlagen hatte, dass er, Sawi und Eujo eine verbale Show für die Spione abziehen sollten, die Fassle mit Sicherheit im Turm beobachten oder belauschen ließ. Der Vis wollte jedoch Einspruch erheben. Fast jede andere Art der Ablenkung finden. Sawi und Eujo aber trieben den Plan mit wahnsinnigen Grinsen voran.

Also hatte Wax mitgemacht, hatte sich in Sawis Zelle gesetzt, um auf sie zu warten, nur damit Eujo zuerst hereinkam und wissen wollte, was Wax da allein zu suchen hatte. Sawi gesellte sich natürlich nach einer weiteren Minute hektischer improvisierter Ausreden dazu und zog Eujos eisigen Verdacht auf sich. Die Königin hatte entweder mehr von ihrem Tamas-Schauspiel mitgenommen, als Wax gedacht hatte, oder es steckte etwas Wahres in der Art, wie sie sowohl Sawi als auch Wax befragte, wie sie ergründete, ob sie einander je geliebt hatten, und andeutete, dass Wax überhaupt nie wieder nach Vis zurückkehren sollte.

Als knirschendes Glas durch den Toilettenschacht hallte, stieß Wax den ersten erleichterten Seufzer aus und ließ sich auf Sawis Bett fallen, während die beiden Frauen in leises Gelächter ausbrachen.

»Du bist gut darin«, sagte Sawi zu Eujo, die ein schnelles Zeichen in den Flur gab.

»Eine Königin hat tausend Gesichter«, sagte Eujo und lächelte Wax herzzerreißend an. »Einschließlich einiger, die sie für besondere Anlässe aufbewahrt.« Sawi unterdrückte ein Lachen, als Eujo Wax in die Augen sah und dann kaum merklich den Kopf schüttelte. »Natürlich müssen die erst verdient werden.«

»Wie?«

Eujo sprang auf, wieder ganz geschäftsmäßig. »Indem du diese Unholde rettest, Wax. Offensichtlich.«

»Offensichtlich«, murmelte der Vis, als weitere Geräusche, unangenehme, durch den Schacht drangen. »Hoffentlich geht's Torny da oben gut.«

Bliss würde jetzt Torny zu Hilfe eilen, während Quik und Annalyse den Abstieg öffneten. Eine strikte Anweisung, Gelegenheiten für Ausreden zu geben, falls die Najahn schneller als erwartet reagieren sollten. Diese Ausreden wären allerdings schon jetzt schwer durchzusetzen. Das Schauspiel lief, und Wax würde sich heute Nacht mit den Skars befassen müssen.

War er dem nach einem üppigen Abendessen, Wein und etwas Bier gewachsen?

Eine Frage, die er sich unterwegs stellen würde. Ami und Svarde erschienen vor der Zellentür und winkten Wax, dass er sich in Bewegung setzen sollte. Sawi, Eujo und Livier würden aufräumen und sicherstellen, dass alle Übriggebliebenen gefesselt oder eingesperrt blieben, während Bliss und Torny ihre Spionagesuche abschlossen. Ihr Quintett würde sich am Skar-Turm mit Wax' Gruppe treffen und möglicherweise als überraschende Verstärkung dienen, falls die Najahn ein klügeres Spiel spielten als bisher.

Alles in allem nicht schlecht für eine über Nacht zusammengebraute Aktion, besonders als Wax die bewusstlosen Körper auf den Treppen und in der Etage darunter sah. Quik und Annalyse waren bereits weitergegangen, ihre Arbeit hallte in gedämpften Schlägen und gelegentlichen Aufschreien aus den unteren Etagen wider.

»Die sind nicht schlecht«, sagte Ami, an dritter Stelle in ihrer Reihe, mit Kivi an der Spitze und Wax am Ende. »Besser, als ich erwartet hätte.«

»Quik ist ein Jäger«, erwiderte Wax. »Beute ist Beute.«

»Es geht mir nicht so sehr um ihn, sondern um die Wissenschaftlerin. Annalyse ist den Unholden immer aus dem Weg gegangen, als wir hier waren.«

Svarde blickte zurück, als sie in die zweite Etage hinabstiegen und sich nun dem Eingang näherten.

»Krieg verändert jeden, Ami.«

»Wenn ich Philosophie hören will, frag ich jemanden, der noch lebt, Svarde.«

Der Barbar lachte nur leise und ging hinunter, um weitere kampfunfähige Wachen zu finden. Zumindest dachte Wax das, bis Svarde ihnen beiden zuflüsterte, sie sollten anhalten. Kivi, die vorne war, schob einen der am Boden liegenden Körper mit ihrer Vorderkralle beiseite. Die Gestalt rollte sich um und enthüllte verschrumpelte Haut und Knochen, als wäre dem Mann das Innere ausgesaugt worden.

»Was ist mit ihm passiert?«, fragte Wax, während sich das Trio auf dem Treppenabsatz unter dem Laternenlicht zusammendrängte. Von unten stiegen die nun vertrauten Überraschungslaute auf, während Quik und Annalyse ihren leisen Amoklauf fortsetzten. »Das ist nicht das Werk meines Bruders.«

»Ich hab eine Ahnung«, sagte Ami, und Svarde nickte. »Vielleicht hat dieser Krieg auf Vis sie wirklich verändert.«

Ami hatte die Gelegenheit, Annalyse die Frage direkt auf der nächsten Ebene zu stellen, als Quik und die Wissenschaftlerin auf das Trio warteten, um aufzuholen. Die letzten Wachen waren ausgeschaltet worden, bis auf jene, die möglicherweise vor dem einzigen Ausgang des Turms warteten. Quik selbst hatte einige blutige Knöchel, war aber ansonsten unverletzt. Annalyse schien geradezu zu strahlen, vibrierte vor Energie und redete schnell, platzte mit den ekligen Details ihres Geräts und dem darin eingebetteten Noctia-Skar heraus.

Das Rätsel gelöst, legte Wax seine Hand an die Kehle, wo früher die Halskette mit ihren Skars gewesen war. Er hatte die schwarzen Steine unten benutzt, um einem Unhold das Leben auszusaugen, und hatte denselben Rausch gefühlt, den Annalyse jetzt umarmte, kannte den Kick und wie süchtig er machen konnte. Trotzdem erforderte es Anstrengung, einen Noctia-Skar zum Handeln zu bringen, verlangte Konzentration. Annalyse hatte dieselbe seelensaugende Kraft in einen einfachen Abzug gepackt.

»Ich weiß«, sagte Annalyse angesichts von Wax' Gesichtsausdruck, während Quik begann, sich zur Haustür zu schleichen. Ein mit Teppich ausgelegter Flur, dessen Wände wie so viele in Noctia mit Porträts bedeckt waren, dämpfte seine Schritte. »Es ist nicht richtig. Ich werde es zerstören, wenn wir fertig sind. Ich verspreche es.«

Kivi und Svarde folgten Quik, die drei machten nicht mehr Lärm als die Noctia-Brise draußen. Svarde musste nicht einmal atmen, eine Erkenntnis, die Wax erschaudern ließ. Noctia war eine seltsame Insel, und ihre Skar ebenso.

Er würde Eujos Angebot annehmen, danach nach Kance zurückzukehren, da zumindest die windigen Türme Sinn ergaben.

»Könnte aber nützlich sein«, murmelte Ami. »Falls Wax hier die Dämonen zurückbringt, gäbe es vielleicht ein paar, die man mit so etwas erledigen könnte.«

Annalyse leuchtete bei dem Vorschlag auf: »Auf jeden Fall. Und das ist ein kleines, ich könnte-«

»Hör auf«, sagte Wax und legte eine Hand auf das Gerät, als Annalyse es nahe ihrer Taille hielt. »Es ist nicht richtig. Benutze es nicht. Nicht, wenn es keinen anderen Weg gibt.«

»Natürlich, Wax.«

Aber dieses Leuchten glühte noch immer in ihren Augen, ein verwirklichter Traum.

Quik öffnete die Haupttür und zog die Aufmerksamkeit

eines schläfrigen Wachmanns auf sich. Der Jäger packte den Mann, zog ihn hinein, während Svarde die Tür wieder schloss. Sie mussten diesen nicht bewusstlos schlagen, der Mann kooperierte ohne Protest, ließ sich die Arme fesseln und den Mund knebeln. Svarde ließ ihn zurück am Tisch auf der untersten Ebene des Landeplatzes.

Dass Torny, Bliss, Sawi, Eujo und Livier sie noch nicht eingeholt hatten, war etwas beunruhigend, aber Ami bestand darauf, dass sie nicht warten konnten. Irgendwann würde ein Schichtwechsel stattfinden oder ein Bote, der einen Mitternachtssnack lieferte, und ihr Einbruch würde entdeckt werden. Geschwindigkeit war jetzt alles.

Quik übernahm wieder die Führung und öffnete vorsichtig die Tür des Turms in eine der seltenen regnerischen Nächte Noctias. Die Regenzeit der Insel näherte sich rasch, und dieser frühe Vorgeschmack machte die Straßen glitschig und vernebelte die Luft, verwandelte die aufragenden Steintürme des Najahn-Viertels und ihre begleitenden Laternen in eine glitzernde, verschwommene Schönheit.

»Glück gehabt«, murmelte Ami und blieb dicht bei Wax, als Quik und Kivi die ersten Schritte auf die Straße machten. »Der Regen wird die Leute drinnen halten. Weniger Augen, die sich fragen, was wir vorhaben.«

Diese Vorhersage bewahrheitete sich, als die Gruppe in einer Linie zum Turm schlenderte und sich weit genug verteilte, um die wenigen neugierigen Augen nicht auf eine große Gruppe aufmerksam zu machen, die durch die Straßen wanderte. Ami blieb dicht bei Wax, und Kivi verschwand in Seitengassen, kletterte die Wände hoch und hielt sich im Schatten.

Eine vertraute Vorfreude stieg in Wax auf, die gleiche wunderbare Spannung, die er spürte, wenn er einem

Hanoko nachspürte oder sich darauf vorbereitete, in die offene Dschungelluft zu springen. Es war noch nicht lange her, aber er vermisste die Skars und ihr ständiges Geplauder, ihre musikalischen Ausbrüche, wenn etwas ihr Interesse weckte. Ein leerer Geist war ein langweiliger, still und ängstlich.

Wax hatte einfach nicht gewusst, wie langweilig, wie still, bis er die Steine gefunden hatte.

Der Skar-Turm bot vorne keine Verteidigung, nicht eine einzige Wache auf den Stufen. Die meisten Türme hatten keine Wachen, besonders nicht solche, die Verbrecher festhielten, also war Quiks leichter Eintritt nicht überraschend. Der Jäger schlüpfte durch die Tür, als Wax und Ami hinter ihm um den Block bogen. Das Paar beobachtete, wie Svarde folgte, das große Schwert so gut wie möglich unter den Najahn-Roben verborgen. Nachdem der Barbar drinnen verschwunden war und Kivi wie aus dem Nichts auftauchte, um ihm hinterher zu huschen, machten Ami und Wax ihren langsamen Weg zum Turm und stiegen die Stufen hinauf.

»Du zuerst«, flüsterte Ami.

Wax griff nach dem Griff, zog, und hörte den Kampf, bevor er ihn sah.

Quik, Svarde und Kivi standen unbeirrt in der Mitte des Flurs, auf sie gerichteten Najahn-Voulgen und Armbrüsten gegenüber. Der Najahn-Hauptmann forderte zur Aufgabe auf, nur damit Svarde seinen Umhang beiseite warf und die Klinge auf die Soldaten richtete.

»Nie wieder«, knurrte der Foti-Krieger, und der tote Mann stürzte sich in einen wilden Angriff, die schwarze Klinge voraus.

47
DER TÖDLICHE SUMPF

Schwerter, Messer und versteckte Flaschen dominierten die Beute, die den überwältigten Najahn-Wachen abgenommen wurde. Sawi, Eujo und Livier folgten der ersten Gruppe und schleppten die überlebenden Najahn in die Zellen, wo sie sie hineinwarfen. Eine Idee der Attentäterin, die argumentierte, je länger ein Alarm verhindert werden könne, desto besser. Nachdem sie die Wachen weggesperrt hatten, würden sie zum Turm des Handelstenetats weitergehen, Wax bei der Rettung der Inseln helfen und dann über die Meere zur *Sturmkante* fliehen, wo der nächste Kampf beginnen würde.

»Fassle wird den Vertrag annullieren«, sagte Livier, als sie den letzten protestierenden Wächter in die luxuriöse Zelle schoben - dieser Gefängnisturm hatte genug Annehmlichkeiten, um Kances eigenen in den Schatten zu stellen. »Er wird den Krieg gegen Kance wieder aufnehmen, meine Königin. Wir müssen bereit sein.«

Die drei standen nahe dem Ausgangsflur und warteten darauf, dass Bliss und Torny aufholten. Wax und die anderen waren vor einigen Minuten in die sprühende Nacht hinausgegangen, und Eujo juckte es, ihnen zu folgen, aber Liviers Worte erforderten eine Antwort.

»Wenn Sie dachten, er würde sich an diesen Vertrag halten, dann müssen Sie öfter mit Politikern zu tun haben«, sagte Eujo. »Alles, was er dort verhandelt hat, war für die anderen Tenets im Raum bestimmt.«

»Andere Tenets?«

»Der Mann hat demonstriert, was er am meisten von Kance will. Was er sich zu nehmen gedenkt.« Eujo machte einen Schwung mit dem Schwert, die flache Klinge schwer und plump im Vergleich zur Finesse eines Rapiers. »Erinnern Sie sich, er hat die Feuerläufer schon einmal auf uns gehetzt. Fassle wird versuchen, das Gleiche noch einmal zu tun, sobald er behaupten kann, er hätte den Dämonen ihr neues Zuhause gegeben.«

»Aber das tut er nicht. Wax tut es«, sagte Sawi und ahmte Eujos Bewegungen mit ihrem eigenen Schwert nach.

Es war schon seltsam, mitten in der Nacht während einer geheimen Mission Schwertkampf zu üben, aber andererseits war es besser zu wissen, was die eigene Waffe tun würde, bevor man sie gegen einen Feind einsetzte.

»Wenn Sie glauben, dass Fassle Wax leben lassen oder ihm irgendeine Anerkennung dafür geben wird, dann haben Sie auch nicht aufgepasst«, erwiderte Eujo. Sie fügte nicht hinzu, dass nach Wax' Andeutungen die Vis das vielleicht gar nicht überleben würden.

Das war ein Gedanke, dem sie keine Zeit widmete. Stattdessen wandte sie sich wieder besseren, sichereren Dingen zu.

»Fassle hat die letzten Tage bereits gewonnen. Yarvick hat all seine wichtigen Rivalen um die Macht innerhalb der Najahn getötet, und jetzt ist dieser Dieb auch tot. Wenn er uns beseitigen kann, Kance zur Kapitulation zwingen und gleichzeitig die Feuerläufer auf seine Seite bringen *und* die Dämonen als Bedrohung zurückbringen kann?« Eujo wollte lachen, aber all das laut auszusprechen, ließ sie sich mehr als ein wenig übel fühlen. »Die Najahn werden mehr Macht haben als je zuvor, und er wird allein an der Spitze stehen.«

»Du sagst das, als hättest du seine Gedanken gelesen«, sagte Sawi. »Vielleicht ist er gar nicht so böse.«

»Es ist böse aus Ihrem Blickwinkel«, sinnierte Livier und nickte Eujo zu. »Fassle sieht es anders. Die chaotischen Inseln brauchen eine starke Hand, um sie in Ordnung zu bringen, ob Wax nun die Dämonen zurückbringt oder nicht. Meine Königin, ich habe Sie unterschätzt.«

»Wurde auch Zeit, dass Sie das erkennen.«

Alle drei drehten sich um, als sie Schritte auf der Treppe hörten. Torny und Bliss kamen an, die Diebin blutete aus einer Schnittwunde am Oberschenkel, aber nicht schwer. Beide hatten ihre eigenen erbeuteten Dolche von den Spionen oben, und Torny teilte die Details mit, als sie zum Ausgang des Turms gingen und durch die Tür auf die nassen und stillen Straßen schlüpften.

Diese Stille hielt nicht lange an. Das Krachen von Metall auf Metall, von verfehlten Armbrustbolzen, die auf Stein aufschlugen, ließ Eujo und die anderen ihre Schritte beschleunigen. Die Königin von Kance war misstrauisch angesichts der leeren Straßen. Dass sie unbemerkt aus dem Turm gekommen waren, ergab noch Sinn, aber das hier? Eine Schlacht im Najahn-Viertel?

Wie konnte niemand Alarm geschlagen haben?

»Halt«, zischte Livier, als sie sich dem Turm des Handelstenetats näherten, dessen Tür aufgerissen war, die Stufen aber leer. Das Getöse des Kampfes ging drinnen weiter. »Es gibt einen separaten Eingang.«

»Er hat recht«, sagte Sawi. »Hier lang.«

In einem Bogen nach links, eine breitere Allee hinunter, die sich zu den entfernten privaten Docks der Najahn wand, führte Sawi die anderen weg von den Geräuschen zu einer Seitentür, einzeln und schmal. Und beim ersten Versuch verschlossen.

»Kommt man nie zur Ruhe«, murmelte Torny, als sie Platz machten, um die Diebin durchzulassen. Bliss blieb dicht bei ihr und presste zerrissenen Stoff auf die Taille der Banditin, wo die Wunde durchgeblutet hatte. »Dieses Schloss ist größer als die anderen, und ich habe mein Werkzeug nicht dabei. Wir brauchen rohe Gewalt.«

Ohne zu zögern nahm Torny ihr eigenes gestohlenes Schwert, trat einen Schritt von der Tür zurück und rammte dann die Spitze ins Schloss. Sie drückte es fest hinein und versetzte dem Schwertgriff einen scharfen Tritt. Das Metall kreischte, verbog sich, und ein Riss erschien in der Holztür. Bliss schob Torny sanft beiseite und war an der Reihe.

Eujo wusste, dass Bliss Fähigkeiten hatte. Die Vis hatte auch Kraft.

Das Schwert zersplitterte, durchbrach das Schloss und hinterließ ein Loch im Holz, die zerbrochene Dichtung hing in der Luft. Livier stieß die Tür auf und gab den Blick auf einen verlassenen, mit rotem Teppich ausgelegten und von Laternen beleuchteten Flur frei.

»Nicht elegant, aber es wird genügen«, sagte Torny, als der Attentäter vorstürmte und die anderen folgten.

Eujo fiel in die Mitte der Gruppe, rannte mit gezogenem Schwert auf das Krachen, Klirren und die Flüche zu, die von den Wänden widerhallten. Das Zentrum des Turms kam schnell näher, und mit ihm ein Bild eines erbitterten Kampfes, wenn auch eines, das sich schnell veränderte.

Zu Eujos Rechten, auf der anderen Seite der großen zentralen Landung, hielt ein vollständiger Najahn-Trupp samt Reserven ein Bollwerk gegen Svarde. Der Barbar schien allein zu kämpfen, nahm Pfeile und Stöße hin, während er diese große schwarze Klinge schwang. Die Najahn mussten dazugelernt haben, denn die vorderste Kampfreihe führte Whent-Steinschilde mit ihren Voulgen, hielt die Bollwerke hoch, um Svardes schwingende Hiebe aufzufangen. Von Wax, Quik und den anderen konnte Eujo nichts erkennen, konnte nicht über diese Linie hinausblicken.

Wie viel mehr Misshandlung Svarde ertragen konnte, war eine Frage ohne eindeutige Antwort, eine, deren Klärung Eujo heute, heute Nacht, jetzt nicht erleben wollte.

Livier führte den Angriff auf die Nachhut der Najahn an, rannte in einem Berserkerangriff an der Treppe vorbei, die zur Skar-Kammer hinabführte. Fünf Armbrustschützen drehten sich bei dem Lärm um, ihre beiden Anführer in goldgesäumten Roben wandten sich mit ihnen. Dass diese Drehungen nicht das schnelle Ziehen der Klingen an ihren Gürteln beinhalteten, bedeutete, dass die beiden Anführer zuerst starben, als Livier einen weiten, fegenden Schnitt über ihre Hälse führte. Ihr Zusammenbruch hätte Livier für eine blinde Salve offen gelassen, wenn Bliss und Sawi, die dicht folgten, nicht direkt mit ihren eigenen Najahn-Schwertern voran vorbeigerannt wären.

Die Armbrustschützen ließen ihre Schusswaffen fallen und gingen zum Nahkampf über, zogen ihre eigenen Schwerter, um dem Angriff zu begegnen. Eujo und Torny schlossen auf, gefolgt von Livier, in ein ausgeglichenes Handgemenge. Eujos Gegnerin, eine Frau, die sogar jünger aussah als Eujo selbst, begegnete dem ersten geraden Stoß der Königin mit einer Standard-Aufwärtsparade, gut genug ausgeführt, um Eujo zu exponieren, die an das leichtere

Gewicht und die schnellere Umlenkung eines Rapiers gewöhnt war.

So wie es war, versuchte die arme Seele, Eujo zu schlagen, ein Hieb, der in Eujos Gewändern versank. Eujo drehte ihren Griff am Schwert, ließ es an der Parade der Najahn vorbeigleiten und trieb den Knauf direkt in das zu junge Gesicht der Najahn. Die Najahn stolperte zurück, als Eujo ihre Haltung wiederherstellte, und zögerte.

So jung. Verstrickt in einen Kampf, der ihre Erfahrung überstieg, verdiente die Najahn zu sterben?

»Zu deiner Linken!« Sawis Ruf ließ Eujo in diese Richtung schwingen und einen seitlichen Stich von Sawis Najahn abfangen, während der Schwertkämpfer gleichzeitig nach Sawis Knien trat und sie zu Fall brachte.

Als Sawi sich erholte, bedrängte der Najahn Eujo mit einem weiteren schnellen Stich, ließ den Schnitt auf Eujos Gesicht zuschnellen und zwang die Königin zu einem hektischen Schlag, bei dem sie ein paar Haare verlor, aber nichts Schlimmeres. Sawi stürzte sich wieder hinein, stahl die Aufmerksamkeit des Najahn und ließ Eujo wieder Fuß fassen. Ihr Herz hämmerte, in ihren Ohren hallten klirrende Paraden und dumpfere Schläge wider, als Treffer fleischige Ziele fanden. Schreie und Flüche vermischten sich.

Genau wie in der Nacht des Najahn-Überfalls auf die *Storm's Edge*, der Nacht, in der Eujo dachte, sie hätte Wax verloren, und fast ihr eigenes Leben verloren hätte.

Eujo zog sich zurück, als ihre eigene Najahn mit schwellendem Auge eine wacklige Haltung fand. Um die Soldatin herum hüllte Chaos die mittlere Ebene ein. Mit ihren überraschten Bogenschützen fand Svardes unbezwingbarer Angriff auf die Schildlinie bessere Ergebnisse, unterstützt von plötzlichen schwarzen Hieben, von denen jeder einen Najahn an den Seiten durchbohrte. Die Soldaten erschütterten, fielen lautlos zu Boden. Der Barbar nutzte den Vorteil, schwang hart gegen das linke Seitenende und zerquetschte den Soldaten ohne Schutz gegen seinen Partner.

Svarde nahm als Preis eine weitere Voulge in die Brust, aber das tote, entschlossene Gesicht des Barbaren zeigte keine Reaktion. Eujo tat es, indem sie mit ihrem eigenen Schwert über die Schulter ihres Feindes zeigte.

»Lauf, Najahn«, rief Eujo. »Diese Schlacht ist vorbei.«

Als würde sie einen Schleier heben, warf die Najahn einen schnellen Blick um sich, sah die Verwüstung ihres Trupps und drehte sich zurück zu einem Schritt in Richtung Eujo und dem Gang hinter ihr, wobei pure Angst ihre Flucht leitete.

Die Najahn schaffte einen weiteren Schritt, bevor Livier die Frau von hinten niederstreckte, ein Hieb, der die Najahn zu Eujos Füßen auf den Boden warf. Die Königin starrte, eine vertraute Kälte bildete sich in ihrem Magen, ihren Armen, ihrem Geist. Die gleiche, die sie bei einem königlichen Auftritt annehmen würde, wenn ein Auftrag schief ging. Eujo würde widerstandsfähig sein, weil sie keine andere Wahl hatte und andere von ihr abhängig waren.

Diese Najahn war gestorben, weil Ami die Skars heute Nacht wollte. Diese Najahn war wegen ihrer Entscheidungen gestorben.

Wax täte gut daran, all das Blut wert zu machen.

48

DAS ANGEBOT EINES DOLCHES

Torny hatte noch nie etwas für wilde Angriffe übrig gehabt, und daran änderte sich auch nichts, als sie zusah, wie Livier, ein Mann, der bis vor kurzem noch versucht hatte, sie alle umzubringen, diesen Angriff gegen die Najahn-Armbrustschützen anführte. Sawi und Eujo schlossen sich dem Angriff sofort an, obwohl sie hätten warten können, denn Livier tötete ohne Gnade.

Torny wusste wenig über die Vientas und ihre Ausbildung, aber als Livier seinen Angriff damit eröffnete, dass er seine gestohlene Klinge in einem einzigen Bogen warf, um den Bogenschützen links zu durchbohren, einem ungeschickten, panischen Schwung des nächsten Angreifers auswich und seine geworfene Klinge nur zurückzog, um sie in den törichten Angreifer zu rammen, wurde Torny klar, dass die Assassinengruppe ihr Handwerk verstand.

»Komm schon«, sagte Torny zu Bliss. »Wir haben Besseres zu tun.«

Die Vis warf Torny einen neugierigen Blick zu, vielleicht wegen Tornys noch immer brennender, pochender Wunde, folgte ihr aber, als Torny zur Treppe rannte. Sicher, hinter ihnen tobte der Kampf, aber dessen Ausgang war bereits entschieden. Die Najahn kämpften um Zeit und warteten auf Verstärkung. Es war wichtiger, diese abzuschneiden.

Die Rückkehr zum Treppenabsatz, wo Torny beinahe ihr Ende gefunden hätte, ein Absatz, der immer noch Spuren des Kampfes in Form von verstreuten Tischen, Stühlen und Blutspritzern an den Wänden zeigte, ließ die Banditin zusammenzucken. Nicht ganz so schlimm wie die Rückkehr zu Yarvicks Höhle, aber trotzdem.

Wenn dort ein weiterer Najahn-Wächter gestanden hätte, war sich Torny nicht sicher, ob sie sich der Glefe hätte nähern können. Zum Glück musste sie diese Entscheidung nicht treffen, da der Treppenabsatz und der Gang dahinter leer waren.

»Fassle muss all sein Vertrauen in den Trupp da oben gesetzt haben«, sagte Torny, als sie und Bliss die Tür zum Skar-Raum erreichten. »Andererseits, mehr als zwölf Najahn, plus all die Wachen in unserem Turm? Der arme Mann dachte wahrscheinlich, er sei paranoid.«

›Nicht das erste Mal, dass er einen Fehler gemacht hat.‹

Bliss' gezeichneter Scherz hätte vielleicht ein Lächeln hervorgelockt, wenn Fassles Vorliebe für Fallen in den letzten Tagen nicht so deutlich geworden wäre. Torny öffnete die Tür zum Skar-Raum und erwartete, den Najahn-Anführer und seine Speichellecker grinsend vorzufinden, bereit, eine Rede darüber zu halten, wie offensichtlich Wax' Crew war. Dann würde es einen Stromschlag geben, einen Feuerausbruch oder einen Dolch, der in Tornys Herz gestoßen würde, und das wäre das Ende.

Aber alles, was sie vorfanden, waren ein paar schwach beleuchtete Laternen, der Raum war leer. Ein Blick über die abfallende Treppe zeigte die in ihren Kästen gestapelten Skars, die zentrale Platte war frei. Schatten gab es zwar

reichlich, aber keiner hatte Zähne oder wirbelte mit Todes-
absichten auf das Paar zu.

»Wow«, war alles, was Torny sagte, als sie die
schwache salzige Luft wahrnahm, die von dem zerbröckelten Loch, das zum Meer hinabführte, heraufkam. »Ich
dachte, er hätte mehr.«

›Dann nutzen wir das aus.‹

Da hatte Bliss recht. Torny stürmte die Treppe hinunter
und biss die Zähne zusammen, um den Schmerz zu ertra-
gen, indem sie sich sagte, dass er in Sekunden
verschwunden sein würde. Das war keine Lüge: Die
Banditin knackte den Vis-Skar-Kasten mit dem Griff ihrer
Klinge und nahm ein paar türkisfarbene Steine heraus.
Sofort begann das Vis-Geplapper in ihrem Kopf, und der
Stich begann zu verschwinden, ebenso wie die anhaltenden
Schmerzen von der beinahe tödlichen Glefenverwundung,
die sie genau über diesem verdammten Raum erlitten hatte.

Torny gab sich selbst ein Versprechen, als sie die
anderen Skars fand, die sie wollte: Nach dieser Nacht würde
sie nie wieder in diesen Turm zurückkehren.

›Whent-Skars?‹, gebärdete Bliss, während sie mit ihren
Händen weitere Vis-Steine aufsammelte.

»Nur eine weitere meiner brillanten Ideen.«

Torny fügte nichts hinzu, denn Bliss vertraute ihr. Und
das war das beste Gefühl auf allen Inseln.

Als Torny und Bliss zum zentralen Treppenabsatz
zurückkehrten, war der Kampf bereits vorbei. Die meisten
Najahn waren tot oder schwer verwundet, der Rest hatte
sich ergeben und war von Ami und Sawi gefesselt worden.
Drei Najahn hatten das geschrumpfte, verwüstete Aussehen, das Annalyses seltsames Gerät hinterlassen hatte, mit
dem sie hier und da gefeuert hatte, als sie aus Seitenräumen
im Eingangsflur des Turms auftauchten. Abgesehen von

kleineren Verletzungen war niemand in ihrer Gruppe besonders verletzt, also gab Bliss die Skars an die Najahn, die möglicherweise überleben würden.

›Wir sind nicht böse‹, gebärdete die Vis zu Livier, die Zeichen wurden von Wax interpretiert, der ansonsten die Treppe hinunter starrte, als wären es die letzten Stufen, die er je nehmen würde.

Torny würde ihm zumindest Zeit geben, sie zu nehmen. Die Whent-Skars hatten ihre schwereren Schläge zum Vis-Geplapper in ihrem Kopf gesellt, und als Tornys Idee Gestalt annahm, als sie den anderen sagte, sie sollten sich näher zur Mitte des Turms versammeln, wurden die vier Whent-Steine, die sie in der Hand hielt, aufgeregt. Torny spürte, wie sie sich ausstreckten, ihre Essenz durch ihre Finger in den Turm gossen, den Mörtel, die stabilen Stapel ertasteten und herausfanden, wo diese Stapel gebrochen werden konnten, ohne das ganze Gebäude zum Einsturz zu bringen.

»Bereit?«, fragte Torny nicht so sehr, als dass sie es aushauchte, die Skars zogen sie in ihre Übung, als stünde sie auf einer hohen Klippe und wäre kurz davor zu springen.

»Bring uns nur nicht um«, sagte Eujo. »Keine Lawinen.«

Torny grinste und ließ die Skars los.

Die Steine, wie aus Käfigen befreite Tiere, explodierten. Der Handelsvertrags-Turm erzitterte, ein Beben, das durch Tornys Füße, Beine und Wirbelsäule fuhr. Das erste Bröckeln geschah vor ihr, um den Haupteingang des Turms. Die gewölbte Öffnung faltete sich nach innen, der Schluss-stein fiel zuerst und der Rest stürzte in einem Haufen zerbrochenen Holzes und Steins ein. Glitzernde Nässe schimmerte durch die Lücken an den oberen und seitlichen

Rändern, keine groß genug, dass ein Soldat hindurch-
schlüpfen könnte.

Die Whent-Skars hielten nicht inne, um ihre Bemühungen zu bewerten, sondern schwenkten Torny nach
rechts, zum kleineren Flur und der Seitentür. Wieder
zitterte der Turm. Der Stein am Fuß der Tür bog sich, als
hätte jemand ihn mit einer Schaufel ausgehoben und nach
oben geworfen. Die Blöcke schlugen gegen die zerbrochene
Tür und türmten sich aufeinander, die Whent-Skars
massierten die einzelnen Brocken, bis sie zu einer hässli-
chen, undurchdringlichen Barriere verschmolzen. Wo der
Flur gewesen war, lag nun Mörtel und plattgedrückte Erde.

»Noch einmal«, flüsterte Torny, ihr Herz flog. Die Skars
hatten noch nicht viel von ihr genommen, aber als Torny
nach oben blickte, spürte sie, wie die Steine aus ihrem
Brunnen tranken.

Die gewundene Treppe nach oben führte zu anderen
Ebenen, die möglicherweise Verstärkung beherbergten.
Selbst ein mutiger Gelehrter, der einen Dolch fände, könnte
für Überraschung sorgen oder Fassle helfen, das Blatt zu
wenden. Alle Zugänge bis auf einen abschneiden.

Ihre Skars zerschmetterten die Treppe nicht – zum
einen war es keine gute Idee, Schutt auf Wax und die
anderen regnen zu lassen –, aber obwohl es mehr Anstrengung erforderte, formten die Skars die Stufen gemäß Tornys
Vision um. Was einst flache Stufen waren, wurde nun mit
kleinen, scharfen Spitzen übersät. Andere verdrehten sich,
neigten sich zur Mitte hin und garantierten, dass ein Fehltritt die arme Seele in ein schmerzhaftes Ende weiter unten
stürzen lassen würde.

»Ich bin beeindruckt«, sagte Livier, während die Skars
weiter den Turm hinaufreichten und die Stufen auf ihrem
Weg verformten. »Eine teuflische Idee.« Livier, der nun vor

Torny stand, musterte die Banditin. »Ich dachte, du wärst eine einfache Diebin, aber vielleicht solltest du die Vientas in Betracht ziehen, wenn das hier vorbei ist?«

Die Whent-Skars schwanden, was Torny in die Gegenwart zurückholte, das Skar-Gebrabbel ließ genug nach, damit sie Liviers Frage auffangen konnte. Bliss stand hinter dem Attentäter und runzelte die Stirn über Liviers Rücken. Dennoch, in eine solche Gruppe eingeladen zu werden?

Wieder eine Familie, nach Yarvicks Ende?

Torny traf Bliss' Blick, als Livier das Angebot wiederholte und begann, die Vorteile aufzuzählen. In Bliss' Blick sah Torny jedoch etwas ganz anderes. Nächte voller Pfirsichweins und Musik, Tage, an denen sie durch wunderschönen Dschungel rannten, eine Seele in Frieden.

»Vielleicht nächstes Mal, Livier«, sagte Torny und nickte dann an dem Mann vorbei, dorthin, wo Wax und die anderen bereits hinabgestiegen waren. »Außerdem geht die Welt wahrscheinlich in der nächsten Stunde unter, also sollten wir uns keine allzu großen Hoffnungen machen.«

49
HALTET DEN TURM

Armbrüste stiegen rasch an die Spitze von Quiks Liste der unbeliebtesten Waffen. Er hatte einen Bolzen in den Rücken bekommen, eine Wunde, die trotz zweitägiger gründlicher Vis-Skar-Behandlung bei jeder Bewegung zwickte, und nun fand er sich unter einem Hagel ebendieser wieder, während er in einem Nebenraum nicht weit im Inneren des Turms kauerte. Kivi hatte diese einfache Deckung ermöglicht, indem der Ferrit die verschlossene Tür aufgebrochen hatte, während Svarde die Aufmerksamkeit auf sich zog. Als Quik und Annalyse zwischen den vernichtenden Salven hindurchschlüpften, war der einzige sichere Ort ein einfacher Raum, der, wie Quik vermutete, für Plaudereien über Getreidewechselkurse und das Volumen von Tamas-Ale-Importen gedacht war.

Svardes unbesiegbare Verteidigung bestand darin, in der Mitte des Flurs zu stehen und einen schwerfälligen Vormarsch zu machen, einen angegriffenen Schritt nach dem anderen. Obwohl der Barbar darauf bestand, dass er weiterhin Schmerzen spürte, zeigte Svarde es nicht. Quik, mit Annalyse hinter sich, spähte um die Türöffnung und beobachtete, wie Bolzen um Bolzen die schieferfarbene, haarlose Haut des Mannes durchbohrte. Svarde schüttelte jeden Beschuss ab, pflückte die Bolzen heraus und warf sie beiseite, während er seinen Marsch fortsetzte und irgendein fotisches Lied grölte.

»Er ist unbesiegbar«, murmelte Quik.

»Er kann nicht sterben, solange er die Klinge hält«, erwiderte Annalyse. »Das ist nicht dasselbe. Jetzt mach Platz.«

Annalyse tauschte mit Quik den Platz und begann zu schießen, wobei sie schwarze Noctia-Blitze aus ihrem Gerät an Svarde vorbei in Richtung der Najahn sandte. Quik erwartete, dass die Männer sterben würden, aber die Todesschüsse waren nicht unabänderlich. Sie prallten an den Najahn-Schilden ab, verblassten zu nichts und zwangen Annalyse, ihr Ziel zu korrigieren.

Eine Aufgabe, die einfacher wurde, als Svarde mit der Najahn-Linie kollidierte, seine schwarze Klinge und sein zerfetzter Körper Aufmerksamkeit auf sich zogen, die Najahn-Linie nach innen drehten und Annalyse größere Ziele boten. Dann kamen auch die überraschten Rufe von hinten, die blutigen Spritzer und der schnelle Zusammenbruch.

Danach, als die Najahn gefesselt und um den zentralen Raum herum verteilt waren, isoliert dank Tornys Arbeit mit den Whent-Skars, dankte Quik Svarde. Er streckte die Hand aus, um die nicht-schwertführende Hand des Mannes zu schütteln, nur um festzustellen, dass sie gebrochen war, mit gespreizten oder fehlenden Fingern. Svardes Najahn-Robe hing in Fetzen, Haut und Knochen darunter ähnlich zerfetzt. Tiefe violette Ränder bildeten sich entlang der Wunden und blubberten in grimmiger Wiederbelebung auf.

»Es fühlt sich nicht besser an, als es aussieht«, sagte Svarde und zog an Quiks betretenem Gesichtsausdruck. »Zumindest habe ich diesmal kein Auge verloren.«

»Hast du das schon mal?«

Svarde zeigte ein zerbrochenzahniges, aufgesprungenes Lippengrinsen. »Das Einzige, was ich nicht verloren habe, ist die Hand, die dieses Schwert hält.« Das Grinsen verschwand so schnell, wie es gekommen war. »Ich kann den Tag kaum erwarten, an dem ich es loslassen kann.«

Der Barbar humpelte dann an Quik vorbei und gesellte sich zu den anderen, die die Treppe hinunter zur Skar-Kammer gingen. Quik folgte nicht, und sein Zögern ließ auch Annalyse innehalten.

Der Jäger drehte sich bei der unausgesprochenen Frage der Wissenschaftlerin um und nahm die mittlere Ebene und ihre Flure in Augenschein. Keine einfachen Zugänge, enge Räume. Abgesehen davon, Svarde in den Eingang zur Skar-Kammer zu pflanzen, wäre dies der beste Ort, um die Stellung zu halten.

»Wir können sie zumindest aufhalten«, schloss Quik gegenüber Annalyse. »Ich weiß nicht, wie lange mein Bruder brauchen wird, um etwas zu tun, das noch nie zuvor getan wurde.«

»Torny hat die Türen zum Einsturz gebracht«, sagte Annalyse. »Kein Najahn-Trupp wird sie in Stunden frei-räumen können.«

»Fassle hat auch Skars, und die Najahn haben mehr ausgebildet.« Quik ließ die Fassade ganz leicht bröckeln. »Und, Annalyse, ich will nicht in diesem Raum sein. Nicht dieses Mal.«

Das Stöhnen und Fluchen der Gefangenen nahm den Worten ihre Schwere, aber Quiks Eingeständnis, sich selbst gegenüber ebenso wie Annalyse, sank dennoch ein.

»Ich verstehe nicht?«

»Ich bin ein Jäger, Annalyse. Ich *handle*. In diesem Raum, mit all diesen Skars, würde ich nur zusehen, wie Wax entweder etwas Wunderbares vollbringt oder stirbt. Wir haben beide gesehen, was diese Steine tun können, was sie nehmen können, und ich werde nicht zusehen, wie es Wax passiert.« Ein Geräusch, ein scharfes Krachen, hallte von der Vordertür des Turms wider. Der erste Schlag eines Hammers, einer Spitzhacke auf Stein. Quik fand ein Lächeln. »Siehst du? Sie sind schon hier. Wirst du mir helfen?«

»Du bittest mich, das größte Ereignis zu verpassen, das die Inseln je gesehen haben?« Annalyse begann den Kopf zu schütteln, als ein zweites Krachen ertönte, gefolgt von frischen Kieselsteinen, die auf das Kopfsteinpflaster rollten. »Mutiger Zug, Quik.«

Ein Jäger musste Zeichen lesen, Hinweise finden, und in Annalyses spöttischem Ton, der leichten Kräuselung auf der linken Seite ihrer Lippen, sah Quik etwas, das er noch nie zuvor gesehen hatte, und spürte einen Rausch, den ihm keine Dschungelliane, kein verfolgtes Untier je gegeben hatte. Er legte eine Hand auf Annalyses Rücken, zog sie an sich, als ein weiteres Krachen durch den Turm hallte. Sie ließ es zu, mit einem winzigen Lachen.

Nur ein Kuss am Ende der Welt.

Armbrüste waren der Fluch von Quiks Leben, und der Jäger wusste nicht einmal, wie man sie benutzte. Quiks kurzer Aufenthalt bei den Najahn hatte ihm rudimentäre Fähigkeiten mit der Glefe, dem Chakram und den Schwertern vermittelt, die bei den Lila-Schwarzen üblich waren, aber die Whent-Armbrüste waren erfahreneren Soldaten vorbehalten. Infolgedessen hatte er keine Antwort auf das Loch, das sich durch die Felswand fraß.

Annalyse hatte eine.

Trotz Quiks anhaltender Bedenken über das todbringende Gerät war es *durchaus* wirksam. Annalyse wartete, bis das Hacken genug Steine weggeräumt hatte, um ihr einen Schuss auf den Najahn auf der anderen Seite zu ermöglichen. Die Wissenschaftlerin feuerte jedoch nicht sofort. Stattdessen hielt sie, während sie und Quik auf der gegenüberliegenden Seite des Flurs inmitten flackernder Laternen und anschwellender Najahn-Stimmen standen, das Gerät Quik entgegen.

»Warum?«, fragte Quik, ohne das Werkzeug zu nehmen.

»Weil du es verstehen musst«, sagte Annalyse, »und weil ich sehe, wie sehr du immer noch leidest.«

»Ich brauche nicht-«

Ein weiteres Krachen, Steine verschoben sich. Ein heiserer Jubel ging von den Soldaten aus, die noch dabei waren aufzuwachen, denn mitten in der Nacht war eine harte Zeit, um aufzustehen und zu kämpfen.

»Ich schon«, sagte Annalyse. »Ich brauche, dass du das nimmst, nur für eine Weile.«

Sie zeigte ihm wie, eine sekundenlange Lektion begleitet vom unregelmäßigen Dröhnen des Noctia-Skars in Quiks Kopf. Weit entfernt vom angenehmen Vis-Murmeln oder dem hektischen Flüstern eines Kance-Skars, tobte Noctia umher und forderte Handlung.

Quik konnte ihm das geben.

Er kauerte sich hin und ging entlang der Rückseite des Schutthaufens, wo die Steine in seltsamen Winkeln verbunden oder durch Tornys willkürliches Werk zusammengeschmolzen waren. Die Najahn-Verstärkung hatte eine Seite als dünner eingeschätzt als die andere und sich fast zur Hälfte durchgehackt. Quik hatte Skars erwartet, aber bisher gab es keine Anzeichen der magischen Steine.

Zumindest nicht bei den Najahn.

Der Jäger duckte sich, hob das Gerät und zielte auf den Najahn-Soldaten, der die Foti-Spitzhacke schwang. Der Soldat, dessen Robe durch durchnässtes Leder ersetzt worden war, bemerkte Quik erst, als der Jäger den Abzug betätigte. Der Noctia-Skar sprang, der schwarze Bolzen blitzte auf, und der Spitzhackenträger zuckte mitten im Schwung zusammen. Er zuckte zweimal und brach zusammen, die Spitzhacke klapperte über seinen Körper. Hinter ihm verstummten die Reihen der Najahn, fassungslos.

Und Quik?

Der Jäger war wie neugeboren. Der Schmerz in der Schulter verschwand. Die anhaltende Erschöpfung von einem langen Tag und wenig Schlaf verflog. Fast so gut wie Annalyses Lippen zu berühren, nur wenige Augenblicke zuvor. So angenehm wie eine Menge Vis-Pfirsischwein, Musik und eine helle tropische Nacht.

Annalyse zog ihn zur Seite, als ein Armbrustbolzen durch die Öffnung schoss und von der Wand nahe Quiks Kopf abprallte. Der Jäger lehnte sich für einen langen Moment an Annalyse, während der Rausch nachließ, obwohl sein Schulterschmerz nicht zurückkehrte und auch seine Erschöpfung nicht. Stattdessen war Quik bereit zu kämpfen, zu rennen, allem standzuhalten, was die Najahn schicken konnten.

»Siehst du, was ich meine?«, fragte Annalyse. »Es ist unglaublich.«

»Ich habe es nicht verstanden«, erwiderte Quik. »Aber du hast recht.«

Bevor Quik das Gefühl vertiefen konnte, was so etwas für den Krieg bedeuten könnte, für die Jagd über die Inseln, erzitterte der Turm. Ein neues Geräusch kam vom anderen Flur, das zu ihnen herüberhallte. Quik und Annalyse brachen ihr Gespräch ab und rannten zurück zur Mitte, rutschten zum Stehen, als sie frische Najahn-Soldaten sahen, die durch eine glatte Öffnung in Tornys eingestürzter Barriere kletterten.

An ihrer Spitze, den Kopf hocherhoben und eine Halskette mit Skars zur Schau stellend, war Kasava. Als Quik das Gerät hob, schnippte Kasava mit den Fingern, fing Quiks Blick auf und stoppte den Vormarsch der Najahn.

Der Jäger zögerte. Er hatte Abstand, genug Zeit, um einen Schuss abzufeuern. Hinter ihm bewegte sich Annalyse in Richtung der abwärtsführenden Treppe. Ein Rückzugsgefecht würde Wax mehr Zeit verschaffen, aber wenn die Najahn zuerst reden wollten, nun, das waren kostenlose Minuten, die man verstreichen lassen konnte.

»Quik«, sagte Kasava. »Ich habe Glück, dass du hier bist, denn von allen könntest du vernünftig sein.« Die Frau konnte die Gefangenen hinter Quik sehen, auch die Leichen. »Es tut mir leid zu sehen, dass Fassle recht hatte. Er vermutete, dass ihr alle heute Nacht etwas versuchen würdet.«

»Vermutet«, erwiderte Quik, »oder wurde ihm vom Tamas-Skar gesagt?«

»Spielt das eine Rolle?«, Kasava schüttelte den Kopf. »Was zählt, Quik, ist, dass du verstehst, warum wir deinen Bruder niemals die Skars benutzen lassen würden.«

Ein offensichtliches Eingeständnis, angesichts des

postierten Najahn-Trupps, und die Worte veranlassten Quik dazu, seinen Finger wieder an den Abzug zu legen.

»Die Unholde sind verschwunden«, fuhr sie fort. »Abgesehen von Kance, und Fassle hätte diesen Vertrag eingehalten, könnten wir Frieden zwischen den Inseln haben.«

Annalyse setzte an zu sprechen, ein Protest gegen die Kreaturen, die zum Sterben zurückgelassen wurden, aber Kasava schnitt ihr mit einer knappen Verneinung das Wort ab. »Es ist nicht unsere Schuld, dass die Götter ihre alten Welten dem Untergang überließen. Dein Bruder riskiert diese hier. Er würde die Skars nehmen und eine ganze neue Insel aus dem Nichts erschaffen? Unholde in diese Welt strömen lassen? Und das im besten Fall?«

Kasava trat einen weiteren Schritt vor. Ein Klacken hallte den ersten Flur hinunter, der Trupp dort nahm seinen gewöhnlicheren Durchbruch wieder auf. »Was passiert, wenn er scheitert, Quik? Was passiert, wenn die Skars ihn überwältigen? Würde Noctia einstürzen und nicht nur die Ringstadt, sondern jeden Whent in der Dunklen Tiefe begraben? Könnten die Unholde anderswo auftauchen, auf Vis und Kance einströmen und wahllos töten?«

»Das wird nicht passieren«, sagte Quik.

»Nein? Woher nimmst du deine Zuversicht? Wax selbst gab zu, dass er die Tore ohne mehr Macht nicht wieder öffnen könnte. Es wurde noch nie zuvor getan, nicht von Demion, nicht von irgendeinem anderen Aegis.« Kasava machte einen weiteren Schritt. Nur noch drei Schritte trennten sie, obwohl ihre Eskorte nicht mit ihr vorgekommen war. »Er wird unsere Welt zerstören, Quik. Deine Familie, meine, alle könnten sterben.«

Quik warf einen Blick zu Annalyse, das Versprechen, das

in ihrer Wiedervereinigung lag, ein Versprechen, das in einer Welt gegeben wurde, die Quik zu kennen glaubte. Eine Welt, die am Rande des Verschwindens stand.

»Das muss nicht geschehen«, flüsterte Kasava, ihre Worte leise, doch sie trafen jeden Nerv Quiks. »Hilf mir, deinem Bruder zu helfen, Quik, und wir können die Inseln gemeinsam retten.«

50
SKAR-LIED

Die Königin von Kance legte zwei Handvoll Skars ihrer eigenen Insel auf die Steinplatte. Ihre flüchtigen Stimmen verstummten, als Eujo sie losließ, und die Diamanten kamen in kleinen Haufen neben ähnlichen Ansammlungen von Topasen, Smaragden, Saphiren und Opalen zur Ruhe. Bliss, Wax und Sawi gesellten sich zu Eujo, um die Steine zu greifen und sie zu der einen Stelle in der Kammer zu bringen, wo Wax im Handumdrehen mehr holen konnte. Der Vis war sich nicht sicher, aber er dachte, er könnte alle Skars brauchen, die er finden konnte.

Die anderen Mitglieder ihrer Gruppe übernahmen verschiedene Aufgaben. Torny, verletzt und erschöpft nach ihrer Arbeit mit den Whent-Steinen, hielt mehrere Vis-Skars fest und saß abseits, mit halbgeschlossenen Augen zusehend. Svarde und Kivi, die treue Felsechse, waren die Treppe hinunter zu den sandigen Höhlen verschwunden. Sie würden sicherstellen, dass keine Attentäter warteten, und die Grotte für die bevorstehende Flucht freihalten.

Deux würde warten. Der Kapitän von Kance hatte nach mehreren stillen Tagen einen Boten geschickt, der überrascht war, seine Königin vorzufinden. Eujo hatte ein Signal für heute Nacht angekündigt, das Deux verstehen würde, wenn er es sähe. Falls Wax irgendwie einen Kontinent hochbringen und die Dämonentore in völliger Stille öffnen könnte, würde Eujo einfach einen Foti-Skar schnappen und eine Feuersäule in die Höhe schicken.

Die *Storm's Edge* würde zu ihrer Rettung segeln, und bis zum Morgengrauen wäre die ganze Gruppe auf dem Weg zurück nach Kance.

Wenn das geschähe, wenn das Retten der Dämonen und das Brechen des Najahn-Griffs auf die Inseln so einfach wäre, dann würde Eujo sich als die glücklichste Frau der Welt betrachten.

Ami und Livier postierten sich auf der Treppe, die zurück zur unteren Ebene des Turms führte. Mit Quik und Annalyse, die die äußere Verteidigung übernahmen, würden diese beiden die letzte Verteidigungslinie halten. Niemand erwartete, dass ihr Angriff lange geheim bleiben würde, und Fassles wartender Trupp bewies, dass der Zirkel damit rechnete, was-

»Bereit?«, fragte Wax sie, und Eujo bemerkte, dass bereits sieben glitzernde Haufen auf der Platte lagen. Bliss hatte sich zu Tornys Seite zurückgezogen, während Sawi eine Najahn-Voulge hielt und in der Nähe der abwärts führenden Treppe stand, entweder um zu hören, ob Svarde Hilfe brauchte, oder um sich in die Nähe eines schnellen Ausgangs zu bringen. »Eujo?«

»Geh es noch mal schnell mit mir durch«, antwortete Eujo.

»Okay.« Wax nickte, mehr zu sich selbst, was der Grund war, warum Eujo die Frage gestellt hatte. Der Versuch, etwas in der Geschichte der Inseln Neues zu unternehmen, mit all diesen Steinen, könnte ohne wirklichen Fokus zur

Katastrophe führen. »Zuerst werde ich versuchen, die Dämonentore zu öffnen. Ich habe sie geschlossen, also habe ich eine Vorstellung davon, wie ich sie zumindest wieder beeinflussen kann.« Wax trommelte mit den Fingern auf die graue Platte. »Dann, wenn das erledigt ist, werde ich die Whent-Skars benutzen, um den Ozean westlich von Foti aufzureißen und eine neue Insel zu erschaffen.«

»Du lässt es so einfach klingen«, lachte Torny mit dünner Stimme.

»Mit all diesen Skars hoffe ich, dass es das ist«, erwiderte Wax. »Aber das sind die einfacheren Teile. Wenn das alles funktioniert, kommen wir zum wirklich verrückten Teil. Ich werde versuchen, die Tore zu bewegen. Soweit ich das beurteilen kann, sind sie nur irgendwie miteinander verbundene Skars, also wenn ich sie mit diesen Rana-Skars hier durch den Ozean schieben kann, dann kann ich die Tore direkt neben die neue Insel bringen. Dann werden die Dämonen größtenteils eingedämmt sein, und wir können von hier abhauen.«

Wax blickte zurück zu Eujo: »Wenn es vorbei ist, musst du mich vielleicht tragen.«

Diese Selbstsicherheit verbarg die Realität, in der Wax' Überleben unwahrscheinlich schien. Aber deshalb hatten sie so viele Skars auf die Platte gehäuft. Jeder einzelne hatte eine kleine eigene Kraft, und wenn Wax ständig zwischen den Skars wechseln könnte – Eujo und die anderen würden mehr Skars aus den Vorräten des Raumes nachlegen, während Wax sie verbrauchte – hätte er vielleicht eine Chance, seine eigene Energie unangetastet zu lassen.

Für einen Plan gab es überall Lücken, gefüllt mit Hoffnung und Vermutungen.

Für einen Plan hatte Eujo keinen besseren.

Sie konnte jedoch Wax' Hand fest drücken, seiner

Wange einen sanften Kuss geben und ihm einen letzten Blick zuwerfen, der ein Leben lang versprach, wenn der Vis einen Weg durch all dies finden könnte.

»Bereit«, sagte die Königin von Kance.

Wax begann mit sieben. Ein Standard-Aegis-Set vor ihm, in beide Hände genommen. Die Augen des Vis schlossen sich und Eujo wartete darauf, dass etwas beginnen würde, bis der Turm bebte. Ein leichtes Zittern, und eines, das Bliss eine Frage gebärden ließ.

»Nein«, knurrte Ami oben auf der Treppe. »Das ist nicht Wax. Die Najahn brechen durch.«

»Dann halten wir hier«, erwiderte Livier, bewegte sich zur Holztür hinauf, schloss sie und schob den Riegel vor.

»Moment mal«, rief Sawi von der Nähe der Platte. »Quik und Annalyse sind noch da draußen!«

»Und ich hoffe, sie kämpfen bis zum letzten Atemzug.«

»Bis zum letzten Atemzug kämpfen? Sie werden fliehen müssen, und sie können hierher fliehen«, sagte Sawi, als sie sich von der abwärts führenden Treppe wegbewegte und die Voulge in Richtung Livier stieß. »Öffne diese Tür.«

Wax selbst stand still, ohne zu zittern, ohne in Schweiß auszubrechen. Eujo spürte nichts, keinen Windhauch, kein Zittern, kein Streifen ihres Geistes durch einen Tamas-Skar. Wax würde jetzt auf der Suche sein, durch das Dunkle Unten reichen, um diese Tore zu finden und sie aufzureißen, eine viel größere Entfernung als beim ersten Mal, als er sie schloss.

Möglich?

Wer wusste das schon, aber Eujo konnte nichts daran ändern. Sie konnte jedoch ihre Freunde davon abhalten zu kämpfen.

»Öffne die Tür, Livier«, sagte Eujo und legte Eisen in ihren Ton. »Wir sind hier, um Leben zu retten.«

»Es ist ein Risiko, meine Königin.«

»Es ist ein Befehl, Livier.«

Der Attentäter verbeugte sich, schob den Riegel beiseite und öffnete die Tür. Sawi blitzte Eujo ein Dankeschön zu, nur um sich beiseite gedrängt zu finden, als Bliss, die ebenfalls eine Najahn-Voulge hielt – nahe genug an einem Stab, oder so gebärdete Wax' Schwester –, an ihr vorbei nach oben huschte. Ami ließ die junge Frau passieren, ebenso wie Livier, und Bliss verschwand aus der Kammer nach oben, wo knackende Geräusche weiterhin in stetigem Rhythmus zu hören waren.

»Wo geht sie hin?«, fragte Ami.

»Um ihrem Bruder zu helfen«, antwortete Sawi, bevor sie Bliss weiter nach oben folgte. »Vis lassen einander nicht im Stich.«

Ami und Livier folgten den beiden Frauen nicht, stattdessen positionierte sich der Assassine so, dass er den Flur im Blick hatte. Wenn er die Tür verriegeln müsste, würde es ihnen nicht viel Zeit verschaffen, aber hoffentlich brauchten sie auch nicht allzu viel.

»Stimmt's, Wax?«, murmelte Eujo und wandte sich wieder dem Vis zu. »Eine neue Insel zu erheben, dürfte ja wohl schnell und einfach sein.«

Wax erschauderte. Ob er Eujo gehört hatte oder nicht, der Vis schüttelte langsam den Kopf über nichts, bevor er sich ihr zuwandte. Die Augen des Vis öffneten sich kurz, und in ihnen sah Eujo nicht die Pupillen des Vis, seine strahlende Fröhlichkeit, sondern wirbelnde, sich verändernde Farben. Blutrot, ozeanblau, die zackigen Linien gelber Blitze. Eiseskälte durchflutete Eujo und sie sprach den Namen des Vis aus, kam näher. Sie griff nach Wax' Arm, als diese blinden Augen sie beobachteten.

Und der Vis packte Eujos Hand, die Skars in Wax' Handfläche pressten sich gegen Eujos Haut. Wax drückte nach unten und presste ihre rechte Hand gegen die Steinplatte, obwohl Eujo den Druck kaum spürte.

Denn sie hatte die Skar-Kammer weit hinter sich gelassen.

Trink genug Ale, iss den richtigen Pilz oder rauch die richtige Pflanze, und du konntest dich wie weggebeamt fühlen. Eujo hatte davon genug erlebt – mehr in ihren Diebestagen als unter dem königlichen Blick –, aber nichts kam dem weltverschiebenden Sog gleich, der Eujo mit Wax' Berührung davonwirbelte. Als die Steinkammer verschwamm, hörte Eujo Skar-Stimmen durch ihren Kopf wabern.

Nein, keine Stimmen. Musik.

Wax hatte die Symphonie erwähnt, aber Eujo hatte die Orchestrierung noch nie zuvor gehört. Jetzt kam sie klar und im Takt durch, wobei die Rana- und Kance-Skars in einer konstanten Melodie durch höhere Noten flogen, während Foti und Whent tiefere Schläge boten, ihr Grummeln abwechselnd, spielend, in die Tiefen weit unten treibend.

Eujo sank unter den Skar-Turm, durch Fels und Stein, ohne einen einzigen Block zu spüren. Sie huschten in geisterhaften Braun-, Grau- und glitzernden Geoden-Tönen vorbei. Als Eujo versuchte, danach zu greifen, zu berühren, fühlte sie nichts. Das Lied beschleunigte sich zusammen mit Eujos Abstieg, die Erde wirbelte in einem dunklen Miasma vorbei, bis ... Raum.

Eine Kammer, ein Becken, aber ein zerbrochenes. Herabgefallene Felsen und zackige Säulen ruhten inmitten schwarzer Gewässer. Eine einzelne Flamme flackerte schwach an einem Ende, aber Eujo ging nicht darauf zu. Stattdessen trieb sie die gleiche Kraft, die sie bis hierher gebracht hatte, weiter. Ins Wasser und unter seine Oberfläche.

»Eujo«, sagte und sagte Wax nicht, die Worte ein Gedanke, der die fortlaufende Musik der Skars unterbrach. Als Wax' Stimme in ihrem Kopf widerhallte, erschien der Mann, ein gestreckter, vom Wasser verzerrter Schemen. »Ich brauche deine Hilfe.«

Wax erklärte den Rest ohne Worte, mit Eindrücken. Eine einfache Wahrheit, die durch den Tamas-Skar weitergegeben wurde, dessen Präsenz als Hintergrundsummen in die Symphonie einspielte. Zusammen mit den anderen Skars zog der Tamas-Stein ihr Bewusstsein ganz hier herunter, wo Wax die toten Tore sehen konnte. Er zeigte sie Eujo, jedes tote Cluster wurde durch einen Unterwasserwirbel des Rana-Skars zum Leben erweckt.

»Was jetzt?«, fragte Eujo.

»Ich brauche alle Vis- und Noctia-Skars, die du mir besorgen kannst«, sagte Wax. »Jeden einzelnen.«

Eujo flog nicht zurück, sondern wurde abrupt zurück in die Skar-Kammer befördert. Sie fiel und fing sich an der Steinplatte ab. Torny fragte, was los sei, aber Eujo antwortete nicht, rappelte sich auf und sah wieder zu Wax. Der Vis hatte die Augen geschlossen, aber seine linke Hand war mit der Handfläche nach oben gedreht, wartend.

»Vis- und Noctia-Skars«, sagte Eujo zu der Banditin, und Torny sprang auf, half Eujo dabei, einen Stapel der dunklen und grünen Steine in Richtung von Wax' offener Hand zu schieben.

»Wo warst du?«, fragte Torny, als Eujo so viele Skars wie möglich von jeder Sorte in Wax' Griff warf, wobei der Mann erneut erschauderte, als die Steine aufprallten.

»Er hat mich mitgenommen«, sagte Eujo und trat

zurück, um zuzusehen. »Er wird unsere Hilfe brauchen, Torny. Es wird nicht einfach werden.«

»Oh, Gott sei Dank. Ich fing schon an, mich zu langweilen.«

Als Wax seinen Griff um die Skars schloss, prallte ein neuer Klang in den Raum. Metall auf Metall. Ein geschriener Vis-Fluch, Sawis Stimme.

Schlimmer noch, der Lärm kam nicht nur von der offenen Tür. Der Kampf hatte begonnen, sowohl oben als auch unten.

51
DAS UNMÖGLICHE RÜCKGÄNGIG MACHEN

Die frischen Vis- und Noctia-Skars bedrohten das Gleichgewicht, das Wax zwischen seinen ersten sieben aufgebaut hatte. Die Steine an ihren Platz zu schieben, war dieses Mal leichter gewesen, als würde man ein Outfit anziehen, und die anfängliche Symphonie ließ Wax in das Dunkle Unten hinabgleiten. Er ritt auf der endlosen Reichweite des Noctia-Skars vorbei an der Toten Stadt zum eingestürzten Becken. Wax spürte diese Reise nicht wirklich, stattdessen stellte er sich das Ziel vor, bot eine vage Richtung an, wo er dachte, dass es sein würde, und ließ den Noctia-Skar diese unsichtbaren, scheinbar unendlichen Ranken ausstrecken, um die geschlossenen Tore zu finden.

Diese sieben Portale warteten noch immer, ihre Skars schwebten in ruhigen Gewässern. Ihre Eindrücke flackerten wie Sterne am Nachthimmel, während die Steine ihre gottgegebene Energie behielten, aber nicht mehr miteinander verbunden waren. Einzelne Teile, die darauf warteten, wieder verkettet zu werden, und mit ihrer Vereinigung würden sich die Türen zu alten Welten wieder öffnen.

Doch während der Noctia-Skar die Tore gefunden hatte, schien die Todesgöttin nicht willens zu sein, diese Verbindung herzustellen. Als Wax den Stein drängte, eine größere Rolle in der vorsichtigen Musik zu spielen, weigerte sich der Noctia-Skar desinteressiert. Bis Wax sich auf ein bestimmtes Tor konzentrierte, das, welches Noctia selbst gehörte. Dann, wie eine Person, die alte Freunde erkennt, stürzte sich der Skar in ein schallendes Solo und warf seine Energie auf seine Noctia-Skar-Geschwister.

Wax spürte dies aus weiter Ferne, als würde er mit dem Zeh wackeln und sehen, wie sich die darauf liegende Decke verschob. Das Feedback kam jedoch klar: Der anfängliche Ansturm des Noctia-Skars geriet ins Stocken, seine schallenden Noten gerieten aus dem Rhythmus und zeigten Wax, was er als Nächstes brauchte: mehr Skars.

Eujo stellte sie bereit.

Mit den Noctia-Skars in der Hand leitete Wax die dunkle Energie des Opals in ihre begrabenen Brüder. Purpur-schwarze Verbindungen bildeten sich verschwommen in diesen wässrigen Tiefen, verbanden jeden treibenden Skar mit dem nächsten und leiteten die benötigte Energie von Wax' gehaltenen Steinen an der Oberfläche ab. Wie ein sich webendes Spinnennetz verbanden sich die Skars einer nach dem anderen, und als sich der letzte anschloss, hörten die Skars auf, getrennt zu sein, und fanden ihren alten Zweck wieder.

Wie?

Wax war sich nicht sicher. Vielleicht ein uraltes Muster, das die Götter ihnen auferlegt hatten, oder vielleicht verstanden die Skars, wie sie es oft taten, was Wax wollte und brauchten keine ausdrückliche Anleitung, um dorthin zu gelangen. Wie auch immer, die Steine begannen sich zu bewegen, glühten in einem tiefen Violett und leuchteten in den dunklen Gewässern.

Ein Tor erwachte wieder zum Leben.

Ob Wax schnell atmete, ob seine Beine schwach waren, ob er einen Drink oder einen Tag Ruhe brauchte, der Vis wusste es nicht. Alles, was er hörte, fühlte, verstand, war die Skar-Symphonie. Er riss den Fokus vom Noctia-Tor weg und wandte sich dem Vis-Tor zu, eine Wahl, die durch die Eindrücke in seinem Geist getroffen wurde, das plötzliche Aufblühen der Vis-Skars in seiner Hand, als er sie zu ihren Geschwistern drängte.

Wieder leiteten die Skars Energie aus Wax' Hand, ritten auf der symphonischen Kette durch Fels und Stein, Luft und Wasser zur Kammer und dem wartenden Tor. Blattgrüne Linien verbanden die Vis-Skars, und bald drehten sich die Steine unter Wasser, ein weiteres Portal öffnete sich.

Mit dem freigeräumten Weg brachte sich Wax zurück zur Platte, der Skar-Kammer. Er ließ die verbrauchten Vis- und Noctia-Skars fallen, die Steine prallten von der Platte auf den Boden, und bat eine entschlossene Eujo als Nächstes um Whent und Rana.

Die gingen schnell genug, ebenso wie Foti und Tamas danach. Kance kam als Letztes, und mit allen sich drehenden und zum Leben erwachten Toren schob sich Wax mit einem breiten Grinsen zurück auf die Platte.

»Glückwunsch«, sagte der Vis, als die Symphonie verklang, als er die Skars zurück auf die Platte warf. »Die Unholde sind zurück.«

»So wie die Najahn.« Eujo schwenkte um, der gut verborgene Humor der Königin war in ihrem eisigen Blick längst verschwunden. »Svarde und Kivi werden unten bedrängt, während deine Schwester und Sawi oben Quik helfen, soweit wir das beurteilen können.«

Wax sah auf und über seine Schulter, sah Livier die Tür bewachen, während Ami sich nahe der Treppenbasis positionierte, bereit, dorthin zu rennen, wo sie gebraucht wurde. Die rothaarige Wächterin mit dem goldenen Gesicht nickte Wax zu, als sich ihre Blicke trafen, und wiederholte seinen Erfolg mit den Toren.

»Ein Versprechen, das ich tatsächlich halten werde«, sagte Ami. »Versuch, daraus zwei zu machen, Vis.«

Alles, was er tun müsste, wäre, eine neue Insel vom Meeresboden zu heben. Ganz einfach, oder?

»Whent-Skars«, sagte Wax zu Eujo und Torny. »Alle davon.«

»Geht's dir gut?«, fragte Torny, während sie und Eujo die verbliebenen goldenen Steine zu Wax schoben, bevor sie zum Whent-Altar eilten, um mehr zu holen. »Ich dachte, nach dem, was du gerade getan hast, wärst du erschöpft.«

»Solange wir Skars zum Durcharbeiten haben, wird es mir gut gehen«, sagte Wax, dann blinzelte er über das Wunder von allem. »Die Skars, sie machen das meiste von selbst. Ich sage, was ich will, dass passiert, aber es sind die Steine, die wissen, wie man es macht.«

»Überreste der Götter«, sagte Eujo und fügte genug Whent-Steine hinzu, um Wax mindestens fünf in jede Hand zu geben, plus mehr als die doppelte Anzahl, die vor ihm aufgestapelt war. »Sieht so aus, als würden sie sich an ein paar Dinge erinnern.«

»Hoffen wir, dass dazu auch der Aufbau einer neuen Welt gehört«, sagte Wax, während die Whent-Stimmen laut und schnell in seinem Kopf dröhnten.

Das Weglassen der anderen Skars bedeutete, dass es keine ätherische Symphonie zu dirigieren gab, keine geisterhafte Reise durch Fels und Stein, um die Tore zu erblicken und sich mit ihnen zu verbinden. Stattdessen hatte Wax ein Whent-Solo, und damit kam das Gefühl für jeden Stein, Felsblock und Block im gesamten Turm, Noctia und dem großen Boden unter dem Ozean. Als die Skars seine Idee, seinen Traum von einer neuen Insel aufgriffen, beschleunigten die Steine ihr Tempo, und Wax verfiel in das neue Lied.

Seine Beine endeten nicht mehr mit seinen Füßen, die Empfindung weitete sich stattdessen unter dem Meer aus. Der Zeh, mit dem er unter der Decke wackelte, war kein Noctia-Skar mehr, sondern Whent, und das Zucken ließ die Erde beben. Wax verfolgte das Gefühl über die Küste von Noctia hinaus, weniger visuell und mehr instinktiv, und verstand, dass der Zeh unter der Decke wirklich da war, auch wenn er ihn nicht sehen konnte.

Wax trieb die Whent-Skars noch weiter, und die goldenen Steine dehnten sich aus.

Der Vis schloss seine Augen und reiste. Er spürte Fotis fließende Lava, die pulsierenden Vulkane im Kern der Insel. Weiter hinaus in den kühlen, endlosen Ozean gelangten Wax und die Skars zu ihrem verlassenen Traum: einer leeren Weite, bereit, gespalten zu werden.

»Hier«, murmelte Wax, und die Skars hörten zu.

Die Whent-Steine ließen ihre Energie durch den Meeresboden strömen, packten die Ränder, einen großen Kreis, und begannen zu bohren. Zu spalten. Zu schwächen. Wax öffnete flatternd seine Augen, griff nach mehr Whent-Skars und zog sie heran. Er umarmte sie nun, zog jeden einzelnen Stein zusammen, ihre vereinten Bemühungen gruben tiefe Furchen in Land, das so sehr, sehr weit von hier entfernt war.

Die Skars waren zuversichtlich, sie waren selbstsicher. Sie waren Whent, und dafür waren sie geschaffen, was ihr

Gott tun konnte, und sie würden gemeinsam eine neue Welt erschaffen.

Wax begann zu formen, skizzierte eilig Hoffnungen für Berge, Täler, Ebenen und sanfte Strände. Ideen, die er den Skars lieferte, um sie zu bauen, um danach zu handeln. Er konzentrierte sich auf einen bestimmten Gipfel, ähnlich den Türmen auf Kance, und als dieser begann, sich vom Meeresboden emporzuheben, ertappte sich Wax dabei, wie er grinste.

So fühlte es sich also an, ein Gott zu sein.

Bis der Schmerz einbrach. Scharf, plötzlich, schwer. Wax fiel in die Skars, sein Gesicht in den Whent-Steinen vergraben. Eujo schrie, Überraschung und Wut vereint. Heiße Nässe lief Wax' Rücken hinunter, über seine Brust, auf die Whent-Skars, und der Gesang erzitterte. Die Skars wurden verwirrt, und Wax, keuchend, in einen Schockzustand fallend, verlor die Kontrolle.

52
DER VERBOTENE STOSS

Sie würde nie wieder in die Skarkammer zurückkehren, das schwor sich Torny. Sie hatte zu viele schreckliche Dinge in diesem Steinraum mit seinen schwach beleuchteten Laternen, glitzernden Edelsteinen und der Steinplatte gesehen, auf der zuletzt die einzige Person gelegen hatte, die sie als Vater hätte bezeichnen können. Der Eindruck wurde nicht gerade verbessert durch Wax, der wie in Trance dastand, zitternd, während sich die Whent-Skars um ihn herum sammelten. In einer anderen Szene, an einem anderen Ort, hätte der Vis wie ein reicher Mann ausgesehen, der über seinen eigenen Reichtum in Ekstase gerät.

Das war schwer zu sehen, während ringsum Kampfgeräusche zu hören waren. Von oben, wo Bliss hingegangen war und sich die Treppe wand, kamen Rufe und Schläge, Flüche und Zusammenstöße. Was war mit Annalyse und Quik passiert? Torny wusste es nicht, und es war einfacher, Eujos Befehlen zu folgen, mehr Whent-Skars zu greifen und sie Wax zu geben, als darüber zu spekulieren. Von unten drangen vertraute Gebrüll herauf, Svarde, der sein Foti-Lied anstimmte. Seine große Klinge würde schwingen, zuschlagen, töten.

So viele Tote in nur wenigen Tagen, die Nimble Fingers, ihre Diebesfreunde, die entweder schon tot waren oder es bald sein würden, noch gar nicht mitgezählt.

Die Banditin verband ihre düstere Schwermut mit den Whent-Skars und ihrer Wirkung.

Doch als sie ein paar weitere goldene Steine, fast die letzten, an Wax' Arme drückte, konnte sie nicht anders, als zur Treppe zu zucken. Bliss war dort oben und kämpfte um ihr Leben. Quik und Annalyse auch. Torny könnte helfen, könnte-

Der Turm bebte. Die Whent-Skars entfalteten ihre Wirkung. Sowohl Torny als auch Eujo griffen nach der Steinplatte, um sich festzuhalten, wobei die Banditin erneut zum Ausgang der Kammer hochblickte, nach Bliss suchend. Skarkäfige zerbarsten, die Steine auf der Platte rollten herunter. Ami presste sich an der Treppe an die Wand, um nicht zu fallen. Livier erschien in der Türöffnung, sein Rapier blitzte auf, als er mit dem Beben des Turms tanzte. Der Najahn-Kämpfer, der ihn bedrängte, hielt sich nicht ganz so gut auf den Beinen, und Livier glitt nur zurück in die Skarkammer, um den Najahn mit sich zu ziehen, ein Griff und Wurf, der den Körper in Robe in die Nähe von Wax schleuderte.

Torny tastete um die Steinplatte herum, zog ihr gestohlenes Schwert und wappnete sich, um dem stöhnenden Najahn den Garaus zu machen. Die schwarzen Roben und der Messergürtel deuteten auf die Dritte Hand hin, einen Killer, der verdiente, was auch immer Torny tat, eine Tatsache, die Torny benutzte, um ihren Schlag zu rechtfertigen. Ein einziger sauberer Schnitt, die Arbeit erledigt, und Torny wischte die Klinge am Gewand des Toten ab.

»Wirf uns noch einen zu!«, rief Torny zu Livier hinauf, während Eujo weitere Whent-Skars sammelte und auf Wax warf, der weiterhin alle goldenen Steine in seine Arme schaufelte.

Die Lawine auf Whent, die Zerstörung eines Berges, hatte nicht mehr als eine Handvoll der Steine gebraucht. Wax hatte jetzt so viele. Ein ungutes Gefühl beschlich sie. Torny umklammerte ihr Schwert, als könnte die gestohlene Waffe sie gegen die Katastrophe wappnen.

Bliss hatte einen besseren Kopf für all das, aber die Vis war noch nicht in der Tür oben erschienen. Ein anderes bekanntes Gesicht tauchte jedoch auf. Quik, der Vis-Jäger, sah angeschlagen, blutig und benommen aus, als er am Treppenrand stand und auf seinen Bruder hinunterblickte. Er hielt eine Glefe in der Hand, von der Torny glaubte, sie zu erkennen, und dachte, sie sei gerade noch in Bliss' Händen gewesen. Ein weiterer Najahn-Kämpfer stürmte an Quik vorbei und unterbrach Liviers Befragung mit einem weiteren Messerangriff, dem der Kance-Attentäter auswich, indem er die Treppe hinunterzog.

Erneut erzitterte der Turm. Heftiger als zuvor. Quik stemmte die Glefe in den Boden, um sich zu stabilisieren. Eine weitere Frau kam durch die Tür, die trotz des bebenden Bodens ebenso geschmeidig wie Livier die Stufen hinabstieg. Torny erkannte sie, es war Kasava, und fluchte, als die Frau Quik die Glefe aus den betäubten Händen riss.

Der Vis-Jäger stolperte, als ihm die Waffe und seine Stütze entzogen wurden, und er rollte sich zu einem Fall zusammen, direkt neben Wax. Eujo schrie etwas, aber alles, was Torny tun konnte, mit einer Hand ihr Schwert haltend und mit der anderen die Steinplatte umklammernd, um aufrecht zu bleiben, war zuzusehen, wie Kasava die Glefe auf Wax hinabwarf.

Gekrümmt, schwer und scharf bohrte sich die Glefe in Wax' Rücken, schmetterte den Vis gegen die Steinplatte und die Skars und entlockte dem Erneuerung einen zerreißenden Schrei. Dem Mann, den Torny eigentlich hätte beschützen sollen.

Wie ein Schwall kalten Wassers oder eine Ohrfeige brach die Glefe, die aus Wax' Rücken ragte, Tornys Zögern. Die Erde bebte, ein heftiger Stoß ließ Staub und Steine um sie herum krachen. Die Banditin huschte um die fallenden Brocken herum, eilte an einer herabsteigenden Ami, einem panischen Eujo und einem benommenen Quik vorbei, um die Treppe zu erreichen.

Livier hatte das heftige Beben genutzt, um seinen Gegner auszumanövrieren, fegte die unsichere Verteidigung des Killers beiseite und stieß den Rapier tief in dessen Seite. Torny beendete die Arbeit, indem sie dem Killer im Vorbeirennen die Kehle durchschnitt und mit der präzisen Behändigkeit einer Person, die ein Leben lang über unbekanntes und unberechenbares Terrain gerannt war, die Stufen hinaufsprang.

Kasava stand noch immer am oberen Ende der Treppe und stützte sich an der Turmwand ab, während der Mörtel riss und Blöcke sich lösten. Die Tür selbst hatte sich in ihren Angeln verformt und hing schräg über dem Ausgang. Torny ignorierte das alles, erreichte in vollem Tempo den Treppenabsatz und steuerte direkt auf ihr Ziel zu.

Dann sah sie die Topas-Skars um den Hals der Frau, begegnete ihrem Blick, ihrer Stirnfalte, und Torny, trotz des bebenden Turms, Wax' Verletzung und dem Chaos um sie herum, stolperte und hielt inne. Die Banditin konnte diese Frau nicht töten, konnte ihr nicht wehtun. Das würde Wax nicht helfen, würde nichts mehr retten.

Das Einzige, was Torny jetzt tun konnte, während der

Turm einstürzte, war zu rennen. Rauskommen, Bliss finden und fliehen.

»Geh«, sagte Kasava, die Tamas-Skars funkelten um ihren Hals, und Torny drehte sich zur Türöffnung, ließ ihr Schwert fallen und stürzte hindurch.

Der Gang jenseits der Skarkammer tanzte. Der Boden wölbte und brach auf, Steine lösten sich aus ihren Fugen. Wandschmuck und Laternen zerschellten am Boden, Ersterer bot Brennstoff für das Feuer, das aus Letzteren befreit wurde. Torny navigierte durch das Desaster zum zentralen Raum des Turms, sprang, wich aus und hoffte, hoffte, dass Bliss noch am Leben war.

Am Ende des Flurs wartete der vertraute Kreis. Der Tisch und die Stühle waren umgeworfen worden. Mehrere weitere Najahn-Leichen lagen in blutigen Pfützen. Tornys Blick fiel jedoch auf die drei Gestalten, die an der gegenüberliegenden Wand gefesselt und im Schatten der sich nach oben windenden Treppe gepresst waren.

Bliss, Sawi und Annalyse.

»Torny!«, rief Sawi beim Erscheinen der Banditin. »Hilf uns!«

»Bin dabei«, sagte die Banditin und näherte sich, während Trümmer um sie herum regneten.

Torny ging zuerst zu Bliss und sah, dass der Kopf der Vis zur Seite hing, sie aber noch atmete. Ihre Augen waren geschlossen, Hände und Beine schlaff. Die Knoten, die Bliss fesselten, waren einfach, hastig und leicht zu lösen. Ein Zeichen dafür, dass ihre vermeintlichen Entführer keine Rettung erwartet hatten.

Oder es ihnen egal war.

Torny bekämpfte den plötzlichen Drang, zur Skar-Kammer zurückzukehren. Wie bei einem langsamen Erwachen erkannte Torny, warum sie diesen Weg genommen hatte, warum sie den Anführer der dritten Hand am Leben gelassen hatte. Diese Tamas-Skars. Aber da der Turm anscheinend einstürzte, würde Torny es sowieso nicht mehr zurück zu Wax schaffen. Die anderen würden Wax am Leben erhalten müssen.

Falls er nicht schon tot war.

»... Quiks Verstand verbogen, Torny«, sagte Sawi, deren Lippe blutete und deren Arme Messerschnitte aufwiesen. »Ich habe Annalyse bewusstlos geschlagen, und Bliss hat sich um die Attentäter gekümmert, aber Quik und die anderen haben uns überwältigt. Sie werden aufhalten-«

»Das haben sie schon«, sagte Torny und löste den letzten Knoten. »Komm, wir müssen hier raus.«

Mit perfektem Timing beantwortete der Turm Tornys Worte mit einer einstürzenden Wand, die Steine fielen hinter ihr herab und legten die nackte Felswand frei. Diese natürlichen Felsen sahen auch nicht besser aus, spinnen-netzartige Risse versprachen ein schlimmes Ende, wenn sie noch länger warteten.

»Du trägst Annalyse«, schnauzte Torny, als Sawi aufstand. Die Banditin hob Bliss auf, nicht leichter als Torny selbst, aber Verzweiflung bewirkte Wunder.

Torny konnte Bliss nicht ganz über ihre Schulter werfen, aber sie konnte mit der Vis zur Treppe stolpern. Das Beben machte es fast einfacher, der schwankende Turm bot Schwung, um vorwärts zu taumeln. Gemeinsam erreichten die beiden die unterste Stufe, Sawi und Annalyse nicht weit dahinter.

Hochklettern, zum Ausgang rennen und-

Der Goldene Spalt war in einer gewaltigen Lawine verschwunden. Eine Kaskade, der Torny und die anderen durch Verstecken hinter steckengebliebenen Felsbrocken entkommen waren. Sie war nicht darin gewesen, hatte nicht gefühlt, wie die Welt unter ihren Füßen wegrutschte. Die Banditin spürte es jetzt, kein zuckendes Beben, sondern ein mahlendes, grässliches Krachen, als der Turm auseinanderbrach. Er knickte in einer reißenden Schieflage ein, als sich Mörtel, Stein und der Kies darunter von ihrer uralten Heimat lösten.

»Festhalten!«, schrie Sawi, obwohl Torny nicht sicher war, woran.

Der ganze Turm neigte sich nach rechts und schleuderte die vier gegen die treppenumsäumende Wand. Funken flogen, Steine fielen, und Torny rollte sich über Bliss. Unbekannte Objekte krachten in ihren Rücken, raubten Torny den Atem, als der Turm auf die Straße von Noctia krachte, als er durch andere Gebäude dahinter pflügte, als er von der Klippe stürzte.

Der Magen der Banditin sackte zusammen mit dem abstürzenden Turm. Torny schrie, Tränen rollten vor Angst und Wut, dass sie sich selbst nicht gerettet hatte, Bliss nicht gerettet hatte.

Bei dem Geräusch öffnete die Vis die Augen, fand Tornys Blick. Ein letzter Blick.

Bis der Ozean ihn wegnahm.

53
BENOMMENER TROTZ

Sein Kopf dröhnte mit schmerzender Klarheit. Der Regen, der ihm ins Gesicht prasselte, half dabei, als das Wasser in Strömen herabkam. Schuld, Scham und Angst brodelten in ihm, ließen Quiks Fäuste sich ballen und zwangen ihn, die Augen zu schließen, während der Jäger versuchte, durch verbogene Erinnerungen zurückzuschneiden, wobei die letzten Minuten wie scharfe Messer in seine Seele schnitten.

Dass Kasava seinen Verstand gebrochen hatte, genau wie Gladdring, war jetzt offensichtlich. Sie hatte diese verdammten Tamas-Steine benutzt, um eine Öffnung in Quiks Bedenken zu treiben, seine Sorge um Wax und was passieren könnte, wenn die Skars losgelassen würden. Eine schmale Lücke wurde zu einem breiten Streifen, als Quik seiner Schwester und Sawi die Treppe hinunter begegnete. Sie hatten bereits mehrere Assassinen der Dritten Hand dezimiert, die heimtückischen Mörder waren nicht gut auf offenen Kampf vorbereitet, aber gegen Quik zögerten sie.

Jeder Schwung drohte, Kasavas Kontrolle zu brechen, und das waren die Momente, zu denen Quik jetzt zurückkehrte, diese kurzen Augenblicke erschreckender Klarheit, nachdem er Bliss' Voulge gefangen und weggerissen oder Sawi gegen die Wand gedrückt hatte, sodass Kasava und andere Assassinen der Dritten Hand die Frauen fesseln konnten. Es war ein vorsichtiger Tanz gewesen: Jedes Mal, wenn Quik zögerte, setzte Kasava die Skars erneut ein und trieb Quiks Angst in den Vordergrund. Wax musste aufgehalten werden, bevor er die Inseln zerstörte, Vis verwüstete, und um das zu tun, musste Quik bereit sein zu kämpfen, sich durch alles durchzuschlagen.

Einschließlich Annalyse.

Sie war die Erste gewesen. Eine neugierige Frage im Zentrum des Turms, die Quik beantwortete, indem er ihr Gerät wegschlug und die Dritte Hand sie einwickeln und gegen die Wand werfen ließ. Zusammen mit Bliss und Sawi würde das Trio sicher sein, würde überleben. Egal wie sehr ihre Blicke verwirrten Verrats Quik zerfetzten. Solche Wunden waren nichts im Vergleich zum Überleben der Inseln, zur unbefleckten Schönheit von Vis.

Und jetzt?

Quik setzte sich auf und stützte sich ab, während der Boden unter ihm weiter bebte. Der Turm war verschwunden, Staub und Schmutz trieben im Wind des Sturms. Brüllen, Krachen und nahes Fluchen schlichen sich um das tobende Wetter herum, und der Jäger verfolgte sie alle, fand seinen eigenen Platz im Chaos.

Zu seiner Rechten, auf einer zerbrochenen Treppe, klammerte sich Livier an eine berstende Säule. Der Vientas schien keine Waffe mehr zu haben, sein Gewand war durchnässt, seine Füße rutschten in einem Gemisch aus Schlamm, Blut und Wasser. Doch Liviers Blick blieb scharf, und er rief seiner Königin eine Frage zu.

Eujo stand zu Quiks Linken, ihre Diebestalente zeigten

sich, als sie sich mit der bebenden Erde bewegte, um Skars handvollweise aufzuheben und an Wax zu übergeben. Vis, dem Aussehen nach, aber warum würde-

Quik knurrte, eine wortlose Mischung aus Wut, Schmerz und Frustration, als er die Voulge sah, die aus Wax' Schulter ragte. Nicht sein Schlag, niemals sein Schlag, aber Quik wusste, dass es sein Angriff gewesen war, der Bliss und Sawi verwirrt hatte, seine verräterische Wendung, die den Tod seines Bruders herbeigeführt hatte.

Der Jäger erhob sich, taumelte nach rechts zum Fuß der Treppe, nur um von etwas Hartem an der Schulter getroffen und zurück zu Boden geschleudert zu werden. Quik spürte, wie seine Zähne auf Stein schlugen, ein blutiger Spritzer in seinem Mund.

»Bleib unten, Vis«, knurrte Ami und drückte ein gestohlenes Whent-Schwert auf Quiks Rücken. »Beweg dich noch einmal, und ich töte dich.«

»Wax«, sagte Quik, seine Wange auf den nassen Stein gepresst. »Was passiert hier?«

»Deine Freundin von der Dritten Hand hat die ganze Sache aufgesprengt, das ist passiert.« Ami beugte sich vor, nah an Quiks Ohr. »Jetzt bricht die ganze verdammte Welt auseinander. Wax ist vielleicht tot, und alle Skars werden weggespült. Tolle Arbeit.«

Vor sich sah Quik den offenen Himmel. Von Regen, Blitzen und dunklen Wolken durchzogen. Jenseits der Küste von Noctia hätte Meer sein sollen, ein klarer Horizont. Stattdessen ragten neue Formen auf, riesig und glitzernd, vom Blitz erleuchtet. Kleinere Klumpen zuckten und sprangen, schleuderten Felsen hoch in die Luft. Geysire spuckten aus unendlichen Tiefen, orangefarbene Lava mischte sich mit dampfendem Wasser. Schwefelgerüche, wie von Fotis Lavaverwüstungen, kamen in Wellen.

Quik verstand es zunächst nicht, aber Ami löste das Rätsel für ihn.

»Noctia ist keine Insel mehr, und es ist noch nicht vorbei.« Sie drückte das Schwert tiefer hinein und stellte sicher, dass jede Bewegung, die Quik machte, ihn zerschneiden würde. »Die Ringstadt fällt in ein Meer, das es morgen früh vielleicht nicht mehr gibt.«

Während sie sprach, verflog Amis Wut, als wäre sie von dem Moment betäubt. Quik war es sicher. Torny hatte die Geschichte der Lawine auf Whent erzählt, ein Unfall, der nur durch ein paar freigesetzte Whent-Skars verursacht wurde. Wie aber hatte Wax das geschafft?

Quik drehte seinen Kopf gegen den Stein, blickte zurück auf die Platte. Er konnte aus seinem Winkel nicht viel sehen. Eujo griff nicht mehr nach Skars vom Boden, sondern stand neben Wax, aus dessen Schulter immer noch die Voulge ragte. Die Königin von Kance schien den Vis zu umarmen.

Trauerte sie?

»Lass sie sich nicht konzentrieren!«, schrie Ami, ein verwirrender Kommentar, bis Quik begriff, dass er nicht an ihn gerichtet war. »Sie benutzt Tamas!«

Kasava. Diejenige, die hinter all diesem Desaster steckte. Der Turm war nicht mehr da. Er hatte Bliss, Sawi und Annalyse - Annalyse! - gefesselt zurückgelassen. Wenn der Turm ins Meer stürzte oder an den Klippen zerschellte, hätten sie keine Chance, überhaupt keine Chance, alles weil-

Ein Stein fesselte Quiks Aufmerksamkeit, zwischen seinen zerfetzten, wuterfüllten Atemzügen. Der silberne Stein rollte in seiner Nähe entlang, ritt auf einem Rinnsal zwischen den rauen Steinen. Ami rief weiterhin Ratschläge an ... Livier? Quik konnte sich nicht sicher sein, konnte sich nicht darum kümmern, solange die Assassinin Kasava nicht tötete, bevor der Jäger seine Chance bekam.

Amis Schwert mochte sich in Quiks Rücken bohren, aber sie hatte kein Gewicht auf seinem rechten Arm. Quik schoss seine Hand aus, platschte in einen Griff um den silbernen Stein. Die Stimme des Skars erfüllte seinen Kopf, und Quik ließ sie los, selbst als Ami fluchte und ihre Haltung veränderte, eine weitere sinnlose Drohung knurrte.

Sinnlos, weil der Rana-Skar überall Wasser hatte, und es würde Quik befreien.

Die durchnässten Roben um Quik herum sandten ihr Wasser auf seinen Rücken und ließen Amis Schwertspitze und ihren Fuß in einen plötzlichen Schwall geraten. Die Wächterin fiel, ihre Brust traf auf Quiks Rücken, bevor der Rana-Skar auch das wegfegte. Als Quik sich aufrichtete, schob der Rana-Stein Ami an den exponierten Klippenrand, einen zerschlagenen, gezackten Turmüberrest. Die Wächterin ließ ihr Schwert fallen, kratzte nach einem Halt, während die rauschenden Wasser, verstärkt durch die wachsenden Pfützen ringsum, Ami in Richtung Verderben trieben.

Halt. Quik befahl dem Rana-Skar anzuhalten, aber die Skars waren keine Muskeln, waren nicht gehorsam. Der Stein sang mit seinem Sieg, seiner fleischlichen Freude an den Wassern, die er bewegte, und Ami schaffte es nicht einmal zu fluchen, bevor die Wasser sie über den Rand und in die Tiefe rissen.

Der Jäger starrte in stummem Schock auf die Überschwemmung, jede Reflexion über das Chaos wurde durch die anhaltende Katastrophe zunichte gemacht. Durch ein weiteres zerreißendes Beben, das Quik auf die Knie zwang. Eine gerufene Herausforderung lenkte Quiks Blick nach oben, wo Livier und Kasava inmitten der zerschlagenen und zerbrochenen Treppe tanzten, Blitze und zerbröckelnde Gebäude im Hintergrund.

Der Kance-Killer zog einen kleinen Dolch von irgendwoher und ließ ihn zwischen seinen Händen hin und her springen, während er Kasavas Schwertbrecher parierte. Beide wiegten sich mit der zitternden Erde, aber als Quik wieder auf die Füße kam, nutzte die Dritte Hand-Tenetin ihre erhöhte Position und trat durch eine Pfütze, um Livier die Augen zu bespritzen. Der Attentäter trat auf glatten Stein zurück, auf bebende Erde, und sein Knie knickte seitwärts ein. Fluchend stieß sich Livier von der Treppe ab und schlug vor Quik auf dem Boden auf, stöhnend auf dem Stein.

Kasava stieg herab und Quik erhob sich, um ihr zu begegnen. Regen durchnässte sie beide, und Quik warf die nasse Robe ab, als er hinaufstieg, nur ein zerlumptes Hemd darunter. Kalt, aber leicht, und mit zwei Waffen weniger gegen null, würde Quik seine Gewandtheit brauchen. Kasava zögerte, als er sich näherte, zwei gebrochene Stufen zwischen ihnen.

»Warum?«, zischte Kasava. »Kannst du nicht die Verwüstung sehen, die dein Bruder bereits angerichtet hat? Du musst ihn aufhalten. Jetzt.«

Das nun vertraute Gefühl lockte Quik, markierte den Grund in Kasavas Worten. Er sollte sich umdrehen und Wax von den Skars trennen, ihn wenn nötig töten. Die Inseln bewahren, das Gemetzel stoppen. Er sollte es tun, und in einer anderen Welt, in der seine Liebe, seine Schwester, sein Leben noch existieren könnten, hätte Quik es vielleicht getan.

Aber diese Welt war verschwunden, und Kasava war diejenige gewesen, die sie zerstört hatte.

»Du kannst mich nicht mehr kontrollieren«, sagte Quik tonlos.

Kasava presste ihre Lippen zusammen, verengte ihre Augen und stach mit ihrer rechten Hand zu, ein herzstillender Stoß in Richtung von Quiks Hals.

Der Rana-Skar lockte, und Quik ließ ihn frei. Der nasse Stein unter Kasavas Füßen wirbelte, warf ihren Stich nach links, über Quiks Schulter. Dasselbe geschah nicht mit Quiks Gegenattacke, tief in Kasavas Bauch. Sie krümmte sich, keuchend, aber immer noch mit der linken Hand schwingend, der Schwertbrecher zog eine rote Linie über Quiks Brust. Der Jäger fegte seine Hand tiefer, packte Kasavas Knöchel und hob sie hoch.

Die Tenetin krachte gegen die Steinstufe, ihre Füße flogen hoch. Quik packte ihre linke Ferse, rief erneut den Rana-Skar an, der den Stein zu Quiks Füßen knochentrocken machte. Der Jäger stemmte sich, als Kasava, betäubt, versuchte, ihn zu ritzen. Falls sie es tat, bemerkte Quik es nicht. Falls sie rief, schrie oder bettelte, als Quik sie von der Treppe warf, über die Klippe und ins Verderben, bemerkte er das auch nicht.

Die Rache hatte seine volle Aufmerksamkeit, und als es vorbei war, wandte sich der Jäger zurück zur Platte, zur Königin und seinem Bruder.

Und sah das Ende der Inseln.

54
DIE VERBINDUNG

Die Vis-Narben sagten, dass Wax lebte. Die Noctia-Narben würden ihn am Leben erhalten.

Eujo reiste schnell vom Leben zum Tod, nachdem die Hellebarde Wax getroffen und ihn über den Tisch gebeugt hatte, als diese ersten blutroten Momente ihn in die Bewusstlosigkeit trieben. Wax konnte die Vis-Narben, die Eujo ihm zuwarf, nicht greifen, reagierte nicht, als sie ihn anschrie, es zu tun. Für einen kurzen Moment versuchte Eujo, an der Hellebarde zu ziehen, aber das Gewicht der Waffe, ihr Winkel und Wax' Schrei, als sie es versuchte, ließen sie die Waffe in Ruhe lassen.

Mit einer Handvoll Vis-Narben berührte Eujo Wax und befahl den Narben in ihrer plappernden Neugier, ihre heilende Energie durch sie zu ihm zu senden. Die Narben reagierten mit Verwirrung, mit schlaffem Interesse an Eujos kalter Haut, den wenigen verbliebenen Schnitten und Blutergüssen von den Strapazen, um hierher zu gelangen, einem Turm, dessen oberer Teil weggerissen war, mit Wind, Regen und Blitzen, die sie alle peitschten. Unmöglich, unglaublich und überwältigend, wenn sie sich nicht auf das eine konzentrierte, was wichtig war.

Eujo dachte an Svarde.

Der Barbar war die ganze Zeit über verschwunden gewesen, nach unten gegangen, um ihre Flucht zu sichern und einen Hinterhalt zu verhindern. Metallisches Klirren, Flüche und Svardes ständige Foti-Lieder waren seitdem zu hören gewesen, aber keine Seele war die Stufen heraufgekommen. Sie dachte an ihn, aber darauf konzentrierte sie sich nicht.

Stattdessen glaubte sie an die Klinge. Die Verbindung von Vis und Noctia, die den Barbaren jede Wunde überleben ließ. Wax hatte erwähnt, dass die Opalsteine nach einem anderen lebenden Wesen greifen und es berühren, ihm etwas nehmen konnten. Doch in den Momenten vor dem Schlag der Hellebarde hatte Wax gesagt, dass dieselben Narben ihn wieder mit den Dämonentoren verbanden, sie wieder geöffnet hatten.

Diese Hoffnung ließ Eujo die schwarzen Steine aus den Pfützen zu ihren Füßen zusammensuchen und dann Vis-Narben in ihrer linken Hand und Noctia-Narben in ihrer rechten halten. Mit beiden Fäusten voller Steine stürzte sie sich auf Wax' Gestalt, die immer noch über die Platte und die darauf gestapelten Whent-Narben gebeugt war.

Diesmal spielte ein anderes Konzert.

Die Noctia-Narben führten, ihre scharfen Töne antworteten auf Eujos Bitte. Sie sah die dunklen Ranken nicht, die Wax zuvor beschrieben hatte, aber sie spürte den Biss, als sie Wax fanden. Eujo kämpfte gegen den ersten Drang an, den schwachen Puls, der noch in Wax' Körper ruhte, auszusaugen. Die Königin gab sich dann den Vis-Narben hin und drängte sie, durch die Verbindung zwischen ihr und Wax zu laufen. Das plappernde Vis-Lied schien zunächst verwirrt, aber sie tat, was Wax gesagt hatte, und drängte die Narben in ein synchronisiertes Lied mit ihren Noctia-Partnern.

Und zum zweiten Mal innerhalb von Minuten verschwand die zerbrechende Welt um sie herum.

Als ob Eujos Hände sich über einen unendlichen Raum ausstreckten, spürte sie Leben um sich herum. Wax, Quik und Livier, ja, aber auch die Spinnen, die sich in den Nischen des zerschmetterten Turms versteckten und in den Überresten ihrer Netze kauerten. Neugierig, aber nicht das, was Eujo wollte, und sie drängte die Noctia-Narben von den Kreaturen weg. Verfeinerte ihre Wünsche. Nur Menschen, nur die, die von ihren Göttern zurückgelassen wurden.

Weiter unten fand Eujo mehr, die Noctia-Narben pickten frische Seelen heraus und sandten ihre warmen Pulse zur Königin zurück. Hellorange Flecken inmitten eines tiefblauen Nichts. Einer stach heraus, kälter als der Rest, ein seltsamer leerer Fleck auf einer ansonsten warmen Leinwand.

Svarde.

Die Noctia-Narben luden Eujo ein, an den Verbindungen zu ziehen, zu nähren, und Eujo tat es. Ein leichter Druck, wie das Öffnen einer Tür. Die Vis-Narben vereinten sich mit ihren Noctia-Schwestern an der Öffnung und folgten Eujos Führung, um ... was genau abzuzapfen? Wax nannte es immer wieder *Energie*, den Willen zu leben, sich zu bewegen, zu atmen, und vielleicht würde das genügen, denn die Essenz floss von diesen Seelen in Wax.

Er keuchte. Richtete sich ruckartig auf, nur um wieder auf die Platte zurückzufallen. Sie kehrte die Bewegung um, umarmte wieder die Vis, um die Kette intakt zu halten. Quik und Livier stießen Flüche aus und fielen zu Boden, was Eujo verwirrte. Sicher würde Wax nicht mehr als all das brauchen, um am Leben zu bleiben? Sicher-

Die Noctia-Narben hatten nicht aufgehört. Das Lied ging weiter, die Narben streckten sich immer weiter aus und verbanden Eujo mit Najahn um den Turm herum, im einstürzenden Viertel und der verwüsteten Ringstadt. Viele waren verletzt, und denen, die es nicht waren, wurde ihr Leben entzogen, um ihren Brüdern zu helfen. Die Narben sangen lauter und lauter, und als die Königin begriff, was geschah, weigerte sie sich aufzuhören.

Wax zerstörte die Welt. Sie konnte ihren besten Teil zusammenhalten.

Die Kance-Königin wusste nicht, wie lange ihre Symphonie dauerte, nur dass Livier und Quik irgendwann mehr Narben in ihre Hände schoben. Auch Wax murmelte Bitten um Rana- und Foti-Steine und erhielt, was der Attentäter und der Jäger von den durchnässten Steinen um sie herum sammeln konnten. Das Paar zog schließlich auch die Hellebarde aus Wax' Schulter, riss die Waffe heraus und starrte, als sich die Wunde vor ihren Augen wie genähter Stoff schloss.

Noctia und Vis setzten ihre Synchronität fort, streuten sich über Noctia hinaus zu den Meeren, den Inseln, dem Dunklen Unten und Jochis Traumfeste. Eujo fand die Kranken, die Verletzten, die Verängstigten und heilte sie alle. Sie löschte Gifte und Schnitte aus, fügte Knochen zusammen, die durch frische Stürze und alte Unfälle gebrochen waren. Die Noctia-Narben nahmen, was sie brauchten, während sie weiterkrochen und alle auf den Inseln verbanden.

»Eujo«, sagte Livier, seine Stimme nah an ihrem Ohr, durchdrang sie. »Was tust du da?«

»Ich heile die Inseln«, antwortete Eujo und verband den erschöpften Blick des Attentäters mit ihrem fernen

Eindruck, einer großen blauen Weite, die sich mit orange-farbenen Seelen füllte. »Jeden einzelnen Menschen.«

»Du tötest sie, Eujo. Du tötest uns.«

Was? Nein. Sie stellte wieder her ... Die Königin schloss ihre Augen, konzentrierte sich auf das Lied, darauf, wie die Narben ihre Arbeit fortsetzten. Die Steine waren nicht unendlich, sie tranken von ihren Quellen und von denen, die mit ihnen verbunden waren. Eujo hatte die Inseln miteinander verbunden und trank dabei von den Gesunden, um die Verletzten zu retten.

Einen gebrochenen Knochen zu heilen bedeutete, dass ein anderer Mann seine Kraft verlieren und fallen könnte. Eine schwere Krankheit zu kurieren könnte bei jemand anderem einen Herzinfarkt auslösen. Jemand an Noctias Tür könnte mehrere andere mit Schmerzen oder geschrumpften Muskeln quälen, nur um zu überleben. Die Skars waren hungrig, wahllos, und sie brauchten Kraft.

Die Idee kam, als Wax mit geschlossenen Augen und schlaff vom Whent-Skar-Haufen in die Arme seines Bruders fiel und dabei die abgedunkelten goldenen Steine auf der Platte enthüllte. So viele Skars, so viel Potenzial. So schreck-lich, so schön. Die Ursache für so viel Angst und Schmerz, Macht und Wut. Die Götter hatten einen Teil von sich zurückgelassen, ob sie es nun beabsichtigt hatten oder nicht, aber vielleicht war es an der Zeit, die Verbindung zu kappen. Die Skars für das zu nutzen, was die Götter selbst nie getan hatten, und die Seelen der Inseln zu retten.

Eujo fügte ihrem Vis- und Noctia-Lied einen neuen Takt hinzu, einen, den die schwarzen Steine mit Eifer aufnah-men. Mehr Partikel erschienen in Eujos dissonanter Vision, aber diese waren keine Menschen, keine Lebewesen überhaupt.

Die Skars tranken von sich selbst, Eujo brachte die

Göttersteine in ihr Netz und ließ ihre Kraft in die Verwundeten, die Zerrissenen, die Gebrochenen strömen. Eujo fand Steine überall um Noctia herum, dann griff sie nach den Juwelen im Goldenen Riss, in Fotis Großer Schmiede. Sie fand die versteckten Edelsteine in Tamas' Hinterzimmern und auf der Spitze des Kance-Turms, unter dem Rana-Strudel und in den frischen Knospen auf der Großen Sana. Mit jedem einzelnen trank Noctia tief und Vis gab es weiter, jene Partikel leuchteten hell auf, bevor sie verblassten.

Als das letzte Licht erlosch, spürte Eujo immer noch zahlreiche Menschen mit Schmerzen, Krankheit, Angst und Schlimmerem, aber als die Vis-Skars sich wieder anderen zuwandten, zu ihr zurück, um die Heilung zu bewirken, brach Eujo ab.

Diese Trennung ließ sie nach hinten fallen, die toten Skars aus ihren Händen fallen lassend und auf dem nassen Stein landend. Ein brechender, knackender Stein. Hinter und über ihr bebte das Najahn-Viertel. Livier und Quik versuchten, das Gleichgewicht zu halten, scheiterten. Wax fiel von der Platte zurück, landete neben Eujo. Immer noch bewusstlos, in seinem eigenen Blut getränkt, aber atmend.

Eujo streckte die Hand aus, ergriff Wax' Hand, als der Turm sich löste, als die Klippe einstürzte und sie fielen, in eine kalte, nasse Dunkelheit stürzend.

55
GROTTE

Stechende Schmerzen holten Wax zurück in die Welt, die er zerstört hatte. Dunkelheit herrschte vor, ferne Blitze warfen graues Licht in die feuchte, steinerne Düsternis. Schwere Felsen und Erde bedeckten seine Beine, aber durch einen glücklichen Zufall war der Vis nicht völlig zerquetscht worden. Auch nicht die Frau, die seine Hand hielt, obwohl eine blutige Linie, die von Eujos Stirn tropfte, darauf hindeutete, dass ihre Augen nicht freiwillig geschlossen waren.

Wellen krachten in der Nähe, und salzige Rinnsale kitzelten Wax' Füße. Rufe erklangen zwischen Donnerschlägen und einstürzender Erde. Stimmen, die Wax erkannte.

War das Svarde, der brüllte, wie nur dieser Barbar es konnte?

»Hier!«, rief Wax und versuchte, seine Arme und Beine zu bewegen, fand sie aber unter dem Schutt gefangen. Dass er seine Zehen und Finger spüren konnte, deutete darauf hin, dass sein Körper nicht gebrochen war, aber er würde sich nicht selbst ausgraben können. »Eujo und ich sind hier drin!«

Wax wandte sich der Königin zu, zog sie an sich und umklammerte sie fest. Eujo war dem Schlimmsten des Sturzes entgangen, abgesehen von dem Schlag auf ihren Kopf, und ihr schlaffer Körper ließ sich leicht genug bewegen. Wax wiederholte die Rufe, während er Eujo eng an sich zog.

Als die Antwort kam, entfuhr Wax ein Seufzer. In der Dunkelheit, während die Blitze weiterzuckten, staunte er, wunderte sich und schüttelte den Kopf über das, was sie getan hatten. Die Inseln waren neu geschaffen, zerbrochen und neu geschmiedet worden, aber zu was?

Stunden vergingen inmitten der Trümmer. Die Dämmerung und aufklarender Himmel näherten sich, bevor die Blöcke, die Wax bedeckten, weggehoben wurden. Svardes unermüdliche Anstrengung räumte den Einsturz Stück für Stück beiseite. Kivi half ebenfalls, der Ferrit genoss ein Festmahl inmitten all der verstreuten Steine. Livier saß benommen und halb schlafend auf dem steinübersäten Sand. Von Quik sah Wax keine Spur.

»Ihr seid nicht die Einzigen, die gerettet werden mussten«, antwortete Svarde, als Wax nachfragte.

Der Barbar sah, um es einfach auszudrücken, wie ein knöchernes Wrack aus. Das Fleisch des Mannes war von menschengemachten Klingen und gottgeschmiedeten Skars zerschnitten worden, eine Geschichte, die Svarde erzählte, während er weiter grub, um Wax und Eujo zu befreien. Dritte-Hand-Attentäter waren von Fassle selbst verstärkt worden, der Mann brachte in einem bravourösen Schwung die Klippe hinunter mit Hilfe eines Kance-Skars mehr Najahn mit.

»Der Bastard hätte mich in Stücke gerissen, wenn nicht

die ganze Insel auf ihn gefallen wäre«, sagte Svarde. »Er wich den ersten Felsen aus, dann hörten diese Skars auf zu funktionieren, und er auch.« Der Barbar sah nicht besonders erfreut über diesen letzten Teil aus. »Hätte gedacht, ich würde mit den Steinen untergehen, aber anscheinend ist diese Klinge nicht bereit, ihre Macht so leicht aufzugeben.«

»Ich bin mir immer noch nicht sicher, wie Eujo es geschafft hat«, sagte Wax. »Wie sie die Skars getötet hat.«

Svarde unterbrach sein Steineschieben nicht, warf Wax aber einen neugierigen, dunklen Blick zu, während seine geschundenen Arme weitere Felsen weghoben.

»Die Art, wie du das sagst, lässt mich denken, dass du dich über mehr als nur die Skars in diesem Turm wunderst.«

»Sie murmelte immer wieder davon, alle am Leben zu erhalten. Ich glaube, sie meinte mehr als nur mich und Livier.«

»Hoffe ich, denn bei euch hat sie keine besonders gute Arbeit geleistet. Oder bei sich selbst.«

Als Wax sich endlich befreien konnte, als er und Svarde Eujo aus dem Erdrutsch ausgruben, war der Morgen näher am Mittag als an der Dämmerung. Klarer Himmel ließ das Sonnenlicht auf eine veränderte Welt herabstürzen, die Wax mit offenem Mund betrachtete, während Svarde und Kivi weiteren Hilferufen folgten.

Die Ringed City, oder was davon übrig war, war den Kraterabhang hinunter bis über den Hafen hinaus gefegt worden. Gebäude vermischten sich mit Schlamm und erstreckten sich dort, wo einst Wellen waren, wo nun eine weite Sandebene lag. Schiffe, große und kleine, lagen wie von einem vorwitzigen Kind verstreute Spielzeuge auf der hellbraunen Erde. Wax glaubte, die *Storm's Edge* unter ihnen zu erkennen, ihre strahlend silbernen Segel markierten ihren Fortschritt zum geplanten Abholpunkt.

Ob das Schiff je wieder Wasser finden würde, schien eine gute Frage zu sein, da Wax keine plätschernden Wellen sehen oder hören konnte.

Menschen kletterten zwischen den Trümmern umher, Gruppen bildeten sich bereits und gruben. Najahn in Roben arbeiteten mit zerzausten Barkeepern und betäubten Seeleuten zusammen, um Schutt wegzuräumen und darunter eingeklemmte Menschen zu befreien. Oben an der Felswand, über Wax, waren alle majestätischen Türme des Najahn-Viertels eingestürzt, ihre zerbrochenen Ruinen ragten um ihn herum auf.

Was als Ehrfurcht begann, verwandelte sich langsam in krankhaften Schrecken. Wie bei Torny und der Lawine hatte Wax mit einer edlen Absicht begonnen, nur um zu erleben, wie sein Traum von abtrünnigen Skars untergraben wurde. Er hatte mehr getan, als eine neue Insel für die Unholde zu erschaffen, er hatte alles mit grober Hand neu gestaltet.

Nein, nicht Wax. Die Überreste eines toten Gottes. Das hatte all dies verursacht.

»Sich selbst die Schuld zu geben, ist nicht der richtige Weg«, murmelte Wax zu sich selbst. »Selbstmitleid auch nicht.« Er legte Eujo so sanft wie möglich zwischen die schlammigen Blöcke. »Wenn du aufwachst, Eujo, schrei einfach. Ich muss meinen Bruder und meine Schwester finden.«

Quik war nicht weit entfernt und half Svarde dabei, eine lädierte Ami aus einem Erdloch zu ziehen. Die Foti-Wächterin sah aus wie ein furchterregendes Biest, jeder Fleck ihres Körpers war braun und schwarz überzogen. Ihre Augen waren unfokussiert, ihre Schritte unsicher, ihr Mund zu einer angespannten Grimasse verzogen. Der Grund war leicht zu erkennen, da beide Vis-Skars in ihrer entstellten Gesichtsplatte stumpf und leblos waren.

Trotzdem versetzte Ami, als sie auf einem schmalen Felsvorsprung stand, mit Quik auf der einen und Svarde auf der anderen Seite, Quik einen Schlag in den Magen.

»Das hast du davon, dass du mich von einer Klippe geworfen hast«, hustete Ami, dann setzte sie sich auf den Stein. »Meine verdammten Skars funktionieren nicht.« Als niemand Überraschung zeigte, fluchte Ami erneut und blickte dann auf die verwüstete Stadt. »Ich hoffe, da ist noch etwas Ale drin, denn ich werde welches brauchen.«

»Du wirst nicht die Einzige sein«, antwortete Svarde.

Wax ging an dem Wächter-Paar vorbei und folgte Quik zurück zu den Schlammebenen. Die Erdrutsche hatten den größten Teil der Grotte unter dem Handels-Tenet-Turm unter tiefen Hügeln begraben. Wax musste nicht lange nachdenken, um zu erraten, wonach Quik dort draußen suchte.

Und um die düsteren Chancen zu erahnen.

56

DIE ZERBRECHENDE WELT

Ein einstürzender Turm zählte nicht zu den wasserdichten Orten der Inseln. Torny, die Bliss festhielt, als sie zusammen mit Sawi, Annalyse und viel zu vielen Steinen ins Meer stürzten, erinnerte sich daran, tief Luft zu holen. Dies erwies sich als unnötig, da die zuerst aufschlagenden Blöcke und Felsen nicht sofort untergingen, sondern die Wellen aushöhlten und dem Quartett einen keuchenden Moment verschafften, um ihre lädierten Körper, aufgebissenen Lippen und verwirrten Seelen zu überprüfen.

»Was geht hier vor?«, jaulte Sawi. Die Vis ergriff Annalyses Hand und zog sie beide in Richtung Bliss und Torny, die sich am höher gelegenen Ende des sinkenden Turms befanden.

Der Weg des Duos, um sich mit der Diebin und der Jägerin zu vereinen, war ein gefährlicher Spießrutenlauf, unterbrochen von den oberen Stockwerken des kippenden Turms. Diese sechs oder sieben Etagen behielten ihren Schwung bei, der Mörtel brach unter Kräften, die seine Erbauer sich nicht hätten vorstellen können, und Torny blickte nach oben, um zu sehen, wie die Steindecke über ihnen einstürzte.

»Unter die Treppe!«, schrie Torny und zerrte Bliss über den abschüssigen Steinboden unter die brechenden, bröckelnden, sich aufrollenden Blöcke.

Einstürzende Stufen als Schutz zu nutzen, gehörte vielleicht zu Tornys schlechtesten Entscheidungen, aber die Wahl rechtfertigte sich, als der Schutt herabregnete. Sawi wurde an der Schulter getroffen, der Schlag verdrehte den linken Arm der Vis in einen Winkel, der Torny noch in ihren Albträumen verfolgen würde, doch das Quartett fand sich in einem eng zusammengedrängten, verängstigten Haufen wieder. Der obere Ansturm traf für einige kurze Sekunden hart auf sie ein, bevor Torny sah, wie die Spitze des Turms und das daran befestigte Stück jenseits von ihnen ins Meer krachten.

Ein Meer, das nun um die sinkenden Steine herum eindrang und Tornys Najahn-Stiefel durchnässte. Blitze und Regen wetteiferten in ihrer Heftigkeit mit dem Ozean, hüllten die Luft in Donner und peitschten die letzten Momente des Turms mit harten Tropfen.

Was letzte Momente anging, dachte Torny, konnte es kaum schlimmer werden.

»Wir müssen schwimmen«, sagte Annalyse.

»Keine Chance«, zischte Sawi zwischen zusammengebissenen Zähnen, ihre rechte Hand hielt nun ihre ruinierte Schulter. »Ich kann sowieso nicht, und bei dieser Strömung werden wir unter die Wellen gezogen.«

Torny nahm diese Worte und die düstere Verdammnis, die sie projizierten, mit stiller Akzeptanz hin. Es würde schmerzhaft sein, es würde schrecklich sein, aber bald wäre ihr Leben vorbei. Der Kampf beendet, und sie würde mit Bliss in ihren Armen gehen.

Vielleicht war dieser letzte Moment doch nicht so schlecht.

Bis Bliss den Bann brach, indem sie aus Tornys Griff aufschnellte und in Richtung der fallenden Treppe stolperte. Ihre Füße platschten durch das ansteigende Wasser, die linke Hand der Vis formte Worte, die nur Torny und Sawi verstehen konnten.

»Wir sind noch nicht fertig.«

Ein einfacher, zweifelhafter Satz, der Annalyse zu einer Frage und Torny zu einem Fluch veranlasste.

»Sie sagt, bewegt eure Ärsche«, knurrte die Banditin, während sie den durchnässten Najahn-Umhang und sein zusätzliches Gewicht abwarf, um der Vis zu folgen. »Anscheinend ist es uns nicht erlaubt zu sterben.«

»Genau«, gebärdete Bliss, bevor sie in die Mitte des Turms tauchte, die nun weit unter den Wellen lag, und anfing zu schwimmen.

Als Torny halb sprang, halb in das aufgewühlte Wasser fiel, sandte sie ein weiteres Dankeschön an Yarvick, der dafür gesorgt hatte, dass alle seine Flinken Finger schwimmen konnten. Noctia war eine von Wasser umgebene Insel, so sagte der Banditenfürst, und jeder, der den dunklen Ozean nicht zur Flucht nutzen konnte, war nutzlos. Dass Yarvick dazu neigte, Leichen im selben Ozean zu entsorgen, verband den Anfang und das Ende so vieler Flinker Finger über die Jahre.

Die Strömung zerrte an Tornys Beinen, als der Turm unter ihnen versank und einen Strudel öffnete. Torny behielt Bliss im Auge, und die beiden fanden zueinander, blieben nah beieinander und strampelten wie verrückt, als der Turm verschwand. Doch der vollständige Zusammenbruch kam nie, der Strudel starb so schnell, wie er entstanden war, das Gebäude zerbröckelte auf einem Meeresboden, der gar nicht so weit unten lag.

Natürlich. Sie waren von den Klippen Noctias gefallen, aber sie waren nicht weit vom Ufer entfernt. Tatsächlich, wie Torny mit schwindelerregender Hoffnung verkündete, lag die zerklüftete Küste der Inseln nur wenige Schwimmzüge entfernt. Ein Glück für Sawi und Annalyse. Die Wissenschaftlerin half der Vis, über Wasser zu bleiben, eine Anstrengung, zu der Torny und Bliss hinüberschwammen, um zu helfen.

Das Quartett schaukelte inmitten der tobenden Wellen, fand Halt und sammelte Atem. Jenseits davon bebten und fielen Noctia und die Ringstadt weiter. Staubwolken stiegen auf, um ihre natürlicheren Vettern zu treffen. Feuer brachen aus und verschwanden im Regen. Schreie und Rufe drangen zwischen den Donnerschlägen hindurch. Schiffe im Hafen fanden sich auf die Docks geschoben wieder, während diejenigen, die weiter draußen oder in der Lage waren, schnell abzulegen, sich im tobenden Meer drehten oder kenterten.

Die Wellen wurden mit jeder Sekunde schlimmer, eine Erkenntnis, die das Quartett dazu brachte, auf die eingestürzte Grotte zuzusteuern, deren schwarze Felsbeine noch standen. Die Klippe dahinter, einschließlich des Turms, in dem Wax und die anderen gewesen waren, war verschwunden und hinterließ ein konkaves Loch. Der Anblick sandte einen weiteren nervösen Stich durch Tornys Herz.

Hatten sie all das durchgemacht, so viel zerstört, nur um zu verlieren?

Während der einzige Strand der Grotte seinen Sand durch herabgefallene Trümmer verunreinigt hatte, bot die Steigung, die er bot, genug, um sich hochzuklettern. Wellen prallten gegen ihre Flucht, rollten Torny über scharfe Felsen und zerbrochene Möbel, zerrissene Bilderrahmen und Flaschen, die nie wieder Bier halten würden.

Nur ein paar weitere Schnitte und Prellungen, die ihrer Sammlung hinzugefügt wurden.

Doch sie humpelten den Schlamm hinauf und hinüber, taumelten mit Armen über den Schultern, eine elende Crew, die mit der bebenden Erde schwankte, bis sie wie ein Mann vor einem gebeugten Mann anhielten, dessen Rücken an einer schwarzen Felswand lehnte.

Fassle schien zu schlafen, eine rote Linie quer über seiner Brust, die auf unnatürliche Weise entstanden war. Wenn Torny raten müsste, hatte Svardes schwarze Klinge die Arbeit getan, eine Vermutung, die durch die anderen verstreuten Leichen bestärkt wurde. Mehr Dritte-Hand-Attentäter, was Torny dazu brachte, sich zu fragen, wie viele Killerspione die Najahn hatten.

Nach heute, zumindest, würde diese Zahl deutlich reduziert sein.

»Sieht aus, als hätte er bekommen, was er verdient«, sagte Sawi, während sie sich neben Torny schleppte. »Svarde muss standgehalten haben.«

»Der Barbar hat allein mehr geleistet als wir alle zusammen«, sinnierte Annalyse und starrte wie die anderen. »Ich bin mir nicht sicher, ob mir gefällt, was das über unsere Fähigkeiten aussagt.«

»Es spielt keine Rolle, wenn Wax nicht mehr am Leben ist«, gebärdete Bliss, bevor sie vor Fassles Füßen auf den Boden spuckte und den Strand hinaufging.

Sawi sackte neben Fassle zusammen, ihre Augen fast geschlossen wegen ihres gebrochenen Arms. Annalyse kauerte sich neben sie und riss Stoff von einer nahegelegenen Leiche eines Dritten Handlangers, um daraus eine behelfsmäßige Schlinge zu binden. Bliss ging einfach weiter, ignorierte Fassle und wandte sich der Schuttwand und dem zu, was dahinter liegen mochte.

Torny hingegen war nicht jemand, der einen Mord unbestätigt ließ. Wie Wax, als die Banditin ihn zum ersten Mal auf Foti getroffen hatte, trug Fassle eine Najahn-Kette. Kleine Schlitze entlang der Metallkette dienten dazu, Skars zu halten, und alle waren mit Edelsteinen jeder Farbe gefüllt. Es waren mehr als sieben, und Torny zählte mehrere Foti-Steine darunter. Die Skars schienen jedoch matt und dunkel, nicht glitzernd mit der pulsierenden Energie, an die sich Torny erinnerte.

Trotzdem war es besser, diese Kette abzunehmen und das Risiko zu beseitigen.

Die Banditin griff nach der Kette an Fassles Hals, beugte sich nah heran und erstarrte. Fassle atmete noch, Luft kam aus seinen Lippen und landete auf ihrem Hals. Sie hielt sich davon ab zu fluchen, arbeitete mit ihren flinken Fingern und streifte die Kette ab, zog sie weg, nur um zu bemerken, dass Fassles blutunterlaufene Augen sie beobachteten. Das scharfe Gesicht des Mannes, die kalkulierenden Züge, brachen in ein schmerzerfülltes Lächeln.

»Es sind jetzt nur noch Edelsteine«, sagte Fassle heiser. »Die Skars sind tot, und wir auch.«

Torny blickte auf die Kette in ihrer Hand und realisierte, dass sie keine flüsternden Stimmen hörte, kein verstreutes Lied in ihrem Kopf. Fassle könnte Recht haben, und wenn das so wäre ... Sie warf die Kette beiseite und ließ sie im Sand begraben werden. In der Nähe hielt ein anderer gefallener Attentäter immer noch seine Messer, als wäre der Mann tot umgefallen und hätte sich geweigert, sie loszulassen. Torny könnte einfach hinübergehen, eine der Klingen greifen und Fassle endlich in Noctias Griff übergeben.

Stattdessen, während Fassle auf den Ruheplatz der Kette starrte, murmelte Torny einen Fluch zu sich selbst und ein völlig fremdes Gefühl, das ihre Hand zurückhielt. Stattdessen kauerte sie sich wieder über Fassle und betrachtete die Wunde auf seiner Brust. Hässlich, aber oberflächlich. Das Zeichen von jemandem, der zurückgewichen war, als das Schwert geschwungen wurde. Der Mann würde nicht sterben, zumindest nicht heute.

Also schnaubte Torny, schnippte gegen Fassles Nase, was einen empörten Aufschrei hervorrief.

»Hör auf zu jammern«, sagte Torny, sich bewusst, dass Bliss, Sawi und Annalyse sie beobachteten. »Wir werden nicht sterben, aber viele andere könnten es, wenn du dich nicht zusammenreißt.«

»Ich?« fragte Fassle. »Mich zusammenreißen? Wie-«

Torny verschränkte die Arme und warf ihm einen Blick zu, von dem sie hoffte, dass er denen ähnelte, die Eujo austeilte, wenn sie jemandes Seele verdorren lassen wollte.

»Es ist vorbei. Ob Wax nun die Dämonen zurückgebracht, die Welt verändert, die Skars zerstört oder alles davon getan hat, was jetzt zählt, ist all das hier.« Torny nickte in Richtung des Schutts, dann zur Küstenlinie hinter Fassle und der zerstörten Stadt dahinter. »Du bist immer noch der Anführer des Zirkels. Du redest ständig von Macht, hier ist deine Chance, sie tatsächlich für etwas Gutes zu nutzen. Also steh auf.«

»Wer bist du, dass du mir Befehle erteilst?«

Torny runzelte die Stirn und verstärkte die Drohung. »Es ist kein Befehl, es ist eine Erwartung. Wer bist du, Fassle? Jemand, der Ausreden macht, oder jemand, der das Vertrauen verdient, das die Najahn in dich gesetzt haben?«

»Wo kam das her?« gebärdete Bliss später, als der Regen wieder zu einem Nieseln zurückgekehrt war und der Ozean verschwunden war, in neu entstandene salzige Seen verdrängt, die Schiffe, die einst auf seiner Oberfläche lagen, nun über den Sand verstreut.

»Ich habe ihm die gleiche harte Medizin verabreicht, die ich dir damals auf Rana gegeben habe«, antwortete Torny. »Es ist keine Zeit, sich in seinen Gefühlen zu suhlen.« Die Banditin runzelte die Stirn. »Und denk mal darüber nach, wer sonst könnte alle hier zum Zuhören bringen? Es ist nicht perfekt, aber ich denke, Noctia braucht jetzt seinen Anführer.«

Quik hatte sie vor einigen Stunden gefunden und war wie eine Erscheinung auf dem schlammigen Schutt am Ende des Strandes aufgetaucht, um sie zurückzuwinken. Sie hatten sich auf der anderen Seite des Hangs getroffen, auf einer schmutzigen Ebene, wo Svarde und Kivi gerade Wax und Eujo befreit hatten. Insgesamt war Torny erstaunt, dass sie kein einziges Leben verloren hatten, obwohl alle Wunden trugen, einige davon könnten ohne die Vis-Skars, um sie zu heilen, für sehr, sehr lange Zeit bleiben.

Fassle, von Annalyse verbunden, war mit Kivi als Führerin den Schutt hinaufverschwunden, verzweifelt nach Tornys Ermahnung, herauszufinden, wer und was von seinen Najahn und seiner geliebten Ringstadt übrig geblieben war. Jegliches Gerede von Krieg, Bestrafung oder Schuldzuweisungen kam gar nicht erst auf, obwohl Torny nicht naiv genug war zu glauben, dass Schuld und Reue nicht ihren Tag haben würden.

Noctia war verwüstet worden, und nach dem Ausmaß zu urteilen, nach dem, was Wax sagte, was passiert war, könnte jede Insel gelitten haben. Tod, Zerstörung, und wofür das alles?

Die Dämonen?

Nicht einmal Torny konnte darin irgendeine Hoffnung finden.

57
FRISCHER SAND

Die Grenzen waren hart. Einst von den Körpern toter Götter geformte Grenzlinien waren durch aufgeworfene Erde ausgelöscht worden, und niemand wollte auch nur einen Zoll Land aufgeben. Der Gipfel fand natürlich in Noctia statt, denn was einst die zentrale Insel gewesen war, war jetzt das Zentrum einer mit Seen übersäten Landmasse. Quik bestätigte das selbst, indem er sich mit seinem relativ unversehrten Selbst zusammen mit Annalyse auf lange Wanderungen begab, von denen einige mehrere Tage dauerten, hinein in die trocknenden Schlammebenen. Was einst der Meeresboden gewesen war, enthielt nun den verfilzten Dünger von Pflanzen und Tieren, die aus ihren Heimaten gerissen worden waren und einen langsamen Tod erlitten hatten.

Neues Leben ersetzte es, spross hervor, als der Frühling heranschlich. Noctias kurze Regenzeit half Setzlingen, sich von Vis, Rana und Whent auf das leere Land auszubreiten, und Annalyse katalogisierte die Sprösslinge. Sie behauptete, dass ihre Freunde wissen wollten, welche Pflanzen wuchsen und welche Tiere umherstreiften.

»Warum?«, kam die Antwort des Jägers, der sich fragte, ob Hanokos anfangen würden, aus Vis herauszukommen, um ahnungslose Stadtbewohner von Noctia zu jagen.

»Weil all das uns gehört«, antwortete Annalyse und breitete ihre Arme über die sandige Weite aus. Noctia und die Ringstadt, ständig laut von Bau- und Ausgrabungsarbeiten, dröhnten hinter ihr. »Vor Tagen hatten wir die Inseln gefüllt und nirgendwo sonst Platz. Jetzt können wir wachsen.«

Die Verformung der Welt wurde bestätigt, als die ersten Wanderer von den anderen Inseln eintrafen, mutige Seelen, ehemalige Seeleute, die versuchten herauszufinden, was geschehen war. Sie waren tagelang auf ununterbrochenen Landbrücken von Rana und Tamas, Foti und Vis gelaufen. Sogar Narro, der Kapitän der Kance-Marine, war mit einem Gleiter angekommen und berichtete, dass die Ozeane in alle Richtungen zurückgedrängt worden waren.

Die Zeit verschwamm. Die ersten Tage wurden damit verbracht, die Eingeschlossenen zu retten, eine Operation, die in ganz Noctia und den anderen ehemaligen Inseln in ständiger Überraschung über die geringe Zahl der verlorenen Leben durchgeführt wurde. Einige, ja, waren zu tief begraben oder zerstört worden, als ein Schiff an einem plötzlich aus dem Meer ragenden Berg zerschellte. Aber viele, sogar die meisten, hatten ihre Wunden geheilt, ihre Knochen wieder zusammengefügt und ihre Gesundheit so weit gestärkt gefunden, dass sie auf Rettung warten konnten.

Wax und Eujo erwähnten nicht, warum das so war, und niemand fragte Quik, also hielt der Jäger den Mund. Er hatte genug Aufmerksamkeit für sein ganzes verdammtes Leben gehabt.

Die Rollen kehrten schnell zurück. Eujo zerrte Wax in

eine Besprechung nach der anderen, wobei letzterer Quik erzählte, wie neidisch er darauf war, dass der Jäger seine Tage mit Erkundungen verbringen konnte. Ami, ihre Gesichtsplatte entfernt und ihre Verbrennungen durch Cremes und altmodische Pflege zwar nicht beseitigt, aber gemildert, war mit Svarde und Kivi zur Wunde marschiert.

Das tiefe Loch und seine Verbindung zu Traumfeste waren durch den Einsturz erneut unterbrochen worden, aber die endlosen Bemühungen des Barbaren und seine neuentdeckte Expertise im Tunnelbau hatten zunächst Worte, dann Handel und Transit wiederhergestellt. Jochis Nachrichten bestätigten, dass die Tore wieder geöffnet worden waren, und Dämonen kletterten wieder hindurch, so verzweifelt wie eh und je, um zu entkommen.

Dieses Mal hatte der Whent-Kriegsherr jedoch einen besseren Plan: Seine Ingenieure gruben, sprengten und brachen Tunnel zum fernen westlichen Ozean, zu dem großen neuen Land, das Wax jenseits von Foti aufgetürmt hatte. Es würde Zeit brauchen, aber mit der Hilfe der Feuerwandler würde ein unterirdischer Tunnel fertiggestellt werden, der fliehende Dämonen in eine ferne Heimat führte.

Dass ein solcher Weg mit endlosem Gemetzel gepflastert sein würde, während die Dämonen gegeneinander kämpften, wurde zur Kenntnis genommen und dann sich selbst überlassen. Jochi versprach Beobachter entlang des riesigen Tunnels, wobei intelligente Dämonen wie die Feuerwandler gerettet und ihnen Zuflucht angeboten werden sollte. Das Ausmaß der Gnade der Inseln.

Ami akzeptierte es, und mit ihrer Zustimmung war der Deal besiegelt.

»Bist du dir bei all dem sicher?«, fragte Annalyse, nachdem sie die Notizen zu einem nahegelegenen Vogel beendet hatte, dessen blau gesprenkelte Federn weit von ihrer Heimat in Rana entfernt waren. »Wir könnten gehen, weißt du.«

»Du willst nicht.«

Sawi, Torny und Bliss würden morgen abreisen, wobei Sawi sich genug erholt hatte, um die Reise zurück nach Vis anzutreten. Torny hatte den Dschungel noch nie gesehen, und Bliss hatte ihre Eltern schon viel zu lange nicht mehr gesehen. Als die Najahn-Garnison auf Befehl von Fassle ihre Kontrolle über die Insel aufgab, war Deshiva die erste gewesen, die in Noctia ankam. Ihr Erscheinen hatte als Katalysator für Quiks Schwester gedient und sie an die Insel erinnert, die sie so sehr vermisste.

»Ich ...« Annalyse schüttelte den Kopf. »Es gibt noch so viel zu verstehen. Die ganze Welt ist jetzt anders, Quik. Alles ist neu.« Die funkelnde Aufregung verblasste zusammen mit ihrer Stimme, und die Wissenschaftlerin sah weg. »Und was dort passiert ist, ich bin mir nicht sicher, ob ich dafür bereit bin.«

Quik umarmte sie fest und legte sein Kinn auf ihre Schulter. Die leichten Najahn-Roben waren warm und gemütlich. Schöner, wenn Quik es zugeben konnte, als ein trockenes, kratzendes Gewebe.

»Wir können zurückgehen, wenn du bereit bist«, sagte Quik. »Du sagst, die ganze Welt hat sich verändert, aber ich glaube, da irrst du dich.«

»Ach ja?«

»Fühlt sich vertraut an.« Der Jäger zog sich zurück und lächelte, als Annalyse ihn neugierig ansah. »Du, ich, dieser Kohle-Stift und eine Menge zu entdecken.«

Annalyse lachte, so hell wie die sonnige Frühlingsbrise. »Dieses Mal, denke ich, können wir die Dämonen außen vor lassen.«

58
KÖNIGIN DER NEUEN WELT

Endlose Debatten ersetzten die Stille, die die Skars hinterlassen hatten. Eujo vermisste diese Stimmen, während sie einen Tag nach dem anderen an der Meeresplatte verbrachte, die Fassle als neuen Sitz der Najahn-Macht ausgewählt hatte. Was das bedeutete, was irgendetwas davon in dieser neuen Welt bedeutete, blieb undefiniert, aber Fassle tat sein Bestes, um an der Vergangenheit festzuhalten.

Eujo, zusammen mit Vertretern der anderen Inseln – keine davon, dank Wax, noch tatsächlich Inseln – widersprach Fassles Herrschaftsansprüchen mit Rufen nach Unabhängigkeit, nach Einheit, nach irgendeiner Vernunft in einer verrückt gewordenen Welt. Städte und Dörfer waren gleichermaßen von Erdbeben verwüstet worden, während gleichzeitig diejenigen, die lange krank oder verletzt waren, sich wiederhergestellt fanden. Es gab wenige Tote, aber viele Verwirrte.

Die Kance-Königin und die Vis-Erneuerung hielten sich bedeckt, was ihren Anteil an beidem betraf, und Fassle brachte es nicht zur Sprache. Alle drei schrieben es dem letzten Fehler der Götter zu, dass die Skars einander fanden und über die Welt barsten. Als Erklärung fehlten ihr Details, aber die Unschärfe lenkte von genauerer Betrachtung ab, und, wie Livier riet, würden nur wenige Anführer etwas untersuchen, das sie an die Macht gebracht hatte.

»Das sagst du, aber du lässt mich nie in Ruhe«, neckte Wax spät in einer Nacht, über gemeinsam geteiltes Bier in einer der wenigen verbliebenen Noctia-Bars. Die *Rattenzahn* hatte aufgrund ihrer seltsamen Konstruktion überdauert, von Schlamm überflutet, aber ansonsten unbeschädigt. »Ohne mich würdest du-«

»Beende diesen Satz und ich lasse dich von Livier ausweiden«, konterte Eujo und grinste dann. »Und ich kann dich nicht allein lassen, weil du sonst etwas Dummes anstellen würdest, und das würde dann schlecht auf mich zurückfallen.«

»Dumm? Wie was?«

Eujo wedelte mit ihrem Krug in Richtung Türöffnung, zu den ruinösen Hügeln dahinter.

»Okay«, sagte Wax, »vielleicht bin ich ein bisschen über die Stränge geschlagen.« Der Vis, immer noch wie Eujo in Najahn-Roben gekleidet, verfiel in ein ernsteres Stirnrunzeln. »Ich habe über diesen Moment nachgedacht, Eujo, und ich bin mir nicht sicher, ob die Skars von allein durchgedreht sind.«

Eujo kannte Wax' Muster inzwischen, gab ihm einen Moment, indem sie sich ihrem Getränk widmete.

»Ich versuchte, eine weitere Insel im Westen zu erschaffen, aber tiefer als das, ich wollte einfach, dass all dies ein Ende hat. Die Kämpfe, die Skars, das Töten. Ich denke, die Whent-Skars haben das aufgegriffen und sind damit durchgestartet, als die Hellebarde mich traf.«

»Und ihre Antwort war, alle durch Land zu verbinden? Wie soll das all die Kämpfe beenden?«

»Hat es das nicht?«

Das brachte Eujo zum Schweigen. Es stimmte, dass mit einem Schlag der Krieg zwischen Noctia und Kance beendet war. Die Besetzung von Vis wurde wegverhandelt. Gemeinsame Grenzen würden den Handel erleichtern, die Kommunikation beschleunigen. Jede andere ehemalige Insel, angestoßen durch Liviers Botschaften, beäugte Noctia mit Misstrauen und durch Solidarität gestärktem Rückgrat. Dass kleine Kämpfe über dies und das ausbrechen würden, war unvermeidlich, aber Kriege?

»Wax«, sagte Eujo, »ich glaube, du hast für eine Weile Frieden gebracht, aber die Götter haben uns erschaffen, und die Götter spielten nicht nett.«

Götter und Krieg waren jedoch weit von Eujos Gedanken entfernt, als sie Kitaye betraten. Die Dschungelstadt tauchte aus dem Morgennebel auf, ihre Lagune und nahe gelegenen Seen behielten ihr tropisches Blau. Die Kance-Königin und ihre Eskorte – Deux hatte die *Sturmkante* aufgegeben und sie gegen praktischere Wagen und Whent-Ochsen eingetauscht – betraten die Stadt unter Wax' enthusiastischer Führung, ihr erster Halt war ein bestimmter Stand an der Nordseite der Stadt.

Dort stand Wax' Mutter, besorgte Augen vermischten sich mit einem kraftvollen Lächeln und einem gut bestückten Stand. Als der Vis die Vorstellungen machte, tauchte auch Wax' Vater auf, beide richteten ihre Blicke mit freundlicher Neugier auf Eujo. Dass Geschichten erzählt werden mussten, war offensichtlich, dass der Verkauf von Pilzen warten konnte, ebenso.

»Weißt du«, sagte Wax' Mutter nach mehreren Bechern Pfirsichweins, während Feuer und Gesang die warme

Sommernacht durchzogen, »mein Sohn ist ein wilder Mann. Er braucht jemanden Starkes.«

Eujo lachte, als Wax protestierte, und übernahm dann. »Das brauche ich auch, und das brauchten auch die Inseln. Ich habe Glück, dass ich ihn getroffen habe.« Sie schenkte Wax ein verschmitztes Grinsen. »Und du kannst mir glauben, du hast Glück, mich zu treffen.«

Wax widersprach nicht, griff nur nach dem Wein. Sein Versuch wurde von Sawis schnellerem Zugriff übertroffen, wie schon so oft. Torny, die das Feuer und Bliss' Hand teilte, schnalzte mit der Zunge.

»Mit so langsamen Händen hättest du es nie auf der Straße geschafft, Wax«, sagte Torny.

»Sollte mein Wächter mir nicht helfen?«, schoss Wax zurück, die ganze Zeit grinsend, während Sawi ihre Holzbecher nachfüllte.

Torny warf einen Blick auf Bliss. »Ich denke, der Job ist erledigt, oder? Wir haben die Dämonen erledigt, den Krieg beendet. Was gibt es sonst noch?«

'Urlaub', zeichnete Bliss, 'und ein paar Lektionen.'

»Lektionen?«

'Über Dächer zu springen ist nichts im Vergleich dazu, von Baum zu Baum zu schwingen.'

»Willst du es mal versuchen?«, fragte Wax Eujo, und die Königin zögerte nicht zuzustimmen, aber nicht sofort.

Dass sie am Ende wieder in Kance sein würden, im Himmelspalast, dessen Turm die erschütternden Beben überlebt hatte, war klar. Dass sie diese neue Welt zusammen erkunden würden, war eine Wahrheit, die beide kannten und teilten. Als Wax fragte, wie Eujo jemals die Zeit dafür finden würde, da Kance einen Anführer brauchte, um seine Erholung zu lenken, hatte die Königin eine fertige Antwort.

»Zwei Königinnen, Wax«, sagte Eujo. »Es ist an der Zeit, dass wir eine weitere wählen, und dann werden du und ich einen langen, langen Urlaub machen.«

59
HOFFNUNG DER EWIGKEIT

Der Barbar hob seine Klinge und setzte sich in Bewegung, nordwärts zur Oberfläche. Er und Kivi waren nun weit entfernt von Traumfeste, wo Svarde Ami mit Jochi zurückgelassen hatte. Die beiden arbeiteten hart daran, den neuen Tunnel des Dämons in Form zu bringen. Ob diese Chaosquelle halten würde, konnte Svarde nicht sagen, und er vermutete, dass die Klinge in seiner Hand ihn zu gegebener Zeit zu den Dämonen zurückziehen würde.

Es sei denn, er ließe sie los.

Tief im Untergrund könnte Svarde sich hinsetzen und ein ruhiges Ende akzeptieren. Er war im Kampf mit Fassle und dessen Killern der Dritten Hand schwer zugerichtet worden. Haut und Knochen waren zwar gut genug zusammengewachsen, aber Svarde wusste, dass es andere Kosten gab, tiefere Wunden, die die Vis-Kraft nicht heilen konnte.

Deshalb ging er zu der einen Person, die ihm vielleicht helfen konnte, Perspektive zu finden. Nicht zum Toten König, einem trostlosen Geist, so verrottet von der Zeit, dass er nichts weiter als ein gefühlloser Obelisk war. Svarde hatte ein anderes Ziel, eine andere Person, und Jochi hatte ihm die Richtung gewiesen.

Hinter ihm schnaubte Kivi und biss in einen leckeren Stein. Die Ferrite zumindest genoss sich selbst.

Das kleine Dorf lag an der Nordküste Ranas, weit hinter dem Strudel. Trotz Wax' Zerstörung war der Ozean hier intakt geblieben, ebenso wie die grünen Hügel, die gut genutzt wurden, um Schafe zu weiden und Reisterrassen anzulegen. Die Menschen, die sich hier niedergelassen hatten, hatten nach Zuflucht gesucht, und soweit Svarde sehen konnte, hatten sie sie gefunden.

Eine kleine Taverne hing am Dorfplatz, unscheinbar bis auf das Gelächter, die Musik und die hellen Laternen, die drinnen leuchteten. Der süße Geruch des Sommers hing in der Luft, die von Glühwürmchen erhellt wurde, Sichis rosa Schein mischte sich mit einem späten Sonnenuntergang. Schön genug, um Svarde vor der Tür zögern zu lassen, zumindest bis eine Hand seine Schulter traf.

Knorrig, bärtig, aber lebendiger aussehend, als Svarde ihn je gesehen hatte, lachte Rasslebeck über den starren Blick des Barbaren.

»Urteile nicht über mich«, sagte Rasslebeck, »denn du siehst aus, als hättest du einen Kampf mit Noctia persönlich verloren.« Bevor Svarde dem Mann sagen konnte, wie recht er hatte, schob sich Rasslebeck an dem Barbaren vorbei und stieß die Tür auf. »Nun, Leute, wir haben heute Abend einen Gast, und trotz seines Aussehens würde ich wetten, dass er uns alle unter den Tisch trinken könnte. Gebt dem alten Wächter einen Gruß, ihr Bastarde.«

Das taten sie, die Versammlung bestand fast ausschließlich aus der Crew, die Svarde vor all diesen Monaten in die Dunkle Tiefe geführt hatte. Einer nach dem anderen begrüßten sie den Barbaren mit Spott und Rufen, dem Klirren von Bechern und Versprechungen zukünftiger Fässer, die angezapft werden sollten. Die Letzte von ihnen beobachtete ihn jedoch hinter der Theke selbst und füllte bereits Svardes Krug. Sie lehnte sich mit den Ellbogen auf den Tresen, ihr türkisfarbenes Kleid passte zum Meer.

»Ich würde dich bitten, das Schwert draußen zu lassen, aber das geht wohl nicht, oder?«, sagte Maena, ihr umspieltes Lächeln fing das Laternenlicht ein.

»Nicht, wenn du keine staubige alte Leiche in den Händen halten willst.«

»Ich denke, davon hatte ich genug für ein Leben«, erwiderte Maena und schob Svarde einen frischen Krug zu. »Was bringt dich so weit her, Wächter?«

»Beim letzten Mal, als ich dachte, ich hätte den Job erledigt, bin ich allein losgezogen«, sagte Svarde. »Ich dachte, ich könnte dieses Mal etwas anderes versuchen.«

»Nun, vielleicht könnte ich einen neuen Job für dich finden. Hast du schon mal eine Bar geführt?«

Kivi schnaubte zu Svardes Füßen. Der Barbar, die Klinge über der Schulter, nahm den Krug in seine rechte Hand. Stieß ihn gegen Maenas eigenen.

»Habe ich nicht, aber ich bin immer für eine Herausforderung zu haben.«

In dieser Nacht schmeckte das Bier zum ersten Mal seit viel zu langer Zeit so, wie Svarde es in Erinnerung hatte, die Geschichten kamen unbeschwert, und selbst als jede andere Seele in den Schlaf gedriftet oder auf dem Boden ohnmächtig geworden war, fühlte sich Svarde nicht allein.

Stattdessen, als er hinausging, um den Sonnenaufgang zu beobachten, dachte Svarde, er könnte diese Klinge noch ein bisschen länger behalten.

60

DAS ENDE, DER ANFANG

Es war früher Herbst, als Wax die wunderschönen Höhen des Großen Sana erreichte. Eujos politische Spielchen gingen weiter, aber Kance hatte seine zweite Königin, und sie hatten ihre vorübergehende Flucht angetreten. Wax versuchte, dem allen so gut wie möglich auszuweichen, vertrieb sich die Tage im Wind, übte sein Gleiten, half bei der Reparatur beschädigter Gebäude und errichtete neue. Dennoch hatte er die Wochen bis zu diesem Moment, diesem Tag, gezählt.

Die prächtige Mitte der Blume war nachgewachsen, seit die Najahn sie niedergebrannt hatten, aber eines war nicht in das indigofarbene Zentrum zurückgekehrt: Keine Skars glitzerten zwischen dem Pollen. Das stimmte mit den Berichten von allen ehemaligen Inseln überein. Die Göttersteine waren seit Eujos verzweifeltem Verbinden, Entkräften und Heilen zurück auf Noctia nicht wieder aufgetaucht.

Eujo erklärte das für einen Trost. Die Steine und ihre Macht wären sonst ein Magnet für jeden, der Schaden anrichten wollte. Wax war sich da nicht so sicher, aber die Skars waren verschwunden, also war das Thema hinfällig.

»Außerdem«, murmelte Wax, als er auf eines der langen Blütenblätter trat. Die Nachmittagssonne schien über einem windigen Dschungel, Vögel durchzogen die Lüfte. Frischer Wald wuchs um den verlassenen Najahn-Außenposten im Westen. »Ich bin nicht hier, um mir Sorgen zu machen. Ich bin hier, um dir zu sagen, Pan, dass ich dein Versprechen gehalten habe. Wir haben es geschafft.«

Der Vis griff in seine Tasche und holte einen einzelnen Shrive heraus, den er vor ein paar Tagen gesammelt hatte. Teil einer Vis-übergreifenden Reise mit Eujo und ein Exemplar, das Pan geliebt hätte. Wax zerrieb den Pilz zwischen seinen Händen und beobachtete, wie der Wind die Stücke aufnahm und sie über den Dschungel wirbelte, den Pan so sehr geliebt hatte.

Eine Hand fand die seine, und Eujo, gekleidet in ein Vis-Gewebe, frische Jägertinte auf ihren Schultern, teilte seine stille Totenwache. Nachdem die letzten Fragmente verschwunden waren, seufzte Wax und zwinkerte Eujo zu.

»Wer zuerst unten ist, zahlt die Runde?«

Eujo lachte. »Abgemacht, Vis.«

Annalyse hatte weder die Vorladung von Fassle erwartet, noch dass die einzige andere Person im Raum Kasava sein würde, der sich erholende Tenet der Dritten Hand. Der Anführer der Najahn überreichte Annalyse mehrere Blätter gestärktes Papier, eine seltene Ressource zum Verbrauchen und ein Zeichen für die Wichtigkeit der Informationen.

»Lies es«, sagte Fassle und nickte zum letzten freien Stuhl am Tisch.

Die Papiere enthielten Namen, Alter, Daten und einfache Beschreibungen. Alle stammten aus den letzten paar Monaten und alle notierten Phänomene. Ein Kind, dessen aufgeschürfte Knie in Sekunden heilten. Eine Straßenkünstlerin, deren Talente irgendwie immer mangelhaft waren, hatte ihre Tasche stets mit Spenden von bewundernden Zuschauern gefüllt. Kleine Erdbeben, strömendes Wasser, wo es vorher nie welches gegeben hatte.

Annalyse legte die Blätter nieder und schaute die anderen beiden an, während sie Ideen entwickelte. Sie konnte an ihren angespannten Gesichtsausdrücken erkennen, dass die beiden bereits zu Schlussfolgerungen gekommen waren.

»Die Skars sind verschwunden«, begann Annalyse, »aber die Götter sind noch nicht fertig mit uns.«

»Wie?«, fragte Fassle.

»Ich kann es nicht mit Sicherheit sagen, aber wenn ich raten müsste, Eujo sagte, sie habe jeden berührt, als sie versuchte, sie vor der Katastrophe zu retten. Vielleicht hat sie ihnen mehr als nur ihr Leben gegeben.«

»Warum explodiert dann nicht die ganze Welt mit diesen Kräften?«, fragte Kasava. »Wenn jeder die Fähigkeit eines Skars in seinen Händen hätte-«

»Vielleicht haben sie das«, sagte Annalyse und tastete sich vor, während sie sprach. »Aber nicht jeder konnte einen Skar benutzen. Einige haben es herausgefunden, andere nie.«

»Wenn das, was du sagst, wahr ist«, trommelte Fassle mit den Fingern, »dann könnte jeder, uns eingeschlossen, eine Waffe sein.«

»Oder ein Werkzeug, ein Wundertäter.« Annalyse schob die Blätter zu Fassle zurück. »Wie wir damit umgehen, Fassle, wird entscheiden, in welche Richtung es geht.«

Fassle nickte. »Gemeinsam also. Wie es die Inseln schon immer getan haben, werden wir unsere Zukunft als

Einheit schmieden.« Er wandte sich an Kasava. »Versammle die Tenets. Wir haben eine neue Welt aufzubauen.«

———

Die Toten in ihr nächstes Leben zu geleiten, war noch nie ein einfacher Job. Stellt sich heraus, dass die meisten Toten es nicht mögen, nun ja, tot zu sein. Aber als ein wütender, mächtiger Geist beginnt, die verlorenen Seelen zu sammeln und behauptet, Carver könnte die Brücke zurück ins Leben sein, muss Carver herausfinden, warum, bevor die Toten ihn zu einem der ihren machen.

Beginne ein neues Fantasy-Abenteuer mit *Riven*:

DANKSAGUNG

Es gibt diese Vorstellung, dass Schreiben ein einsamer Akt sei, aber das könnte nicht weiter von der Wahrheit entfernt sein. Jeder Autor ist auf Freunde, Familie und ja, auch auf die Leser angewiesen, um seine Geschichten weiter zu spinnen.

Insbesondere möchte ich meiner Frau Nicole danken, deren grenzenlose Liebe und Ermutigung jeden Tag heller machen. Meinen Brüdern Jonathan, Justin und Matthew sowie meinen Eltern Bob und Mary, die mir stets ein Lächeln ins Gesicht zaubern.

Meine Lektorin Susanna Daniel hat einen unglaublichen Job gemacht und diese Geschichte auf Hochglanz poliert.

Und natürlich all euch Lesern, die dieses Leben erst möglich machen.

Danke.

ÜBER DEN AUTOR

A.R. Knight schreibt Science-Fiction und Fantasy im eisigen Norden von Wisconsin. Mit zwei Katzen als Gesellschaft genießt er es, in Abenteuer einzutauchen, die sich genauso sehr um den Bösewicht wie um den Helden drehen.

Nachdem er einen Abschluss in Journalismus gemacht und das Land mit der Installation von Gesundheitssoftware bereist hatte, dachte A.R. Knight, es wäre gut, zu dem zurückzukehren, was er liebte. Jetzt hat er ein kleines Büro und frühe Morgenstunden, um all die Geschichten zu spinnen, die seiner Fantasie entspringen.

Wenn A.R. Knight nicht gerade schreibt, reist er gerne überall hin, sei es zu Inseln vor der Küste Ecuadors, in den Regenwald, zum Snowboarden in die Rocky Mountains oder um in Edinburgh einen Scotch zu genießen. Das ist das Schöne am Schriftstellerleben, man kann es überall hin mitnehmen.

Um ihn zu kontaktieren oder zu sehen, was er gerade macht, besuchen Sie www.blackkeybooks.com

arknight@blackkeybooks.com

Facebook-Symbol Facebook

X (Twitter)-Symbol X (Twitter)

Für Aurora